약편

仙道 체험기

10

신선神仙되는 길이 보인다
경이적인 현상이 눈앞에 펼쳐진다!!
선도수련의 현장을 체험으로 파헤친 충격과 화제의 소설

약편 선도체험기 10권을 내면서

『약편 선도체험기』10권은 『선도체험기』39권부터 45권까지의 내용에서 선별하여 구성하였다. 시기적으로는 1998년 2월부터 12월까지 일어난 삼공 김태영 선생님의 수련 관련 활동과 가르침 내용이다.

선생님께서는 IMF 시절의 실직과 구직난이라는 어려운 상황을 헤쳐 나갈 수 있는 방법을 가르쳐 주셨다. 이는 오늘날에 똑같이 적용할 수 있으며 구도생활에서도 그대로 이입된다. 그것의 내용은 아래와 같다.

체면과 자존심은 거품이다. 모든 것을 남의 탓이 아닌 내 탓으로 돌리고, 착하고 바르고 슬기로운 사람이 되도록 자신과 주변을 관한다. 즉 정신을 똑바로 차리면 지혜가 열린다. 그러기 위해서는 마음을 열면 된다. 마음의 문을 열려면 애인여기 역지사지방하착을 생활화한다.

마음에서 이기심과 욕심을 제거하는 순간 슬픔과 고통이 없는 경지에 도달한다. 슬픔, 고통은 집착 때문에 초래한다. 집착은 이기심과 욕심에서 비롯된다. 마음대로 안 된다는 생각 자체도 놓아버린다. 마음대로 안 된다고 생각하고 근심 걱정에 괴로워하는 것은 그것을 붙잡고 놓지 않으려 하기 때문이다. 그 집착의 중압에 짓눌리면서 고민을 한다고 해서 달라지는 것은 없다. 오히려 그 근심 걱정으로 이성이 흐려져서 올바른 판단을 못 하게 된다.

　근심 걱정을 놓기 위해서는 아무리 극복하기 어려운 난관이라도 나를 단련시키기 위한 시련이요, 내가 극복해야 할 과제요 숙제라고 생각한다. 모든 것이 내 탓이요 절대로 남의 탓이 아니라는 확신을 갖는다. 그 순간 지금까지의 고통은 사라지고 그 자리는 새로운 활력으로 채워지게 될 것이다. 이처럼 마음먹기에 따라 상황은 180도 달라지게 된다.

　인생을 고(苦)로 생각하는 사람은 평생 죽을 때까지 고에서 벗어날 수 없지만 인생을 진화를 위한 시련이라고 생각하는 사람은 어떠한 시련이 닥쳐와도 즐거운 마음으로 한평생을 살아갈 수 있다. 사주팔자도 마음을 어떻게 먹느냐에 따라 얼마든지 고칠 수 있다. 인과응보는 한 치도 벗어나지 않기 때문이다.

　선생님께서는 노자(老子)의 『도덕경(道德經)』을 『선도체험기』 40권에, 『금강경(金剛經)』을 41권에, 『대학(大學)』과 『중용(中庸)』을 42권에, 『채근담(菜根譚)』을 43권에, 『명심보감(明心寶鑑)』을 44권에, 마태복음을 45권에 번역하여 실으셨다. 삼공 선생님의 높은 수련 경지와 전문작가로서의 견지에서 번역하신 것이라 수행자에게 필독서라 여겨지지만, 『약편 선도체험기』에 포함하기에는 양이 너무 많다. 그래서 별도의 시리즈로 기획하여 출판할 예정이다. 이 모든 것에 협의와 협조를 해 주시는 글터 한신규 사장님께 감사의 뜻을 전한다.

단기 4354년(2021년) 6월 2일

엮은이　조　광　배상

차 례

Contents

〈39권〉

IMF 스트레스

1998년 2월 4일 수요일 -7~2℃ 해 구름

오후 3시. 10명의 수련생들이 모였다. 한참 명상을 하다가 차 마시는 시간이 되자 우창석 씨가 먼저 입을 열었다.

"선생님, 요즘엔 제 주위에도 명퇴자와 정리해고자들이 점점 늘어나고 있습니다. 거의가 실의와 절망에서 헤어나지 못하고 암담한 나날을 보내고 있습니다. 선생님의 문학 작품을 읽어보면 선생님도 두 번이나 실직의 고배(苦杯)를 드신 일이 있으시더군요. 새 환경에 적응하실 때까지 한동안 고통스러운 나날을 보내신 경험을 갖고 계신 것 같은데 후배들을 위해서 좋은 충고라도 해 주셨으면 합니다."

"내가 난생처음으로 실직을 당한 것은 X영자 신문사에서였습니다."

"그때가 언제였습니까?"

"1975년 월남이 패망한 4월 30일이었습니다. 10년간의 군 복무 후 처음으로 한 취직다운 취직이었는데 8년 동안이나 줄곧 근무해온 직장에서 아무런 사전 예고도 없이 하루아침에 쫓겨나고 보니 정말 하늘이 노오래지는 것 같았습니다.

아내가 직장을 가지고 있었으므로 의식주에 당장 곤란을 받는 형편은 아니었습니다. 그래서 그 당시 문제가 되었던 것은 감당하기 어려운 심리적인 충격과 도저히 치유할 수 없는 깊은 자존심의 상처였습니다. 지금처럼 도심(道心)이라도 피어나 마음공부라도 어느 정도 되어 있더라면 심상하게 극복할 수도 있었을 텐데, 그때는 그게 아니었습니다.

편집국 안에서 잔뼈가 굵은 편집국장이었더라면 어떻게 하든지 그러한 짓은 하지 않았겠지만, 묘하게도 사장과 편집국장이 다 같이 외부에서 낙하산을 타고 내린 사람들이어서 처세에 능하지 못한 기자들은 정리해고의 대상이 되었습니다. 신임 관리자들이 사내에 자기 세력을 부식하기 위해서 외부에서 끌고 들어온 기자들과 자리바꿈을 하기 위해서 단행된 인사였습니다. 실력만 믿고 자존심만 키워온, 새 실세에게 굽신댈 줄도 모르고 나긋나긋하지도 못하고 백도 없는 기자들은 가차없이 잘려 나가는 판이었습니다.

1975년 4월 30일 아침 아무것도 모르고 출근하여 그날 맡은 일을 막 시작하다가 10여 명이 함께 낙하산 국장에게 불려가 기습당하듯 해직 통고를 받았습니다. 지금은 외환위기라는 국가적인 변란의 와중에서 한꺼번에 대량으로 해고를 당하고 있지만 그때는 순전히 외부에서 임명되어 들어온 관리자들에게 고분고분하지 못했던 것이 화근이었는데도 무능 때문이라는 참기 어려운 누명까지 뒤집어썼으니 새 관리자에게 원한과 사감(私感)을 품지 않으려야 않을 수 없는 상황이었습니다."

"아니 그렇다면 새 인사권자가 순전히 자기 세력을 부식하기 위해서 멀쩡하게 일 잘하고 있는 사람을 쫓아냈단 말입니까?"

"그렇습니다. 그래서 나는 그 무능이라는 치욕을 어떻게 하면 벗을 수 있을까 하는 것이 초미의 관심사였습니다. 내가 다니던 직장이 국문신문이라면 그래도 행동반경이 좀 넓었을 텐데 국내에 단둘밖에 없는 영자 신문사에서 해고를 당했으니 내가 쫓겨난 X의 경쟁사인 Y사 밖에는 취직할 수 있는 곳이 없었습니다. 그러나 지금 곰곰이 생각하면 그 치욕을 씻고야 말겠다는 오기가 오히려 내 시야를 가렸는지도 모릅니다."

"왜 그런 생각을 하시게 됐습니까?"

"그러한 오기만 아니었더라면 구태여 영자신문 기자로 재취업을 하지 않아도 다른 길을 모색할 수도 있었을 것이기 때문입니다."

"그 다른 길이 무엇이었는데요?"

"그때 나는 김동리 선생이 창간한 〈한국문학〉이라는 순수 문학잡지의 첫 번째 신인상에 당선되어 소설가로 정식 데뷔한 지 일 년밖에 안 되었을 때니까 잘하면 전업작가(專業作家)로 직업을 바꿀 수도 있었을 것입니다. 그렇지 않아도 그때 잡지 경영에 참여하고 계시던 작고하신 손소희 선생은 '이런 때일수록 희망을 잃지 말고 전화위복(轉禍爲福)의 계기로 삼으라'는 충고를 해 주셨건만 그때는 그 충고가 귀에 들어오지도 않았습니다.

어떻게 하든지 분풀이를 하고야 말겠다는 열망이 나를 온통 사로잡고 있으므로 그런 충고는 귀에도 들어오지 않았습니다. 지금 생각하면 무슨 일이 있든지 설욕(雪辱)을 하고야 말겠다는 집착과 울분이 나를 왜소한 인간으로 제약해 버린 꼴이 되었습니다."

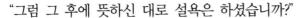

"그럼 그 후에 뜻하신 대로 설욕은 하셨습니까?"

"다행히도 경쟁사인 Y영자 신문에서 마침 나를 채용해 주어서 설욕은 했습니다. 나를 쫓아낸 낙하산은 내가 경쟁사에 취직이 되었을 때 의외라는 듯 당황한 표정이었다고 합니다. 경쟁사에서 나를 채용한 것은 물론 내가 특별히 이뻐서가 아니라 필요해서였기 때문입니다.

신문기자 건 작가 건 글을 써먹고 사는 사람들은 그가 쓰는 글이 스스로 대외적인 발언을 해 주므로 실력의 유무는 글이 말해 주는 겁니다. 경쟁사에서 나를 채용해 준 것은 평소에 내가 쓴 기사를 평가해 주었기 때문이지 내 얼굴을 보아서는 결코 아니었습니다. 나는 그로부터 정년퇴직할 때까지 15년 동안을 더 Y신문사에서 근무했는데, 지금 생각해 보면 그때 내가 한 일이 결코 잘한 일이 아니었습니다."

"아니 왜요?"

"무능이라는 불명예를 설욕해 보겠다는 집착이 별 의미도 없는 신문기자 생활을 15년이나 연장해 준 것에 지나지 않았기 때문입니다."

"왜 별 의미도 없다고 그러십니까?"

"실직이라는 인생의 중요한 전환기를 맞아 고작 낙하산들에 대한 설욕을 제일의 목표로 삼았다는 것이 지금 생각하면 꼭 어린애 장난 같은 생각이 들기 때문입니다. 내 능력은 남이 치켜세우든 내리깎든 그대로입니다. 그런데 그런 일에 일일이 신경을 썼다는 것 자체가 유치한 속물근성에서 나온 것입니다."

"그래도 경쟁사에 채용이 되는 순간에는 통쾌한 설욕감은 맛보셨을 거 아닙니까?"

"그게 뭐가 대숩니까? 그런 일에 쾌감을 느낀다는 자체가 낙하산과 의식 수준 면에서 막상막하죠. 고작 나에게 불이익을 가한 상대에게 일격을 가한 것이 무엇이 그리 대단합니까? 그런데 나는 그때 그것을 불의의 일격에 대한 멋진 반격으로 알았으니 오십보백보요 도토리 키 재기에 지나지 않았던 겁니다. 이것을 대단한 승리로 치부한 나는 갈 데없는 속물이었고 소탐대실(小貪大失), 앙앙불락(怏怏不樂)하는 소인배에 지나지 않았습니다."

"그렇다면 선생님의 지금의 심정으로는 그때 어떻게 처신했어야 한다고 보십니까?"

"두말할 것도 없이 처지를 바꿔놓고 생각하고 모든 것을 내 탓으로 돌렸어야죠."

"역시 역지사지방하착(易地思之放下着)을 말씀하시는군요. 그러나 낙하산이 착지하자마자 재빨리 선물 보따리나 봉투를 들고 자기집에 찾아와 고분고분하게 충성 서약하지 않았다고 해서 아무 잘못도 없는 사람을 일방적으로 해직 통고를 한 파렴치한과도 처지를 바꿔놓고 생각해야 한다는 말씀입니까? 더구나 그 모든 잘못을 선생님 탓으로 돌린다는 것이 어떻게 말이나 됩니까?"

"말이 됩니다."

"말이 되다니요?"

"낙하산의 눈 밖에 난 것은 분명 내 탓이지 절대로 남의 탓이 아닙니다. 또 내가 비록 그들의 비위에 거슬리지 않았더라도 회사에서 차지하는 내 비중이 어느 모로 보든지 아무도 건드릴 수 없을 정도로 컸

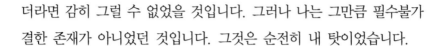

더라면 감히 그럴 수 없었을 것입니다. 그러나 나는 그만큼 필수불가
결한 존재가 아니었던 것입니다. 그것은 순전히 내 탓이었습니다.

시류에 역행한 실수

성인도 시류에 따라야 한다는 말이 있습니다. 그런데 나는 성인도
아니면서 고개 빳빳이 세우고 잘난 체하여 낙하산의 비위를 건드린 것
은 분명 내 잘못이었습니다. 그런 때는 응당 흐르는 물처럼 순리를 따
르고 유연했어야 하는데 나는 그러지 못했습니다."

"아니 그럼 뒷구멍으로 봉투와 충성의 서약을 받는 것도 잘하는 일
이라는 말씀입니까?"

"입장을 바꿔놓고 생각하면 지극히 당연한 일입니다. 아마도 낙하산
은 그 자리에 떨어질 때까지는 적지 않은 투자와 공력이 들었을 것입
니다. 비록 속물들의 풍속도이긴 하지만 그때나 지금이나 당연지사로
통하는 관례입니다. 그러한 관례가 통하는 사회에서 살아남으려면 그
관례를 따를 줄도 이용할 줄도 알아야 합니다. 그런데 나는 그 당연한
관례를 무시했으니 목이 달아나도 호소할 데가 없었던 겁니다."

"결국은 모든 것이 '내 탓'이라는 말씀이군요."

"그렇습니다. 만약에 그때 내가 지금의 심정 그대로 처지를 바꿔놓
고 생각하고 모든 것을 내 탓으로 돌리는 습관을 붙였더라면 낙하산의
소행에 대한 설욕과 같은 일종의 복수 행위는 애당초 머릿속에 떠오르
지도 않았을 것입니다. 그렇게만 되었더라면 그야말로 위기를 도약의
계기로 만들 수도 있었을 것입니다.

그런데도 불구하고 나는 고작 내가 해고된 원인을 낙하산의 잘못으로만 돌리고 그에 대한 설욕을 최대의 목표로 삼았다는 것은 내 일생일대의 크나큰 실수였습니다. 그러한 실수를 저질렀기 때문에 나는 새 직장을 얻은 뒤에도 15년이나 그전 직장에 있을 때와 조금도 다름없는 그렇고 그런 아무런 발전도 없는 소인배의 생활을 보낼 수밖에 없었던 것입니다. 결국은 나 스스로 나 자신을 왜소화시킨 것밖에는 되지 않았습니다."

"그렇다면 그러한 쓰라린 실직의 기회를 그야말로 대도약의 계기로 삼은 사람도 실제로 있습니까?"

"있고말고요. 얼마든지 있습니다."

"그러한 실례를 하나 들어 주시겠습니까?"

"혹시 서울 강남에 있는 능인선원 아십니까?"

"압니다. 마치 기독교의 순복음교회와 어깨를 겨눌 만한 위치를 불교계서 차지하고 있는, 최근 들어 급격하게 부상하고 있는 단일 사찰이 아닙니까?"

"그렇습니다. 그 능인선원의 창시자가 누군지 아십니까?"

"지광 스님이 아닙니까?"

"맞습니다. 그 지광 스님의 원래 직업이 무엇인지 아십니까?"

"신문기자였다는 것은 알고 있습니다."

"맞습니다. 그는 1980년 신군부에 협조적이 아니라는 이유로 집단 해직된 한국일보 기자였습니다. 실력 있는 민완 기자로 크게 촉망받고 있던 그가 하루아침에 신문사를 쫓겨나게 되었으니 그 심리적인 충격이 오죽했겠습니까? 나는 바로 그보다 5년 전에 낙하산에 의해 무능하다는 이유로 쫓겨난 후 어떻게 하든지 설욕을 하겠다고 이를 갈았건만, 지광 스님은 해직된 직후 무조건 산속으로 들어가 산사(山寺)에서 가장 의미 있는 새로운 도약을 시도하게 되었습니다.

3년 동안 구도자로서의 환골탈태 과정을 거친 뒤 강남땅에 첫발을 들여놓은 지 15년. 능인선원은 지금 한국 불교의 약동하는 새로운 중심 세력으로 발돋움하고 있습니다. 나는 설욕을 다짐하고 계속 언론계의 한 귀퉁이에 붙어서 빌빌대고 있었지만, 그는 아예 언론계 자체를 등지고 구도자가 되어 전연 차원이 다른, 상구보리하고 하화중생하는 새로운 세계를 개척한 것입니다.

그는 속물들처럼 자기가 언론계에서 쫓겨난 이유를 신군부나 신군부의 뜻을 어쩔 수 없이 따라야 했던 우유부단한 신문사에 돌리는 법 없이 아예 처음부터 언론계 자체를 등지고 전적으로 새로운 인생을 설계했던 것입니다. 우창석 씨는 무엇이 그로 하여금 그렇게 하게 만들었다고 봅니까?"

"글쎄요."

"그거야말로 자기 자신의 가아(假我)를 송두리째 여의고 역지사지방하착(易地思之放下着)할 수 있었기 때문이었습니다. 원수를 원수로 보지 않고 자기 자신의 한 편모(片貌)로 보고 그의 처지가 되어 생각함으로써 거짓 나에서 벗어날 수 있었던 것입니다.

일단 거짓 나에서 벗어나면 진아(眞我)가 그 정체를 확실히 드러내는데 바로 진아 속에서는 너와 내가 따로 없습니다. 너와 내가 따로 없는데 어떻게 네 탓 내 탓을 가를 수 있겠습니까? 모든 것을 내 탓으로 돌릴 때 우리는 명실공히 우주의 주인이 될 수 있습니다. 바로 이 순간에 소인이 대인으로, 속인이 성인으로 탈바꿈하는 것입니다."

"만약에 지광이라는 사람이 불교의 스님이 되지 않고 벤처기업 창업자가 되어 경제계에 크게 데뷔하여 대재벌의 총수가 되었다면 어떻겠습니까?"

"그것도 일대변신일 수는 있지만 여기서 문제가 되는 것은 직업상의 변화가 아니라 그의 마음의 중심이 어디에 있느냐 입니다. 제아무리 세계 유수의 대재벌이 되었다고 해도 그의 마음의 중심이 이타행(利他行)에 있지 않고 이기행(利己行)에 있었다면 그의 인생은 별 의미가 없는 겁니다.

그러나 그가 제아무리 남이 보기에 하찮은 직업을 택했다고 하더라도 그것을 진리파지(眞理把持)의 한 방편으로 삼고 애인여기(愛人如己)하는 생활이 정착되어 몸 건강하고 마음이 평온을 유지할 수 있다면 그것이야말로 의미 있는 인생이라고 말할 수 있었을 것입니다. 왜냐하면 그러한 인생이야말로 마음속에서 늘 하염없는 희열(喜悅)이 끊임없이 용솟음치는 뜻있는 생활일 것이기 때문입니다."

"직업이나 겉보기와는 관계없이 그 사람의 생활의 근본 축이 이기행이냐 이타행이냐에 따라 성패가 결정된다는 말씀입니까?"

"그렇습니다."

"선생님의 첫 번째 실직은 그렇다 치고 두 번째 실직은 언제 있었습니까?"

16

"Y영자 신문사에 재직한 지 만 13년 후 1988년 5월 31일에 있었습니다."

"그때는 왜 실직을 당하셨습니까?"

"만 55세가 되어 정년퇴직을 당했습니다."

"정년퇴직은 실직과는 성질이 다르지 않습니까?"

정년퇴직도 실직이었다

"나는 별로 다르지 않다고 봅니다. 아직도 한창 일할 나이에 정년퇴직을 당하는 심정은 실직이나 조금도 다를 바 없었습니다. 나는 1986년 1월부터 선도수련을 본격적으로 시작했지만 그때도 나는 아직 진리파지(眞理把持)가 안 되어 있었습니다."

"진리파지가 안 되었다는 게 무엇입니까?"

"쉽게 말해서 거짓 나에서 벗어나 참나를 깨닫지 못하고 있었다는 말입니다. 여기서 말하는 진리란 참나입니다. 그렇기 때문에 첫 번째 실직 때와 비교해서 내 마음에는 근본적인 변화가 없었습니다. 그래서 아직도 한창 일할 나이에 퇴직당하는 것에 대하여 심한 거부반응을 일으켰습니다."

"대기자(大記者)가 되면 퇴직 연령이 길어지는 거 아닙니까?"

"그 당시에는 대기자 제도가 정착되기 전이었습니다. 대기자가 되면 정년이 65세 이상 연장될 수도 있고 경우에 따라서는 아예 연령 제한이 없을 수도 있습니다. 그러니까 나는 이미 신문기자로는 실패자였습니다."

"왜요?"

"내가 1968년에 처음 신문기자가 되었을 때는 이미 나이가 35세나 되었으므로 동년배들보다 꼭 10년 차이가 났습니다. 정상적인 경우라 면 25세 전후에 입사했어야 되는데 나는 그렇지 못했습니다."

"왜 그렇게 되셨죠?"

"군대생활을 10년이나 하지 않을 수 없었기 때문이었습니다. 바로 이 10년 차이 때문에 동년배들이 전부 다 부장급이 되었을 때 나는 신 참 기자가 되었으므로 관례상 일선 취재기자로서 재능을 발휘해 볼 기 회조차 부여되지 않았으므로 늘 편집국 안에서 남들이 싫어하는 해설 기사 따위나 쓸 수밖에 없었습니다.

대기자가 되려면 부장급을 역임하고 편집국장, 논설위원을 거쳐야 되는데 나는 차장급 이상으로는 진급을 시켜주지 않았으므로 거기서 정년을 맞이한 겁니다. 나는 군대생활 10년 동안에도 여러 가지 제약 으로 중위 이상으로는 진급을 해 보지 못하고 자원하여 예비역으로 편 입했고, 신문기자로도 겨우 차장급에서 종지부를 찍어야 했습니다.

결국 나는 군인으로도 신문기자로도 실패자였습니다. 군대에서는 별로 희망이 보이지 않고 적성에도 맞지 않아서 나 스스로 예편 원서 를 냈지만, 신문기자로서는 내 의사와는 관계없이 정년에 걸려 한창 일할 나이에 일손을 놓아야 했습니다. 아직도 얼마든지 더 일할 수 있 는 나이인데도 제도에 묶여서 타의에 의해 직장에서 쫓겨나는 것이니 나는 갈데없는 실직자였습니다.

신문사에서는 퇴직 후에도 촉탁으로 그때 받던 월급의 반액 정도만 받고 하루에 몇 시간씩만 신문사에 나와서 내가 그때까지 하던 일을 그냥 계속해 달라고 간곡히 부탁했습니다. 그래서 하루에 서너 시간씩만 출근하여 신문기사를 썼습니다. 그러한 촉탁생활을 1990년까지 하다가 도봉산에서 낙반사고로 크게 부상을 당하고 입원하는 바람에 신문사를 완전히 그만두었습니다. 그러나 3년간의 신문사 촉탁생활은 사실상의 실직이나 같았습니다."

"왜요?"

"그건 원고료 받고 일해 주는 프리랜서와 같은 것이기 때문입니다. 프리랜서는 엄격한 의미에서 직장인은 아니니까요. 직장인이란 아침에 정해진 시간에 출근하여 저녁에 퇴근하는 사람입니다. 어쨌든 간에 일단 다년간 다니던 직장에서 밀려나왔을 때 마음이 안정되지 않으면 그거야말로 비극입니다. 요즘 특히 IMF 한파 이후 정리해고된 직장인이 거리와 공원과 산으로 참담한 심정으로 지향 없이 헤매는 것은 모두가 마음이 안정되어 있지 않기 때문입니다. 나는 두 번째로 실직을 당한 이후에도 마음의 안정을 찾지 못했습니다."

"그 이유가 어디에 있다고 보십니까?"

"조금 전에도 말했지만 진리파지(眞理把持)가 안 되어 있었기 때문입니다. 그래서 나는 실직 이유를 남의 탓으로 돌림으로써 모든 괴로움을 도맡아 안고 힘겨워 했습니다. 지금도 정리해고 당한 실직자들 중에는 그때의 나와 비슷한 울분과 고뇌로 밤잠을 못 이루는 사람들이 많을 것입니다."

"만약에 선생님이 지금 그러한 정리해고를 당했다면 어떻게 하시겠습니까?"

"정리해고당한 것을 절대로 남의 탓으로 돌리지 않을 것입니다."

"왜요?"

"남의 탓으로 돌린다는 것은 지옥의 고통 속으로 자진해서 빠져들어가는 것과 같기 때문입니다. 이것은 이유 여하를 막론하고 누구나 당장 실험해 보면 알게 됩니다. 국가와 사회를 원망하고 시대를 저주하고 회사 관리자를 미워해 보십시오. 그렇게 하면 할수록 그 사람은 점점 더 참담한 분노와 원한의 수렁 속으로 깊숙이 빠져들어가게 될 것입니다. 그와 함께 마음의 문은 점점 닫혀져서 결과적으로 우울증 환자나 자폐증 환자가 되든가 심리적으로는 질식 상태에 빠지게 될 것입니다."

내 탓으로 돌려야 다 같이 살 수 있다

"그럼 어떻게 해야 합니까?"

"마음의 문을 될 수 있는 대로 활짝 열어야 합니다."

"어떻게 하는 것이 마음의 문을 활짝 여는 것입니까?"

"모든 것을 내 탓으로 돌릴 때 마음의 문은 최대한으로 열리게 됩니다."

"무조건 역지사지방하착(易地思之放下着)하라는 말씀이군요."

"그렇습니다. 이러한 마음의 자세는 인간으로서 응당 지켜야 할 덕목이라서가 아니라 생존 전략으로서도 마땅히 수용되어야 합니다. 누구나 처음에는 납득이 안 가는 일이고, 그렇게 하기가 무척 어렵겠지만 억지로라도 한번 그렇게 마음을 먹어보면 남의 탓으로 돌릴 때 원망과 분노로 헝클어지고 일그러지고 찌그러지고 달아올라 날뛰던 마음의 파도가 말끔하게 가라앉는 것을 체험하게 될 것입니다. 이처럼 마음의 안정을 찾은 뒤에라야 실직당한 뒤에 올 일을 차분히 생각해 볼 수 있습니다. 일단 마음의 평안을 찾은 뒤에는 앞으로 할 일도 곰곰이 헤아려 볼 수 있는 여유가 생길 것입니다."

"그렇게 마음의 안정을 찾은 뒤에 우선 할 일은 무엇입니까?"

"실직당한 뒤 마음의 안정을 찾은 다음에 제일 먼저 할 일은 생활리듬을 깨지 않는 겁니다. 오래전 얘기입니다만 내가 잘 아는, 예편원서를 낸 어떤 직업군인은 제대한 뒤에 무엇을 할 작정이냐고 물었더니 대뜸 한다는 소리가 '한 3년 푸욱 쉰 다음에 천천히 생각해 보겠다'고 말했습니다. 하도 단호하게 그렇게 말하니까 더 물어볼 수도 없었습니다. 오죽이나 군대생활이 고되었으면 저렇게까지 나올까 하고 그를 동정하면서도 그가 3년간을 푸욱 쉰 다음에 무엇을 할 것인지 지켜보기로 했습니다.

제대한 뒤에 그가 집에서 하는 일이란 하루 종일 텔레비전 앞에 앉아 있는 것하고 바둑집에 가는 것이 고작이었습니다. 직장에 나가는 그의 아내가 생활비를 벌어들이기 때문에 아이가 셋이나 있었지만 그는 무사태평이었습니다. 그가 3년 동안이나 푹 쉬는 사이에 제일 애달아 하는 사람은 그의 아내와 장인 장모였습니다. 일자리를 마련해 보았지만 그는 거들떠보지도 않았습니다. 막상 3년을 그렇게 허송세월한 뒤에는 놀고먹는 생활이 아예 인이 박혀서 일을 한다는 것 자체가 싫어졌습니다.

인간의 생체리듬은 한번 깨어지면 웬만해서는 되찾기 어렵습니다. 더구나 게으른 사람은 더 말할 것도 없습니다. 끝내 그는 폐인(廢人)이 되고 말았습니다. 게을러서 폐인이 된 남편을 먹여 살릴 수 없다고 생각한 아내는 아이들과 함께 집을 나가버렸고, 그는 거지 신세가 되어 비럭질을 하다가 객사하고 말았습니다. 게을러서 3년이나 놀고먹은 것도 폐인이 된 것도, 처자를 잃어버린 것도 거지가 되어 비럭질을 하다가 객사한 것도 남의 탓이 아니고 전적으로 그 사람 자신의 탓입니다.

모든 동물은 무조건 부지런하게 움직여야 살게 되어 있습니다. 그래서 움직이는 물건이라고 해서 동물(動物)이라고도 합니다. 부지런히 움직인다는 것은 게으름을 피우면서 놀고먹는 것은 결코 아닙니다. 생존을 위하여 무엇이든지 생산적인 일을 하는 것을 말합니다. 부지런하게 일 잘하기로 이름난 꿀벌 사회에서는 일 안 하고 게으름 피우는 벌은 감시 벌에게 물려 죽게 되어 있습니다.

육체노동을 하든 정신노동을 하든, 성실하고 부지런하게 생산적인 일에 몰두하는 것이야말로 동물로서는 가장 아름답고 보람 있는 일임과 동시에 건강과 장수와 행복을 가져다줍니다. 실직(失職)이 되었다 해서 잠시라도 게으름을 피우거나 아무 일도 안 하고 놀고먹는 것이야말로 자기를 위해서도 부양가족이나 이웃을 위해서도 백해무익한 짓이 아닐 수 없습니다.

멋모르는 사람들은 편히 쉬는 것을 좋아합니다. 아직도 수족이 멀쩡한 사람을 보고 편히 쉬라고 하는 것은 빨리 병들어 죽으라는 말과 같습니다. 일할 수 있는 부모를 공경한답시고 아무 일도 못하게 하고 편히 쉬게만 하는 것 역시 하루속히 병들어 죽으라는 것과 같습니다. 농촌에서 농사지으면서 멀쩡하게 잘 지내고 있는 노부모를 편히 모신다고 억지로 도시의 아파트에 데려다가 가두어 놓는 것이야말로 알고 보면 최대의 불효입니다. 늙은 부모 일 시킨다는 남들의 험담이 두려워 강제로 부모를 도시의 아파트에 가두는 행위야말로 자식들의 체면만 차리려고 부모의 생명을 단축하는 짓입니다.

일하고 돈 벌게 하는 것이 효도

진짜 효행은 남의 이목이야 어떻든 간에 집안 허드렛일이라도 하게 하여 땀을 흘리게 하고 그 대가를 지불하여 노동의 보람을 알게 하는 겁니다. 이렇게 함으로써 부모는 부양당하는 것이 아니라 집안에서 제대로 자기 몫의 일을 한다는 자부심을 갖게 하여, 며느리 보기에도 떳떳하고 당당한 가족의 일원이 되게 하는 겁니다.

따라서 사람은 숨넘어가는 그 순간까지 수족만 멀쩡하다면 무슨 일이든지 쉬지 않고 생산적이고 건설적인 일에 종사해야 합니다. 이렇게 함으로써 건강과 장수는 저절로 보장되어 자연히 천수(天壽)를 누릴 수 있게 됩니다. 그래서 일단 마음의 안정을 찾은 뒤에는 무슨 일이든지 쉬지 않고 움직여야 합니다. 굴러가는 자전거와 같이 멈추면 쓰러진다고 생각하고 잠시도 쉬지 말고 움직여야 합니다.

그러나 부지런히 움직이라고 해서 도박, 오락, 엽색(獵色), 음주, 마약, 엽색(獵色), 도둑질, 사기협잡, 순전히 쾌락을 위한 사냥이나 낚시질 따위에 빠지는 것도 좋다는 것은 아닙니다. 이러한 퇴폐적인 행위는 생명력을 단축시킬 뿐입니다. 그러나 부지런하고 생산적인 일이라면 무슨 일이든지 가리지 말고 할 수 있는 일을 해야 합니다."

"그래도 일거리가 없을 때는 어떻게 합니까?"

"두드리는 자에게 문은 열리게 되어 있습니다. 일거리 역시 찾는 자에게 주어지게 되어 있습니다. 당장에 할일이 눈에 띄지 않는다고 해서 일거리가 없는 것이 아니라 꾸준히 지속적으로 일거리를 찾지 않기 때문에 눈에 띄지 않을 뿐입니다."

"그런데 선생님, 요즘 정리해고되는 사람의 대부분은 회사나 관공서의 관리직이나 행정직이나, 사무직이나 경영직에 있었던 사람들이거든요. 특정한 기술이 있는 것도 아니고 그야말로 있어도 그만 없어도 그만인 불요불급한 사람들이거든요. 이런 사람들이 갑자기 실직을 당했으니 무엇을 할 수 있겠습니까? 설마 막노동을 할 수는 없는 일 아닙니까? 체면도 있고 자존심도 있고 한데 말입니다."

"IMF 시대에는 그따위 사고방식부터 싹 뜯어고쳐야 합니다. 노동인구의 구조 개편과 이에 따른 인구의 대이동은 불가피한 일입니다. 우리보다 먼저 금융위기 경제위기를 숱하게 겪어온 구미 선진국에서는 그따위 체면이니 자존심이니 하는 것은 벌써 오래전에 자취를 감추었습니다. 정부의 수상을 지낸 사람이 수상직을 그만둔 뒤에 옛날 자기 부하 밑에 들어가 장관이나 특사 노릇을 예사로 합니다.

미국의 육군사관학교 교장을 지냈던 예비역 장성(將星)은 자기가 교장으로 근무하던 육사 정문 옆에 구두 수선소를 차려놓고 옛 제자들의 구두를 닦아주고 고쳐주는 일을 예사로 합니다. 육사생들은 이왕이면 자기네 교장이었던 그에게 찾아가 단골이 되어 줍니다. 평생 군생활에만 전념해 온 예비역 장성에게 특별한 재주가 없는 한 이 사회에서 필요로 하는 마땅한 직업을 찾을 수 없었던 것은 당연한 일입니다. 이 전직 교장이 옛 제자들의 구두를 닦아주면서 콧노래를 부르는 것은 실로 감격적인 장면이 아닐 수 없습니다. 정리해고를 일찍 경험하고 수용한 구미 사회에서는 이러한 일은 다반사입니다.

그러나 우리 사회는 어떻습니까? 최근 4십 년 동안 산업화를 겪기는 했지만, 아직도 우리의 의식의 저변에는 조선 왕조 시대의 사농공상(士農工商)의 신분 차별의식이 그대로 도사리고 있습니다. 지금은 대통령이 세일즈맨이 되어 열심히 뛰고 있는 시대입니다. 사농공상(士農工商)은 마땅히 그 순서가 상공농사(商工農士)로 자리바꿈을 하지 않으면 누구나 살아남기 어려운 시대입니다. 얼마 전까지만 해도 제조업 즉 공(工)이 우세한 일본이 상(商)이 우세한 미국을 누르는 것 같았지만 지금 그 반대 현상이 일어나고 있습니다.

우리가 지금 IMF 한파를 겪고 있는 것도 제조업이 열악해서가 아니라 금융업과 정보산업과 같은 상(商)이 뒤떨어졌기 때문입니다. 금융업은 돈장사이고 정보산업은 지식장사입니다. 우리가 지금 겪고 있는 IMF 한파는 국제금융 투기꾼들에게 우리의 약점을 잡혔기 때문에 일어난 변란입니다.

그리고 경영직, 관리직은 흰 와이샤쓰에 넥타이 맨 선비(士)에 해당됩니다. 옛날로 말하면 갓 쓴 선비에 해당됩니다. 그들이 제일차적인 정리해고의 대상이 되는 것은 그들의 지위가 그만큼 별 볼 일 없어졌다는 증거입니다. 그러니까 체면과 자존심은 몸에 걸치고 있으면 있을수록 독(毒)이 되고 빨리 벗어던지면 던질수록 좋은 약이 됩니다."

"물론 이론적으로는 당연히 그래야 하는데, 수백 년 동안 내려온 사람들의 사고방식을 하루아침에 바꿀 수는 없는 일 아닙니까? 더구나 실직당한 사람이 독신이라면 무슨 일을 하든지 상관없겠지만 아내가 있고 다 큰 아들딸을 거느린 가장이라면 쉽사리 막노동꾼이 된다는 것도 그렇게 쉬운 일이 아닐 겁니다."

"체면과 자존심이 그렇게도 중요하다면 차선책을 생각해 볼 수도 있습니다."

"어떤 것인데요?"

"우리 사회가 당장 필요로 하는 직종을 택하여 학원이나 직업훈련소에서 교육을 받아 공인 자격증을 획득하는 겁니다. 해방 후 내내 우리 교육계는 산업 현장에서 필요로 하는 기술자나 전문 인재 양성을 외면하고 사회에서는 별 쓸모도 없는 순수학문 분야에만 지나치게 치중하여 고등 백수건달만 양산해 왔습니다.

그리하여 구직자는 많지만 산업 현장에서 당장 필요한 전문일꾼은 희귀한 기현상을 빚어 왔습니다. 그러니까 지금이라도 늦지 않으니 자기 적성에 맞는 전문직을 선택하여 학원에서라도 교육을 받는 겁니다. 자격증만 따놓으면 취직의 기회는 반드시 있게 마련입니다. 그렇게 하는 것이 사업한답시고 몇푼 되지도 않는 퇴직금을 사기꾼에게 홀라당 날리는 것보다는 백번 낫습니다. 사기를 당하지 않아도 사업한답시고 하루에도 수없이 쓰러지는 기업체의 어음을 납품 대금으로 받아놓았다가 부도라도 나면 밑천을 몽땅 날리게 됩니다."

"그 외에도 실직자가 유의할 일이 무엇입니까?"

"이번 기회에 삶의 가치 기준을 완전히 바꾸어버리는 겁니다."

"어떻게 말입니까?"

"자존심이니 체면이니 하는 말을 하는 걸 보니 아직도 한참 멀었다는 생각이 듭니다. 자존심, 체면, 명예, 부귀공명(富貴功名)은 어떠한 경우에도 우리의 삶의 가치기준이 될 수 없습니다. 왜냐하면 그것은

27

결국 허망한 꿈이요 뜬구름이기 때문입니다.

대기업체에 취직하여 간부가 되고 임원이 되고 사장이 되고 회장이 되겠다고 불철주야 용맹정진해 오던 사람이 하루아침에 정리해고를 당했다면 그것처럼 허망한 일은 없을 것입니다. 정신없이 달려가기만 하면 틀림없이 목표에 도달할 것으로 철석같이 믿어온 것이 갑자기 물거품이 되었으니 어떻게 되겠습니까?

탄탄대로로만 알았던 앞길이 갑자기 뚝 끊긴 것과 같습니다. 이쯤 되면 사려있는 사람이라면 그 자리에서 서서 생각을 좀 해 보아야 합니다. 무엇이 잘못되었는가를 알아내야 합니다. 그동안 정신없이 앞만 보며 달려오느라고 미처 생각지 못했던 일이었는데, 지금은 누구의 눈치 보지 않고도 이번에는 차분하게 생각해 볼 수 있는 기회를 만난 겁니다.

일류 대학을 나와 일류 기업체에 취직하여 최고위직에 오르려던 기존 궤도가 크게 잘못되었다는 것을 현실적으로 깨닫는 계기가 되었습니다. 철들면서부터 꿈꾸어 온 이 사회의 최고의 지위와 명예가 깨닫고 보니 전연 의지할 만한 가치가 없다는 것을 느끼게 되었습니다.

지혜로운 사람이라면 이쯤에서 지금까지 추구해 온 삶의 가치가 얼마나 허망한가를 깨닫고 근본적으로 다른 것을 모색하지 않을 수 없을 것입니다. 만약에 그가 건강까지도 상실했다면 문제는 더욱더 심각해집니다. 여기서 발상의 전환을 모색하지 않고는 살아남기 어렵습니다."

"그렇다면 선생님께서 추구하시는 삶의 가치기준은 무엇입니까?"

"상황이 어떻게 변하더라도 전연 영향을 받지 않는 확고부동한 것이어야 합니다. 오뚝이처럼 아무리 쓰러뜨려도 다시 일어나는 것이어야

합니다. 제아무리 집채 같은 파도와 폭풍우가 휘몰아쳐도 아무런 영향
도 받지 않는 부이와 같은 그런 것이어야 합니다."

"그게 무엇입니까?"

"흔들리지 않는 마음의 평온입니다."

"그러한 마음의 평온은 어떻게 하면 성취할 수 있습니까?"

"착하고 바르고 슬기로운 사람이 늘 자기 자신과 주변을 관(觀)하면
누구나 도달할 수 있는 경지입니다."

"관(觀)은 무엇입니까?"

"정신 똑바로 차리는 겁니다."

"정신만 똑바로 차리기만 하면 됩니까?"

"그렇습니다. 지혜가 열릴 테니까요."

실직 후에 당장 해야 할 일

"그건 그렇구요. 선생님, 10년 20년 다니던 직장을 하루아침에 잃어버린 사람은 당장 어떻게 해야 합니까?"

"지체 없이 그 사실을 아내와 아이들에게 솔직히 털어놓아야 합니다."

"제 생각 같아서는 다음 일자리를 얻을 때까지 당분간 비밀에 부치는 것이 가족들에게 무능한 남편이요 아버지라는 인상을 심어주지 않고, 체면을 유지하면서도 이 난국을 무사히 극복할 수 있지 않을까 생각하는데요."

"그건 체면에만 사로잡혀서 사태를 오히려 그르칠 우려가 있습니다."

"왜요?"

"가족이란 인간이 살아나가는 데 있어서 가장 기초적인 생활공동체입니다. 가장이 실직을 당했는데도 그 사실을 가족에게 알리지 않는 것은 적군이 전면 침공을 개시했는데도 국가 원수의 체면 유지 때문에 우방국의 원조를 받아 적을 격퇴할 때까지 그 사실을 국민들에게 알리지 말자는 것과 같이 어리석은 짓입니다. 우리는 6.25 때도 그와 비슷한 오류를 대통령이 범한 것을 알고 있습니다. 남침 사실을 그 즉시 알렸더라면 건질 수도 있었을 수많은 생명과 재산을 우리는 잃었습니다.

가장이 실직을 당했다는 것은 가족 전체의 안위에 관계되는 중대사인데 아무런 뚜렷한 대책도 없이 이것을 알리지 않는 것은 가족 구성원들을 한층 더 위험 속으로 몰고 가는 어리석은 짓이 아닐 수 없습니다. 만약에 자녀들이 철부지라면 아내에게라도 모든 진상을 솔직히 털어놓아야 합니다. 종잇장도 맞들면 낫다는 말이 있습니다. 부부 양측의 부모 형제, 친지들에게도 충분히 알려서 서로 머리를 맞대고 의논이라도 해볼 수 있게 해야 합니다. 뜻밖에도 좋은 탈출구가 열릴지 누가 압니까?

평시도 아니고 정리해고자들이 집단으로 양산되는 국가적인 환난이니까 조금도 부끄러워할 것 없이 주위에 알리는 것이 좋습니다. 그렇게 하지 않고 계속 비밀로 할 경우 실직당한 사람은 가족들과 점점 멀어지고 외로워져서 항상 겉돌게 될 것입니다. 우울한 외톨이가 되지 않기 위해서라도 툭 털어놓고 협조를 구하는 것이 좋습니다. 숨긴다고 해서 자기 수준 이상으로 가치가 올라가는 것도 아닙니다."

"알겠습니다. 그럼 그다음엔 출퇴근하는 일이 당장 없어졌으니 하루하루를 어떻게 보내는 것이 좋겠습니까?"

"정리해고는 대체로 한 달 정도의 여유를 두고 본인에게 통고될 것이니까 그 사이에 퇴직 후의 일과표를 짜 두어야 합니다. 참고삼아 말하고 싶은 것은 기상 시간과 취침 시간은 종전의 습관을 그대로 지키는 것이 좋습니다. 갑자기 생체리듬이 깨어져 버리면 심한 몸살을 앓게 되니까요.

그리고 아무리 사무직이나 경영직에 근무해 온 사람이라고 해도 최소한 한두 가지의 외국어는 구사할 수 있을 겁니다. 친지들과 연락을 해 놓으면 번역을 할 수 있는 일거리는 구할 수 있을 겁니다. 이 밖에도 남이 가지고 있지 않는 무슨 재능이라도 한두 가지 안 가지고 있는 사람은 드물 겁니다.

그 능력을 최대한으로 이용해 보는 겁니다. 하다못해 현대생활에 필수적인 컴퓨터 조작과 자동차 운전이라도 시간제로 필요로 하는 데가 있을지 모릅니다. 만약에 외국어, 컴퓨터, 자동차 운전이 아무 쓸모가 없다면 이 사회가 지금 당장 필요로 하는 것이 무엇인가를 탐색해 보아야 합니다. 이러한 사태가 올 것을 미리 예견한 사람이라면 이미 한두 가지 자격증을 비상시의 재취업용으로 따 놓았을 것입니다."

"어디서 그런 것을 알아볼 수 있겠습니까?"

"요즘은 실직자 재취업을 돕는 단체나 기관들도 생겨나고 있고 직업 재교육을 시키는 교육기관도 생겨나고 있으니까 그런 것을 최대한 이용할 수 있을 것입니다. 어떤 일이 있어도 아무런 일거리도 없으면서 우두커니 텔레비전 앞에 앉아 있거나 낮잠이나 자는 그런 게으른 행위는 절대로 하지 말아야 합니다. 부지런하기만 하면 얼마든지 직업 재교육을 받을 수 있습니다. 요컨대 마음만 건실하면 어떠한 길이든지 열리게 되어 있습니다.

보도에 따르면 그동안 외국인들에게나 내맡겼던 더럽고 위험하고 힘든 3D업종들을 자원하는 실직자들이 늘어나고 있어서 외국인 근로자들이 일거리를 잃고 속속 귀국을 서두르고 있다고 합니다. 4백만 원 이상의 월급을 받던 전직 은행장이 월급 80만 원짜리 중소기업 경리 자리라도 구하기를 원하고 있습니다.

외국인 근로자들 차지였던 막노동, 단순 일용노동자들도 이제는 국내인으로 대부분 충당되고 있다고 합니다. 지금까지 국내인들이 기피 대상이 되어 왔던 원양어선 선원들도 지금은 국내인으로 채워지고 있고 지원자가 밀리고 있다고 합니다. 그리고 고임금 때문에 우리 건설 업체가 맡은 해외 공사장에서는 노임이 싼 현지 인력을 지금까지 고용하고 있었는데 지금은 그것조차도 국내 인력으로 충당되고 있다고 합니다.

이것은 우리의 경제생활 전반에서 그동안 잔뜩 부풀렸던 거품들이 빠져나가는 건실한 현상이 아닐 수 없습니다. 가족을 부양하기 위해서라면 어떤 어려운 작업 현장에라도 뛰어들겠다는 이 결의야말로 우리의 경제계에 새로운 활력을 불어넣어줄 것입니다."

"그렇게 되면 IMF 한파는 우리에게 그야말로 전화위복(轉禍爲福)의 재충전의 계기가 될 수도 있겠는데요."

체면과 자존심은 거품이다

"그렇습니다. 체면과 자존심이라는 실체 없는 거품만 완전히 걷어내면 우리에게 못 해낼 일이 어디 있겠습니까?"

"백수건달이 되느냐 새로운 환경에 적응하는 유능한 일꾼이 되느냐 하는 것도 종이 한 장 차이겠는데요."

"쓸데없는 욕심, 공명심, 체면, 자존심만 털어버리면 우리는 누구나 진정한 대자유인이 될 수 있습니다."

"허지만 4백만 원 이상 받던 전직 은행장이 단돈 80만 원짜리 중소 기업 경리 책임자가 되어 과연 그 일을 오래 해낼 수 있겠습니까?"

"그것도 마음먹기에 달려 있습니다. 형제자매간에 상속재산을 더 많이 차지하려고 법정 싸움에 휘말려 있으면서도 온갖 사치를 다 누리며 으리으리한 고대광실에서 호의호식하는 제왕처럼 거들먹대는 재벌회장 가정이, 15평 서민 아파트에서 다섯 식구가 된장찌개와 막김치에 잡곡밥뿐인 밥상에 둘러앉아 오손도손 얘기꽃을 피우면서 마음 편하게 살아가는 3D업종 근로자 가정보다 반드시 행복하다는 보장은 아무 데도 없습니다."

"그렇다면 행복의 기준은 무엇일까요?"

"예수는 마음이 가난한 자는 복이 있다고 했지만 나는 마음이 평온한 자야말로 진정으로 행복하다고 말하겠습니다."

"마음이 가난하다는 것은 무슨 뜻입니까?"

"마음이 가난하다는 것은 마음속에 욕심과 집착이 없어서 겸손하다는 뜻입니다."

"마음이 평온하다는 것은 무슨 뜻입니까?"

"온갖 욕심과 집착이 떠난 뒤의 마음의 상태를 말합니다. 마음이 허공처럼 텅 비어있으므로 무엇이든지 거부감 없이 수용할 수 있는 자세가 되어 있으므로 어떠한 일이 있어도 흔들리지 않는 마음의 상태입니다. 하늘의 대우주와 인간의 소우주가 하나로 합쳐진 것을 말합니다."

"그러한 마음의 평온에는 어떻게 해야 도달할 수 있을까요?"

"마음을 완전히 비워버리면 자동적으로 채워지는 것이 바로 마음의 평온입니다. 이것이 바로 진정한 자아 즉 참나입니다."

"그러나 마음을 완전히 비워버린다는 것이 그렇게 말처럼 쉬운 일이 아니지 않습니까?"

"그렇습니다. 그것을 일컬어 진리파지(眞理把持)라고 하고 예부터 구도(求道)라고 했고 우리 민간에서는 흔히 '도를 닦는다'고 합니다. 인류 역사 이래 동서고금을 통하여 수많은 구도자들이 구도에 전 생애를 걸어왔습니다. 이들 구도자들이 도를 이루어 성인(聖人)이 된 다음에 민초들에게 한 말은 한결같이 일체중생의 존재 이유는 바로 이 도를 이루는 데 있다는 것이었습니다."

"도를 이룬다는 것이 무엇인데요?"

"진리를 깨닫는 것을 말합니다. 물론 그 표현은 각 지역의 문화적 배경이 다르듯이 구구각각입니다. 석가모니는 이것을 견성 해탈이라고 했고, 예수는 영혼이 구원받아 천국에 들어가는 것이라고 했고, 단군은 성통공완(性通功完)이라고 했습니다. 어쨌거나 그 뜻은 하나입니다. 태양이 하나이듯 진리는 하나이기 때문입니다. IMF 한파로 정리해고된 사람은 재취업을 하기 전에는 시간에 그렇게 쫓기지 않을 것이므로 일과 시간표를 짤 때 바로 이 '도 닦는 시간'도 할애하는 것이 좋습니다."

"그러나 그것은 스승 없이 혼자서 할 수 있는 일은 아니지 않습니까?"

"그렇지도 않습니다. 요즘은 구도를 안내하는 좋은 책들과 테이프들도 많이 나와 있어서 마음만 먹으면 언제라도 할 수 있습니다. 전통 있는 사찰의 구도의 도량인 선방(禪房)들도 바로 정리해고자들을 위해서 문호를 개방하고 있으니 이용할 수도 있습니다. 또 선택에 다소 어려움이 있기는 하지만 국내에는 수많은 선도수련 도량들이 있습니다.

　　기공부의 기본인 도인체조와 단전호흡을 전수받을 수 있는 도량은 얼마든지 있습니다. 도 닦기에는 기공부 이외에 몸공부와 마음공부가 있는데, 이 두 가지는 마음만 있으면 누구나 스승 없이도 혼자서 얼마든지 할 수 있습니다.”

〈40권〉

노자(老子)의 『도덕경(道德經)』 번역을 마치고

2월 17일 화요일 −3∼10℃ 해 구름

노자의 『도덕경』을 과거의 관례대로 한문 원전의 자구(字句)를 쫓아가며 하나하나 우리말로 해석하는 방식을 지양하고, 마치 영문을 우리말로 번역하듯이 한국어 고유의 어법을 살리고 우리말의 리듬과 호흡에 맞추어 옮겨 보았다. 그래서 한문 원전을 일체 인용하지 않았다. 영어 원서를 우리말로 번역할 때 영어 원문을 일일이 등장시키지 않아도 얼마든지 우리말로 옮길 수 있듯이 우리는 마땅히 한문 원전도 순전히 우리말로 번역하는 전통을 지금부터 세워나가야 할 것이다.

비록 상고(上古) 시대 이래 최근까지 한문이 우리의 의사 표현수단이 되었던 것은 사실이지만 지금은 아니다. 지금은 엄연히 한글세대가 지배하는 세상이다. 어설픈 한문 지식을 가지고 우리글 속에 함부로 한문을 등장시키는 것은 한글문화의 발달에 혼란을 초래할 뿐만 아니라 도움이 되지 않는다.

한문 고전은 영어나 불어나 독어를 전공한 사람들이 그 말을 다루듯이, 한문에 조예가 깊은 사람들이 다루되 그것을 유려한 한국어로 옮기는 데는 당연히 누가 읽어도 거부반응을 일으키지 않을 정도의 한국어 문장력이 있어야 한다는 것이 나의 생각이다. 게다가 도인의 글을 옮기려면 마땅히 도를 닦아 본 사람이 그 일을 해야 제격일 것이다. 여기에 실려나가는 '노자의『도덕경』'을 읽은 독자들의 반응을 보아 구도자의 마음공부에 크게 보탬이 될 수 있는 다른 한문 고전들에도 손을 대 볼까 한다.

노자의『도덕경』은 위에 보아 온 바와 같이 81장으로 되어 있다.『천부경』이 81자로 되어 있는 것과 깊은 연관이 있는 것 같다. 노자의 도맥이 황제헌원에서 내려온 것이고 황제헌원의 스승이 배달국 제14대 치우 환웅천황 때의 대선인(大仙人)이며 학자인 자부선인(紫府仙人)이었던 것을 감안한다면 당연한 일이다.『삼일신고』와『참전계경』이『천부경』에서 나왔듯이 노자의『도덕경』역시『천부경』에서 그 뿌리를 찾아야 할 것이다.

기록에 따르면『도덕경』은 아주 우연한 기회에 세상 빛을 보게 되었다. 주나라 왕실이 내분에 휩싸이자 관직을 버린 노자가 은둔처를 구하여 함곡관이라 하는 관문(關門)을 지날 때였다. 노자의 명성을 듣고 일찍부터 그를 흠모하고 있던 그 관문 책임자가 노자에게 후세를 위해 부디 좋은 글을 남겨달라는 간곡한 청을 했다. 이 청을 뿌리칠 수 없었던 노자가 하룻밤 사이에 썼다는 것이 바로 동양 최고의 철리시(哲理詩)라고도 일컬어지는『도덕경』이다. 그의 나이 90세 때의 일이라고 한다.

과연『도덕경』은 구도자라면 누구나 한번 꼭 읽어보아야 할 빼어난 구도서(求道書)임엔 틀림이 없다. 도란 무엇이고 덕이란 무엇인가에 대하여 노자는 그의 천부적인 탁월한 표현력을 구사하여 종횡무진으로 서술해 놓았다. 그러나 내가 보기에는 어디까지나 구도자의 마음공부에는 불경이나 사서삼경이나, 성경이나 그 밖의 경전들 못지않지만 그 이상도 이하도 아니라는 것이다.

이 말은 무슨 뜻인가 하면 여타의 모든 경전처럼 『도덕경』은 마음공부에만 유익한 정보를 제공해 주었을 뿐이라는 것이다. 구도는 마음만으로는 부족하다. 마음공부에는 반드시 기공부와 몸공부가 뒷받침되어야 한다는 것이 나의 변함없는 지론이다.

세계의 어떠한 경전도 『삼일신고』를 빼놓으면 이 점을 언급한 것이 없다. 노자의 『도덕경』 역시 예외는 아니다. 여기에도 기공부와 몸공부에 대해서는 일언반구도 없다. 구도는 마음공부와 함께 기공부와 몸공부가 완전한 조화를 이루어야만 비로소 소기의 성과를 거둘 수 있다는 점을 간과하고 있다.

마음공부, 기공부, 몸공부를 명문화한 경전은 지구상에 『삼일신고』 밖에 아직은 발견되지 않고 있다. 『삼일신고』는 마음공부를 지감(止感), 기공부를 조식(調息) 그리고 몸공부를 금촉(禁觸)이라는 표현으로 분명하게 밝혀 놓았다.

이처럼 노자의 『도덕경』이 완전무결한 구도서는 못될지언정 도교의 핵심 경전으로서 우리 구도자들에게는 두고두고 읽어보고 음미할 만한 빼놓을 수 없는 마음공부의 지침서임엔 틀림이 없다. 노자의 『도덕경』에 대하여 좀더 공부해 보고 싶은 분은 서점에 나와 있는 한문 원전을 주석해 놓은 것을 참고해 주기 바란다.

슬픔과 고통과 감옥이 없는 나라

1998년 2월 18일 수요일 0~14℃ 구름

오후 3시. 10명의 수련생들이 모였다. 한참 수련에 열중들 하다가 그중에서 우창석 씨가 먼저 입을 열었다.

"선생님, 한마디 여쭈어보아도 되겠습니까?"

"좋습니다. 말씀해 보세요."

"슬픔과 고통과 감옥이 없는 나라가 어디엔가 있을까요?"

"그거야 그 나라를 구성하고 있는 사람들의 마음에 달려있는 일이 아니겠습니까?"

"무슨 뜻인지요?"

"마음속에 슬픔과 고통과 지옥이 없으면 그런 것이 없는 나라를 얼마든지 만들 수 있다는 말입니다."

"과연 그럴까요?"

"그렇고말고요. 우창석 씨가 왜 그런 의문을 품게 되었는지 그 배경부터 설명해야 구체적인 해답이 나올 수 있을 것입니다."

"어느 연속 방송극의 남자 주인공이 한평생을 슬픔과 고통 속에서 감옥살이만 하다가 끝내 조직폭력배의 칼에 맞아 숨을 거두었는데, 그의 아내와 동료들이 그를 화장한 뼈를 바다에 뿌리면서 기원한 말이 바로 이것이었습니다. 과연 그들의 소원처럼 슬픔과 고통과 감옥이 없는 나라가 존재할 수 있는지 그것을 알고 싶어서 말씀드려 본 것입니다."

"만약에 사람들의 마음에서 이기심과 욕심을 완전히 제거할 수만 있다면 그 순간부터 '슬픔과 고통과 감옥이 없는 나라'는 나타날 수 있을 것입니다. 그러나 이기심과 욕심이 상존하는 한 그러한 나라는 영원히 존재하는 일이 없을 것입니다."

"그런데도 극중의 주인공들은 '슬픔과 고통과 감옥이 없는 나라'가 마치 이 우주 내의 어디엔가 존재하는 것처럼 말했는데 그렇다면 그게 다 허상이라는 말씀이군요."

"그것 역시 마음먹기에 따라 허상도 될 수 있고 실상도 될 수 있습니다."

"마음먹기에 달려 있다고요?"

"그렇습니다. 마음을 어떻게 먹느냐가 항상 중요합니다."

"그럼 마음을 어떻게 먹어야 '슬픔과 고통과 감옥이 없는 나라'에 갈 수 있을까요?"

"슬픔이니 고통이니 감옥이니 하는 것도 알고 보면 집착 때문에 초래된 것이므로 일체의 집착에서 떠나면 다시는 불행한 업을 짓지 않게 될 것이고 그렇게 되면 다시는 슬픔, 고통, 감옥과 같은 업장의 함정에 빠지지 않게 될 것입니다."

"그럼 집착에서 벗어나는 것이 먼저 할 일이겠군요."

"그렇습니다."

"그럼 집착은 어디에서 옵니까?"

"온갖 이기심과 욕심에서 옵니다."

"노자는 인간의 모든 불행의 원인은 인위(人爲)에서 온다고 했습니다. 인위와 욕심과는 어떻게 다릅니까?"

"인위와 욕심은 근본적으로 같은 개념입니다. 자연과 순리에 역행하는 인위는 기본적으로 인간의 이기심 즉 욕심에서 출발한 것입니다. 그래서 노자는 인위를 극복하려면 무위(無爲)의 도를 따라야 한다고 했습니다."

"그럼 인위와 무위는 어떻게 다릅니까?"

"인위가 이기행(利己行)이라면 무위는 이타행(利他行)이라고 할 수 있습니다."

"그런데 노자의 『도덕경』을 읽어보면 무위는 바로 천도(天道)이고, 천도는 물과 같이 유약하면서도 바위처럼 굳센 것을 뚫을 수 있다고 했습니다. 그런 의미에서 노자의 무위의 도는 너무나 소극적이고 은둔적이고 방관적인 면이 있는 것이 아닐까요?"

"그렇지 않습니다. 물은 물방울을 하나씩 따로 떼어놓으면 연약하기 그지없지만 사실은 그와는 정반대인 경우도 있습니다."

"어떤 경우가 그렇습니까?"

"물방울 하나하나가 모여서 거대한 폭포가 되는가 하면 대해를 이루기도 하고 때로는 무서운 폭풍우가 되어 막강한 파괴력을 과시하기도 하고, 어떤 때는 가공할 지진해일(地震海溢)이 되어 해안 도시 전체를 삼킬 수도 있는 강력한 힘을 발휘할 수도 있습니다."

"그렇다면 무위는 가장 연약하고 소극적이면서도 가장 강력하고도 적극적인 힘을 발휘할 수도 있다는 얘기가 되겠군요."

"그렇습니다. 무위는 이미 강약을 초월하여 양자를 자유자재로 구사하고 있다고 보아야 합니다. 그래서 생사, 유무, 강약을 초월한 절대계를 무위계라고 합니다. 슬픔과 고통과 감옥 역시 인위의 산물입니다. 인위는 무위로서 극복할 수 있습니다. 다시 말해서 이기심은 반드시 이타심으로만이 극복할 수 있다는 말과 같습니다."

"결국 마음만 비울 수 있으면 무위와 이타행에 도달할 수 있다는 말씀인가요?"

"그렇고말고요."

"그럼 마음만 비우면 영생에도 도달할 수 있습니까?"

"진정으로 마음을 비울 수 있다면 영생(永生) 즉 영원한 삶에서도 떠나야 합니다."

"구도의 목적은 영생에 도달하기 위해서가 아닙니까?"

"영생 즉 영원한 삶이라는 말은 영사(永死) 즉 영원한 죽음을 전제로 하여 생겨난 말입니다. 다시 말해서 생(生)과 사(死)가 있다는 것은 우리가 아직도 생사유무(生死有無)가 지배하는 상대계(相對界)에서 헤매고 있다는 말밖에는 되지 않습니다."

"그렇다면 구도의 참목적은 무엇입니까?"

"생사(生死)까지도 벗어난 무위의 경지에 도달하는 겁니다. 여기에 도달해야 우리는 비로소 영원한 안식을 얻을 수 있습니다."

"그렇게 되면 인생이 너무나 무미건조해지는 것이 아닐까요?"

"그렇지 않습니다. 생사의 쇠사슬에 묶여서 그 지겹고도 단조로운 윤회를 거듭하는 것이 무미건조합니까? 아니면 생사의 고리를 끊고 생사와 육도사생(六道四生) 삼계(三界)의 경계를 마음대로 드나드는 것이 더 무미건조하겠습니까?"

"무슨 말씀인지 제 머리가 약간 혼란을 일으키는 것 같습니다."

"그럼 더 쉽게 설명해 드릴까요?"

"그렇게 해 주시겠습니까?"

"다람쥐가 미끼를 탐하다가 덫에 걸려 언제까지나 쳇바퀴를 돌리는 것이 무미건조하겠습니까? 아니면 산속에서 제 맘대로 가고 싶은 데 가고 오르고 싶은 나무에 오르고, 산속에 지천으로 널려 있는 도토리 까먹으면서 아무의 간섭도 받지 않고 자유자재로 살아가는 것이 무미건조하겠습니까?"

"이젠 무슨 말씀인지 조금 감이 잡히는 것 같습니다."

사주팔자라는 게 과연 있는가?

"선생님, 저는 다른 질문을 하나 드렸으면 하는데 괜찮겠습니까?"

삼십 대 초반의 개인 사업가인 안내성 씨가 말했다.

"좋습니다. 어서 말씀하십시오."

"사람에게는 과연 태어날 때부터 등에 지고 나온다는 사주팔자라는 것이 있습니까?"

"있습니다."

"정말입니까?"

"정말이지않구요. 그것은 안내성 씨가 지금 이 자리에 앉아 있는 것이 엄연한 사실인 것과 같이 사실입니다. 사람은 누구나 어느 해, 어느 달, 어느 날, 어느 시에 태어나게 되어 있습니다. 시간과 공간이 지배하는 이 세상에 태어나려면 누구나 밟아야만 하는 수순이 아니겠습니까? 이것을 무시하고 이 세상에 태어난다는 것은 사실상 불가능한 일입니다."

"사주팔자 중에서 사주는 무엇이고 팔자는 무엇입니까?"

"사주(四柱)는 태어난 연월일시(年月日時)이고, 팔자(八字)는 이 연월일시를 간지(干支)로 나타내어 병인(丙寅)년 을유(乙酉)월 신미(辛未)일 병자(丙子)시 하는 식으로 연월일시를 각각 두 자로 표현하려니까 여덟 글자가 되어 팔자(八字)라는 말이 생겨난 것입니다."

"그럼 사주나 팔자나 같은 뜻이군요."

"그렇습니다."

"그럼 사주팔자란 도대체 무엇입니까?"

"태어난 연월일시를 바탕으로 역학(易學)의 음양오행으로 풀어 본 과거와 현재와 그리고 예상되는 미래의 삶의 궤적(軌跡)이라고 할 수 있습니다. 다시 말해서 수없이 윤회하면서 살아온 그 사람의 과거 생의 업장(業障)의 총체적 결산서라고도 할 수 있습니다."

"과거생의 업장의 총결산서가 사주팔자라면 과거생에 업이 없는 사람은 어떻게 됩니까?"

"과거생에 저지른 업이 없는 사람이라면 이 세상에 태어나지도 않았을 것입니다. 다시 말해서 안내성 씨 자신의 몸 자체가 과거생의 업의 총결산이니까요."

"그렇다면 제 몸뚱어리 자체가 바로 과거생의 업의 덩어리라는 말씀입니까?"

"그렇습니다."

"그럼 저 자신의 현재의 모습은 저에게 무슨 의미가 있습니까?"

"안내성 씨의 현재의 모습이 과거생의 업장의 구현체(具顯體)니까 이것을 자신에게 맡겨진 숙제로 알고 풀어나가는 데 의미가 있다고 보면 틀림없습니다."

"업장이 없으면 이 세상에 태어날 이유도 없다는 뜻입니까?"

"그렇습니다."

"그럼 업장은 왜 생겨납니까?"

"안내성 씨 자신을 실례로 들어 말한다면 안내성 씨의 업장은 숙세(宿世)의 과거생에 안내성 씨가 남에게 바르고 착하고 지혜롭게 처신하지 못했기 때문에 일어난 얽히고설킨 인연의 결과입니다."

"그렇다면 그 업장을 해소하려면 어떻게 해야 합니까?"

"안내성 씨는 군대생활할 때 무기 청소 시간에 결합은 분해의 역순이라는 말을 귀에 못이 박히게 들었을 것입니다. 바로 그겁니다."

"바로 그거라뇨?"

"결합은 분해의 역순인 것과 같이 우리가 과거 생에 바르고 착하고 지혜롭지 못하게 처신하여 업장을 쌓은 결과가 지금의 나 자신이므로 그 업장을 풀려면 지금부터라도 바르고 착하고 지혜롭게 처신하면 됩니다. 그리하여 본래의 흠 없는 나를 찾으면 업장은 자연히 사라진다는 얘기입니다."

"이 세상에서 착한 일 많이 하는 사람은 죽어서 천상(天上)에 태어난다고 하는데 그게 사실입니까?"

"사실입니다."

"그리고 나쁜 일 많이 하는 사람은 삼악도(三惡道)에 떨어진다고 하는데 그것도 사실입니까?"

"사실이지 않고요."

"그럼 사람이 사는 목적은 삼악도에 떨어지지 않고, 죽어서 천상에 태어나는 것이라고 할 수 있을까요?"

"인생의 목적이야 사람에 따라 천차만별이니까 그렇게 일률적으로 단정해서 말할 수는 없습니다."

"선생님께서는 인생의 목적이 무엇이라고 보십니까?"

"인간 본래의 모습을 회복하는 겁니다."

"인간 본래의 모습이 어떤 것인데요?"

"부모미생전본래면목(父母未生前本來面目)입니다."

"부모미생전본래면목은 천상에 태어나는 것과 다릅니까?"

"다르지 않고요."

"어떻게 다릅니까?"

"천상은 착한 일을 하여 선업(善業)을 많이 쌓은 사람들이 가는 곳이고, 부모미생전본래면목은 바르고 착하면서도 일체의 업에서 벗어나 생사를 초월할 수 있을 만큼 지혜로운 사람들이 도달하는 경지입니다."

"아무리 바르고 착하게 살아보려고 발버둥을 쳐도 정리해고나 차량사고나 사기를 당하고 뜻하지 아니한 질병에 시달리는 등 간난신고(艱難辛苦)로 고생하는 것은 무엇 때문입니까?"

"과거생의 악업 때문입니다."

"그 악업에서 벗어나려면 어떻게 하는 것이 가장 빠른 지름길입니까?"

"결합은 분해의 역순이라고 하지 않았습니까?"

"알아듣기 쉽게 좀 구체적으로 말씀해 주시겠습니까?"

"지금부터라도 늦지 않으니 과거생의 악업에서 벗어나기 위하여 심기일전(心機一轉) 획기적인 조치를 취해야 합니다."

바르고 착하고 지혜롭게

48

"그게 뭔데요?"

"과거생에 바르고 착하고 지혜롭게 살지 못해서 초래된 업장이므로 지금부터라도 크게 마음을 바로잡고, 바르고 착하고 지혜롭게 삶으로써 과거생에 꼬이고 꼬인 업장을 바로잡으면 됩니다."

"그런데 선생님 세상 사람들은 그렇게 생각하는 것 같지 않습니다."

"그럼 어떻게 생각한다는 말입니까?"

"악업에서 벗어나려면 살풀이를 해야 한다고 합니다. 굿, 푸닥거리, 방술, 주술, 부적, 풍수, 천도재, 안수 기도, 천도, 액막이와 같은 것이 오히려 효과가 있다고 생각합니다."

"그런 것은 병의 뿌리는 그대로 놓아둔 채 일시적으로 통증이나 멎게 해 주는 마취제와 같은 것에 지나지 않습니다. 모든 불행의 뿌리인 악업을 제거하는 가장 확실한 길은 바르고 착하고 지혜롭게 사는 길 이외 다른 길은 없습니다."

"사주팔자를 고칠 수도 있습니까?"

"있고말고요."

"사주쟁이들은 팔자는 고칠 수 없다고 하던데요."

"그렇지 않습니다. 이미 지나간 사주팔자는 흘러간 과거니까 어쩔 수 없지만 앞으로 닥쳐올 사주팔자는 당사자가 마음을 어떻게 먹느냐에 따라 얼마든지 고칠 수 있습니다."

"허지만 아무리 바르고 착하게 잘 살아보려고 발버둥쳐도 하는 일마다 꼬이기만 하는 사람이 많은데 그것은 어떻게 된 겁니까?"

"그것은 과거의 업장이 아직 다 해소되지 않았기 때문입니다. 평생

도둑질만 해온 사람이 죽을 날을 며칠 앞둔 노인이 되어 잘못을 뉘우치고 심기일전하여 착한 사람이 되기로 작정하고 그렇게 행동하기 시작했다고 해서 금방 그 사람에게 좋은 일만 일어나지는 않습니다. 수백억의 빚을 지고 도망친 사람이 개과천선(改過遷善)하기로 작심을 했다고 해서 당장 그의 빚도 금방 탕감되는 것은 아닙니다. 아무리 지금 마음을 고쳐먹었다고 해도 과거에 진 빚만은 갚아야만 합니다. 그 빚을 다 갚을 때까지는 그 사람이 아무리 마음을 착하게 먹고 그대로 행동한다고 해도 간난신고(艱難辛苦)는 계속 밀어닥칠 것입니다.

사람들은 흔히 이것도 모르고 일체유심조(一切唯心造)라고 했다고 해서 지금 당장 마음만 고쳐먹고 개과천선만 하면 금방 복이 터지는 줄 알고 있지만, 그것은 인과응보의 이치를 모르는 크나큰 착각입니다. 이것만 알아두면 법 없이도 살아갈 착하디착한 사람이 지지리도 고생만 하는 원인을 환히 꿰뚫어 볼 수 있을 것입니다.

사회개량주의자들 특히 사회주의자, 공산주의자들은 이것도 모르고 무조건 무산계급은 유산계급을 때려잡아야만 잘살 수 있다고 떠들어대었고 폭력혁명을 일으키어 소련 같은 곳에서는 74년 동안 무려 3억 이상의 인명을 살해하는 천인공노할 만행을 서슴지 않았던 것입니다.

아는 것이 힘입니다. 무지몽매하면 이러한 범죄행위를 아무렇지도 않게 저지르게 됩니다. 인류 역사에 다시는 이러한 어처구니없는 만행이 되풀이되어서는 아니 됩니다. 업장이 무엇인지 인과응보가 무엇인지, 마음을 깨닫는 것이 무엇인지 알게 되었더라면 저지르지 않을 수 있는 끔찍한 범죄행위들이었습니다."

"범죄행위야말로 악업(惡業)을 쌓고 나쁜 사주팔자를 만드는 근본 원인이군요."

"그렇고말고요. 이제야 뭐가 좀 보이는 모양입니다."

"그렇습니다."

잘못된 확신이 죽음을 가져온다

"선생님께서는 언제나 바르고 착하고 지혜롭게 살아야 한다고 말씀하시는데 그것은 너무나 직설적이고 교과서적입니다. 이것을 좀더 우리의 실생활과 밀착된 언어로 표현할 수 없을까요?"

"마음을 열면 됩니다."

"마음을 열면 생사를 초월할 수 있습니까?"

"그렇고말고요."

"마음을 여는 문제하고 생사를 초월하는 문제하고는 무슨 연관이 있습니까?"

"있습니다."

"어떻게 말입니까?"

"마음을 닫는 것이야말로 죽음을 앞당기는 일이기 때문입니다. 그래서 성경에도 '욕심이 사망을 낳는다'는 말이 있습니다. 따라서 진정한 의미의 죽음은 바로 욕심입니다. 욕심이야말로 패가망신의 장본입니다. 따라서 생사를 초월하자면 우선 욕심에서 벗어나야 합니다.

욕심이야말로 부정부패와 관치금융과 떡값과 촌지 또는 뇌물이라는 이름으로 개인과 가정과 사회와 국가를 매일같이 망치고 있습니다. 하루도 빼놓지 않고 끊임없이 언론에 보도되는 절도, 강도, 살인, 자살, 음주, 도박, 마약중독, 침략, 쿠데타, 내전, 국가 사이의 전쟁도 역시 욕심에서 비롯된 것입니다. 온갖 인생고의 원천인 욕심을 이기는 길은 마음을 여는 것이 첩경입니다."

"그렇다면 그 마음을 여는 방법을 좀 가르쳐 주십시오."

"가르쳐 드리죠. 마음을 여는 가장 빠른 지름길은 각자가 내 마음은 열렸다고 확실히 믿는 겁니다."

"아니 열리지도 않은 마음이 열렸다고 확실히 믿기만 해도 마음이 열릴 수 있다는 말씀입니까?"

"그럼요."

"그게 정말 가능한 일일까요?"

"가능하고말고요."

"어떻게 그럴 수 있는지 도저히 믿을 수 없는데요."

"믿을 수 없어도 믿어야 합니다. 그렇게 하는 것이 엄연한 마음의 법칙이니까요. 나는 죽을 수밖에 없다고 확신하는 사람은 가만히 놔두어도 제물에 스스로 죽게 되어 있습니다. 자폐증 환자는 어떤 일이 있어도 마음을 열면 나만 손해라는 착각에 빠져 있습니다. 이러한 착각에 빠져 있는 한 그는 자기 욕심만 채우는 데 급급할 뿐입니다. 그러나 그와는 반대로 나도 살고 남도 사는 유일한 길은 서로 마음을 활짝 열어놓고 서로 돕는 길밖에 없다고 확신하는 사람은 어떠한 경우에도 마음을 열게 마련입니다."

"결국 마음을 열고 닫는 것도 마음먹기에 달려 있다는 말씀이군요."

"그렇습니다."

"그렇다면 일상생활을 어떻게 하는 것이 마음을 여는 것인지 실례를 들어가면서 말씀 좀 해 주시겠습니까?"

"그것보다는 내가 우창석 씨에게 어떤 상황을 설정한 뒤에 어떻게 할 것인가를 물을 테니 대답을 해 주십시오. 그렇게 하는 것이 훨씬 더 이해가 빠를 것입니다."

"좋습니다. 그렇게 하겠습니다."

"우창석 씨가 만약에 대학을 갓 졸업한 취업 희망자라고 합시다. 그동안 여러 군데 응시도 해 보았지만, 번번이 낙방의 쓴잔을 마셔야 했습니다. 그런데 우연히 연줄이 닿아 어느 대기업체의 인사담당 이사를 소개받아 그의 초청으로 그의 집을 방문하게 되었습니다. 방문 약속 날짜가 며칠 앞으로 다가 왔습니다. 이때 우창석 씨는 어떻게 하겠습니까?"

"어떻게 하다뇨?"

"취직이 될지 안 될지 모르니까 우선 그를 찾아가 만나기부터 해야 할까요?"

"당연히 그래야 하는 거 아니겠습니까?"

"틀렸습니다."

"틀렸다뇨?"

상대의 마음 꿰뚫어보기

"우선 그 인사담당 이사가 무엇 때문에 회사가 아니고 집으로 초청했는지를 꿰뚫어 보았어야 합니다."

"저는 그것까지는 미처 생각해 보지 못했는데요."

"그것 보세요. 그러니까 우창석 씨는 아직 멀었습니다."

"무엇이 멀었다는 말씀입니까?"

"마음이 열리려면 아직 멀었다는 얘기입니다."

"회사가 아니라 자기집으로 초청을 한 인사담당 이사의 의도를 꿰뚫어 보았어야 하는데 우창석 씨는 어떻게 하든지 빨리 취직부터 해놓고 보아야 하겠다는 성급한 욕심에 사로잡혀 앞뒤 재어볼 여유가 없습니다."

"그야 취직이 목적이니까 누구나 다른 것은 일일이 생각해볼 마음의 여유가 없었을 것이 아니겠습니까?"

"그거야말로 범부(凡夫)들의 생각입니다. 우리가 수련을 하는 목적은 이런 때에도 범부들이 흔히 범하기 쉬운 오류에서 벗어나자는 것입니다."

"그럼 그런 때 어떻게 해야 하겠습니까?"

"우선은 나 자신의 처지를 떠나서 상대의 처지가 되어 생각을 해 보아야 합니다. 인사담당 이사의 입장이 되어 나를 바라보는 여유를 가져야 합니다. 그렇게 해야만 그가 왜 회사 사무실이 아니라 자택으로 초청을 했는가 하는 수수께끼가 풀리게 되어 있습니다."

"혹시 돈봉투를 바라고 그런 것은 아니었을까요?"

"그것은 상대가 어떤 사람인지 모르고 어설픈 상식에 근거해서 일방적으로 내린 판단에 지나지 않습니다."

"그럼 어떻게 하죠?"

"상대방의 정체를 파악하기 전에는 상대의 의도를 함부로 속단할 수는 없습니다."

"그럼 상대에 대한 정보를 수집해야 되겠군요."

"그렇습니다. 상대를 알고 나를 알면 백 번 싸워도 위태롭지 않다는 손자병법을 적용하면 됩니다. 이것을 위해서는 우리의 일상생활에서 나보다 남을 먼저 생각하는 역지사지(易地思之) 정신이 항상 몸에 배어 있어야 합니다. 상대에 대한 정확한 정보를 입수할 수 있으면 해답은 저절로 나오게 되어 있습니다.

우리 속담에 눈치가 빠르면 절에 가서도 새우젓을 얻어먹을 수 있다는 말이 있습니다. 여기서 말하는 눈치 빠름은 바로 생활의 지혜를 말하는 것입니다. 얘기가 나온 김에 참고삼아 하나 더 하겠습니다.

『고승열전(高僧列傳)』에 나오는 얘기입니다. 무더운 한여름 날, 어느 절에서 있었던 일입니다. 그 절의 이름난 큰스님이 수제자들을 불러놓고 한담을 나누고 있었습니다. 이런 얘기 저런 얘기 끝에 '어 날씨가 꽤 덥군. 시원한 수박 생각이 절로 나는군.' 큰스님은 이렇게 일단 말해 놓고 이뭐꼬 화두의 참구 방법에 대한 자신의 체험담을 한참 늘어놓고 나서, '이 보게 자네들은 내가 지금 진정으로 자네들에게 바라고 있는 것이 무엇인지 아는가? 하고 일동에게 물었습니다.

그러자 어떤 제자는 '공부 열심히 하여 한소식하라는 거 아니겠습니까? 하고 반문했습니다. '틀리지는 않네. 그러나 다른 대답 없나? 하고 큰스님이 물었습니다. 그러자 '하루빨리 견성 해탈하라는 겁니다.'

'그 역시 맞는 말이야. 또 다른 대답 없나?

아무도 대답하는 제자가 없었습니다. 잠시 침묵이 흘렀습니다. 제자들은 모두가 어리둥절하여 서로들 얼굴을 쳐다보았습니다. 바로 이때였습니다. 수제자 한 사람이 부석부석 허리춤을 뒤지더니 백 원짜리

지폐 한 장을 꺼내 놓았습니다. 그 돈은 그 당시에는 큰 수박 한 덩이 값이었습니다. 그렇습니다. 이때 큰스님의 의도를 정확하게 꿰뚫은 사람은 바로 그였습니다."

"도대체 어떻게 돼서 그는 스승의 의도를 그렇게 정확하게 꿰뚫어 볼 수가 있었을까요?"

"역지사지 정신이 습관화되어 있었기 때문이었습니다. 스승과 한자리에 앉아 있을 때는 제자의 마음은 마땅히 스승의 마음과 동화되어 있어야 합니다. 그래야만이 그가 하고자 하는 말을 남보다 한발 앞서서 알아차릴 수가 있습니다.

마음문을 여는 지름길

어찌 스승과 제자뿐이겠습니까. 아내와 남편, 부모와 자식, 회사의 상관과 부하, 회사 동료 사이에서도 그리고 우리가 일상적으로 상대하는 모든 사람들과의 사이에서도 이 원칙은 예외 없이 적용됩니다. 이와 같은 역지사지 정신이 보편화될 때 이 세상에는 해결되지 못할 난관이나 문제나 쟁점이 없어질 것입니다.

석가모니 부처님 생존 시에 염화미소(拈華微笑)라는 유명한 일화가 있습니다. 석존이 영취산에서 대범 천왕으로부터 꽃을 받아 대중에게 보여주었건만 아무도 그 뜻을 이해하지 못했습니다. 그러나 오직 마하가섭만이 그 뜻을 알아차리고 미소를 떠올렸다고 합니다. 이때 석존은 '여래에게 정법안장(正法眼藏) 열반묘심(涅槃妙心)이 있으니 이를 마하가섭에게 전하노라' 하고 그의 도맥을 전수했다고 합니다. 제자의 마음이 늘 스승에게 가 있으면 두 마음은 하나가 되어 눈빛 하나만으로도 상대의 마음을 정확하게 파악할 수 있습니다.

이처럼 상대를 알고자 하는 마음, 늘 상대를 생각하는 마음이 있으면 대인관계에서 해결하지 못할 일이 없어집니다. 이것이 바로 마음의 문을 여는 첫걸음입니다. 따라서 마음문이 활짝 열린 사람은 능하지 못할 일이 없어서 무소불위(無所不爲)의 힘을 발휘할 수 있습니다.

사람은 자기 자신의 눈으로는 자기를 정확하게 판단할 수 없지만 남의 눈을 통해서는 자기 존재를 정확하게 판단할 수 있습니다. 왜냐하면 남의 눈을 통해서만이 자신의 이기심을 극복할 수 있기 때문입니다. 이기심을 극복해야 만이 객관성을 확보할 수 있습니다."

"마음을 여는 첫걸음은 역지사지 정신의 실천에 있다는 것은 알 것 같습니다. 그런데 과연 내가 마음이 열렸는지 안 열렸는지 확인할 수 있는 방법이 있습니까?"

"있고말고요."

"그게 뭡니까?"

"나를 잘 아는 사람들이 있는 곳에 내가 나타났을 때 그들이 어떤 반응을 보이는가를 보면 알 수 있습니다."

"구체적으로 좀 말씀해 주시겠습니까?"

"나를 아는 사람들이 나를 보고도 소 닭 보듯 한다든가, 자리를 같이 하면 슬그머니 피해버리든가 하면 내 마음이 닫혀 있다는 것을 알 수 있습니다. 그러나 내가 나타나기만 하면 반갑게 인사를 하든가 눈웃음으로 친밀감을 표시한다든가 얘기를 나누든 나누지 않든 그들 사이에 앉으면 그의 둘레에 비잉 둘러앉아 있기를 좋아한다면 그 사람은 마음 문이 열렸다고 보아도 됩니다.

또 사람들이 나를 보면 겉으로는 마지못해 인사를 하지만 속으로는 별로 좋아하지 않는 듯한 인상을 풍긴다면 이 역시 마음이 닫힌 것을 알 수 있습니다. 이쯤 되면 그 사람은 장좌불와(長坐不臥)를 삼십 년 아니라 삼백 년을 해도 견성이나 해탈과는 인연이 없다는 것을 알아야 합니다."

"결국 마음문을 여는 열쇠는 역지사지방하착(易地思之放下着)입니까?"

"그렇습니다. 그리고 애인여기(愛人如己)하고 여인방편자기방편(與人方便自己方便)하는 것이 마음을 여는 지름길입니다."

"그건 그렇고요. 아까 말씀하신 그 대기업체의 인사담당 이사는 무엇 때문에 취직 희망자를 회사 사무실이 아니고 자기집으로 초청했을까요?"

"그것은 전적으로 초청받은 취직 희망자가 알아서 판단할 일입니다. 아까도 말했지만, 그것은 상대의 마음이 되어 보지 않고는 알 수 없습니다. 다만 참고로 한마디하겠습니다. 1960년대에 있었던 일입니다. 내가 잘 아는 어느 유명 출판사에서 신입사원을 한 사람 공개 모집한 일이 있었습니다.

몇십 대 일의 경쟁률을 뚫고 두 사람의 최종 후보자가 남았습니다. 시험 성적도 학력도 용모도 엇비슷해서 누구를 최종 합격자로 뽑아야 할지 결정을 내리기가 난감했습니다. 생각 끝에 출판사 사장은 두 후보자를 자기집으로 저녁식사에 초대했습니다.

요즘은 흔히들 신입사원들을 술자리에 초대하여 우열을 가린다고 합니다. 술 마시는 태도를 보고 그의 인격과 능력을 평가한다고 합니다. 그러나 그때 그 출판사 사장은 술자리 대신에 두 후보자를 자기집 저녁식사에 초대했습니다. 사장과 두 후보자가 한 식탁에 앉아 저녁식사를 하게 되었습니다. 그런데 두 사람의 식사하는 것을 본 사장은 곧 마음속으로 반 이상은 결정을 내리고 말았습니다."

"어떻게 말입니까?"

"두 사람이 식사하는 모양을 사장은 상대가 눈치채지 않게 유심히 지켜보았습니다. 한 사람은 게 눈 감추듯 뚝딱 먹어 치웠는데, 또 한 사람은 밥을 반 그릇도 못 먹고 깨작대기만 했습니다. 우창석 씨가 사장이라면 누구를 선택했겠습니까?"

"이왕이면 다홍치마라고 밥 잘 먹는 사람을 선택하지 않았을까요?"

"맞습니다. 사장이라는 고용주의 처지에서는 밥 잘 먹는 건강한 청년이 부려먹기 좋았을 것입니다. 그러나 이것도 중요하지만 그 후보자가 마음문이 열렸는가 닫혔는가를 판가름하는 중요한 기준이 또 하나 있습니다. 그게 뭔지 아십니까?"

"그게 뭘까요?"

"취직이 될지 안 될지는 모르지만 일단 남의 집에 식사 초대를 받았으면 어떤 방식으로든지 밥값 정도의 대가는 해야 한다는 마음가짐입니다. 이 마음의 표시로 부담이 안 되는 한도 안에서 약간의 선물을 준비하는 것이 좋습니다. 비록 상대의 초청에 의해서이지만 적어도 이

만한 배려는 하는 것이 예의에도 어울립니다. 아닌 게 아니라 두 후보자를 보내고 난 뒤 사장의 아내가 말했습니다.

'당신은 어떻게 생각하실지 모르지만 저는 먼저 온 키 큰 청년이 마음에 듭니다.'

'왜요?'

'공짜 밥은 얻어먹지 않겠다는 정신이 돋보이더라고요.'

'그래요? 무슨 일이 있었소?'

'우리집에 손님 많이 온다는 것을 어떻게 알았던지 손님 접대하는 데 쓰라고 설탕을 한 자루 들고 왔더라고요. 뒤에 온 청년은 빈손으로 왔는데 말예요. 설탕 한 자루면 값은 얼마 안 되지만 상대를 생각하는 그 마음씨가 얼마나 착하고 진득해요?'

두 사람 중에서 그가 누구였는지는 구태여 밝히지 않겠습니다. 그러나 사장 부인의 조언은 사장에게 큰 참고가 되었음은 두말할 여지도 없는 일이었습니다. 인간관계란 알고 보면 꼭 탁구나 배구를 하는 것과 같습니다."

"어떤 면에서 그렇다고 보십니까?"

"말하자면 출판사 사장이 두 후보자를 저녁식사에 초대한 것은 공을 상대에게 먼저 던진 것과 같습니다. 받은 공을 어떻게 요리하는가 하는 것은 사장에게는 이 경우 지대한 관심거리가 아닐 수 없는 일이었습니다. 내가 보기에는 두 사람 중에서 한 사람만이 받은 공을 제대로 요리했다고 할 수 있습니다.

그러나 또 한 사람은 아무런 대응도 하지 못했습니다. 받은 공은 반드시 다시 상대에게 넘겨주어야 게임은 원만히 진행되게 되어 있습니다. 이처럼 공이 왔다 갔다 하면서 두 사람의 게임 실력은 향상되듯이 두 사람의 관계도 발전되는 것입니다. 그러나 상대에게서 받은 공을 제때에 넘겨주지 못하면 그 게임은 중단되지 않을 수 없을 것입니다. 이밖에도 관찰의 대상은 얼마든지 있습니다만 이 정도로 하겠습니다."

"어떠한 경우에도 상대를 생각하는 마음가짐이 중요하군요. 결국은 남을 위하는 것이 나를 위하는 것이라는 금언이 맞는 것 같습니다."

"그럼요. 그것이 바로 마음이 어느 정도 열렸느냐를 잴 수 있는 척도입니다. 여인방편자기방편(與人方便自己方便)이야말로 구도의 지름길인 동시에 출세의 지름길이기도 합니다. 상대의 인품을 알아보고 싶으면 등산이나 여행을 같이해 보면 된다는 말은 깊이 새겨들어야 합니다. 사람 됨됨이 전체가 한눈에 들어오게 되어 있으니까요.

겉보기에는 더없이 깔끔하고 빈틈없어 보이는 신사숙녀인데도 등산을 한 번 같이 해 보고 난 뒤에는 몰랐던 사실들이 드러나는 수가 있습니다. 과일을 까먹고 그 껍질을 아무데나 던져버리든가 나뭇가지를 함부로 꺾어버린다든가, 병과 깡통을 함부로 던져 버리는 교양 없는 짓을 아무렇지도 않게 자행하는 사람이 있습니다."

자기최면(自己催眠)

"그런 사람에게는 자연환경 보호는 한갓 헛구호에 지나지 않는 모양이죠. 그건 그렇고요. 선생님, 우리가 우리 자신의 의지력으로 자진해서 마음의 문을 여는 것은 이론의 여지도 없이 타당한 일이라고 생각

됩니다만 아직 열리지도 않은 마음이 열렸다고 가상하는 것은 일종의 자기최면이 아닙니까?"

"물론 자기최면입니다. 진리에 도달하는 데 모든 종교에서는 자기최면은 옛날부터 시행하여 온 수행법입니다."

"그렇습니까. 그게 뭔데요?"

"염불, 주문, 기도, 독경 같은 것이 다 그러한 종류에 속합니다. 인간의 무의식과 신경조직은 생생한 상상과 실제의 현실을 잘 구분 못 하는 특성이 있습니다. 우리는 이러한 인간 심리의 특성을 수도(修道)뿐만 아니라 일상생활의 지혜로도 얼마든지 이용할 수 있습니다.

마음속에 어떤 목표를 정했으면 그 목표에 도달한 자기 모습을 생생하게 머릿속에 그립니다. 한 번만 그 광경을 그리는 것이 아니라 시시때때로 생각날 때마다 머릿속에 전보다 더욱더 생생하게 묘사합니다. 이렇게 하여 마음속에서 이미 성취된 일은 조만간 꼭 현실화된다는 확신을 가져야 합니다. 마음을 여는 일도 이미 자기의 마음이 활짝 열렸다는 것을 생생하게 상상하면 할수록 그 상태는 자꾸만 앞당겨지게 됩니다.

그런데도 불구하고 사람들은 이렇게 중요한 마음의 법칙을 외면하고 툭하면 아이고 죽겠다. 힘들어 못 살겠네!, 난 이제 망했다. 망했어, 이젠 꼼짝없이 쪽박 차게 됐다, 나가 뒈져라 이놈아!라는 소리를 입버릇처럼 내뱉습니다. 우리 속담에 '말이 씨가 된다'는 말이 있습니다. '아이고 죽겠다. 힘들어 못 살겠다'는 사람은 결국은 그의 입버릇처럼 되어 버리고 맙니다.

부정적인 말은 한 번 뇌까릴 때마다 무의식 속에 심어져서 싹을 틱

우고 뿌리를 내리면서 점점 자라나게 됩니다. 힘들어 못 살겠다는 사람은 결국은 그대로 되어버리고 맙니다. 그래서 우리는 비록 잠꼬대나 꿈속에서라도 그러한 부정적인 말을 절대로 입 밖에 내지 말아야 합니다. 이 얘기를 하니까 우리 어머니 생각이 납니다."

"선생님의 자친께서는 지금 이북에 계시지 않습니까?"

"그렇습니다. 1950년 내가 18세였을 당시는 분명 이북에 살아계셨습니다. 우리 어머니는 1908년생이시니까 그때는 42세의 중년이셨지만 지금 살아계신다면 만 90세십니다."

"역시 생사는 확인할 수 없으시겠죠."

"물론입니다."

"『선도체험기』 2권엔가 보면 선생님께서는 엄친의 묘를 투시하신 얘기가 나옵니다만 자친께서는 어떻게 되었다는 얘기가 아직 없었습니다."

"몇 번 마음을 집중해 보았지만 아직은 확실히 알 수 없습니다. 그런데 그 어머님께서 늘 마음에 한이 맺힌 일이 하나 있었습니다."

"그게 뭡니까?"

"자손이 귀한 집에 시집을 와서 아들을 낳아야 체면이 서는데, 어머니는 제 위로 딸만 둘을 낳았답니다. 첫째는 그렇다 쳐도 둘째까지 딸을 낳고 보니 시부모 대하기가 민망하기 짝이 없었다고 합니다. 그래서 자기도 모르게 속으로 둘째 딸을 보고 '차라리 빨리 죽고 아들이나 하나 낳았으면' 하고 자기도 모르게 자꾸만 염원했답니다.

이 염원이 이루어지느라고 그랬는지 모르지만 둘째 딸은 돌도 되기 전에 병사하고 곧 뒤이어 잉태를 하셨는데 그것이 바로 나였다고 합니다. 소원대로 아들을 얻었지만 어머니는 자신의 염원대로 일찍 죽은 딸에게 미안하기 짝이 없었습니다. 그때 그런 방정맞은 생각만 하지 않았더라면 딸애가 그렇게 죽지는 않았을 텐데 하는 뉘우침이 늘 한이 되었습니다. 그런 일이 있은 뒤부터 어머니는 자식들에게 함부로 욕을 하는 일이 없었습니다. 말은 반드시 씨가 된다는 것을 실체험에서 얻은 신념 때문이었습니다.

우리 구도자들은 마음을 열어야 수행이 제대로 된다는 것은 누구나 다 알고 있습니다. 그러나 숙세(宿世)에 쌓아온 습기(習氣) 때문에 마음을 여는 일이 의지력만 가지고는 잘되지 않습니다. 이럴 때 내 마음이 활짝 열린 상태를 구체적으로 생생하게 그림으로 그립니다. 남의 도움을 받고는 반드시 반례를 하는 자기 모습을 상상만 할 뿐 아니라 직접 실천합니다. 마음속에서 이처럼 이루어진 일은 언젠가는 반드시 현실화하게 되어 있습니다. 결국 인간은 마음먹은 대로 되는 존재입니다."

"그렇다면 마음을 여는 첫 번째 열쇠는 뭐라고 보십니까?"

"남의 은혜에 감사하는 겁니다. 원불교 교리 첫 번째가 뭣인지 아십니까?"

"사은(四恩)입니다."

"사은이 뭔데요?"

"네 가지 은혜를 뜻하는데, 첫째가 천지은(天地恩), 둘째가 부모은(父母恩), 셋째가 동포은(同胞恩), 넷째가 법률은(法律恩)입니다."

"천지은과 부모은은 금방 알 것 같은데 동포은과 법률은은 무엇인지 당장 머리에 상상이 되지 않습니다."

"동포은이란 천지와 부모를 제외한 남들에게서 받은 은혜, 예컨대 스승의 은혜, 상관이나 선배나 친구의 은혜를 비롯하여 수많은 사람들에게 받는 은혜를 말합니다. 법률은은 인간을 유익하게 하는 헌법을 위시한 각종 국제법, 국내법 전체와 각 종교의 경전, 그리고 성현들의 저서나 어록 따위가 다 이 범주에 속합니다.

우리 인간을 있게 만든 천지 자연환경의 은혜, 우리를 낳아주고 키워주신 부모의 은혜, 그리고 우리에게 지식을 전달해 주고 윤리와 도덕을 가르치고 사람이 살아나가야 할 길을 가르쳐 주신 스승의 은혜와, 이 사회에 도덕과 질서를 유지해 주는 법률과 경전과 성현의 가르침에 대한 은혜를 진정으로 느끼고 그 은혜를 갚을 줄 아는 것이 마음을 여는 시초가 된다는 말입니다.

성경에도 '범사에 감사하라' 라는 말이 있습니다. 모든 사람을 은인으로 생각할 때는 그들이 은인이 되어 우리 앞에 나타납니다. 그러나 모든 사람을 원수로 생각할 때는 그들이 전부 원수가 되어 우리 앞에 언젠가는 나타나게 되어 있습니다."

"허지만 나를 죽이려고 목에 칼을 들이 대는 사람까지도 은인이라고 볼 수는 없는 일이 아닙니까?"

"그런 사람도 생각하기에 따라서는 은인이 될 수 있습니다."

"아니, 도대체 어떻게 그럴 수 있다는 말씀입니까?"

"『아함경』이라는 불교의 초기 경전에 보면 이런 얘기가 나옵니다."

"무슨 얘긴데요?"

"석가모니 부처님의 한 제자가 불교에 대한 적대감이 강한 어떤 지역에 전도하러 떠나기 전에 물었습니다.

'석존이시어, 그곳 사람들이 불교를 전하는 저를 까닭 없이 비난하고 시비를 걸면 어떻게 하오리까?'

'매맞지 않는 것을 다행으로 알지니라.'

'만약에 사정없이 때리면 어찌하오리까?'

'맞아 죽지 않는 것을 다행으로 알아야 하느니라.'

'그럼, 그들에게 매맞아 죽게 되면 어찌하오리까?'

'자살하느라고 힘들이지 않고 그들의 도움으로 쉽사리 육체의 굴레에서 벗어나 이 세상에 온 업장을 갚고 해탈의 길로 들어서게 된 것을 고마워해야 할지니라.'

하고 말했습니다. 이처럼 나를 죽이는 원수까지도 사랑할 수 있고 그에게 감사할 수 있어야 우리는 도를 얻었다고 할 수 있습니다."

"그거야 생사를 초월한 도인들만이 할 수 있는 일이 아닙니까?"

"그렇습니다. 우리 구도자는 결국은 생사를 초월해야 합니다. 그리하여 어떠한 역경과 난관까지도 나를 시험하고 단련시키려는 은혜로 생각할 수 있어야 합니다. 그때 비로소 진리는 우리 중심 속에 확고히 자리잡게 되어 있습니다."

"구도자의 길은 끝이 없군요."

"구도자의 길은 끝이 없다는 생각까지도 잊어버리고 용맹정진하는 사람의 내부에 있는 부모미생전본래면목(父母未生前本來面目)은 스스로 빛을 발하게 되어 있습니다. 그러니까 이왕에 이 길로 들어선 이상, 아직 멀었다느니 힘겹다느니 하는 생각을 하기보다는 범사(凡事)

에 감사하는 쪽이 훨씬 더 수행에 도움이 됩니다."

"결국은 자기 마음을 다스릴 줄 아는 사람이 최후의 승리자가 될 수 있겠군요."

"물론입니다."

남편이 바람을 피우는데

1998년 3월 30일 월요일 7~16℃ 구름

오후 3시. 광주광역시에 사는 30대 초반의, 내가 유달리 아끼는 문하생이 찾아왔다.

"선생님, 저 지금 무척 어려운 일을 당하고 있습니다. 사실은 여러 번 망설이다가 이렇게 찾아왔습니다."

"무슨 일인데요?"

"남편이 바람이 났습니다. 이런 일이 있기 전에는 남편이 비록 바람을 피운다고 해도 나는 절대로 흔들리지 않겠다고 다짐했었는데 막상 당하고 나니 딴판입니다. 가슴이 벌렁벌렁 뛰고 숨이 컥컥 막히고 도저히 저 자신을 가눌 수 없습니다. 이럴 때는 어떻게 해야 되죠?"

"남편이 바람을 피우는 현장을 직접 목격했습니까?"

"간통 현장을 직접 제 눈으로 확인한 것은 아니지만 벌써 동네에 파다하게 소문이 났고, 전에는 남편이 제 허락 없이는 하루도 밖에 나가 잔 일이 없었는데 벌써 나흘째나 집에 안 들어옵니다."

"어쩌다가 그렇게 되었습니까?"

"아무리 제 탓으로 돌리려고 해도 그렇게 되지 않습니다. 부부의 신의를 배반한 남편의 잘못으로밖에는 생각되지 않습니다."

"그럴 때는 범인의 생각을 뛰어넘어야 합니다. 그래 그동안에 김순

69

례 씨는 어떤 조치를 취했습니까?"

"자꾸만 피하는 남편을 만나서 처자식이 있는 자기집을 놔두고 엉뚱한 데 가서 나흘씩이나 자다니 무슨 짓이냐고 타일러 보았지만 마이동풍(馬耳東風)입니다."

"그래 가지고 되겠습니까?"

"그럼 선생님 어떻게 해야 됩니까?"

"우선은 어떻게 돌아가고 있는지 상황부터 확실히 파악해야 됩니다. 손자병법에도 지피지기(知彼知己)는 백전불태(百戰不殆)라고 했습니다. 확실한 상황부터 파악한 뒤에야 적절한 대책을 세울 수가 있습니다. 남편이 바람피우는 상대는 누군지 아십니까?"

"같은 의류 도매업 하는 동업자입니다."

"기혼입니까? 미혼입니까?"

"남편도 있고 아이도 있는 여자입니다."

"아니 그럼 유부남, 유부녀끼리라는 말입니까?"

"그렇습니다."

"어떻게 하다가 그렇게 되었습니까?"

"남편이 IMF 한파로 자금난을 겪고 있었는데 그 여자가 급한 돈을 대주었다고 합니다."

"그럼 그 여자의 남편은 이 사실을 모르고 있는가요?"

"남편은 외항선원(外航船員)인데 해외 장기근무중이라고 합니다."

"그게 확실합니까?"

"제가 파악한 바로는 그렇습니다."

"그렇다면 지금 무엇을 원하십니까?"

"모든 것을 제 탓으로 돌리고 참아야 한다는 것은 알고 있는데도 막상 그렇게 되지를 않습니다."

"그럼 누가 어떻게 하기를 바라십니까?"

"저도 지금은 가슴이 벌렁대서 어떻게 해야 좋을지 몰라서 선생님께 찾아왔습니다."

"그럼 내가 묻겠습니다."

"말씀하세요."

"보통 여자라면 이 경우 어떻게 했겠나 생각해 보았습니까?"

"아뇨. 아직은."

"보통 여자라면 남동생이나 오빠나 언니나 여동생이나 친정어머니나 친구들을 동원하여 간통 현장에 쳐들어가서 여자의 머리끄덩이를 잡고 세간을 때려 부수고 한바탕 난리를 피웠을 겁니다. 어떻습니까? 김순례 씨도 그렇게 하시겠습니까?"

"저도 그렇게라도 했으면 이 떨리는 가슴이 좀 진정이 될 것 같은데 그렇게 분풀이를 한다고 해서 문제가 근본적으로 해결되는 것은 아니지 않습니까?"

"아주 말 잘하셨습니다. 역시 김순례 씨는 『선도체험기』 애독자답습니다. 한때의 화풀이는 되겠지만 그렇게 한다고 해서 해결이 되는 것은 아닙니다. 오히려 반발만 사게 되어 일이 더 꼬이는 수가 있습니다."

"그럼 어떡하죠?"

"간통 쌍벌죄로 고소를 하는 방법도 있습니다."

"요즘은 법이 바뀌었다고 합니다."

"좌우간 폭력으로 해결이 안 되면 이혼소송이라도 해서 위자료도 자녀양육비도 받아내는, 법적으로 해결하는 길이 있는데 그렇게 하시겠습니까?"

"그렇게 되면 완전히 갈라서게 되는 건데 그건 너무 지나친 것 같습니다. 저는 남편이 빨리 제정신을 차리고 두 아이들을 위해서라도 가정으로 돌아왔으면 합니다."

"정말 그렇게 생각하십니까?"

"네."

"그렇다면 좀 진정을 하고 조용히 관찰을 하면서 마음을 가다듬어야 합니다."

"저도 처음부터 그렇게 하려고 했는데 하도 가슴이 떨리고 미칠 것만 같아서 이렇게 실례를 무릅쓰고 선생님께 찾아왔습니다."

"그건 김순례 씨가 지금도 남편을 사랑하고 있다는 증거입니다."

"아이들만 아니라면 그 뻔뻔스러운 낯짝도 보기 싫은데요."

"그건 믿는 도끼에 발등 찍힌 일시적인 배신감 때문입니다."

"가슴이 떨리고 숨이 콱콱 막히는 것은 왜 그렇습니까?"

"질투와 시기심 때문입니다. 사랑이 식었으면 질투도 시기도 일어나지 않습니다."

"그럼 선생님 전 이제 어떻게 해야 하죠?"

"하긴 뭘 어떻게 한다는 말입니까?"

"네엣?"

"김순례 씨는 시골길을 가다가 회오리바람 같은 일진광풍(一陣狂風)을 만나면 어떻게 하겠습니까?"

"가던 길을 멈추고 한자리에 서든가 바람을 막을 수 있는 곳에 찾아가 앉아서 바람이 잘 때까지 기다리는 길밖에 더 있겠습니까?"

"바로 맞혔습니다. 남편 되는 분은 지금 일시적으로 바람을 피우는 겁니다. 지금은 제정신이 아닙니다. 바람이 가라앉을 때까지 못 본 척하고 기다리는 길밖에 없습니다. 광풍이 한창 미친 듯이 불어칠 때 그것을 막는다고 밖에 나가 설쳐보아야 까딱하면 그 바람에 날려가는 수가 있습니다. 그렇게 하다가 부상을 당할 것이 아니라 바람이 잘 때까지 조용히 기다리는 것이 상책입니다.

김순례 씨가 그분을 남편으로 삼았을 때는 그분의 장점뿐만 아니고 결점까지도 수용하겠다는 의지가 있었기 때문이었을 것입니다. 결혼식 때 좋으나 궂으나 남편으로 한평생 섬기겠다고 서약을 해놓고 그동안 아이를 둘씩이나 낳고 별 잡음 없이 살다가 이제 와서 바람을 좀 피웠다고 해서 원수처럼 여길 수는 없습니다. 그 여자는 아이는 없습니까?"

"남매가 있는데 지금은 친정에 맡겨두고 있다고 합니다."

"그 여자 역시 마음이 편치는 않겠군요."

"그럼 선생님은 남편의 바람이 잘 때까지 조용히 기다리는 것이 좋겠다는 말씀입니까?"

"그렇습니다. 김순례 씨가 남편을 버릴 생각이 아니라면 말입니다."

"그러다가 아예 그 여자하고 부부가 되어 버리면 어떻게 합니까?"

"남편의 마음이 그렇게 돌아섰다면 무슨 수로 말릴 수가 있겠습니까? 가고 싶으면 가라고 내버려두어야지 어떻게 하겠습니까? 부부라고 하는 것은 어디까지 인격 대 인격의 결합이요 일종의 계약 관계입니다. 계약이라고 하는 것은 상호간에 약속을 이행할 때 유효한 것이지 어느 한쪽이 위약할 때는 깨지는 수밖에 없습니다. 이미 마음이 변한 사람을 어떻게 남편이라고 할 수 있겠습니까? 그러나 그렇게 극단적으로만 생각할 필요는 없습니다. 지금 상황으로 보아 그렇게까지 사태가 악화된 것 같지는 않습니다."

"왜요?"

"양쪽 다 남편과 아내와 아이들을 둔 유부남과 유부녀이기 때문입니다. 일단은 두 사람 다 사회적인 양식이 있다고 보아야 합니다. 지금은 비록 사련(邪戀)에 빠져 불장난을 치고 있지만 얼마 안 가서 제정신을 차리게 될 것입니다. 김순례 씨는 그때까지 느긋하게 기다리는 것이 상책입니다. 양식이 있는 사람들이라면 미구에 잘못을 뉘우치고 제자리를 찾게 될 것입니다. 그렇게 되기 전에 김순례 씨가 재래식으로 소란을 피우고 폭력을 휘두르든가 강제로 갈라놓거나 법적으로 대응하면 오히려 반발심이 생겨서 더 깊은 구렁텅이로 빠질지도 모릅니다."

"스스로 자기네 잘못을 깨닫고 뉘우치고 되돌아오게 해야 된다는 말씀인가요?"

"그렇습니다."

우선 바람 잘 때까지 기다려야

"그렇게 하자니까 가슴이 떨리고 미칠 것만 같아서 못 견디겠는데 어떻게 합니까?"

"자기 자신을 이기는 사람은 천하를 이길 수 있습니다. 구도(求道) 역시 기본적으로는 자기 자신을 이기는 수행입니다. 김순례 씨가 만약에 강짜를 놓고 소란을 피우고 폭력을 휘둘러 화풀이를 한다면 무명중생(無明衆生)과 다른 점이 무엇입니까. 그동안 애써 도를 닦았다는 것이 겨우 이 정도라는 말입니까? 업장이 해소되기는커녕 윤회의 고리는 더욱더 튼튼해질 것입니다. 그렇게 되기를 바라십니까?"

"아뇨."

"그렇다면 범인과는 무엇이 달라도 달라져야죠. 바람피우는 남녀가 제일 무서워하는 것이 무엇인지 아십니까?"

"모르겠는데요."

"자기의 배필이 아무 말 않고 있는 겁니다. 사련(邪戀) 역시 일종의 법적 도덕적 범죄행위입니다. 도둑이 제발 저리다고 범죄행위자는 누구나 불안을 느끼게 마련입니다. 이때 만약에 자기의 합법적인 배우자가 나타나 욕을 퍼붓거나 세간을 때려 부수거나 폭행을 가하면 그것으로 자기의 잘못이 보상되는 것으로 알고 오히려 안심하고 반발을 일으킬 수도 있습니다.

그러나 배우자가 아무 말도 않고 조용히 있으면 자기의 범죄행위에 대한 불안은 점점 더 가중됩니다. 배우자의 인내력은 상대에겐 도리어 죄의식이 되어 범죄자의 목을 죄게 됩니다. 양심의 중압에 시달리던 그들의 부정한 관계는 오래가지 못하고 반드시 파탄을 가져오게 됩니다. 참을 인 자 셋이면 살인도 면한다는 말이 있지만 배우자의 인내심이야말로 사련자(邪戀者)들에게는 가장 무서운 형벌이라는 것을 알아야 합니다.

왜정 때 서울의 어느 부자 동네에서 있었던 일입니다. 조강지처의 헌신적인 도움으로 주정(酒精)업계에서 크게 성공한 50대 중반의 사내가 있었습니다. 장성한 아들딸과 아내가 있는 그는 늦바람이 났습니다. 사내는 요정에 기생으로 나온 전문학교(지금의 대학 수준) 출신의 멋진 신여성을 첩으로 삼아 아내와 자식들이 사는 자기집에 데려다가 같이 살게 했습니다. 그때는 흔히 있었던 고약한 악습이었습니다.

조강지처가 보통 여자 같았으면 당장 집안에 큰 풍파가 일어났겠지만 그 집은 아무 일도 없었던 듯 조용하기만 했습니다. 남자의 큰소리나 여자의 앙칼진 항의 한마디 들려오지 않고 즐거운 웃음소리만 간간이 들려오는 것이 평화롭기만 했습니다. 도대체 그 집에 무슨 일이 일어났기에 그토록 분위기가 화기애애했을까요?

선전수전 다 겪은 오십 대 초반의 조강지처는 남편이 전문학교 출신 기생첩을 들여앉힌다는 소리를 듣자마자 차라리 잘되었다 싶었습니다. 그렇지 않아도 세월은 어쩔 수 없어서 그녀에게도 갱년기가 찾아와 폐경이 되면서 여성으로서의 매력과 능력을 차츰 잃어가고 있었는데, 노익장의 남편의 수발을 들기가 벅찼던 터라 젊고 예쁜 전문학교 출신 시앗이 들어오는 것을 도리어 다행으로 생각했지만, 바로 이 때문에 남편의 건강이 오래가지 못할 것이고 이로 인해 골병이 들 것이 훤히 내다보였고 조강지처에겐 이것이 걱정이었습니다. 본처는 남편의 요구가 있기 전에 자발적으로 첩에게 자기 안방을 내주었을 뿐만 아니라 원앙금침이며 남편과 겸상으로 차리는 하루 세 끼 식사하며 온갖 시중을 다 들어주어 남편과 시앗이 조금도 불편을 느끼지 않게 상전 모시듯 했습니다.

워낙 마음이 활짝 열린 슬기로운 본처는 남편의 사업을 지금까지 보필하는 동안 사람 다루는 능력은 물론이고 이재(理財)에도 밝아져서 남편을 훨씬 능가했습니다. 따라서 젊은 시절부터 집안의 경제권은 본처가 장악하고 있었습니다. 첩이 들어왔지만 그녀의 용돈은 남편이 아니라 본처의 주머니에서 나왔습니다. 처음에는 남편이 첩의 용돈을 주었습니다. 남편이 한 달에 가령 백 원씩 주었다면 본처는 겨우 백 원이 뭐냐면서 적어도 이백 원은 주어야 한다고 하면서 남편보고 앞으로 측실(側室) 즉 첩의 용돈은 자기가 담당하겠다고 했습니다.

본처가 이렇게 나오니까 첩은 이 집에 들어오기 전에 예상했던 본처와의 적지 않는 충돌과 갈등은 간 곳이 없고 오히려 남편보다는 본처를 형님 형님하고 친언니 이상으로 따르게 되어 마침내 자기의 속마음까지도 털어놓고 모든 일을 본처와 의논하게 되었습니다.

그러나 본처와 첩실과의 이처럼 평화롭고 화기애애한 분위기는 그렇게 오래 가지 못했습니다. 본처의 바다와도 같은 아량과 마음씀씀이가 남편과 첩에게는 도리어 바늘방석이 되었던 것입니다. 차라리 본처와 첩 그리고 남편 사이에 적당한 긴장관계가 유지되었더라면 한집안에서의 이와 같은 두 집 살림은 좀더 오래 지속되었을지도 모릅니다.

그러나 본처와 첩과의 인간적인 신뢰가 남편과 첩과의 관계보다 더 긴밀해지자 남편과 첩은 평화와 안정감 대신에 양심의 가책으로 인한 불안감이 나날이 늘어만 갔습니다. 원수를 원수로 보지 않고 사랑으로만 대하는 본처의 무한한 인내력과 극기심에 두 남녀는 압도당했던 것입니다. 남편은 드디어 본처에게 손을 들었습니다.

첩은 또 첩대로 고민이 이만저만이 아니었습니다. 아무리 기생 출신이라고는 해도 전문학교 교육까지 받았다는 주제에 겨우 남의 첩이 되어 본처의 은혜 속에 살아가는 자기 자신의 기생충 같은 인생이 가련하고 초라하고 보잘것없을 뿐 아니라 하루하루가 마치 바늘방석에 앉은 것처럼 견디기 어려웠습니다.

남편과 첩은 진지한 의논 끝에 결국 헤어지기로 했습니다. 남편은 그때 돈 2천 원의 위자료를 첩에게 주었습니다. 당시 웬만한 기와집 한 채 값이 8백 원이었다고 하니 적지 않은 돈이었습니다. 그러나 이러한 사정을 손금처럼 환히 알고 있던 본처는 남편에게 겨우 돈 2천 원이 뭐냐면서 자기의 은행 예금에서 3천 원을 더 보태어 5천 원을 첩의 손에 쥐어 주었습니다.

조강지처의 지혜 때문에 까딱했으면 풍비박산이 났을 뻔한 집안은 아무 일 없이 조용하고 원만하게 수습이 되었고 이때부터 남편은 본처를 인생의 큰 스승을 대하듯 존경심을 품게 되었다고 합니다. 게다가 매력적이고 색기(色氣) 강한 젊은 여성과의 과색(過色)으로 골병이 들기 직전에 아내의 지혜로 남편이 첩과 일찍 헤어진 것은 그의 말년을 위해 천만다행이 아닐 수 없었습니다."

"본처는 한 가정과 남편만을 파국에서 건졌을 뿐만 아니고 가히 이 사회의 모범이 될 만한 성인(聖人)이라고 할 수 있었겠는데요."

"그렇습니다. 그러나 본처는 본처 나름대로의 한 남편의 아내로서의 고민이 없었던 것은 아닙니다. 그녀도 한 남자의 아내로서 지금 김순례 씨가 느끼는 가슴 떨림과 숨막힘을 느끼지 않는 것은 아니었습니다. 내외가 힘을 합쳐 자수성가한 일을 생각하면 믿는 도끼에 발등 찍히는 가공할 충격이요, 용서 못 할 배신이 아닐 수 없었습니다.

그러나 남편에게서 받은 그 엄청난 스트레스를 속된 여인들처럼 소란과 폭력과 법적 대응으로 풀어보았자 누구에게도 유익하지 않다는 것을 그녀는 관을 통해서 환히 내다본 것입니다. 그뿐 아니라 그녀에게 닥친 그러한 액난(厄難)을 전생의 업으로 돌림으로써 모든 것을 남의 탓이 아니고 자기 탓으로 여겼습니다. 바로 이 때문에 그녀는 초인적인 관용과 인내력을 구사할 수 있었습니다."

"모든 것을 내 탓으로 돌리는데 어떻게 돼서 그러한 초인적인 관용과 인내력을 발휘할 수 있었을까요?"

"모든 것을 내 탓으로 돌린다는 것은 자기의 자성(自性) 즉 참나에 대한 무한한 신뢰가 있어야만 가능한 일입니다."

근원적인 에너지와의 접촉

"참나가 무엇인데요?"

"참나야말로 우주를 움직이는 근원적인 에너지입니다. 우리의 조상들은 이것을 일컬어 하느님 또는 하나님이라고 했고, 기독교가 이 땅에 들어온 이후에는 성경에서 말하는 신(神) 즉 갓(God)이 하나님 또는 하느님이라고 번역되었습니다. 이것은 또 진리(眞理)라고도 하고 법(法)이라고도 합니다.

하느님을 일컬어 『삼일신고』에서는 '무한한 사랑, 무한한 능력, 무한한 지혜'를 가진 존재라고 했습니다. 대행 스님은 이 참나를 '한마음 주인공'이라고 부르고 있습니다. 참나는 바로 이 우주의 근원적인 힘인 하나님과 하나로 연결되어 있습니다. 모든 것을 내 탓으로 돌린다는 것은 바로 자신 속의 참나를 확신하고 거기에 모든 것을 맡긴다는 뜻입니다. 그 순간 그는 우주의 근원적인 에너지와 연결되어 무한한 사랑과 능력과 지혜를 공급받게 되는 것입니다.

조강지처가 그처럼 관용과 인내력을 발휘할 수 있었던 것은 그녀가 이것을 의식했든지 의식하지 못했든 간에 이미 그녀의 내부의 참나를 확신함으로써 우주를 움직이는 근원적인 에너지와 접촉할 수 있었기 때문이었습니다. 이 때문에 그녀는 자기 자신 속의 거짓 나를 극복할 수 있었고 끝내 남편과 첩까지도 자기편으로 만들어 승복시킬 수 있었던 것입니다."

"그 조강지처야말로 숨어있는 성자(聖者)가 아닙니까?"

"그렇다고 봐야 합니다. 이처럼 세상에는 드러나지 않는 도인이 알고 보면 이외에도 많습니다."

"그럴까요?"

"그럼요. 온갖 부조리와 병고액난(病苦厄難)이 들끓으면서도 인간

사회가 용케도 파멸의 구렁텅이에 굴러떨어지지 않고 뒤뚱뒤뚱 아슬아슬하게 굴러가는 것은 그러한 숨은 성인들의 힘의 뒷받침이 있기 때문입니다. 지금이야말로 김순례 씨가 그동안 닦아온 실력을 십분 발휘할 때입니다. 액난(厄難)이 도리어 새로운 도약의 계기가 될 수도 있습니다. 이것을 전화위복(轉禍爲福)이라고 합니다."

"어떻게 해야 제가 지금 당하고 있는 고난을 전화위복의 계기로 삼을 수 있을까요?"

"그건 순전히 김순례 씨가 마음을 어떻게 먹느냐에 달려 있습니다. 김순례라고 하는 배를 운전하는 선장은 김순례 씨의 마음입니다. 배의 방향타(方向舵)를 어느 쪽으로 돌리느냐 하는 것은 순전히 김순례 씨의 마음에 달려 있습니다."

간이 바싹바싹 타들어 가는데

1998년 4월 10일 금요일 12~24℃ 해 구름

오후 3시. 6명의 수련생이 찾아왔는데 그중에 모 대기업체에 부품을 납품하는 중소기업을 운영하는 50대 중엽의 박성규 씨도 끼어 있었다. 그런데 한 달 만에 찾아온 그의 안색이 그전과는 비교도 안 되게 수척해 있었다.

"왜 무슨 고민이 있습니까?"

"그래 보이십니까?"

"안색이 그전보다 많이 수척해지셨습니다."

"요즘 언제 어떻게 누구에게 넘어갈지 모르는 부실 대기업체에 부품 납품하는 중소기업 쳐 놓고 고전하지 않는 데가 어디 있겠습니까? 애써 만든 부품을 납품해도 3개월짜리 어음 대신에 6개월짜리 어음을 주니 25프로 이상 나가는 이자만 해도 얼맙니까. 그야말로 하루하루가 간이 바싹바싹 타들어가는 화탕지옥(火湯地獄)과 같습니다."

"거기서 받는 스트레스 때문에 그러시군요."

"그거 아니면 고민될 일이 뭐 있겠습니까? 이대로 나가다간 아무래도 얼마 안 가서 문 다 닫아야 할 것 같습니다."

"문 닫을 때 닫는 한이 있더라도 너무 근심 걱정은 하지 않도록 하세요."

"근심 걱정을 안 할 수 있나요?"

"사업도 수행이다 생각하시고 모든 근심 걱정, 우려 같은 것은 하늘에 맡겨버리고 냉정하게 관을 하도록 해 보세요. 그렇게 하다가 보면 뜻밖에도 좋은 아이디어가 떠오를 수도 있을 겁니다."

"하늘이라구요?"

"네, 하늘입니다. 하늘이라는 말이 머리에 잡혀 들어오지 않으면 자기의 중심이라고 해도 좋습니다. 참나라고 해도 좋구요. 한마음 주인공이라고 해도 좋습니다. 어쨌든 각자의 중심에는 자동차의 차축과 같은 중심이 있다고 생각하십시오. 바퀴의 중심을 잡아주면서도 그 자신은 움직이지 않고 바퀴만을 돌려주는 중심축 말입니다. 고정되어 있는 것 같으면서도 사실은 모든 것이 돌아가게 하는 마음의 중심축도 분명 있습니다. 나는 이것을 참나라고 하는데 여기에 모든 문제를 몽땅 놓아버리세요."

"그게 그렇게 마음대로 되나요?"

"마음대로 안 된다는 말씀입니까?"

"그럼요."

"그럼 마음대로 안 된다는 생각 자체도 놓아버리세요. 마음대로 안 된다고 생각하는 것은 손아귀에 움켜쥐었거나 등에 짊어지고 내려놓지 않기 때문입니다. 근심 걱정에 괴로워하는 것은 그것을 붙잡고 놓지 않으려 하기 때문입니다. 놓지 못하는 것은 집착 때문입니다.

손아귀에 잡은 것은 부분입니다. 그 부분 때문에 전체를 잡지 못하고 있습니다. 그 집착의 중압에 짓눌리면서 고민을 한다고 해서 달라지는 것이 있겠습니까? 오히려 그 근심 걱정으로 이성이 흐려져서 올

바른 판단을 못 하게 됩니다. 그러나 나를 있게 만든 근본 뿌리인 참나를 확실히 믿고 거기에 일체를 맡겨버리십시오.

참나는 우리가 믿어주면 믿어주는 것만큼 덕과 능력과 지혜를 발휘하게 해줄 것입니다. 자기 자신의 참나를 믿어주면 믿어주는 것만큼 우주의 근원적인 힘인 하늘과 우리 자신을 밀착시켜 우리를 그와 한몸으로 만들어 주기 때문입니다.

'수고하고 무거운 짐 진 자들아 다 내게로 오라. 내가 너희를 편히 쉬게 하리라' 하고 예수가 말한 '내게로' 하고 말한 내가 바로 참나입니다. 그 참나는 바로 박성규 씨의 중심에도 자리잡고 있습니다. 박성규 씨를 있게 만든 그 마음의 근본 자리에 모든 짐을 풀어놓으라는 말입니다.

마음의 근본자리인 참나는 만능 용광로와도 같아서 온갖 근심 걱정과 병고액난의 업장을 다 녹일 수 있습니다. 여기서 일단 녹여진 업장은 새로운 에너지로 탈바꿈하게 됩니다. 그때 비로소 박성규 씨는 놀라운 마음의 평화와 안정을 찾게 될 것입니다. 그와 동시에 나의 참나와 우주의 근원적인 힘은 하나가 되어 마치 우주 발전소와 통전(通電)된 듯 우주에서 들어오는 생체 에너지를 감지하게 될 것입니다."

"그거야 신불(神佛)이나 하는 일이 아니겠습니까?"

"신불만이 아니고 사람이면 누구나 다 마음만 먹으면 그렇게 할 수 있습니다. 우리는 누구나 신불을 마음의 밑바탕에 깔고 있으니까요. 모든 근심 걱정을 내 마음의 주인공에게 내려놓는 순간 우리는 우주에 충만한 새로운 에너지원과 상봉하게 될 것입니다. 못 하는 일이 없고,

어느 곳이나 없는 데가 없는 전지전능(全知全能)한 참신한 기운 말입니다. 이른바 신불(神佛)입니다."

"그럼 신불은 우주 에너지라는 말씀입니까?"

"맞습니다. 이 우주 에너지를 느끼고 그와 한몸이 되어 어떠한 역경에 처해도 흔들림 없는 평상심(平常心)을 회복한 사람을 우리는 성인 또는 도인이라고 합니다."

"선생님께서는 근심 걱정을 무조건 놓으라고만 하시는데 실제적으로 어떻게 하는 것이 놓는 것입니까?"

"아무리 극복하기 어려운 난관이라도 나를 단련시키기 위한 시련이요, 내가 극복해야 할 과제요 숙제라고 생각하십시오. 모든 것이 내 탓이요 절대로 남의 탓이 아니라는 확신을 갖는 겁니다. 그 순간 지금까지의 고통은 사라지고 그 자리는 새로운 활력으로 채워지게 될 것입니다. 이처럼 마음먹기에 따라 상황은 180도 달라지게 됩니다.

마음먹기에 따라 지옥도 천국으로 바꿀 수 있다는 얘기는 이래서 나온 것입니다. 인생도 마찬가지입니다. 인생을 고(苦)로 생각하는 사람은 평생 죽을 때까지 고에서 벗어날 수 없지만 인생을 진화를 위한 시련이라고 생각하는 사람은 어떠한 시련이 닥쳐와도 즐거운 마음으로 한평생을 살아갈 수 있습니다. 그것은 순전히 그 당사자가 마음의 계기판의 눈금을 고(苦) 쪽으로 돌리느냐 낙(樂)으로 돌리느냐에 따라 달라지는 것입니다."

"IMF라는 미증유의 외화란으로 누구나 이러한 고통을 당하고 있는데 어떻게 그것을 전부 내 탓으로만 돌릴 수 있겠습니까?"

"IMF도 내가 있고 나서의 일이 아닙니까? 내가 없는데 무슨 IMF가 있을 수 있다는 말입니까?"

"아무래도 그 말씀은 이해를 할 수 없는데요."

"왜요?"

"IMF 사태는 내가 있건 없건 일어났을 거 아닙니까?"

"그렇게 생각하십니까?"

"네."

"그러나 내가 없는데 IMF를 인식할 수 있을까요? 없을까요?"

"내가 없으면 남은 인식할 수 있을 거 아닙니까?"

"그건 어디까지나 하나의 가정(假定)이지 현실은 아닙니다. 만약에 내가 없다면 우주도 있을 수 없습니다."

"그건 왜 그렇습니까?"

"인식의 주체가 없는데 사물의 존재를 어떻게 인식할 수 있겠습니까? 우리가 남을 알고 우주를 아는 것은 나를 통해서지 남을 통해서는 아닙니다. 따라서 내가 없으면 우주도 IMF도 있을 수 없습니다. 그러므로 사물에 대한 인식의 주체는 어디까지나 나 자신입니다."

"그렇다면 선생님 그 나의 정체는 무엇입니까?"

"나는 나라고 하는 것은 개체임과 동시에 전체이기도 합니다. 따라서 나라고 하는 개체가 없는 전체란 있을 수 없습니다. 내가 있음으로 해서 남도 있고 우주의 삼라만상도 있고 전체도 있을 수 있습니다. 이 나를 하나라고 한다면 우주는 전체입니다. 하나가 색(色)이라면 전체는 공(空)입니다. 하나는 전체이고 전체는 하나인 것처럼 색은 공이고 공은 색입니다.

물론 내가 지금까지 말해온 '나'는 진아를 말하는 것이지 가아(假我)를 말하는 것이 아닙니다. 따라서 나는 개체임과 동시에 전체입니다. 이 개체와 전체, 색과 공을 하나가 아닌 둘로 보는 데서 온갖 고통이 싹틉니다. 따라서 나와 분리된 IMF, 나와 동떨어진 우주는 존재할 수 없습니다. 하나이면서도 전체를 깨닫는 것이 견성입니다."

집착과 이타행

"그러면 그 견성에 도달하기 위한 전제조건은 무엇입니까?"

"마음을 여는 겁니다."

"어떻게 하는 것이 마음을 여는 것인데요?"

"애인여기(愛人如己)가 몸에 배어야 합니다."

"애인여기가 무엇인데요?"

"남을 내 몸처럼 사랑하는 겁니다. 어떤 구도자는 남을 내 몸처럼 사랑하면 새로운 인연을 맺게 되니까 오히려 수행에 방해가 된다면서 부모형제를 위시하여 모든 인연을 끊고, 견성할 때까지는 '이뭐꼬' 화두에만 몰두해야 한다고 생각하고 있습니다만 이건 크게 잘못된 생각입니다."

"왜요?"

"수행자가 모든 인연을 끊어야 한다는 것은 애착을 끊어야 한다는 것이지 남을 내 몸처럼 사랑하라는 이타행을 끊으라는 말은 아니기 때문입니다."

"이타행이라뇨?"

"이타행(利他行)이라고 해서 어렵게 생각해서는 안 됩니다. 일상적으로 만나는 모든 사람에게 친절하고 그들과 화목하게 지냄으로써 그들의 존경을 받을 수 있는 행위를 말합니다. 이타행이란 마음이 열린 사람이라면 누구나 거의 무의식적으로 실천하는 행위입니다. 마음이 열린 사람은 남과 나를 결코 둘로 보지 않습니다. 모든 역경을 내 탓으로 돌리는 이유는 바로 이러한 이유에서입니다. 전체와 하나인 개체라야 전체에서 오는 에너지를 받을 수 있습니다. 이 에너지만 받으면 무슨 난관이든지 극복 못 할 것이 없을 것입니다. 그러나 모든 것을 남의 탓으로 돌릴 때는 상황이 180도 달라집니다."

"어떻게 달라집니까?"

"나와 전체를 하나로 볼 때는 전체의 힘을 받을 수 있지만 나와 남을 따로 동떨어진 존재로 둘로 볼 때는 전체에서 오는 힘을 받을 수 없습니다. 서로 힘을 합칠 때는 전체가 다 같이 상부상조(相扶相助), 공생공영(共生共榮)할 수 있지만 따로 떨어져 서로 네 탓으로 돌릴 때는 서로 자기가 잘했다고 갈등과 반목만 일으키게 되므로 전체에서 오는 에너지가 끊어져 둘 다 뿌리가 잘려나간 수목처럼 말라 죽게 되어 있습니다.

결론적으로 말해서 내가 있으므로 상대도 있고 우주도 있고 전체가 있습니다. 내가 있으므로 인과도 있고 업장도 있어서 오늘날의 내가 존재하는 것입니다. 그러므로 내 앞에 밀어닥친 어떠한 난관이든지 전부 다 내 탓일 수밖에 없습니다. 따라서 모든 것을 내 탓으로 돌리는 것은 사는 길이요, 모든 일을 남의 탓으로 돌리는 것은 죽는 길입니다."

"그러나 범인들은 그와는 반대의 길을 걷지 않습니까?"

"그러니까 죽는 것이 사는 것이요 사는 것이 죽는 것이라고 하지 않습니까. 다시 말해서 사즉생(死則生)이요 생즉사(生則死)입니다."

"그건 생사를 초월한 성인들이 하는 말이 아닙니까?"

"그렇습니다. 범인의 종착점은 성인입니다."

사람은 왜 삽니까?

"선생님 사람은 왜 삽니까?"

우창석 씨가 뜬금없이 물었다.

"사람뿐만 아니라 모든 존재는 진화하기 위해서 삽니다."

"그렇습니까. 그런데 언젠가 선생님께서는 사람은 살기 위해서 산다고 하시지 않았습니까?"

"살아가는 것이 진화하는 것이니까 그 말이 그 말입니다."

"진화(進化)란 무슨 뜻입니까?"

"진화란 현재의 상태에서 보다 나은 상태로 향상 발전하는 겁니다."

"사람이 사는 목적이 진화라고 하셨습니다. 그렇다면 사람은 무엇 때문에 진화하려고 하는 것일까요?"

"사람에게 주어진 제한된 조건에서 벗어나기 위해서입니다."

"사람에게 주어진 제한된 조건이란 무엇인데요?"

"한마디로 부자유입니다."

"인간에게 부여된 부자유란 구체적으로 어떤 것이 있습니까?"

"시간과 공간 그리고 물질 속에 갇혀버린 부자유입니다."

"그 부자유 속에는 어떤 것이 있습니까?"

"억겁의 세월을 두고 끊임없이 거듭되어 온 생로병사의 윤회의 고리가 있습니다. 이 윤회의 고리를 끊지 못하고는 완전한 대자유(大自由)

는 누릴 수 없습니다."

"그럼 진화의 종착점은 윤회의 고리를 끊고 대자유를 얻는 건가요?"

"그렇습니다."

"그럼 무엇이 대자유입니까?"

"육도사생(六途四生)을 자유롭게 할 수 있는 완성의 경지입니다."

"사람은 신(神)에 의해 창조되었다고 보십니까? 아니면 서서히 진화했다고 보십니까?"

"이 우주에는 이유 없는 결과는 있을 수 없습니다. 그러니까 누가 무엇을 우연한 기회에 만든다든가 아무 이유도 없이 서서히 진화한다든가 하는 일은 있을 수 없습니다."

"그럼 인간은 진화의 산물입니까?"

"그렇습니다."

"그것을 어떻게 입증할 수 있습니까?"

"임부에게 태아가 수태되어 태어나기까지의 자궁 속에서의 성장하는 변화의 과정을 보면 쉽게 알 수 있습니다. 미생물에서부터 시작되어 물속에 사는 벌레에서 점차로 어류, 양서류, 파충류, 조류, 포유동물, 원숭이, 유인원, 사람의 모습으로 순차적으로 변화하는 모습을 알 수 있습니다."

"무엇이 우리 인간을 그처럼 변화하여 오늘이 있게 했을까요?"

"변함없이 우주를 지배하는 인과응보의 법칙입니다."

우주신(宇宙神)과 인과응보

"우주신(宇宙神)은 무엇이고 인과응보는 무엇입니까?"

"알고 보면 그게 그겁니다."

"그럼 같다는 말씀입니까?"

"그렇습니다."

"창조주(創造主)는 무엇입니까?"

"창조주야말로 사람의 머리가 만들어 낸 창작입니다. 창조주가 있으면 피조물이 반드시 있어야 합니다. 주인이 있으면 종이 있어야 하는 것과 같습니다. 하나가 아니고 둘이 되어야 합니다. 이분법적 흑백논리가 여기에서 나왔습니다. 그러나 알고 보면 진리는 하나이지 둘이 아닙니다.

우아일체(宇我一體)에 어긋나는 것은 실상이 아닙니다. 따라서 창조주는 고대인이 종교적인 방편으로 만들어낸 관념의 산물이지 진리는 아닙니다. 그러한 방편의 산물이 종교적인 편리성 때문에 아무런 검증 없이 현대까지 계승되었다면 빠른 시일 안에 수정 보완되어야 합니다. 그렇게 하지 않으면 우물 안 개구리 신세가 되거나 현실에 맞지 않는 배타적인 종교로 전락되어 발붙일 자리를 잃게 될 것입니다."

"그러나 그러한 종교가 아직도 이 땅에는 번창하지 않습니까?"

"그야 비슷한 수준의 사람들끼리 모이게 되어 있으니까 그럴 수밖에 없겠죠. 허지만 인지가 자꾸만 발달하면 가면은 벗겨지게 되어 있습니다. 사필귀정(事必歸正)이니까요."

"무엇이 사필귀정인데요?"

"진리는 둘이 아니고 하나라는 것 말입니다. 창조주와 피조물은 하나가 아니고 둘로 영원히 갈라져 있으므로 진리일수 없습니다."

사람은 어디서 왔다가 어디로 갑니까?

"선생님 사람은 어디서 왔다가 어디로 갑니까?"

"만물만생이 태어난 마음의 근본 자리에서 왔다가 인과의 원리에 지배되는 진화라고 하는 우여곡절을 거쳐서 다시 원래의 자리로 되돌아갑니다."

"그 마음의 근본 자리는 어디에 있습니까?"

"우리 마음속에 있습니다. 그 마음의 근본 자리를 옛 선배 도인들은 성(性)이라고 했습니다. 이 성(性)이라는 한자를 자세히 살펴보세요. 마음심 변에 날생 자가 합쳐서 된 글자입니다. 마음이 태어난 자리라는 뜻입니다. 그래서 옛 도인들은 도를 닦다가 진리를 깨닫는 것을 견성(見性)이라고 했습니다. 성(性)은 진리니까 견성(見性)은 진리를 보았다는 뜻입니다. 그렇다고 해서 견성이란 진리라고 하는 가시적(可視的)인 형상을 육안으로 본 것이 아니고 마음과 몸과 기운으로 느끼고 터득하고 깨닫는 것을 말합니다."

"도(道)는 성(性)이나 진리와 같은 뜻입니까?"

"그렇습니다."

"그렇다면 사람은 진리에서 태어났다가 진화의 과정을 거쳐서 다시 진리로 돌아간다는 말입니까?"

"그렇습니다."

"그럼 그 진리는 어떻게 생겼습니까?"

"진리는 수행 끝에 스스로 깨닫는 것이지 말이나 글로 표현할 수 있는 것이 아닙니다. 굳이 표현한다고 해도 지극히 불완전하게밖에 나타낼 수가 없습니다. 그래서 노자는 '도라고 일컬어지는 도는 이미 도가 아니다'고 말했습니다."

"허지만 선생님은 근사치만이라도 표현하실 수 있을 것 같은데."

"그렇게 알고 싶다면 말하겠습니다. 진리는 여러분 자신들이고 또 나 자신입니다. 그리고 우리 눈에 비치는 모든 것이 다 진리입니다."

"우리 눈에 보이고 만져지고 냄새 맡을 수 있는 것은 전부 다 물질로 된 것이 아닙니까?"

"그렇습니다."

"물질로 된 것이 어떻게 진리일 수 있겠습니까?"

"그럼 우창석 씨는 무엇이 진리라고 생각하십니까?"

"진리는 원래 생사 유무 시공을 초월한 것이라고 하시지 않습니까?"

"그렇습니다."

"그런데 어떻게 눈에 보이는 물질이 진리라고 할 수 있겠습니까?"

"진리는 유무(有無) 즉 물질과 비물질을 초월한다고 했지 물질은 진리가 아니라고는 말하지 않았습니다. 물질은 색(色)이고 비물질은 공(空)입니다. 또 유(有)는 겉이고 무(無)는 안입니다. 진리는 색도 공도 포함하되 양자를 초월해 있습니다."

"그럼 도대체 진리는 무엇입니까?"

"진리는 우창석 씨 자신이고 또 나 자신이기도 합니다."

"그럼 우리들 각자가 다 진리라는 말씀입니까?"

"그렇습니다."

"그건 좀 헷갈리는데요?"

"그것은 우창석 씨가 자기 자신의 진정한 가치를 모르기 때문입니다."

"아니 그렇다면 저 자신이 정말 진리라는 말씀입니까?"

"그렇다니까요."

"어떻게 그렇게 단언할 수 있습니까?"

"겉볼안이라는 말 아십니까?"

"그야 겉을 보면 속까지도 알 수 있다는 말이 아닙니까?"

"그렇습니다. 내용이 있기 때문에 형식이 있는 것이고, 안이 있으니까 겉이 있고, 알맹이가 있으니까 껍질이 있는 겁니다. 이 말은 한 걸음 더 나아가서 겉은 색이고 안은 공이라는 말과 같습니다. 보이는 겉을 보면 보이지 않는 속을 알 수 있습니다. 행동과 표정과 말을 관찰해 보면 그 사람의 속마음을 알 수 있습니다. 진리를 너무 어렵게 정의하려고만 하지 말라는 얘기입니다. 다시 말해서 진리는 우리들 각자 자신이라고 말하는 것이 가장 보편타당하다고 할 수 있습니다."

"그런데 우리들 각자를 움직이는 주인은 창조주라고 말하는 사람도 있습니다. 왜냐하면 우리는 조물주의 피조물이니까 그렇게 되는 것이 당연하다고 말합니다. 실제로 우리들 각자를 움직이는 주인은 조물주나 창조주일까요?"

"우리들 각자를 움직이는 주인은 창조주도 조물주도 아니고 바로 우리들 자신의 마음입니다. 우리들의 겉모습은 우리들 각자의 마음의 외부적 표현에 지나지 않습니다. 다시 말해서 우리의 겉모습은 우리들 각자의 마음의 구현체(具顯體)입니다. 그래서 사람의 겉모습은 어리석은 사람을 속임수와 분장술로 일시 기만할 수 있지만 지혜로운 사람의 눈은 결코 속일 수 없습니다."

"그럼 진리는 어디에 있습니까?"

"진리는 여러분 각자와 나 자신 속에 있습니다. 고고학자는 부서진 뼛조각 하나로 지질시대의 동물의 모습을 재현해낼 수 있습니다. 그러나 구도자는 자기 자신을 면밀히 관찰함으로써 자신의 참모습 속에서 진리를 깨달을 수 있습니다. 왜냐하면 자기 자신이 바로 진리의 구현체이니까요.

내 속에 천국도 있고 지옥도 있는가 하면 행복도 불행도, 조리(條理)도 비조리(非條理)도, 진리도 비진리도, 삶도 죽음도 있습니다. 밖에서 찾지 말고 안에서 찾아야 합니다. 나 자신 속에는 삼천 대천세계(三千大千世界)도 대우주도, 단군도 석가도, 공자도 노자도 장자도, 소크라테스도 디오게네스도 예수도 다 들어 있습니다. 그러니까 나를 깨달으면 우주 전체를 깨달을 수 있습니다."

"선생님께서는 그렇게 당당하게 말씀하시지만 대부분의 풀뿌리 민초 무명중생(無明衆生)들은 그렇게 생각들 하지 않거든요."

"그건 그렇습니다."

"도대체 그 이유가 어디에 있다고 보십니까?"

"그거야 뻔한 일 아닙니까?"

"왜 그런지 설명 좀 해 주시겠습니까?"

"그러죠. 그것은 그 사람들에게 진리를 깨달아 보겠다든가, 진리가 어디에 있는지 탐구해 보겠다든가 하는 마음이 없기 때문이죠. 구도자가 된다는 것은 순전히 각자의 자유의지에 의한 것인데 애당초 진리 따위에는 관심도 없는 사람에게는 진리 같은 것은 개밥의 도토리요, 돼지에게 던져주는 진주밖에 더 되겠습니까?"

"아니 그렇다면 진리를 깨달아 보겠다는 사람은 누구나 다 견성을 하고 해탈을 할 수 있다는 말씀입니까?"

"그야 물론이죠."

"그런데 십 년 이십 년 삼십 년을 선방에서 참선을 해도 도승(道僧)은커녕 땡초밖에 못 되는 사람이 많은 것은 무엇 때문입니까? 어디 그뿐입니까? 평생을 진리를 탐구하기로 작정한 목사나 승려가 살인을 하고 강간을 하고 도둑질을 하는 것은 무엇 때문입니까. 이런 것을 보면 마음만 먹는다고 되는 일은 아니지 않습니까?"

"마음을 먹되 바로 먹지 못하고 삐뚜로 먹었기 때문에 그러한 불상사가 일어나는 겁니다."

"도대체 마음을 어떻게 삐뚜로 먹었기에 그런 현상이 일어나는 것일까요?"

"구도(求道)와 전도(傳道)를 하나의 직업과 비슷한 생활수단으로 삼는 경우입니다. 성직(聖職)을 의식주를 해결하고 처자식 먹여 살리는 생활의 방편으로 삼은 사람은 평생 가야 도(道)와는 인연이 있을 수 없습니다."

"그것뿐입니까?"

"아뇨. 또 있습니다."

"그게 뭔데요?"

"명예를 얻는 수단으로 도를 이용하는 경우입니다. 명예에 연연하는 사람이 견성을 바라는 것은 콩을 심어 놓고 팥이 나오기를 기다리는 것과 같습니다."

"그것뿐입니까?"

"아뇨."

"그럼 또 있습니까?"

"있고말고요."

"그게 뭡니까?"

"세상에서 살아나가기가 힘겹고 위험하고 불안하니까 구도를 도피의 수단으로 이용하는 겁니다. 또 구도를 돈벌이 수단으로 이용하는 사람도 있는데 이들은 사이비 종교의 교주가 되어 가뜩이나 말썽 많은 이 사회에 갖가지 새로운 물의를 추가하고 있습니다. 이 밖에도 얼마든지 있을 수 있습니다. 그런데 하나같이 변함없는 공통된 특징이 있습니다."

"그것이 무엇입니까?"

사이비 구도자

"전부가 다 이기적이라는 겁니다. 다시 말해서 도를 위해서가 아니라 자기의 세속적인 욕심을 이루려는 것이 공통된 특징입니다. 나는 이들을 한데 묶어 사이비 구도자라고 명명하고자 합니다. 그런데 기이한 것은 이들 사이비 구도자들 중에는 자기야말로 진정한 구도자라고 철석같이 믿고 있는 사람이 상당수 있다는 겁니다.

이런 사람은 목사, 신부, 비구 중에도 많습니다. 이들은 예수나 석가에 대한 맹목적인 믿음 하나만 가지고 정진하면 어느 땐가는 기필코 구원도 얻고 견성도 할 수 있다고 확신하고 있습니다. 오직 구원(救援)과 견성(見性)이라는 과실(果實)에만 매달리고 있기 때문에 그들은 예수와 석가가 강조한 이웃에 대한 사랑과 자비와 겸손과 지혜에 대해서는 아예 문외한이 되어 있습니다. 구원과 견성이란 이웃에 대한 사랑과 자비와 겸손이 밑거름이 되어 피어난 꽃이라는 것을 그들은 전연 모르고 있습니다.

그러한 구도자는 제아무리 기도를 하고 이뭐꼬 화두에 매달려 보았자 십 년이 되어도 백 년이 되어도 구원이나 견성을 얻기는커녕 애꿎은 머리만 희어지게 할 뿐입니다. 사랑과 겸손과 지혜가 없는 구도는 부산행 열차를 타고 앉아서 서울에 도착하기만을 고대하는 것처럼 어리석은 짓이 될 것입니다.”

“그런데, 선생님 대부분의 선승(禪僧)들은 이웃에 관심을 두는 것은 새로운 업연을 맺는 것이 되므로 일부러 이웃에게 냉정해야 하고 이타행은 견성을 한 뒤에 해도 늦지 않다고 말하고 있습니다. 그래서 그들은 자기를 낳아준 부모와도 이별하고 출가를 단행한다고 합니다.”

“그것은 뭘 단단히 잘못 알고 있는 겁니다. 출가는 도심(道心)을 품고 속세와의 사적(私的)인 인연을 끊는 것입니다. 그것을 대승적 이타행과 혼동해서는 안 됩니다. 사랑과 자비와 겸손과 지혜야말로 온갖 업장에서 벗어나는 지름길이라는 것을 알아야 합니다. 그렇지만 순전히 이기적인 목적이나 맹신(盲信) 때문에 이웃에게 냉정하고 매정한 짓을 저지르는 것은 그들에게 상처를 입히고 원한을 사게 함으로써 자꾸만 새로운 업장을 쌓을 뿐이라는 것을 알아야 합니다."

〈41권〉

『금강경(金剛經)』과 『반야심경』 번역

단기 4331(1998)년 3월 16일 목요일 11~20℃ 구름 비

『선도체험기』 제40권에는 도교의 핵심 경전인 노자의 『도덕경』을 내 나름대로 한문에서 우리말로 옮겨 실었다. 이미 『도덕경』을 읽어본 분들에게는 새로운 감회를 불러 일으켰을 것이고 처음 읽는 분들에게는 마음공부를 위한 새로운 영역이 열리는 기회가 되었을 것이다.

선도의 핵심 경전이 『천부경』, 『삼일신고』, 『참전계경』으로 구성된 삼대경전이고, 도교의 핵심 경전은 『도덕경』, 유교의 그것은 『대학(大學)』과 『중용(中庸)』인 것과 같이, 불교의 『팔만대장경』 중의 핵심 경전은 『금강경』과 『반야심경』이다.

전 세계의 구도자는 말할 것도 없고 모든 종교인들은 마음을 활짝 열어 마땅히 다른 도(道)와 종교에도 깊은 관심을 갖고 공부할 필요가 있다고 본다. 교통이 발달하지 못했던 옛날과 달라서 지금은 전 지구촌이 하나의 생활권이 되었다. 경제, 문화, 스포츠, 학문, 종교, 구도의 분야에서는 이미 국경이 사라진 지 오래되었다. 이러한 지구촌 시대에 자기의 우물 속에서 빠져나올 줄 모르는 종교인이나 구도자는 그 보수성과 배타성 때문에 이미 경쟁력과 설득력을 상실하여 생존 경쟁에서 도태당하게 되어 있다.

그리하여 요즘은 우리나라에서도 가톨릭 주교들이 불교 사찰에서 설교를 하고, 불교의 큰스님들이 가톨릭교회에서 법문을 하는 세상이 되었다. 그런가 하면 불교의 비구니, 가톨릭의 수녀, 원불교의 정녀들이 삼소회(三笑會)라는 친목단체를 만들어 10년 전부터 운영해 오면서 수천 년 지탱해 온 종교간의 장벽을 허물고 있다. 비구니, 정녀, 수녀가 손에 손을 잡고 나란히 걷는 다정한 모습이 신문에 실린 것을 보니 공연히 눈시울이 뜨거워지는 것은 필자만은 아닐 것이다.

신구 기독교 성경은 2백여 년 전에 우리나라에 도입될 당시부터 한글로 번역이 되었고 그 뒤 꾸준히 시대의 변천과 추이에 따라 수정 보완작업이 진행되어 오고 있어서 남녀노소 누구를 막론하고 마음만 있으면 읽어 볼 수 있게 되었지만, 불경은 그렇지 못하다. 불경은 우리나라에 수입된 지 이미 천육백 년이 넘었건만 아직도 성경처럼 만족할 만한 한글화가 이루어져 있지 않는 상태이다. 혹 불경이 한글로 번역이 되어 있다고 해도 번역한 사람의 문장력과 깨달음과 학문 수준에 따라 천차만별이다.

여기에 착안하여 온 나는 소설가로서의 내 문장력과 그동안 내 나름대로 공부하여 터득한 마음공부와 글공부의 수준에 따라 불교의 핵심 경전인 『금강경』과 『반야심경』부터 우선 손을 대 보려고 한다. 그동안 많은 불경이 한글화되었지만 거의 전부가 한문 번역본을 우리말로 옮긴 것이었다.

그러면 한문본은 어디서 나왔는가? 말할 것도 없이 2천 년 이전 옛날부터 인도의 산스크리트본 불경이 한문으로 번역된 것이다. 결국은 이중 번역인 셈이다. 다행히도 『금강경』은 한문본과 산스크리트 원본에서 한글로 번역된 것이 있어서 이 두 가지를 참고하였다. 그러나 될 수 있는 대로 원본의 내용과 정신에 충실한 번역이 되도록 힘썼다.

『금강경』 번역에서도 『선도체험기』 40권에서의 노자의 『도덕경』 번역 때와 마찬가지로 한문 자구(字句)를 비롯한 외국어 인용은 꼭 필요한 경우가 아니면 될 수 있는 대로 제한하기로 했다. 이렇게 하는 것이 우리말의 표현력과 독자성을 최대한 살리게 될 것이며 더이상 우리 국어가 한문이나 타국어에 의존하는 폐단을 줄일 수 있다고 확신하기 때문이다.

『금강경』 번역을 마치고

'일체의 현상계(現象界)는 꿈이요 허깨비요, 물거품이요 그림자요, 이슬이요 번개 같은 것이라고 응당 관(觀)하기 때문이니라.' 흔히 말하는 몽환포영로전(夢幻泡影露電)이다. 『금강경』은 바로 이 한마디 속에 그 핵심 지혜가 전부 다 농축되어 있다. 만약에 구도자가 이 한마디를 완전히 체득(體得)했다면 그는 이미 견성을 했다고 할 수 있다.

이것은 모든 구도자의 종착점이기도 하다. 이제 남은 것이 있다면 철두철미한 보림을 통해서 우주의 핵심에서 뻗어져 나온 전선(電線)과 구도자 자신이 그것이 직결되어 통전(通電) 현상을 일으켜 우아일체(宇我一體)를 실감하는 것이다. 그렇게 함으로써 후배들에게 가피력(加被力)과 천백억화신(千百億化身)을 구사하는 마지막 관문이 남아 있다. 이러한 구도의 과정은 반드시 불교의 울타리 안에서만 달성되는 것은 아니다. 바르고 착하고 슬기로운 구도자라면 종교적 색채 따위와는 상관없이 누구나 맞힐 수 있는 과녁이기도 하다.

그래서 원불교의 창시자 소태산은 누구의 가르침도 받지 않고 오직 혼자서 15년간의 피나는 수행 끝에 1916년에 드디어 깨달음을 얻은 뒤에 그때 국내에 보급되어 있던 여러 경전들을 섭렵하다가 『금강경』의 바로 이 대목을 읽고는 깊은 감동에 사로잡혔다고 한다. 자기의 깨달음과 너무나도 흡사한 대목이기 때문이었다. 바로 이 때문에 그는 자신이 창시한 종교가 순전히 자생 종교이면서도 불교라는 이름을 넣어 원불교(圓佛敎)라는 명칭을 쓰게 되었다고 한다.

그런데, 산스크리트판 『금강경』을 보면 몽환포영로전(夢幻泡影露電)으로 되어 있지 않고 좀 다르게 나와 있다. 참고로 그 사행시(四行詩)를 옮겨보기로 하자.

현상계(現象界)라고 하는 것은
별이나 깜빡이는 눈이나 등불이나
환상이나 이슬이나 물거품이나
꿈이나 번개나 구름과 같은 것
그와 같이 관(觀)하는 것이 좋으리라.

한역판(漢譯版 또는 韓譯版)에서처럼 '꿈, 허깨비, 물거품, 그림자,

이슬, 번개'의 여섯 가지 현상이 아니고 '별, 깜박이는 눈, 등불, 환상, 이슬, 물거품, 꿈, 번개, 구름'의 아홉 가지로 나와 있다.

이것을 비교하고 나서 나는 많은 생각을 해 보았다. 번역이란 무엇인가? 번역이란 한마디로 내용만 살려서 하나의 문화권의 문장에서 다른 문화권의 문장으로 이행하는, 새로운 문장의 재창조 작업이라고 할 수 있다. 특히 경전의 경우 원문 그대로 한 문자 한 문구라도 빠뜨리지 않고 그대로 옮기는 것은 별 의미가 없다고 본다.

문제는 그것을 읽는 독자가 원문의 뜻을 얼마나 정확하고 깊이 있게 파악하고 깨달음을 얻느냐가 중요한 것이다. 그렇게 되기 위해서 문제가 되는 것은 번역자가 양쪽 언어에 얼마나 능통하고 또 얼마나 진리를 깨달았느냐에 달려 있다고 본다.

그런 의미에서 나는 산스크리트 원문판을 그대로 옮긴 것보다는 도리어 번잡하고 유장한 원문을 대담하게 생략하고 압축하여 간결하게 표현한 한역판(漢譯版)이 『금강경』의 내용을 동양권 독자들의 정서에 알맞게 그 내용을 전달하는 데는 훨씬 더 효과적이라는 것을 알게 되었다. 바로 이 때문에 필자는 『금강경』 번역에서 『금강경』 한역판(漢譯板)과 산스크리트판 한국어 번역판과 한역판(漢譯版), 한국어 번역본을 참고하는 요령을 터득할 수 있게 되었다.

『금강경』의 핵심 내용은 이미 『선도체험기』 시리즈에 수없이 언급되어 왔다는 것을 독자 여러분들은 알고 있을 것이다. 『금강경』이 말하는 '상(相) 없는 상' 과 '몽환포영로전(夢幻泡影露電)'은 석가모니뿐 만이 아니라 모든 구도자가 거쳐야 할 과정이기도 하기 때문이다.

『반야심경』 번역을 마치고

『금강경』은 시종 부처와 수보리 사이에서 묻고 대답하는 대화로 되어 있지만, 『반야심경』은 관자재보살이 수붓티라는 제자에게 자기가 수행을 통해서 깨달은 경지를 일방적으로 담담하게 피력하는 형식으로 되어 있다. 『금강경』이 '상(相)에서 상 아님을 보아야 여래를 볼 수 있다'고 시종일관 가르치고 있는데 비해서, 『반야심경』은 그러한 공상(空相)을 통과하여 깨달음을 얻은 열반의 경지를 차분하게 알려주고 있는 가장 짧은 경전이다.

관자재보살(觀自在菩薩)이라는 이름 속에 함축되어 있는 뜻 그대로 그의 수행법은 어디까지나 타력(他力) 신앙에 의해서가 아니라 자력(自力) 수행에 바탕을 두고 있고 먼저 깨달은 수도의 선배가 후배에게 자기가 겪어 온 과정을 차분하게 일러주고 있다.

『금강경』이 마음에 걸림이 없고 머무름이 없는 보시(無住相布施)와 집착 없는 마음 씀(應無所住而生其心) 그리고 현상계 일체가 몽환포영로전(夢幻泡影露電)임을 가르치고 있는데 비해서, 『반야심경』은 색은 공(色卽是空)일 뿐만 아니라 공은 색(空卽是色)이고 이 색공상(色空相)에서 한 걸음 더 나아가 삼라만상은 원래 태어나지도 않고 사라지지도 않으며(不生不滅), 더러운 것도 깨끗한 것도 없고(不垢不淨), 늘어나지도 줄어들지도 않으며(不增不減), 오온(五蘊)도 육근(六根)도 육경(六境), 늙음과 죽음도, 늙음과 죽음의 다함도, 고집멸도(苦集滅道)도 없고, 걸릴 것도 구할 것도 없으므로 두려울 것도 없고, 전도망상에 시달릴 것도 없는 완전 해탈의 경지를 말해주고 있다.

그야말로 지혜의 완성, 구경각(究竟覺)의 경지를 손에 잡힐 듯이 생생하게 묘사해 주고 있다. 불과 16절지 반밖에 안 되는 아마도 『천부경』 다음으로 짧은 문장 속에 진리에 대한 깨달음의 실상이 모조리 다 함축되어 있다. 『금강경』과 『반야심경』 속에서는 불교의 전체 가르침의 핵심이 전부 다 농축되어 있다는 것을 이번 번역을 통해서 새삼 절감하는 바이다.

이 번역이 어느 정도 독자 여러분에게 먹혀들지는 모르지만 필자로서는 최선을 다했음을 밝히는 바이다. 독자 여러분의 독후감을 참고로 하여 앞으로 더 좋은 번역을 시도하려고 한다. 부디 여러분의 마음공부에 큰 전진이 있기를 바란다.

좋은 일, 나쁜 일

단기 4331(1998)년 5월 17일 일요일 14~24℃ 구름

오후 3시가 되자 17명이나 되는 수련자들이 몰려왔다. 한 시간쯤 수련에 열중하던 수련자들 중에서 다음과 같은 질문이 나왔다.

"선생님께서는 지난번에 저한테 대주천 수련을 시켜주시면서 앞으로 좋은 일이 많이 생길 것이라고 말씀하셨는데, 반드시 그런 것만도 아닌 것 같습니다."

홍익균이라는 40대 중반의 모 중소기업 대표로 있다는 수련생이 말했다.

"왜요?"

"IMF 한파로 회사 경영이 어려운 것은 남들도 다 같이 겪는 일이라 어쩔 수 없다고 쳐도, 요즘 저는 아버님이 폐암으로 입원을 하시고 어머님까지도 아버님 병구완하시다가 지쳐서 쓰러지셨는데 골다공증으로 골절을 여러 군데 당하셔서 완쾌하시기가 어렵다고 합니다. 게다가 설상가상으로 제 딸애까지도 혈액암으로 입원을 했습니다. 그런데 제 집사람은 아껴 쓰며 어렵게 모은 돈 3천만 원을 친구에게 꾸어주었다가 떼이고 말았습니다. 아내는 가뜩이나 속상하는 판에 딸애까지도 이 지경이 되고 보니 넋 나간 사람처럼 기운을 못 차리고 있습니다. 집안에 우환이 한꺼번에 몰려든 것 같습니다."

"홍익균 씨는 그런 집안의 우환을 정말 우환 그 자체라고만 생각하면 한없이 괴롭고 고통스러울 것입니다. 어찌 그뿐이겠습니까? 고통은 자꾸만 자꾸만 더 심해져서 나중에는 그 고통의 와중에서 휘말려버리고 말게 될 것입니다. 그러나 구도자는 그렇게 생각하지 않습니다."

"구도자는 이런 때 어떻게 생각합니까?"

"마음을 넓게 가집니다."

"마음을 어떻게 갖는 것이 넓게 갖는 것입니까?"

"우환을 단순한 우환으로만 보지 말고 인과응보에 의해 나에게 응당 닥쳐와야 할 일이 이 시기에 한꺼번에 찾아왔다고 생각하십시오. 그게 또 사실이니까요. 그렇게 생각하면 우환은 단순한 우환이 아니라 나를 공부시키기 위한 숙제가 됩니다. 숙제라는 것은 하나하나 풀어갈수록 푸는 사람의 실력을 향상시켜줍니다.

똑같은 역경과 환란을 당하더라도 당사자의 마음먹기에 따라 하늘과 땅의 차이를 나타내게 됩니다. 내가 홍익균 씨에게 대주천 수련을 시켜주면서 앞으로 좋은 일이 생길 것이라고 말한 것은 반드시 집안에 세속적인 경사가 날 것이라고 예상하고 말한 것만은 아닙니다. 대주천 수련의 경지에 오른 이상 앞으로 어떠한 역경이나 환란이 닥쳐와도 쉬사리 마음이 흔들리는 일은 없을 것이라는 뜻도 포함되어 있었다는 것을 아셔야 합니다."

"선생님 말씀을 듣고 나니 제가 실언을 한 것 같아서 송구스럽기 짝이 없습니다. 좋은 일이라는 말씀 속에는 그렇게 깊은 뜻이 숨겨져 있는 것은 미처 모르고 엉뚱한 투정을 부린 제가 정말 생각이 짧았습니다. 정말 죄송하기 짝이 없습니다."

"아니요. 괜찮습니다. 너무 개의치 마십시오. 그런 과정을 통해서 누구나 다 배우고 터득하고 깨닫는 게 아니겠습니까?"

"사실 선생님, 저 자신은 솔직히 말해서 이번 집안의 우환에 대해서 그전처럼 마음 아파하거나 고통스럽게 여겨지지는 않습니다. 그래도 그동안 수련을 해서 그런지 기운이 저 자신을 두텁게 감싸고 있어서 고통의 칼날이 제 몸에 직접 닿는 것을 막아주는 것 같은 느낌을 받곤 합니다. 이것이 바로 수련 덕분이라는 것을 저는 잘 알고 있습니다.

그전 같으면 부모님이 그 지경이 되고 아내는 사기를 당하고 딸애까지 그런 몹쓸 병으로 입원을 하게 되었다면 저 역시 그 충격으로 한동안 식음을 전폐했을지도 모르는 일입니다. 그런데 저는 이상할 정도로 마음에 별로 충격을 받지 않고 있습니다. 분명 제가 당하고 있는 우환임에 틀림이 없는데도 마치 저 자신의 일이 아니고 남이 당하고 있는 일을 지켜보고 있는 심정입니다. 그러니까 오히려 냉정해져서 이 역경을 이성적으로 처리할 수 있었습니다. 모든 일이 내가 이 세상에 존재하기 때문에 일어난 일이므로 내 탓이라고 생각하니 오히려 마음은 편안합니다.

그런데 선생님 문제는 제 아내입니다. 아무리 설득을 해도 아내는 제정신을 못 차리고 애통해 하고 있습니다. 제가 있는 말재주를 다 기울여서 그게 다 자업자득이요 내 탓이라고 생각하고 마음을 편안히 가지라고 간곡히 설명을 해 주면 들을 때만은 금방 납득이 된 것처럼 반짝 얼굴빛이 밝아졌다가는 잠시 후에는 다시 어두워지곤 합니다. 아내

는 이제 아무 일도 못하고 멍청하니 기신을 못 차리고 누워 있을 뿐입
니다. 제가 진정으로 괴로운 것은 제 능력으로는 아무리 해도 아내를
설득시켜 저와 비슷한 심정을 갖게 할 수 없다는 것입니다. 제가 진정
으로 안타깝고 괴로운 것은 바로 이겁니다."

"홍익균 씨는 부인에 대한 그러한 안타까움과 괴로움에서도 벗어나
야 합니다."

"그렇습니까?"

"그렇고말고요. 부인과 홍익균 씨는 아무리 일심동체인 부부간이라
고 해도 똑같은 사람이 아니지 않습니까? 개성이 다른 두 사람이 똑같
아야 된다고 생각하는 것 자체가 하나의 집착이요 욕심입니다. 집착과
욕심이 있는 한 괴로움이나 안타까움에서 벗어날 길은 막혀버리게 됩
니다."

"과연 그렇군요. 그런데 제가 이해할 수 없는 것은 아내는 왜 제가
터득한 진리를 그렇게 입이 닳도록 설명을 해도 알아듣지를 못하느냐
하는 것입니다."

"아직은 그럴 때가 아니기 때문입니다. 사람은 아무리 부부간이나
친부모 자식 사이라고 해도 백인백색(百人百色)이요 천태만상(千態萬
象)입니다. 나 역시 아들딸이 있지만 내가 쓴 『선도체험기』를 읽지 않
습니다. 아들딸은 내가 읽어보라고 하니까 마지못해서 한두 권 읽어
보고는 그만두고 말았습니다. 그렇다고 해서 나는 왜 안 읽느냐고 안
타까워하거나 괴로워하지 않습니다.

아직 읽을 만한 때가 안 되어서 그렇겠지 하고 생각해버리면 그만입

니다. 오직 아내와 며느리만이 꼬박꼬박 책이 나올 때마다 빼놓지 않고 읽고 있습니다. 모든 것은 연대가 맞아야 합니다. 인연 없는 중생은 부처님도 별수없다는 말 들어 보지 못했습니까?"

"과연 그렇군요. 그럼 사모님과 자부님은 수련도 하십니까?"

"아뇨. 수련까지는 하지 않지만 『선도체험기』만은 꼭꼭 읽고 있습니다. 나는 내 가족 중에 그래도 내 책을 다 읽어주는 사람이 있다는 것이 여간 대견하지 않습니다."

"저는 아직 선생님의 경지까지는 도달하지 못한 것 같습니다."

"마음을 그렇게 갖지 마시고 나도 지금 이 순간부터 그 경지에 도달했다고 생각하십시오. 결국 알고 보면 모든 것이 석가모니가 말한 그대로 자심소현(自心所現)입니다. 마음을 그렇게 먹으면 그렇게 됩니다. 이러한 확신을 갖고 매사에 임하면 도대체 이 세상에 괴로워할 것도 안타까워할 것도 있을 수 없습니다."

"그럼 나쁜 일도 좋은 일이라고 생각하면 그렇게 된다는 말씀입니까?"

"그렇고말고요. 그것이 바로 마음의 법칙입니다. 자심소현(自心所現)이고 일체유심소조(一切唯心所造)입니다. 그리고 나에게 일어난 어떤 일이든지 거부감 없이 수용해야 합니다. 좋은 일이든 나쁜 일이든 거부감 없이 그대로 다 받아들이라는 말입니다. 아이가 학교에서 60점을 받아왔다고 해서 왜 남들처럼 100점을 못 받아 왔느냐고 짜증을 내고 화를 내봐야 무슨 소용이 있겠습니까.

그게 다 부질없는 집착입니다. 집착 때문에 자꾸만 괴로운 겁니다.

60점밖에 안 되면 안 되는 대로, 있는 그대로 수용하고 나서 냉정하게
무엇이 잘못되었는가를 분석하여 그 결과에 따라 대비책을 강구하면
됩니다. 요컨대 어떠한 역경에 처하든지 마음 흔들리지 말고 침착하게
대응하라는 얘기입니다."

"마음이 흔들린다는 것은 무엇을 말합니까?"

"마음의 중심을 잃고 희구애노탐염(喜懼哀怒貪厭)에 휘둘리는 상태
를 말합니다. 사람들은 흔히 좋은 일이 있을 때는 기뻐하고 나쁜 일이
있을 때는 슬퍼합니다. 그러나 엄격히 말해서 좋은 일, 나쁜 일은 없는
겁니다."

"그게 무슨 뜻입니까?"

"좋다 나쁘다는 개아(個我)가 판단을 내리는 것이지 좋은 것, 나쁜
것이 실재(實在)하는 것은 아니라는 말입니다. 다시 말해서 우리는 부
귀(富貴)를 좋아하고 빈천(貧賤)을 싫어합니다. 반드시 그럴까요? 그
렇지 않습니다.

부귀 때문에 낭비와 사치에 빠져 타락하는 사람이 있는가 하면 빈천
한 집안에서 태어났기 때문에 절약과 절제를 생활화하여 거부가 된 사
람도 있습니다. 냉정하게 생각하면 부귀는 반드시 좋은 일일 수만은
없고 그렇다고 해서 빈천은 반드시 나쁜 일일 수만도 없습니다. 횡재
를 당했을 때와 사기를 당했을 때에도 당사자의 마음가짐 여하에 따라
좋은 일, 나쁜 일은 얼마든지 뒤바꿀 수가 있습니다.

따라서 좋은 일, 나쁜 일은 실재하는 것이 아니고 단지 우리의 개아
(個我)가 분별을 내렸을 뿐입니다. 결과적으로 좋은 일, 나쁜 일을 만

들어 내는 진짜 주인공은 사건도 역경도 아니고 마음의 상태라는 것을 알 수 있습니다. 마음먹은 대로 모든 일은 결정되게 되어 있기 때문입니다. 이것을 일컬어 자심소현(自心所現)이라고 합니다."

끼리끼리 모인다

"선생님, 유전병은 왜 생겨날까요?"

"유유상종(類類相從)입니다."

"그게 무슨 뜻입니까?"

"핏줄을 나눈 직계가족들 사이에는 신체적, 정신적, 유전자적 특징을 공유하는 경우가 많습니다. 그래서 끼리끼리 모인다고 합니다. 이것은 서로 비슷하게 닮은 개체들끼리 인연 따라 가족이라는 인간의 기초 단위 속에 모여들었기 때문입니다."

"그런데 질병은 왜 생겨납니까?"

"애초의 원인은 마음이 병들기 때문입니다."

"마음이 병드는 것은 무엇 때문입니까?"

"집착(執着) 때문입니다."

"집착이라구요?"

"그렇습니다."

"집착은 왜 생깁니까?"

"갈애(渴愛)와 탐욕(貪慾) 때문입니다."

"그럼 갈애와 탐욕이 마음의 병을 일으키고 마음의 병이 심해지면 다시 육체의 병이 된다는 말씀인가요?"

"그렇습니다."

"그럼 순서상으로 몸의 병보다는 마음의 병을 먼저 고쳐야 되는 거 아닙니까?"

"그렇습니다. 모든 병의 뿌리는 마음에 있으니까요."

"그런데 왜 현대의학에서는 마음의 병 같은 것을 일체 상관 않고 몸의 병만 고치려고 약을 쓰고 수술을 하고 합니까?"

"그것이 형이하학(形而下學)의 한계입니다."

"그렇다면 마음속에서 갈애와 탐욕만 완전히 몰아내면 모든 질병을 다스릴 수 있을까요?"

"그렇고말고요. 마음속에서 갈애와 탐욕만 완전히 몰아낼 수 있다면 몸의 질병은 말할 것도 없고 생로병사의 윤회에서도 벗어날 수 있습니다."

"그런데 왜 그렇게 중요한 마음의 문제에 대하여 의사들은 일체 언급을 하지 않을까요?"

"마음의 문제는 의사들의 담당 분야가 아니니까요."

"그럼 마음의 문제는 누가 담당합니까?"

"종교인들의 몫입니다."

"그럼 종교계의 지도자들은 마음의 문제에 관한 한 달인(達人)이라고 할 수 있습니까?"

"일단은 그렇게 보아야겠죠. 왜 그런 질문을 하십니까?"

"로마 가톨릭 교황과 추기경이나 유명한 목사나 고승들 중에도 산소 마스크 쓰고 병사하는 경우를 하도 많이 보아 왔기 때문입니다. 선생님 말씀대로라면 그들은 육체의 질병에서는 벗어났어야 한다고 생각되기 때문입니다."

"사람들이 뽑거나 추대한 종교 지도자들이 반드시 진정한 성인이나 도인이라고 단정하기는 어려운 일입니다. 그들이 병으로 이 세상을 떠났다면 그들의 수련과 건강 관리에 반드시 무슨 허점이 있었을 것입니다."

"제대로 된 성인이나 도인은 어떤 사람들입니까?"

"유위계의 모든 것이 자심소현(自心所現)임을 깨닫고 자신이 터득한 진리를 중생들에게 가르치는 데 온 심혈을 기울이는 사람입니다."

"자심소현이 무슨 뜻입니까?"

"세상만사가 다 자기 마음먹은 대로 나타난다는 뜻입니다."

"그러나 세상일이 언제나 자기 마음먹은 대로 되지 않는 것이 현실이 아닙니까?"

"그렇게 생각하는 것 자체가 마음속에 집착이 있다는 증거입니다. 마음을 완전히 비워버린 사람에게는 무엇이 된다, 안 된다 하는 생각 자체도 비워버렸으므로 '나'라는 것이 없습니다. 집착에서 완전히 떠난다는 것은 개아(個我)에서 떠난 상태입니다. 이것을 좀 어려운 말로 표현하면 응무소주이생기심(應無所住而生其心)입니다."

"응무소주이생기심이 무슨 뜻입니까?"

"직역하면 마음을 마땅히 한곳에 머무르게 하지 말라는 뜻입니다. 쉽게 말해서 무슨 일에든지 집착하지 말라는 뜻입니다. 모든 집착에서 떠난 사람이야말로 무엇에도 걸림이 없는 대자유인입니다. 그런 사람에게는 더이상 마음의 병도 몸의 병도 붙을 자리가 없습니다."

"선생님 어떻게 하면 그렇게 될 수 있습니까?"

"『선도체험기』에서 시종일관 강조하고 있는 세 가지 공부를 꾸준히 밀고 나가면 누구나 그렇게 될 수 있습니다."

제사(祭祀)는 꼭 지내야 하나?

단기 4331(1998)년 6월 5일 금요일 13∼22℃ 구름

오후 3시. 아홉 명의 수련생이 모였다. 어제 실시된 제2기 동시 지방 선거 결과를 놓고 전 매스컴이 떠들썩하다. 자연 이번 선거에 대한 얘기가 꽃을 피웠다. 그러다 한 수련생이 물었다.

"선생님 제사는 꼭 지내야 하는 것인지 알고 싶습니다."

"제사는 조상에게 정해진 절차에 따라 예를 올리는 우리 민족 특유의 미풍양속입니다. 제사는 한때는 국가의 통치수단으로 이용되기도 했습니다. 그때는 제사를 지내지 않는 사람은 국법에 의해 처벌을 받았습니다. 그러나 지금은 아무도 제사를 강요하지는 않습니다. 기독교가 이 땅에 수입된 이후에는 신앙상의 이유로 제사를 지내지 않는 사람도 있습니다.

종교의 자유가 보장되어 있는 현대사회에서는 제사는 필수사항이 아니라 선택사항이 되었습니다. 따라서 제사는 지내고 싶은 사람은 지낼 것이고 신앙상의 이유로 지내고 싶지 않은 사람은 지내지 않을 수도 있습니다. 따라서 제사는 필요한 사람에게는 필요한 것이고 필요치 않는 사람에겐 필요치 않다고 할 수 있습니다."

"제가 알고 싶은 것은 그런 것이 아니고 자손이 제사를 지내면 정말 조상의 혼령(魂靈)들이 찾아오시는지 그걸 알고 싶습니다."

"찾아옵니다."

"정말입니까?"

"정말이잖구요."

"그걸 어떻게 아십니까?"

"영안(靈眼)이 뜨인 사람에게는 제사상에 조상의 혼령들이 찾아와서 제사 음식을 흠향(歆饗)하고 나서 춤을 추면서 즐겁게 놀다가 제사 절차가 끝나는 것과 동시에 홀연 사라지는 것이 보입니다."

"허지만 보통 사람들은 그렇게 생각하지 않지 않습니까?"

"보통 사람들은 어떻게 생각하는데요?"

"제사 때 조상의 혼령들이 직접 찾아오시는 것이 아니고 단지 하나의 관례상의 형식일 뿐이라고 생각하는 것이 일반적인 경향이 아닙니까?"

"아니 그렇다면 장님이 해가 없다고 하는 것과 눈뜬 사람이 해가 있다고 하는 것과 어느 쪽이 맞다고 보십니까?"

"물론 해가 있다는 쪽이 맞죠."

"조상의 혼령이 있다는 것은 대낮에 해가 중천에 걸려 있는 것처럼 명백한 사실입니다."

"허지만 선생님, 혼령이 존재한다고 해도 그것을 볼 수 있는 사람이 극소수라면 현실적으로는 거의 없는 것과 같지 않습니까?"

"그건 그렇지 않습니다. 어느 사회 집단에 영안이 뜨인 사람이 한 사람도 없다고 해도 혼령이 있는 것은 엄연한 사실입니다. 자기 눈에 보이지 않는다 해서 존재치 않는다고 단정을 내리는 것은 병균이 육안으로 보이지 않는다고 해서 없다고 판단하는 것과 같이 어리석은 짓이 아닐 수 없습니다."

"그렇다고 해서 엄연히 자기 눈에는 보이지 않는데도 보인다고 말할 수도 없는 일이 아닐까요?"

"그야 그렇죠. 그러나 지금 보이지 않는다고 해서 언제까지나 보이지 않는다고 말할 수는 없습니다. 우리는 전기(電氣)의 실체를 눈으로 확인할 수는 없지만, 전기가 있다는 것은 스위치를 넣으면 전등이 들어오고 냉장고와 에어컨이 가동되는 것을 보고 압니다.

마찬가지로 우리는 영혼이 존재한다는 것을 사람의 생사(生死)를 보고 알 수 있습니다. 생명 에너지인 영혼이 육체에 깃들어 있으면 사람은 살아 있게 되고 그 영혼이 육체에서 빠져나가면 육체는 생체활동을 멈추게 됩니다. 이것 이상으로 영혼의 존재를 명확하게 알 수 있는 증거가 어디 있겠습니까?

태양의 존재 역시 우리는 반드시 육안으로 확인하지 않고도 얼마든지 알 수 있습니다. 햇볕과 기온과 공기의 감촉만으로도 우리는 얼마든지 태양의 존재를 감지할 수 있습니다. 이러한 감지 능력이 쌓이고 쌓여서 지혜를 낳게 됩니다. 자기 자신의 수련 상태가 낮은 수준에 있다는 것은 감안하지 않고 눈에 보이지 않으니 영혼은 존재하지 않는다고 억지를 부린다면 그 사람은 영원히 그 수준에서 벗어나지 못하고 말 것입니다.

그러나 겸손한 사람은 계속 정진을 할 것이므로 언젠가는 영안도 뜨이고 마침내 진리를 감지하고 체득하는 단계에도 도달하게 될 것입니다. 그리고 비록 영안이 뜨이지 않는 사람이라고 해도 겸허한 사람은 매사에 늘 지성(至誠)이 서려 있으므로 제사 때는 반드시 조상의 혼령들과의 무언의 교감(交感)을 할 수 있습니다."

"그렇게 되면 조상의 음덕(陰德)을 입을 수 있다는 말씀인가요?"

"물론입니다. 제사 때 비록 자기 눈에 조상 혼령들의 모습이 보이지 않는다 해도 지성으로 제사를 모시는 자손에게는 그만큼 조상의 보이지 않는 보상이 따르게 되어 있습니다."

"아니 그럼 인간과 혼령 사이에도 거래 관계가 성립된다는 말씀인가요?"

"그렇고말고요. 지성이면 감천이라고 했는데 자손의 극진한 예를 못본 체할 조상 신령이 어디 있겠습니까?"

"조상 신령과 자손 사이에도 확실한 상호주의가 적용된다는 말씀이군요."

"그럼요."

"그걸 무엇으로 증명합니까?"

"만약에 어느 자손이 수백 년 아니 수천 년 내려오는 제사를 정당한 이유 없이 갑자기 중단해 보세요. 반드시 집안에 우환이 그치지 않을 것입니다. 또 개종(改宗)을 한다고 해서 조상 신령들에게 충분한 양해도 구하지 않고 갑자기 대대로 전해져 내려오는 조상의 신주를 불태워 버리고 제사를 폐한다면 틀림없이 집안에 불상사가 끊이지 않을 것입니다."

"그럼 구도자는 제사를 어떻게 대해야 합니까?"

"구도자라고 해도 수행이 아직 초보 단계에 있을 때는 조상들 중에서 수행이 뛰어난 분에게서 도움을 받는 수가 있습니다. 그러나 수행이 점차 향상되어 그 단계가 높아지면, 아무리 서열이 높은 조상령이라고 해도 수행 정도가 낮으면 그 자손에게 찾아와 먼저 절을 하게 됩니다."

"아니 그렇다면 도(道)의 세계에서는 노유의 선후차서도 없다는 말씀입니까?"

"그렇습니다. 나이가 아니라 수도(修道)의 진도에 따라 선후 관계가 정해집니다. 먼저 된 자가 나중이 되고 나중 온 자가 먼저 되기도 합니다. 그렇기 때문에 자손들 중의 하나가 견성(見性)을 하거나 해탈(解脫)한 도인이 되면 그 가지력(加持力)에 따라 삼대(三代), 구대(九代), 십이대(十二代)의 순으로 조상령들을 집단적으로 제도(濟度)하게 됩니다."

"도인 자손 덕분에 수많은 조상 신령들이 한꺼번에 혜택을 받는다는 얘깁니까?"

"그렇습니다."

"가지력(加持力)란 무슨 뜻입니까?"

"가지력이란 원래 불교 용어인데, 부처나 보살이나 선지식이 중생들에게 진리에 대한 가르침을 베푼다고 해서 더할 가(加) 자를 썼고, 중생이 그 가르침을 받아가진다고 해서 가질 지(持) 자를 써서 가지력(加持力)이라고 했습니다. 다시 말해서 도를 먼저 깨달은 사람이 깨닫지 못한 사람들에게 전파하는 능력을 말합니다. 이것을 가피력(加被力)이라고도 합니다."

"그런 가지력을 가진 도인도 제사를 지낼 필요가 있겠습니까?"

"자기 자신 속에 천지와 우주의 삼라만상 일체를 다 담고 있는 도인에게는 구태여 제사를 지내지 않아도 됩니다. 하나님도 부처도 신명도 신령도 전부 다 자기 자신 속에 들어 있는데 누구에게 새삼스레 예를 차릴 필요가 있겠습니까?"

"우아일체(宇我一體)가 되었다는 말씀이군요."

"그렇습니다. 우아일체일 뿐만 아니고 진아일체(眞我一體)이기도 합니다."

"진아일체(眞我一體)란 또 무슨 뜻입니까?"

"우아일체(宇我一體)가 우주와 내가 한몸이 되었다는 뜻이라면 진아일체(眞我一體)는 진리와 내가 한몸이 되었다는 뜻입니다. 그처럼 진리와 한몸이 된 도인에게는 제사란 자기가 자기 자신에게 예를 올리는 것밖에는 되지 않습니다. 그러므로 제사는 모실 만한 사람은 모실 것이고 모시지 않아도 되는 사람은 모시지 않아도 됩니다."

친구들이 자꾸만 멀어집니다

단기 4331(1998)년 6월 17일 수요일 18~29℃ 구름

오후 3시. 8명의 수련생들이 모여 명상을 하다가 엄진석이라는 대학 졸업반 수련생이 말문을 열었다.

"선생님, 질문이 하나 있습니다."

하고 교실에서 학생이 선생에게 묻듯이 말했다.

"좋습니다. 어서 말하십시오."

"선생님 전 요즘 고민이 하나 있습니다."

"그래요. 그럼 이왕 말을 꺼냈으니 기탄없이 말해 보세요. 무엇이 고민입니까?"

"친구들이 자꾸만 저하고 멀어집니다."

"언제부터 그런 현상이 일어났습니까?"

"제가 『선도체험기』를 읽고 선도수련을 본격적으로 시작하고부터 그렇게 된 것 같습니다. 그전 같으면 친구가 저한테서 떨어져 나가면 굉장히 섭섭하고 불안하고 마치 가슴 한 귀퉁이가 무너진 것처럼 허전하고 그랬었는데, 요즘은 어떻게 됐는지 아무렇지도 않습니다."

"그런데 무엇이 고민입니까?"

"친구가 지금처럼 자꾸만 떨어져 나가면 얼마 안 가서 저는 완전히 고립되지 않나 하는 생각이 듭니다."

"그것이 그렇게도 고민입니까?"

"네, 이러다가 제가 정말 외톨이가 되지 않을까요?"

"외톨이가 될 수도 있습니다. 허지만 좀 전에도 엄진석 씨가 말한 대로 불안하거나 허전하지는 않다고 말했죠?"

"네."

"그렇다면 무엇이 문젭니까?"

"도대체 왜 이런 일이 벌어지는지 알고 싶습니다."

"그동안 엄진석 씨는 선도수련을 열심히 해 왔는데 그 친구들도 수련을 했습니까?"

"아뇨."

"원인은 바로 그겁니다. 수련을 통하여 엄진석 씨는 영적으로 많은 진화를 이룩했건만 친구들은 그대로 있었던 겁니다. 바로 이 때문에 영적으로 그리고 정신적으로 격차가 생긴 겁니다. 친구들은 거의 무의식적으로 엄진석 씨가 자기네들과는 다른 어딘가 이질적으로 변해간다고 생각되어 자연히 친밀감이 사라진 겁니다.

모든 존재는 끼리끼리 모이게 되어 있는데, 유독 엄진석 씨만이 같은 동아리 친구들이 보기에는 이질적으로 변해가고 있었던 거예요. 그래서 엄진석 씨는 자연 개밥의 도토리처럼 겉돌 수밖에 없게 된 것입니다. 사람은 평균보다 수준이 낮아도 따돌림을 당하지만 그와 반대로 평균보다 수준이 높아도 마찬가지로 또래들에게는 서먹한 존재가 될 수밖에 없게 됩니다. 엄진석 씨는 후자의 경우입니다. 그렇기 때문에 친구들이 떨어져 나가도 불안하거나 섭섭하지도 않고 허전하지도 않은 겁니다."

"듣고 보니 선생님 말씀이 맞습니다."

"그러니까 엄진석 씨가 친구들과 그전처럼 어울리려면 선도수련하기 이전의 수준으로 돌아가면 됩니다. 그렇게 할 수 있겠습니까?

"아뇨. 그렇게는 될 수 없을 것 같습니다. 저는 『선도체험기』를 40권까지 읽는 동안에 수없이 많은 삶의 가치들을 발견했는데 이제 그러한 좋은 체험들을 무시하고 그전의 유치했던 시기로 되돌아갈 수는 없기 때문입니다."

"그럴 것입니다. 그것은 대학 졸업반 학생이 고3생으로 되돌아갈 수 없는 것과 마찬가지로 불가능한 일입니다."

"그럼 선생님, 저는 이제부터 어떻게 해야 하죠?"

"가는 사람 잡지 말고 오는 사람 막지 말아야 합니다."

"그게 무슨 뜻입니까?"

"떠날 친구들은 떠나게 내버려두고 새로 접근해 오는 친구들은 막지 말라는 뜻입니다. 다시 말해서 과거의 친구들은 이미 엄진석 씨와는 뇌파의 사이클이 맞지 않아서 떠났으니 앞으로는 엄진석 씨와 뇌파 사이클이 맞는 친구들을 사귀면 됩니다.

그리고 구도자는 도우가 필요하기도 하지만 그 도우가 반드시 동년배라야 한다든가 아니면 반드시 사람이어야 할 필요도 없습니다. 구도자에게는 진리를 일깨워 주는 것이면 무엇이든지 훌륭한 도반(道伴)이 될 수 있습니다. 그리고 구도자는 남의 도움을 필요로 하는 사람이 아니라 언제나 남을 도울 수 있는 사람이 되게 되어 있습니다. 그렇게 되면 친구가 떨어져 나간다고 해서 문제가 될 것은 아무것도 없습니다. 수련을 통해서 의식이 고양되면 반드시 그 수준에 맞는 동료들이 생겨나게 되어 있습니다. 어떻습니까? 엄진석 씨는 지금 고독감을 느끼고 있습니까?"

"그전처럼 절실한 고독감 같은 것은 느껴지지 않습니다. 그저 전에 없던 새로운 현상 전개가 다소 생소할 뿐입니다."

"그렇다면 다행입니다. 그러나 만약에 친구가 떠난다고 해서 정말 고민이 된다든가 쓸쓸해서 못 견디겠다든가 하면 좀더 관을 철저히 해야 합니다. 그리하여 고민이나 쓸쓸함 같은 것은 실체가 없는 한낱 허상임을 깨달음으로써 의식이 한층 더 고양되어야 합니다."

"의식이 어느 정도까지 고양되어야 합니까?"

"이 우주 안에서 나 홀로 살아갈 수 있고, 과거 현재 미래의 온갖 고통으로부터 내 마땅히 중생을 편안하게 한다, 즉 천상천하유아독존(天上天下唯我獨尊), 삼세개고오당안지(三世皆苦吾當安之)의 경지까지는 도달해야 합니다."

"꿈같은 얘기 같습니다."

"그렇지 않습니다. 모든 구도자의 종착점이니까요. 모든 존재는 깨닫고 보면 누구나 다 하느님이요 부처님이요, 진리 그 자체이니까요."

"구도자가 그러한 종착점에 도달했다는 것은 어떻게 알 수 있습니까?"
다른 수련생이 물었다.

"어떤 일이 있어도 어떤 역경에 처하더라도, 비록 하늘이 무너지는 이변이 생기더라도 마음이 흔들리지 않으면 그것이 바로 그 지점에 내가 도달했구나 하고 스스로 깨닫게 될 것입니다."

"어떻게 해야 그렇게 될 수 있습니까?"

"스승과 선배들의 말을 참고하되 그들이 걸어간 길을 똑같이 흉내내려 하지 말고 어디까지나 자기 체험 속에서 진정한 자신의 정체를 파악해 나가야 합니다."

"구도에도 창의성을 발휘하라는 말씀입니까?"

"그렇습니다. 창조성이 빠져나간 모방은 죽은 공부는 될지언정 살아 있는 공부는 될 수 없습니다."

"도를 제대로 닦으려면 세속을 떠나야 한다고들 하는데 그 말이 맞습니까?"

"그 말은 맞을 수도 있고 맞지 않을 수도 있습니다."

"어떤 경우에는 맞고 어떤 경우에는 맞지 않습니까?"

"세파를 견딜 힘이 없는 사람은 세파를 견딜 힘이 생길 때까지 보호를 받아야 합니다. 사람도 어른이 될 때까지는 부모나 친권자의 보호를 받아야 합니다. 볍씨는 스스로 뿌리를 내릴 수 있는 능력이 생길 때까지 모종으로 키워지는 것과 같은 이치입니다.

구도자도 스스로 세파를 능히 헤쳐나갈 능력이 생길 때까지는 당분간 세속과 떨어져서 보호를 받을 필요가 있습니다. 그러나 생존력이 강인한 씨앗은 처음부터 모종이나 묘목의 과정을 거치지 않아도 됩니다. 묘목과 모종의 과정이 불필요한 생존력이 강인한 씨앗과 같은 구도자라면 처음부터 세속과 분리될 필요가 없습니다. 그러나 알고 보면 세속의 삶 속에서 진리를 터득해 나가는 것이 진짜 수행입니다. 원래 성속(聖俗)은 따로 있는 것이 아니고 하나이기 때문입니다."

수맥파(水脈波)

"선생님 저는 좀 색다른 질문을 하나 하겠는데 괜찮겠습니까?"

우리집에서 1년쯤 다니면서 수련을 해온 문관식이라는 중년 수련생이 물었다.

"좋습니다. 무엇이든지 물어보십시오."

"혹시 수맥(水脈)에 대해서 알고 계십니까?"

"전문적인 지식은 갖고 있지 않습니다만 수맥이 흐르는 땅 위에 집을 짓고 잠을 자면 인체에 해로운 기운을 받게 된다는 정도의 상식은 알고 있습니다."

"저는 근년 들어 집안에 자꾸만 우환이 끊이지 않아서 혹시 수맥파 때문이 아닌가 하고, 얼마 전에 수맥협회엘 찾아 간 일이 있습니다. 수맥파 연구자들에 따르면 지하에 흐르는 수맥파가 인간의 뇌파에 간섭하여 여러 가지 질병이나 그 밖의 부정적인 영향을 끼친다고 합니다.

이러한 수맥파의 간섭을 배제하기 위해서는 수맥이 지나가는 지점 위에 동판을 깔아야 한다는 수맥연구단체가 있는가 하면, 특수하게 제작된 세라믹 도자기를 비치해야 한다는 단체도 있습니다. 그런데 모수맥협회엘 갔더니 그곳 사람들은 저를 감정해 보고는 저는 수맥파의 영향을 받지 않는 체질이어서 수맥파를 차단하는 동판이나 도자기를 비치할 필요가 없다고 합니다. 그런 일이 있을 수 있습니까?"

"있구말구요."

"그건 어떻게 된 것입니까?"

"문관식 씨 정도로 운기가 활발한 사람은 수맥파 정도는 자동적으로 제압할 수 있습니다."

"그럼 저는 천부적으로 그러한 체질을 타고 났다는 말씀인가요?"

"아뇨. 선천적인 체질이 아니라 후천적인 수련의 덕분입니다."

"그럴 수도 있습니까?"

"있고말고요. 문관식 씨는 지난 1년 동안 꾸준히 수련한 덕분에 애초에 타고난 팔자를 고칠 수 있게 되었습니다. 만약에 문관식 씨가 선도수련으로 운기가 현저히 강화되지 않았더라면 수맥파를 차단할 수 없었을 것입니다."

"그런데 사주팔자를 고칠 수 있게 되었다는 말씀은 무슨 뜻입니까?"

"그 질문에 대답하기 전에 내가 먼저 한 가지 묻겠습니다."

"그렇게 하십시오."

"문관식 씨는 왜 이 세상에 태어났습니까?"

"그야 태어날 만한 이유가 있었기 때문이겠죠."

"그 태어날 만한 이유라는 것이 무엇일까요?"

"그것이 바로 과거생의 제 업장(業障)이 아니겠습니까?"

"그렇습니다. 바로 업장 때문입니다. 그런데 그 업장의 구체적이고 가시적(可視的)인 표현이 무엇인지 아십니까?"

"그거야 우리의 육체가 아닐까요?"

"그렇습니다. 그러니까 우리가 갖고 있는 각자의 육체는 말하자면 과거생의 업장의 덩어리라고 할 수 있습니다. 그런데 이 같은 우리의 몸뚱이는 과거생의 업의 축적에 따라 이 세상에서 살아갈 일정한 프로그램을 내장(內藏)한 채 태어나게 되어 있습니다.

그 내장된 인생 프로그램을 우리 조상들은 사주팔자라고 이름 붙였습니다. 그리고 그 사주팔자의 비밀은 각자의 생년월일시(生年月日時)라는 네 기둥으로 표현했습니다. 십간(十干), 십이지(十二支)로 표시되는 여덟 글자의 간지(干支)가 합쳐서 사주팔자(四柱八字)라는 말이 생겨났습니다."

"그렇다면 그 사주팔자 속에 그 사람의 인생 프로그램이 다 들어 있다는 말씀인가요?"

"적어도 음양오행으로 푼 역학에 따르면 그렇습니다."

"그런데 어떻게 돼서 생년월일시를 표시하는 사주팔자 속에 그 사람의 일생의 프로그램이 들어 있다는 건지 이해를 할 수 없습니다."

"우리들 각자는 사주팔자에 따라 각기 다른 천지기운을 받게 되어 있습니다. 천지기운은 해마다 달마다 날마다 그리고 시마다 변합니다. 이처럼 각기 다른 천지기운이 그 사람의 운명에 결정적인 영향을 끼친다는 겁니다. 이렇게 해서 결정된 사주팔자는 별 이변이 없는 한 해당자들은 대체로 이 프로그램대로 살다가 한평생을 마치게 됩니다. 그러나 여기에서 간과할 수 없는 것은 수련을 하여 타고난 기운을 바꿀 수 있는 사람은 사주팔자를 고칠 수 있다는 엄연한 사실입니다."

"아니 그럼 가령 60세밖에 못 살 팔자를 타고난 사람도 수련을 하면 60세 이상 더 살 수 있다는 말씀입니까?"

"그럼요. 사람이 이 세상에 태어날 때 어느 특정한 연월일시(年月日時)에 태어난다는 것은 그가 이미 지구라고 하는 행성의 시간과 공간대 속에 묶인다는 것을 말합니다. 그런데 부단한 수행을 통해서 그의 몸속을 흐르는 기운이 강화되면 그의 심신이 변함으로써 그가 타고날 때 가지고 나온 사주팔자의 기운을 바꿀 수 있게 됩니다.

수맥협회 사람들이 문관식 씨를 보고 수맥파의 간섭을 받지 않는 체질이라고 말한 것은 문관식 씨의 몸속을 흐르는 천지기운의 강도가 이미 수맥파를 제압할 수 있는 수준에 도달했다는 것을 각종 계기나 자기네들의 훈련된 기감을 통하여 감지했기 때문에 그러한 말을 한 겁니다."

"아니 그렇다면 수련을 통하여 사람은 사주팔자의 지배를 벗어날 수도 있다는 말씀인가요?"

"그렇구말구요. 실례로 김정빈의 선도소설 『단』의 실존 주인공인 우학도인 같은 분은 사주팔자에는 수명이 60여 세였는데 실제로는 93세까지 장수를 누리지 않았습니까? 그렇다고 해서 선도수련의 목적이 무병장수에만 있는 것은 아닙니다."

"그럼 선도수련의 궁극적인 목적은 무엇입니까?"

"생로병사의 윤회의 굴레에서 영원히 벗어나는 겁니다."

"그건 그렇구요. 선생님 저는 그렇다 치고 제 처자들은 어떻습니까? 저 자신은 수맥파의 영향을 받지 않는다고 해도 저한테 딸린 식구들은 여전히 수맥파의 간섭을 받을 테니까 수맥파 차단용 동판이나 특수 세라믹 도자기를 이용해야 되지 않겠습니까?"

"내가 보기에는 문관식 씨의 현재의 수련 정도로 한 가족의 수맥파 정도는 능히 차단할 수 있다고 봅니다. 그러니까 구태여 그러한 기구를 이용하지 않아도 됩니다. 그러나 지금부터라도 문관식 씨가 수련에 게으름을 피운다면 사정이 달라집니다. 심신의 변화에 따라 사주팔자는 얼마든지 바뀌게 되어 있으니까요. 그러나 지금보다 한층 더 부지런히 수련에 열중하여 문관식 씨의 몸속을 흐르는 기운이 더욱더 활발해지면 가족은 말할 것도 없고 이웃들에게까지도 수맥파로부터 보호해 줄 수 있는 능력을 갖게 될 것입니다."

〈42권〉

『대학(大學)』, 『중용(中庸)』 번역을 마치고

단기 4331(1998)년 6월 24일 수요일 20~28℃ 구름

이것으로 유교의 핵심 경전인 『대학(大學)』과 『중용(中庸)』을 우리말로 옮기는 작업을 마치고자 한다. 한문(漢文) 원전(原典)을 일일이 들추어 보지 않고도 한글만 아는 사람이라면 누구라도 읽고 이해할 수 있도록 내 깐에는 최선을 다했다. 그럼 이제부터 번역 과정에서 느낀 문제점들을 지적해 볼까 한다.

나는 이 작업을 시작하면서 『대학』과 『중용』의 한문 원전을 대역(對譯)한 책들을 세 권이나 참고했다. 그러나 어느 것도 한문 원전 없이 우리말 번역문만을 읽고는 도대체 무슨 말인지 이해할 수 없는 직역(直譯)투의 난삽한 것들이었다. 번역한 사람들은 모두가 유교 경전 방면에는 내노라하는 전문 학자들인데도 그들은 한결같이 우리말의 생리와 기미(氣味)를 제대로 알고 번역을 했는지 의심이 갈 정도였다.

아무리 애를 써서 번역을 해 보았자 읽는 사람이 이해를 하지 못하면 무슨 소용이 있단 말인가. 이렇게 되면 한글세대는 사서삼경과는 점점 더 멀어질 수밖에 없을 것이다. 나는 이 번역을 계기로 한글세대

도 유교 경전을 얼마든지 읽고 이해할 수 있는 좋은 우리말 번역들이
쏟아져 나왔으면 한다.

두 번째로 지적하고 싶은 것은 번역한 학자들이 한국의 상고사(上古
史)와 우리의 경전인『천부경』,『삼일신고』,『참전계경』,「단군팔조」,「삼
륜」,「구서」 같은 우리 민족의 정신적인 뿌리에 대해서는 철저하게 무
지한 상태라는 것이다. 그렇기 때문에 유교의 사서삼경이 우리의 삼대
경전과는 어떤 관계에 있는가 하는 것을 전연 모르고 있었다. 지나의
경전에는 그렇게도 훤한 사람들이 정작 그 뿌리이고 원천인 우리 자신
의 경전에 대해서는 완전한 백지상태라는 것이 나에게는 경이롭기까
지 했다.

신라가 당의 힘을 빌어 삼국통일을 했을 때도 바로 그랬을 것이다.
지나의 문물의 원천이 우리에게서 흘러나갔다는 것을 모르니까 저들
의 경전을 읽고는 간단히 모화 사대주의자(慕華事大主義者)가 되고
소중화(小中華)로 자처하는 것을 영광으로 생각하는 얼빠진 짓을 했
던 것이다. 이러한 전통이 통일신라, 고려, 조선 왕조를 거치는 1천 3
백 년 동안 그대로 맥맥히 흘러내려왔던 것이다.

지금도 우리나라 대부분의 학자 교수들과 언론인과 식자들은 그러
한 사고방식에서 한 걸음도 벗어나지 못하고 있는 실정이다. 이러한
전통적인 사대 모화주의에다가 일제의 식민사관과 서구 우월주의 사
상까지 가세하여 우리는 사실상 지금까지도 외세의 정신적인 노예의
신세에서 벗어나지 못하고 있다.

곤충학자들이 벼룩을 잡아 병에 넣고 마개를 한 뒤 관찰한 일이 있

었다. 벼룩은 한 번 도약(跳躍)하면 자기 신장의 수백 배를 뛸 수 있다. 그러나 일단 병 속에 가두어 놓으면 병의 길이 이상은 더 뛰어오르래야 뛰어오를 수 없다. 병 속에 갇힌 벼룩들은 처음에는 밖에서 하던 대로 병의 길이만큼은 뛰어오르지만 더이상을 뛰어오를 수 없다는 것을 알고는 아예 도약을 포기해 버린다고 한다.

그런 상태로 한동안 더 가두어놓았던 벼룩들을 병 속에서 꺼내 놓았다고 한다. 그런데 어떻게 된 셈인지 벼룩들은 자기 신장의 수백 배를 뛸 수 있었던 왕년의 실력은 전연 구사하지 못했다고 한다. 이제 그들을 구속했던 병은 사라져버렸건만 벼룩들은 왕년의 자기 자신으로 결코 되돌아갈 수 없었던 것이다.

남북전쟁에서 북군이 승리하여 미국 남부에서 일제히 석방된 흑인 노예들은 자유와 도전과 모험의 새생활보다는 주인 밑에서 걱정 근심 없이 편하게 살았던 노예생활이 그리워 다시 옛 주인 밑으로 모여 들어 노예생활을 자처한 일이 있었다.

우리는 갑오경장으로 청나라와의 사대 관계는 끝냈고 일제의 패망으로 식민사관의 올가미에서도 벗어났건만 학자들과 교수들과 교사들은 아직도 모화 사대주의와 식민사관을 대학을 위시한 각급 학교들에서 그대로 읊어대고 있다.

우리를 정신적인 노예상태에서 해방시킬 수 있는 『환단고기(桓檀古記)』와 삼대경전(三大經典)이 엄연히 있건만 그들은 이것이 위서(僞書)라는 식민사학자들의 거짓말만을 철석같이 믿고 읽을 엄두를 못 내고 있다. 어찌 병 속에 갇혔던 벼룩이나 남북전쟁 때 남부에서 석방된 미국의 흑인 노예들의 속성을 그대로 닮았다고 하지 않을 수 있겠는가.

더구나 우리는 지금 무한경쟁 시대에 살고 있다. 그리고 우리는 IMF 사태의 극복과 북한의 변함없는 적화통일 위협이라는 2대 과제를 해결하지 않고는 살아남을 수 없는 절대절명의 위기에 처해 있다. 국토는 좁고 천연자원도 없는 우리가 뚫고 나가야 할 유일한 활로는 우리의 창의력을 극대화하는 길밖에 없다.

그렇게 하자면 우리를 정신적인 앉은뱅이로 만들어 버린 모화 사대주의와 식민사관과 서구 우월주의에서 벗어나 진정한 우리 자신을 되찾는 것이다. 그리하여 서토(西土)의 요(堯) 순(舜) 우(禹)가 배달국과 단군조선의 한갓 제후국의 왕에 지나지 않았던 환단 시대의 우리 본래의 모습과 기상을 되찾아야 한다.

세 번째로 느낀 것은 불교와 기독교가 우리에게 전래되어 들어올 때는 적지 않은 마찰이 있었다. 그러나 유교가 우리나라에 들어올 때는 마찰이 있었다는 기록이 전연 없다. 그것은 유교가 우리 민족의 본래의 심성과 배치되지 않았다는 말이 된다. 과연 그럴까?

『선도체험기』 시리즈와 『소설 단군』을 읽은 독자들은 『대학』과 『중용』의 내용들은 사실상 삼대경전과 「팔조」, 「삼륜」, 「구서」의 내용과 비슷한 데가 너무나 많다는 것을 시인하지 않을 수 없을 것이다. 『중용』에 나오는 상례(喪禮) 제도 역시 제2세 가륵단군 시대(서기전 2239년)의 유명한 효자(孝子)인 소련(少連)과 대련(大連)에게서 유래된 것은 『예기(禮記)』에서도 인정하고 있다.

사서삼경은 사실 알고 보면 우리에게서 저들에게로 흘러들어 갔던

정신문화가 약간의 변질 과정을 거쳐 다시 우리에게로 되돌아온 것에 지나지 않는다. 유교가 아무런 마찰이나 알력 없이 우리에게 유입된 이유이다. 이것을 알고 사서삼경을 읽는다면 그 속에 기생하고 있는 중화(中華)사상의 독소에 오염되지 않고도 주체적으로 그 내용들을 수용할 수 있을 것이다.

과거의 우리 조상들은 『환단고기』와 삼대경전을 몰랐기 때문에 사서삼경(四書三經)에 나타나는 저들의 중화사상까지 무비판적으로 수용한 나머지 소중화(小中華)를 자처하는 앉은뱅이로 자기 자신을 격하시킴으로써 우리를 스스로 왜소(矮小)한 꼽추로 변형시켰던 것이다. 그리하여 우리의 식자들은 지금도 영락없는 병 속에 갇혔던 벼룩의 신세에서 벗어나지 못하고 있는 것이다.

우리가 만약에 유교를 주체적으로 수용했더라면 국상(國喪) 절차 문제를 놓고 몇 해씩이나 신료(臣僚)들이 편을 갈라 피투성이의 싸움질을 하는 어리석음을 저지르지는 않았을 것이다. 또한 우리가 만약에 소중화로 만족하는 무분별한 유교 수용의 잘못을 저지르지 않았더라면 공자 왈 맹자 왈 하다가 나라를 일본에게 빼앗기는 어리석음도 저지르지 않았을 것이다.

중화사상에 중독되지 않는 유일한 길은 어떤 일이 있어도 사서삼경을 읽기 전에 삼대경전과 「팔조」, 「삼륜」, 「구서」와 『환단고기』를 읽는 것이다. 이것은 지난 1천 3백 년 동안 우리 조상들의 두뇌를 중독시킴으로써 임진왜란, 병자호란, 경술국치, 8.15 민족분단, 6.25 동족상잔의 비극까지 몰고온 원인이 되었던 모화 사대주의의 오류를 다시는 범하지 않는 길이다.

『대학』과 『중용』을 번역하면서 마지막으로 지적하고 싶은 것은 이 두 책은 여느 경전들과는 달리 통치술과 처세술에 대하여 상당 부분을 할애하고 있다는 것이다. 구도자는 통치술이나 처세술보다는 내공(內功)을 통하여 진리를 깨닫는 것이 더 중요하다는 것을 감안한다면 『대학』과 『중용』의 한계가 무엇인가를 알 수 있을 것이다. 바로 이 점이 유교가 다른 종교와는 다른 점이다. 아니 종교라기보다는 차라리 구도의 성격이 가미된 정치학 또는 처세학이라고 보는 것이 타당할 것이다.

좌우간에 유교는 우리 민족과는 너무나도 밀접한 관계를 장기간 맺어 왔고 조선 왕조는 아예 국교로 삼을 정도였다. 그뿐 아니라 지금도 은연중에 우리의 정신세계를 지배하고 있는 것이 사실이다. 한 세대 전까지만 해도 웬만한 집에서는 격식대로 부모의 삼년상(三年喪)을 치르고 나면 기둥뿌리 뽑히고 쪽박 찬다는 말이 나돌았었다.

체면과 격식을 존중하는 주자학(朱子學)을 신봉하던 우리 선조들은 상례(喪禮)와 제례(祭禮) 때문에 재산을 탕진하는 사례가 너무 많아 심각한 사회적인 폐단이 되기도 했다. 이것을 방지하기 위해서 제정된 것이 박정희 시대의 이른바 가정의례준칙이라는 것이었다.

정조(正祖) 때에는 전국에 650개나 되었던 서원(書院)에 썩은 유생들이 모여들어 양민들에게 토색질을 일삼고 당파 싸움에 열을 올리곤 하다가 대원군 때에는 된서리를 맞고 전국에 47 서원으로 줄어들기도 했었다.

상례와 제례는 선친에게 예를 차리는 일종의 효도이다. 지극한 정성이 무엇보다도 앞서야 한다. 그런데 순전히 대외적인 체면과 형식의 중압에 눌려 유족들의 생계까지 위협당한다면 이것이 어찌 조상들이 원하는 진정한 효도라고 할 수 있겠는가? 이것 역시 유교를 주체적으로 소화하지 못한 병폐들 중의 하나이다. 그러나 이런 모든 폐해들은 유교의 본래의 뜻은 아니다. 단지 사람들이 유교를 출세의 수단이나 그 밖의 이기적인 목적에 이용한 결과이다.

조선 왕조 5백 년은 주자학의 중압에 눌려 우리의 정상적인 발전이 저해당했던 시대였다. 그러나 지금 그러한 시대는 과거지사가 되었다. 이제 우리는 온 인류의 정신적 유산으로서의 사서삼경의 정체를 있는 그대로 냉정하게 살펴보고 분석하고 수용할 수 있는 시대에 살고 있다. 뒤늦게나마 우리는 조상들이 빼놓았던 주체성을 되찾아 좋은 점은 흡수하고 나쁜 점은 과감하게 폐기처분해 버리는 지혜를 발휘해야 할 것이다.

그뿐만이 아니다. 이제 사실상의 불교의 종주국은 인도도 중국도 일본도 아니고 한국이다. 기독교의 종주국 역시 이스라엘도 유럽도 미국도 아니고 한국이 되었다. 그만큼 한국은 불교와 기독교의 실세들이 응집되어 전 세계로 그 세가 뻗어나가고 있기 때문이다.

그와 마찬가지로 사실상의 유교의 종주국 역시 지금은 중국도 대만도 아니고 한국이다. 종교도 학문도 철학도 스포츠도 문화도 지금은 국적이 사라졌다. 그 방면의 실세를 잡은 나라가 주인이고 종주국인 것이다. 박세리가 전 세계 골프계의 여황제가 되었으면 여자 골프의 종주국은 영국도 미국도 아니고 한국이다.

　그런 의미에서 한국은 유교의 종주국이 된 지 여러 해 되었다. 유교 제례의 원형 보유국은 중국도 대만도 아니고 한국이다. 중국인과 대만인은 한국의 성균관에 와서 유교 제례법을 배워가고 있는 것이다. 이것을 감안할 때 우리는 비록 구도자가 아니라고 해도 종주국 국민답게 불교, 기독교, 유교의 경전에 대해서 가능한 잘 알아 두는 것이 좋을 것이다.

천국(天國)은 어디에 있습니까?

1998년 7월 14일 화요일 23~30℃ 구름

오후 3시. 7명의 수련생들이 내 서재에 모여 정좌 수행을 하다가 여러 얘기들이 오갔다.

"선생님 저는 좀 다른 질문을 하나 드리겠습니다."

20대 후반의 회사원인 진리성 씨가 말했다.

"무슨 질문인지 말씀해 보십시오."

"이런 질문을 드리면 혹 이상하게 생각하실지 몰라서 며칠 동안 갈등을 좀 겪었습니다만 지금 말씀드리는 것이 좋을 것 같은 생각이 들었습니다."

"어서 말씀해 보십시오."

"네 그럼 말씀 드리겠습니다. 선생님, 천국이라는 것이 정말 있습니까?"

"있고말고요."

"그게 확실합니까?"

"확실합니다."

"그럼 그 천국이 어디에 있습니까?"

"천국은 머나먼 곳에 떨어져 있는 안드로메타나 카시오피아 성좌나 북두칠성에 있는 것이 아니고 바로 진리성이라는 사람과 함께 있습니다."

"아니 그럼 천국은 저와 함께 있다는 말씀입니까?"

"그렇습니다. 천국은 천국을 찾는 자와 늘 함께하고 있습니다."

"그럼 천국을 찾지 않는 자에게는 천국이 없다는 말씀입니까?"

"그렇습니다. 비록 있다고 해도 없다고 생각하면 없는 것과 같습니다."

"그런데 왜 저는 천국이 저와 함께 있다는 것을 알 수도 느낄 수도 없을까요?"

"그것은 진리성 씨의 마음이 진리성이라는 존재와 늘 함께하고 있지 않기 때문입니다."

"무슨 뜻인지 이해를 할 수 없는데요."

"만약에 진리성 씨가 지금 이 순간부터라도 지극정성으로 자기 자신의 몸과 마음의 움직임을 끊임없이 관찰하고 그 변화의 추이와 양상을 일일이 알아차려 나간다면 미구에 그 속에서 천국을 발견하게 될 것입니다. 다시 말해서 마음이 존재와 완전 일치가 되는 그 순간에 진리성 씨는 무한한 희열이 솟구치는 천국의 정체와 맞부딪치게 될 것입니다. 그러나 마음이 존재와 멀리 떨어지면 떨어질수록 천국과도 그만큼 떨어질 것입니다."

"그렇다면 제 마음이 저 자신과 가까워지면 가까워질수록 저 자신은 천국과 가까워진다는 말씀인가요?"

"그렇습니다."

"그건 무슨 이유 때문이죠?"

"마음이 나 자신과 늘 함께할 때는 진실이 보이기 때문입니다. 마음이 나 자신과 늘 함께한다는 것이 무슨 뜻인지 아십니까?"

"사실은 그게 무슨 말씀인지 아리송합니다."

"내 마음이 나 자신과 늘 함께한다는 것은 달리 말해서 정신을 늘 똑바로 차리고 변화하는 현황을 정확히 파악한다는 뜻입니다. 그래서 내가 나 자신의 정체를 정확히 파악하여 알아차릴 수만 있다면 나는 나 자신 속에서 천국을 찾을 수 있습니다."

"아니 그렇다면 사람들은 누구나 자기 자신 속에 다 천국을 갖고 있으면서도 그것을 미처 깨닫지 못하거나 찾아내지 못하고 있다는 말씀입니까?"

"그렇습니다."

"그럼 어떻게 해야 보통 사람들도 자기 자신 속에서 천국을 찾아낼 수 있겠습니까?"

"이미 여러 차례 말했지만 정신 똑바로 차리고 자기 자신과 주변을 관찰함으로써 진상을 파악하여 나가다가 보면 누구든지 예외 없이 자기 내부에서 천국을 찾아낼 수 있습니다."

"천국이 무엇인데요?"

"천국은 진리입니다. 이 진리의 구현체를 하나님이라고도 하고 하느님이라고도 하고 상제(上帝)라고도 합니다. 자기 자신 속에서 천국을 본 사람은 삼라만상이 다 천국이요 진리라는 것을 깨닫게 됩니다."

"그것은 저에게는 너무나도 요원한 얘기고요. 저와 같은 초보자는 어떻게 하면 그러한 높은 경지까지 올라갈 수 있겠습니까?"

"무슨 일을 하든지 정신을 똑바로 차리고 하면 됩니다. 일을 할 때에는 일에, 독서를 할 때에는 독서에, 달리기를 할 때에는 달리기에, 검문을 할 때에는 검문에, 경기를 할 때에는 경기에 온 정신을 집중하여 진상을 알아차리는 습관을 붙여두면 됩니다.

탈옥수 신창원이 경찰의 검문을 다섯 번이나 벗어날 수 있었던 것은 검문 경찰관이 검문하는 순간에 정신을 똑바로 차리고 있지 않았기 때문입니다. 정신이 반쯤은 딴 곳에 가 있었던가, 피곤하고 귀찮으니까 대강대강 형식적으로 했기 때문입니다. 그러니까 요즘 텔레비전을 보는 사람이라면 남녀노소를 가릴 것 없이 전 국민이 다 알고 있는 신창원의 얼굴을 못 알아보고 놓쳐버렸던 것입니다.

이처럼 무슨 일을 하든지 정신을 똑바로 차리지 않으면 진상을 파악하지 못하고 엉뚱한 실수를 저지르게 됩니다. 그러니까 경찰이 탈옥수 신창원을 꼭 잡고야 말겠다는 각오와 지성(至誠)으로 검문을 하듯 자기 자신을 늘 철두철미하게 관찰해 나가다가 보면 반드시 어느 때인가는 자신의 진상을 파악하게 됩니다."

"그 진상이라는 것이 무엇인지 미리 좀 알 수 없을까요?"

"그것은 스스로 경험으로 하나하나 터득해 나가는 것이 정도(正道)인데요."

"그렇지만 지금까지 이 세상에 다녀간 수많은 성현들이 남겨놓은 어록에는 자기네들이 진리를 깨달았던 과정을 말해 놓은 것이 있을 텐데요."

"물론 있습니다. 그것이 이른바 각종 경전입니다. 선도의 삼대경전, 불교의 『팔만대장경』이나 기독교의 신구약성경, 유교의 사서삼경, 노자의 『도덕경』, 『장자』, 힌두교의 「바가바드기타」, 『우파니샤드』 경전, 이슬람교의 『코란』 등을 읽어보면 진리를 깨닫는 과정과 깨달은 후의 진상이 잘 드러나 있습니다."

"그래도 보편적으로 말할 수 있는 일정한 과정이 있는 것이 아닐까요?"

"전체적인 과정은 비슷한 데가 있습니다만 세부적으로는 반드시 일치하지 않습니다. 백인백색이고 천태만상입니다. 그렇기 때문에 남이 써놓은 경전이나 책을 읽고 그대로 따라가려고 하면 자기의 길을 가는 것이 아니고 남이 가본 길을 따라가는 것이 되어 반드시 무리가 따르게 됩니다."

"먼저 간 성현의 길을 가는 것이 무리라는 말씀입니까?"

"수련의 과정에 관한 한 그렇다는 말입니다."

"성인들은 자신이 걸어온 길을 후배들에게 가르쳐 주는 것을 사명으로 여기고 있지 않습니까?"

"물론 자기가 깨달은 진리를 가르치는 데 있어서는 그렇다고 할 수 있습니다. 그러나 진리에 도달하는 수련의 과정은 반드시 선배와 후배가 반드시 일치한다고는 말할 수 없습니다."

"그건 왜 그럴까요?"

"진리라고 하는 목표는 똑같지만 사람은 누구나 우선 전생과 개성이 다르고 태어난 시대 환경이 다르기 때문입니다. 그렇기 때문에 몇백 년 전 성인이 행한 수련 과정을 그대로 따라가면 그대로 되지도 않을 뿐 아니라 반드시 무리가 따르게 됩니다."

"그런 때는 어떻게 하는 것이 좋겠습니까?"

"진리는 틀림없이 나 자신 속에 있다는 확신을 갖고 정신 똑바로 차리고 관찰해 나가면 됩니다. 이것을 석가모니는 위빠사나라고 했고, 한문으로 번역될 때는 관(觀)이라고 했습니다."

"왜 하필이면 관(觀)이라고 했을까요?"

"살펴보는 대상이 육안만으로는 볼 수 없는 마음의 영역이기 때문입니다. 아무리 자기 자신의 마음이라고 해도 육안으로는 들여다볼 수 없습니다. 마음은 오직 마음으로 살펴볼 수밖에 없습니다. 진리 역시 마음으로 확인할 수 있는 마음의 영역입니다. 대상을 겉모양으로뿐만 아니라 내부까지도 입체적으로 통째로 보아야 하기 때문에 관이라고 한 겁니다."

"저 같은 사람도 진리를 제 스스로 확인할 수 있을까요?"

"진리성 씨 정도의 탐구심을 가진 사람이라면 조만간 깨달음을 갖게 될 것입니다."

"관을 시작한 뒤에 누구든지 제일 먼저 알게 되는 과정이 무엇입니까?"

"구도자라면 누구나 예외 없이 제일 먼저 알게 되는 것은 이 세상에 고정 불변하는 것은 아무것도 없다는 것입니다. 구도자가 아니라도 자신의 생애를 주의 깊게 살펴본 사람은 누구나 이 세상에 변하지 않는 것은 없다는 것을 알게 될 것입니다. 자기 자신만 변해 온 것이 아니라 이 우주 안에 변하지 않는 것은 아무것도 없다는 것을 알게 될 것입니다.

어머니 뱃속에서 태어난 내 몸도 변했고 내 마음 역시 철들 때와는 상상도 할 수 없을 정도로 변해 왔다는 것을 자인하지 않을 수 없을 것입니다. 나만 변한 것이 아니고 나를 이 세상에 있게 한 부모도 변했고 형제자매도 변했고, 친척도 친구도 사회도 인정도 학문도 유행도 엄청나게 변했다는 것을 인정하지 않을 수 없을 것입니다.

　마치 우주의 삼라만상은 변하기 위해서 존재하는 것 같은 느낌을 받지 않을 수 없을 것입니다. 그러나 그것은 느낌만이 아니고 사실입니다. 이러한 변화의 법칙은 지구상에 종교와 철학이 생겨나기 이전부터, 아니 이 우주가 태어나기 이전부터 있어 왔던 것입니다. 만물은 변하지 않고는 존재할 수 없기 때문입니다. 생명은 변화와 발전을 그 전제로 하고 있습니다.

　구도의 수단으로 관을 택했던 석가모니는 관을 통하여 이러한 만물의 변화의 법칙을 깨닫고는 제행무상(諸行無常)이라고 말했습니다. 만물은 변한다는 뜻입니다.

　두 번째로 구도자가 알게 되는 것은 개성(個性)이라는 것은 없다는 것입니다. 이것은 현대물리학이 입증해 주고 있습니다. 모든 물질을 끊임없이 분석해 들어가면 나중에는 분자를 거쳐 원자가 나오고 그다음에는 소립자(素粒子)가 나오는데 이 이상은 분석할 수 없습니다. 그런데 그 소립자라는 것이 엄격히 말해서 물질이라고 말할 수 없다는 것입니다."

　"물질이 아니면 그럼 무엇입니까?"

에너지의 파동체

"물질도 비물질도 아닌 전자파(電磁波)와도 같은 일종의 에너지의 파동체(波動體)에 지나지 않는 겁니다. 현대 물리학은 이것을 에너지의 파동이라고 말했지만, 이것은 선도에서 말하는 기운(氣運)입니다."

"기운은 그럼 뭡니까?"

"기운은 기(氣)의 파동입니다. 단전호흡을 시작하여 기문(氣門)이 열릴 때 느끼는 기의 파동입니다. 물질의 최초의 구성단위는 소립자이고 그 소립자의 정체는 기운입니다. 이 기운에 개성 같은 것이 있을 리 없습니다. 사물에 개성이 없다는 것은 인간에게 자아(自我)가 없다는 말과 같습니다. 자아(自我) 없는 자아(自我)를 구도자는 진아(眞我)라고 합니다. 유위계(有爲界) 일체를 몽환포영로전(夢幻泡影露電)으로 볼 때 여래(如來) 즉 진리를 볼 수 있다고 석가모니는 말했습니다. 그래서 우리가 갖고 있는 자아는 실은 가아(假我)입니다."

"선생님 사람은 누구나 몸과 마음으로 구성되어 있지 않습니까?"

"그건 사실입니다."

"그럼 제 몸과 마음은 지금 보시다시피 이렇게 몸이라는 형태를 취하고 존재하고 있는데, 이건 어떻게 돼서 생겨났습니까?"

"그건 진리성 씨라고 하는 가아가 그렇게 되기를 원했기 때문에 생겨난 존재입니다. 그러나 알고 보면 실상이 없는 가아의 산물이므로 그 가아는 바람이 자면 물결이 가라앉듯이 가라앉고 말 것입니다. 다시 말해서 우리 몸은 가아의 마음의 작용으로 생겨난 일종의 에너지의 파동에 지나지 않는다는 얘기입니다.

파동이나 바람이 실체가 없는 것과 같이 우리도 사실은 실체 없는 소립자의 파동에 지나지 않습니다. 우리가 이렇게 몸의 형태를 취하고 옷을 입고 앉아 있지만 사실은 백 년도 살지 못하고 사라져야 할 일종의 파동일 뿐 실체는 없다는 얘기입니다. 그래서 관이나 위빠사나를 통해서 그것을 깨달은 석가모니는 이것을 일러 제법무아(諸法無我)라고 했습니다. 만물에 개아(個我)는 없다는 뜻입니다. 진리를 깨달은 구도자는 관을 통해서 자아가 없다는 것을 터득하게 됩니다.”

“우리 인간에게는 개성도 자아도 없다는 얘기가 되는데 그것을 알게 되면 어떤 유익한 점이 있습니까?”

“아무 형체도 실상도 없는 기운의 파동에 지나지 않는 것이 사실은 우리 각자의 실상이므로 이 세상에는 집착할 것도 욕심을 낼 것도 없다는 얘기가 됩니다. 사실은 그 집착과 욕심이 번뇌도 낳고 망상도 낳았고, 그것이 인과응보가 되어 우리를 이렇게 존재하게 했으므로 그 집착과 욕심에서 벗어나면 기운의 파동 따위는 다시는 일어나지 않을 것입니다.”

“기운의 파동이 일어나지 않는다는 것은 또 무엇을 뜻합니까?”

“이분법적 흑백논리에 더이상 얽매이거나 빠져들지 않는다는 말입니다.”

“실례를 들어 설명해 주실 수 있겠습니까?”

"그렇게 하죠. 존재의 실상을 파악한 사람은 결코 애증(愛憎), 희비(喜悲), 길흉(吉凶), 화복(禍福), 생사(生死), 흥망(興亡), 성쇠(盛衰), 냉열(冷熱), 빈부(貧富), 고저(高低), 장단(長短), 귀천(貴賤), 유무(有無) 따위에 일희일비(一喜一悲)하지 않는다는 얘기입니다.

다시 말해서 삶의 실상을 터득한 구도자는 오늘 당장 지구가 폭발해 버린다고 해도 전연 마음이 흔들리지 않는다는 얘기입니다. 따라서 그에게는 역경(逆境)이라는 것이 있을 수 없습니다. 비록 지옥의 열탕 속에서라도 그는 마음의 평온을 유지할 수 있습니다. 지옥까지도 천국과 극락으로 바꿀 수 있습니다.

아니 그렇게 말할 필요도 없습니다. 그가 앉아 있는 곳이 바로 천국이니까요. 마음의 평온이야말로 다름 아닌 천국입니다. 마음의 평온이야말로 극락이고 열반이고 용화세계입니다. 석가모니는 이것을 가리켜 열반적정(涅槃寂靜)이라고 했습니다. 열반 즉 천국은 바로 적정(寂靜)이라는 뜻입니다. 적정은 바로 마음의 평온입니다."

"마음의 평온이나 적정(寂靜)은 실제로 어떤 것을 말합니까?"

"어떤 경우에도 마음이 애증, 길흉, 화복, 생사 따위에 흔들리지 않고 이것을 초월해 있는 상태를 말합니다. 이것이 천국이지 다른 것이 천국이 아닙니다. 예수가 '천국은 네 안에 있느니라' 하고 말한 것은 바로 이것을 두고 한 말이고, 예수 믿고 구원받는다는 말도 이것을 두고 한 말입니다. 그리고 성통공완(性通功完)하고, 견성성불(見性成佛)하고 해탈(解脫)한다는 말도 이것을 두고 한 말입니다. 공자가 말한 극배상제(克配上帝)도 이것을 두고 한 말입니다. 이 경지에 든 구도자는 더이상 생로병사 따위에 이끌려 다니지 않게 됩니다."

"선생님의 말씀을 대충은 알아들을 것 같은데 아직도 바로 이거다 하고 머리에 쏙 들어오지는 않습니다. 좀더 알아듣기 쉽게 말씀해 주실 수는 없을까요?"

"마음의 평온 즉 적정(寂靜) 상태에 든 사람은 삶의 중심을 관장하는 진리를 깨달아 해탈한 사람을 말합니다. 예를 들면 괘종시계 속에서 좌우로 움직이는 시계추를 상상하시기 바랍니다. 시계추가 왼쪽으로 움직이는 것을 생(生), 오른쪽으로 움직이는 것을 사(死)라고 할 때 적정 상태에 든 사람은 시계추의 중심축(中心軸)과도 같습니다. 생에도 사에도 흔들리지 않고 생사를 초월하여 양쪽의 중심을 잡고 있습니다.

실례를 한 가지 더 들겠습니다. 적정(寂靜)은 자동차 기어의 중립과 같다고 볼 수 있습니다. 중립 상태에 있으면 1단, 2단, 3단, 4단, 5단, 후진 기어 어느 것이든지 마음대로 택할 수 있습니다. 그러나 그 여섯 가지 기어의 어느 한 기어에도 속해 있지 않습니다. 그러나 그 여섯 기어를 전부 다 통제할 수 있는 중심 위치를 차지하고 있습니다. 적정을 터득한 사람은 그 무엇에도 구애받지 않는 대자유를 누리면서 유유자적(悠悠自適)할 수 있습니다."

"유유자적이란 무슨 뜻입니까?"

"육도사생(六途四生)을 자유롭게 드나들 수 있다는 말입니다."

"육도사생을 자유롭게 드나든다는 것은 지옥, 아귀, 축생, 아수라, 인간계, 천계는 물론이고 태생(胎生), 난생(卵生), 습생(濕生), 화생(化生)을 마음대로 택할 수 있다는 얘기인가요?"

"그렇습니다. 이제 천국은 어디 있느냐는 질문에 대한 대답이 되었습니까?"

"네, 대충 알아들었습니다. 천국은 다른 데에 있는 것이 아니고 바로 각자의 마음속에 있다는 것 하고 누구든지 지극정성으로 관하면 자기 자신 속에서 그것을 찾아낼 수 있다는 것은 알아들었습니다. 그리고 천국은 다른 것이 아니고 그 무엇에도 흔들리지 않는 마음의 평온이라는 것도 알았습니다."

"그 정도라도 알아들었다면 그래도 내가 지금껏 설명한 보람이 있군요. 이제 남은 것은 자기 자신 속에서 찾아낸 그 천국을 온전히 자기 것으로 만들어 일상생활화 하는 것입니다."

"천국은 양변의 중심을 잡는 것이라고 해도 되겠습니까?"

"그렇습니다. 그것을 유교에서는 중용(中庸)이라고 했습니다."

"중용은 무엇입니까?"

"중도(中道)입니다."

"그럼 중도는 뭡니까?"

"하나이고 전체이며, 공(空)이고 색(色)이고, 무(無)이고 또 유(有)입니다. 그리고 있는 그대로의 진실 그 자체입니다. 산은 산이고 물은 물일 뿐 보탤 것도 뺄 것도 없는 있는 진상 그대로입니다. 그것이 바로 천국이고 천국은 자기 실상을 제대로 파악하는 것 자체입니다. 그러니까 자기 자신 이외의 다른 곳에서 천국을 찾으려고 하지 말아야 합니다."

천대와 차별의 극복

1998년 7월 20일 월요일 20~29℃ 흐림

오후 3시. 5명의 수련생이 모였다. 주객 사이에 다음과 같은 얘기들이 오갔다.

"선생님, 제 조카는 30세 청년인데요. 고3 입시 준비 때 과도한 스트레스를 받아서 그랬는지 정신이상 증세를 보이더니 점점 악화되어 3년간 입원을 했었습니다. 다행히도 1년 만에 완치되어 퇴원을 했는데, 몇 달 뒤에 다시 재발하여 1년간 입원했었습니다.

그 후에도 한 번 더 입원을 했었습니다. 전부 세 번을 입퇴원을 거듭하더니 이제는 정상인과 거의 다름없게 회복이 되었습니다. 대학도 마치고 군대에도 갔다 왔습니다. 그런데 취직만 하면 처음에는 아무 일 없다가도 꼭 그전에 정신병원에 입원했던 전력이 드러나고 그렇게 되면 직장 상사와 동료들로부터 이루 말할 수 없는 천대와 차별 대우를 받고는 회사를 그만두거나 쫓겨나곤 합니다.

한 번 그런 일을 당할 때마다 사회에 대한 배신감과 소외감 때문에 실의의 늪에 빠져 헤어나지를 못하고 허우적대고 있습니다. 그 조카 하나 때문에 집안은 온통 초상집 같습니다. 무슨 돌파구가 없을지 궁금해서 여쭈어보았습니다."

30대 중반의 회사원인 문경훈 씨가 말했다.

"나에게서 무엇을 알고 싶습니까?"

"어떻게 하면 조카에게 제가 도움이 될 수 있는 말을 할 수 있을까 해서 그렵니다."

"문경훈 씨가 보기에도 조카의 정신에는 전연 이상이 없는 것 같습니까?"

"사회의 천대와 차별만 없다면 능히 제 몫은 다할 수 있을 것 같습니다."

"문경훈 씨 조카의 경우, 자기를 천대하고 차별하는 사람들의 마음 역시 병이 들었으니까 그것을 원망하지 말고 스스로 극복할 수 있는 정신력을 키워주는 수밖에 더 있겠습니까. 어떻습니까? 조카 되는 분이 자기를 천대하고 차별하는 사람들에 대하여 원망은 하지 않던 가요?"

"왜 원망을 하지 않겠습니까? 처음에는 자기를 냉대하는 직장의 상사와 동료들을 원망하더니 이제는 자기를 낳아준 부모까지도 원망하고 있습니다."

"어떻게 하든지 남에게로 향하는 원망부터 거두어들이도록 해야 합니다."

"좋은 방법이 없을까요?"

"남을 탓하지 말고 모든 것을 내 탓으로 돌리도록 마음을 바꾸도록 해야 합니다."

"사실은 그게 조카의 인생의 성패를 좌우하는 분수령(分水嶺)인 것 같은데, 어떻게 해야 모든 잘못을 남의 탓으로 돌리지 않고 자기 탓으로 돌릴 수 있을까요?"

"사물을 객관적으로 보는 습관을 키워주어야 합니다. 내가 왜 남에게 차별 대우를 받아야 하는가를 냉정하게 살펴보도록 해야 합니다. 그러자면 시점(視點)을 제삼자의 처지에서 자기를 바라보도록 습관을 들여야 합니다. 직장에 취직할 때 처음부터 자기가 정신병 경력자라는 것을 공개한 일은 없었을 꺼 아닙니까?"

"그럼요."

"그렇다면 왜 자기의 병력(病歷)이 문제가 되었는가를 분석해 들어가야 합니다. 반드시 그들이 보기에 무엇인가 저항감을 느끼는, 정상이 아닌 허점이 보였거나 정신병을 의심할 만한 짓을 했기 때문에 그들의 차별 대우를 불러들인 것이 틀림없을 것입니다. 그 약점을 남의 눈을 통해서가 아니라 자기 자신의 눈으로 지적해 내어 스스로 시정하도록 마음을 바꾸게 해 보세요. 그런 노력을 해 보았습니까?"

"아뇨."

"그럼 이제라도 늦지 않으니 그렇게 하도록 해 보십시오. 그렇게 하는 훈련을 쌓아야만 자기가 자기 자신의 실체를 올바르게 파악할 수 있습니다."

"그렇겠군요. 그리고 자기를 낳아준 부모를 자꾸만 원망할 때는 어떻게 하죠?"

"조카가 지금의 부모를 통하여 이 세상에 태어난 것은 전적으로 조카 자신이 선택한 것이지 부모만이 단독으로 그렇게 된 것은 아니라는 점을 인식시켜 주어야 합니다. 경망스러운 사람들은 자기가 이 세상에 태어난 것은 순전히 부모의 성적 쾌락의 산물일 뿐 자기는 아무 책임도 없다고 말하는데, 이런 생각이야말로 지극히 이기적인 자기 합리화에 지나지 않습니다.

어제가 있었기 때문에 오늘이 있고 오늘이 있기 때문에 내일이 있는 것과 같이, 오늘의 나는 어제의 내가 있었기 때문에 생겨난 것입니다. 다시 말해서 오늘의 나는 과거생의 나의 투영(投影)에 지나지 않는다는 것을 알게 해 주어야 합니다.

오늘의 내가 있게 된 것은 절대로 부모 탓만은 아닙니다. 나와 내 부모와 전생에 얽히고설킨 사연들이 복합적으로 작용하여 현재의 내가 태어난 것이지 자기는 아무 관련도 없는데 오직 부모만이 나를 낳게 된 원인이 된 것은 아닙니다. 어떻게 하든지 이 점을 알게 하면 다시는 부모를 원망하는 어리석은 생각은 품지 않게 될 것입니다."

"요컨대 내가 이 세상에 태어난 것은 오직 내 탓이지 남의 탓이 아니라는 점을 알게 해 주어야겠군요."

"그렇습니다."

"그렇다면 내가 이 세상에 태어난 것도 내가 남에게서 차별과 냉대를 당하는 것도 남의 탓이 아닌 전적으로 내 탓으로만 돌린다면 무슨 해결책이 나올까요?"

"나오고말고요."

"그렇게 모든 것을 내 탓으로만 돌리는데도 무슨 해결책이 정말 나올 수 있을까요?"

"나오고말고요."

"어떻게 돼서 그렇습니까?"

"단지 모든 것을 내 탓으로 돌리기만 하는데도 그의 인생은 획기적인 전환점을 맞게 됩니다."

"어떻게 말입니까?"

"모든 것을 내 탓으로 돌리는 순간 그는 우주의 핵심에서 흘러들어 오는 무한한 에너지의 공급을 받게 되어 있습니다. 그 순간부터 그의 앞길을 가로막은 장애물들은 시나브로 자기도 모르는 사이에 하나씩 하나씩 제거될 것입니다. 그리고 그에게는 무한한 능력과 지혜와 사랑 이 싹트게 됩니다."

"아니 선생님 그게 사실입니까?"

"사실이지 않고요."

"모든 것을 남의 탓으로 돌리고 남을 원망하는 사람의 영혼은 나날 이 시들어가고 육체는 병들어가도, 모든 것을 자기 탓으로 돌리는 사 람의 영혼은 나날이 싱싱해지고 풍요해질 것입니다."

"선생님 말씀만 듣고는 과연 그런 일이 일어날 수 있을까 하는 의문 이 일어납니다."

"내 말의 진위를 확인할 수 있는 가장 빠른 길이 있습니다. 살려달 라고 애원하는 친구를 철석같이 믿고 꾸어주었던 내 전 재산을 갖고 그 친구가 도망쳤을 때를 상상해 보십시오. 그런 일을 당했을 때 백 명 중 99명은 틀림없이 그 친구를 원망할 것입니다. 믿었던 친구를 원 망하는 것만큼 참담한 일은 흔하지 않을 것입니다.

원망이 깊어지면 하도 괴로우니까 그것을 잊으려고 과음을 하든가 도박을 하는 사람도 있을 수 있습니다. 그래도 맘을 다스릴 수 없으면 깊은 실의에 빠질 수도 있습니다. 지옥은 다른 것이 아니라 바로 이런 것입니다. 그러나 모든 것을 내 탓으로 돌려버리는 사람은 처음에는 비록 힘이 좀 들겠지만 뜻밖에도 빨리 마음의 평온을 회복하게 될 것입니다.

마음은 그 용량에 제한이 없습니다. 남을 무한정 미워할 수도 있지만 무한정 용서할 수도 있습니다. 남을 미워하는 일에는 무한한 괴로움이 뒤따르지만 남을 용서하는 일에는 무한한 평안이 뒤따르게 됩니다. 천국이나 극락은 다른 곳에 있는 것이 아니라 바로 이곳에 있는 겁니다. 단지 마음 하나를 어떻게 먹느냐에 따라 지옥과 극락이 한순간에 왔다 갔다 합니다."

"만약에 그것이 사실이라면 그 이유가 어디에 있을까요?"

"내가 아무리 많은 돈을 믿었던 친구에게 사기를 당했다고 해도 그것은 그의 탓이기 이전에 내 탓이기 때문입니다."

"그걸 선생님께서는 어떻게 그렇게 쉽게 단정할 수 있습니까?"

"있고말고요. 생각해 보세요. 내가 이 세상에 존재하지 않았더라면 그런 일은 일어나지 않았을 겁니다. 또 나의 전생에 그럴 만한 인과가 없었다면 이런 일이 생겨날 수 없었을 겁니다."

"그러니까 일어나야 할 일이 마침내 일어났다는 그런 말씀이신가요?"

"그렇습니다."

정신병자의 과거생

"선생님 금생에 정신병을 앓는 사람은 과거생에 주로 어떤 원인이 있었을까요?"

"과음(過飮)한 사람, 마약중독자, 사기 협잡질을 한 사람, 배은망덕(背恩忘德)한 사람, 매국노(賣國奴) 그 밖의 건전치 못한 생활을 한 사람들입니다."

"사회에서 냉대와 차별을 당하는 사람들 중에는 정신병 경력자 외에도 전과자들이 많습니다. 전과자들은 전생에 어떤 일을 한 사람들일까요?"

"물론 백인백색이요 천태만상이겠지만 전부가 과욕(過慾)을 부린 사람들입니다."

"과욕이라뇨?"

"과욕이 온갖 범죄를 부르니까요."

"아니 그렇다면 현생은 전생의 악순환의 연장이라는 말씀입니까?"

"그렇습니다. 그 악순환의 고리는 누구든 먼저 나서서 끊지 않고는 잠재울 수 없습니다."

"그럼 어떻게 해야 그 악순환의 고리를 끊어버릴 수 있겠습니까?"

"이 이치를 깨달은 순간부터 남에게 품었던 원한을 버리고 상대를 용서해 주고 모든 것을 내 탓으로 돌려버리면 그 악순환의 고리를 끊을 수 있습니다."

"그렇게 간단한 일을 왜 사람들은 진작 시행하지 못하고 이렇게 고해(苦海) 속에서 허위적대고 있을까요?"

"모두가 욕심과 집착 때문입니다."

"어떻게 하면 그 욕심과 집착에서 벗어날 수 있을까요?"

"만사(萬事)를 내 탓으로 돌려버리면 됩니다."

"과연 그럴까요?"

160

"의심이 나면 지금 당장 그것을 실천해 보십시오. 선도는 타력(他力)에 의존하는 종교가 아니고 자력(自力)에 의존하는 구도(求道)입니다. 여러 말이 무슨 필요가 있겠습니까? 직접 한번 실천해 보십시오. 나에게 사기를 친 사람을 원망하고 보복하는 대신에 그 일 자체를 전부 다 내 탓으로 돌려 보세요.

그러고 나서 자신의 심리의 움직임을 관찰해 보십시오. 그리고 그것을 체험해 보시고 확인해 보십시오. 마음을 텅 비운 사람만이 그러한 일을 할 수 있습니다. 마음을 완전히 비운 사람은 삼라만상을 전부 다 포용하고도 오히려 남음이 있습니다.

마음을 완전히 비운 그 순간만은 개아(個我)를 가진 사람의 마음이 아니라 무한한 우주의 마음과 일치하기 때문입니다. 이때 기문(氣門)이 열린 사람이라면 전에 없이 강한 기의 흐름이 자기 자신 속에 밀려 들어오는 것을 느끼게 될 것입니다.

변심한 애인을 용서한 약사

바로 며칠 전에 있었던 실화 한 토막을 소개하겠습니다. 나이 30을 훨씬 넘긴 모 제약회사의 연구소에서 일하는 이현주라는 수련생이 오후 4시쯤 찾아왔었습니다. 마침 나 혼자 있었을 때여서 그녀는 무척 다행스러운 표정이었습니다.

"선생님 저 인생문제 하나 상의드려도 되겠습니까?"

"되고말고요. 마침 다른 방문객도 없으니 마음 놓고 얘기해 보십시오."

"선생님께서는 『선도체험기』에 늘 말씀하셨습니다. 모든 것을 내 탓으로 돌리는 사람에게는 우주의 핵심에서 들어오는 강력한 에너지를 공급받을 수 있다고 말입니다. 그게 정말입니까?"

"정말이지 않고요. 그러나 건성으로 마치 하늘을 시험이라도 해 보는 기분으로 하지 말고 그야말로 진지하게 자기도 모르게 남을 용서하고 모든 것을 내 탓으로 돌려야 합니다."

"선생님, 저는 실은 지금껏 혼인 상대자를 너무 고르다가 혼기를 놓쳐버렸습니다. 그러나 이젠 경제적으로 자립도 했으므로 구태여 결혼을 꼭 할 필요는 없지 않는가 하는 생각을 해 보다가도 부모님의 성화로 다시 결혼 상대를 물색하고는 해 왔습니다.

그러다가 1년 전에 과연 쓸만한 남자를 하나 사귀게 되었습니다. 나이도 동갑이고 미국서 금속학 박사 학위까지 따고 지금 모 재벌회사의 연구원으로 근무하는 그와 저는 급격히 가까워졌습니다. 드디어 우리는 각각 양가 부모까지 만나보고 혼담이 오고갈 정도까지 진전이 되었습니다. 저 역시 이번에는 성사가 되려나 보다 했습니다.

그런데 얼마 전부터 남자로부터 연락이 뜨음해졌습니다. 그에게 새로운 애인이 생겼다는 제보가 들어왔습니다. 그러다가 바로 어제 우리는 오래간만에 만났습니다. 소문의 진위도 확인할 겸해서 우리는 어차피 만나야 했습니다.

그런데 만나자마자 그의 입에서 먼저 새 애인이 생겼으니 이제까지의 일을 없었던 걸로 해 달라면서 저에게는 미안하게 되었다는 말이 나왔습니다. 처음에 그 말을 듣는 순간 저는 제 귀를 의심할 정도로 충격을 받았습니다. 그러나 상대의 변심에 치를 떨기에 앞서 저는 모든 것이 내가 부족한 탓이지 하는 생각이 얼핏 들었습니다.

제가 만약 『선도체험기』를 41권까지 읽으면서 마음공부가 되지 않았더라면 그의 배신에 격분한 나머지 그 자리를 박차고 일어섰을 것입니다. 그러나 저는 그러지 않고 지극히 침착하게 말했습니다.

'모든 것이 부족한 내 탓이죠. 부디 좋은 사람 만나 행복해주기 바래요' 하고 오히려 그를 격려해 주었습니다. 제가 이렇게 나오자 저보다는 그가 당황해 했습니다. 이렇게 좋은 얼굴로 그와 헤어져 집으로 돌아오는 전철 칸에서였습니다. 갑자기 저의 백회가 열리면서 소나기와 같이 청신한 기운이 쏟아져 들어오는 것이었습니다. 그러면서 돌연 제 몸이 공중으로 붕 떠오르는 것 같았습니다. 그리고 마음은 그지없이 평온하구요. 이때 느낀 제 체험은 말로는 표현하기 어려웠습니다.

아무리 가까운 제 친어머니나 언니나 친구에게라도 저의 이런 체험
을 얘기해 줄 수가 없었습니다. 기(氣)가 무엇인지 수련이 무엇인지도
모르는 사람에게 제 경험과 느낌을 얘기해 봤자 통하지도 않을뿐더러
어쩌면 저를 보고, 실연의 충격으로 머리가 살짝 돌아버린 것이라고
생각했을 것이 틀림없었을 것이기 때문입니다.

그래서 혼자서 하루를 지내고 오늘 오후에 이렇게 시간을 내어 선생
님을 찾아뵙게 되었습니다. 선생님만은 저를 이해해 주실 것 같아서
말입니다. 어떻습니까? 선생님 정말 이런 일이 있을 수 있습니까?"

"있고말고요. 그런 일은 어떤 특이한 사람에게만 일어나는 것이 아
니고, 기공부를 하는 사람으로서, 진정으로 남을 원망하지 않고 용서
하고 모든 것을 내 탓으로 돌리는 사람에게는 누구에게나 일어나는 현
상입니다. 그리고 내가 보기엔 그 떠나간 애인은 미구에 이현주 씨에
게 다시 돌아올 것 같습니다. 어떻습니까? 떠나간 애인이 다시 돌아오
면 반갑게 맞이할 용의는 되어 있습니까?"

"그런 건 바라지도 않습니다. 한 번 흘러간 물은 되돌아오지 못할
것입니다. 저는 그런 걸 바라지도 않습니다. 그것보다는 이번 기회에
저는 아주 소중한 것을 얻었습니다. 그것은 인생을 어떻게 살아가야
하는가 하는 것을 우연히 터득한 겁니다."

"그게 뭔데요?"

"결혼이라는 것은 인생을 살아가기 위한 하나의 방편은 될 수 있을
지언정 인생에 필수적인 것은 아니라는 겁니다."

"그럼 무엇이 인생에 필수적이라고 보십니까?"

"결혼도 생사도 초월하는 참다운 인생의 길이 있다는 겁니다. 그 길을 가기 위해서는 대인관계에서 일어나는 일체의 문제를 내 탓으로 돌려야 한다는 겁니다."

"그렇습니다. 만사를 내 탓으로 돌리는 것은 처세법(處世法)일 뿐만이 아니라 진리에 도달하는 지름길이기도 하니까요."

"그런 걸 생각하면 도(道)를 공부한다는 것이 어떻게 보면 무궁무진한 묘미가 있는 것 같습니다."

"그렇고말고요."

"그리고, 언제 어디서 어떻게 돌발 변수가 터져 나올지 모르는 운동경기를 보는 느낌이 듭니다. 그런데 선생님, 마음이 열리면 정말 그렇게 큰 기운이 들어옵니까?"

"그럼요. 심기혈정(心氣血精)이라고 해서 마음이 기를 부르고 기가 피를 부르고 피가 정을 부르게 되어 있습니다."

되는 일이 없는 사람

1998년 7월 22일 수요일 22~29℃ 구름

오후 세 시. 다섯 명의 수련생이 모여 주객 사이에 다음과 같은 애기들이 오갔다.

"선생님 저는 되는 일은 하나도 없고 무슨 일을 시작했다 하면 꼭 실패만 합니다. 농사를 지어보아도 안 되고, 장사를 해 보아도 손해만 보고, 사업이라고 시작해 보았지만 적자만 쌓여가고 있습니다. 그런가 하면 부모님은 80세 고령에다가 치매(癡呆) 증세까지 점점 심해져서 집사람은 병수발 하느라고 하도 애를 써서 병이 나서 몸져누웠습니다. 아들이 둘이 있는데 그 아이들이라도 공부나 잘하고 건강하게 잘 자랐으면 좋으련만 그렇지도 못합니다. 성적은 언제나 바닥을 헤매고 불량학생들과 어울려 말썽만 일으키곤 합니다.

그래서 우리 집안은 되는 일이라곤 없는 것으로 동네에서 혹이 났습니다. 혹시 사람들 말마따나 무슨 지독한 액신(厄神)이 든 게 아닌가 하는 생각이 듭니다. 이 액신을 몰아낼 좋은 방법이 없을까요? 집사람은 용한 무당을 불러다가 굿판을 한번 크게 벌여야 한다고 벼르는데 저는 아무래도 그렇게 해서는 안 될 것 같아서 선생님의 자문을 좀 듣고 싶습니다."

지방에서 한 달에 한 번씩 찾아오는 자영사업을 한다는 중년의 인장식 씨가 말했다.

"인장식 씨도 액신이 들었다고 생각하십니까?"

"집안사람들이 하도 그렇게들 말하니까 저도 거기에 물이 들어 과연 그런 게 아닌가 하고 의심이 되어 갈피를 잡을 수 없습니다."

"집안사람들이 전부 다 미신에 사로잡혔다 해도 인장식 씨만은 그러지 말아야죠. 어떻습니까? 인장식 씨도 집안일이 안 되는 것은 액신의 농간이라고 생각했다면 지금 이 자리에서부터라도 생각을 바꾸어야 합니다. 집안의 기둥인 가장이 그렇게 흔들려서야 되겠습니까?"

"그럼 저는 어떻게 해야 됩니까?"

"액신이니 뭐니 하는 생각부터 머리에서 모조리 싹 지워버리십시오. 그리고 이제부터는 집안의 모든 일이 잘되어 간다고 확신을 해야 합니다."

"그렇게 막연히 집안일이 잘된다고 확신만 하면 되겠습니까?"

"그렇지 않습니다."

"그럼 어떻게 해야 됩니까?"

"막연히라는 말을 빼버려야 합니다. 그리고 무조건 이제부터는 집안의 모든 일이 잘되어 나간다고 생각만 할 것이 아니라 잘되어 나가는 모습을 구체적으로 아주 상세한 부분까지 화폭에 그림을 그리듯이 머릿속에 그려나가야 합니다."

"그렇게만 하면 되겠습니까?"

"아니죠. 그렇게 구체적으로 상상하고 그림만 그려 나갈 것이 아니라 그것이 이미 다 이루어졌다고 확신하십시오."

"그렇게만 해도 우리 집안일이 잘 풀려나갈 수 있을까요?"

"그렇고말고요."

"아무래도 납득이 가지 않는데요."

"왜요?"

"그렇게 상상을 하고 그것이 다 이루어졌다고 확신만 하는데도 모든 일이 다 잘 이루어진다면 이 세상에 안 될 일이 어디에 있겠습니까?"

"지금 인장식 씨가 생각하는 것과 같이 다른 사람들도 그렇게 생각하기 때문에 응당 성공했어야 할 일도 안 되는 겁니다. 의심을 가져서는 안 됩니다. 확신을 가지고 시작한 일도 경우에 따라서는 중간에 온갖 역경을 겪게 되어 있는데, 그렇게 처음부터 의심을 하든가 안 될 것이라고 단정을 해 버리면 무슨 일이 제대로 이루어지겠습니까?"

"그럴까요?"

"그렇습니다."

"그 이치를 이해할 수 없습니다."

"무슨 일이든지 그 일의 성패는 일하는 사람의 마음의 자세 즉 정성(精誠) 여하에 달려 있습니다. 인장식 씨가 무슨 일을 시작해 놓고 나는 무슨 일을 해도 되는 일이 없는 사람이니까 이번에도 틀림없이 실패할 것이라고 미리 단정을 해 놓으면 아무리 많은 자금을 들여서 거창하게 개업식을 하고 고사를 지내도 그 사업은 틀림없이 실패하게 되어 있습니다."

"그건 왜 그렇죠?"

"회칠한 무덤처럼 전시효과만 노려 봤자 마음속으로는 이미 실패할 것이라고 단정해 놓았기 때문에 주변에 실패하는 데 필요한 기운만 불러 모으기 때문입니다. 그러나 아무리 시작은 초라해도 마음속으로는 틀림없이 성공시키고야 말겠다는 각오와 확신을 가지고 일에 착수한 사람에게는 성공하는 데 필요한 기운만 주위에 모이게 되어 있습니다."

"성공하는 데 필요한 기운만 불러 모으게 되어 있다는 말은 무슨 뜻입니까?"

"착수한 사업이 성공하는 데 필요한 온갖 정보도 들어오게 될 것이고 또 성공에 필수적인 아이디어도 생겨나게 될 것이고, 도와줄 사람도 자금도 모여들게 될 것이고 그 밖에 성공에 도움이 되는 온갖 여건들이 조성될 것입니다. 그러나 처음부터 실패할 것이라고 마음에 작정을 한 사람에게는 이 모든 긍정적인 요인들이 발길을 돌리게 되어 있습니다."

"왜 그렇게 되는지 그 이유를 설명해 주시겠습니까?"

우주의식

"사람의 마음과 우주의식(宇宙意識)은 근본적으로 하나이기 때문입니다."

"우주의식이란 무엇입니까?"

"옛날식으로 말하면 천심(天心)이라고 해도 좋고 하느님의 마음이라고 해도 좋습니다. 그래서 옛날부터 지성(至誠)이면 감천(感天)이라는 말이 있습니다. 이것은 무엇을 말하는가 하면 사람의 마음과 하늘의 마음은 근본적으로는 하나라는 것을 말해줍니다."

"거기까지는 대충 알아듣겠는데요. 무슨 일을 시작해 놓고 꼭 성공한다는 확신을 가지고 성공한 장면을 떠올리면서 이미 성공했다고 기정사실화 하는 것은 무엇을 말합니까?"

"그것이 말하자면 그 일에 대한 지극한 정성입니다. 그 정성이 우주의식 즉 천심을 움직여 놓는 것입니다. 그렇게 되면 그가 하는 일은 이미 성공한 것이나 마찬가지입니다."

"선생님 말씀을 듣고 보니 과연 모든 일은 마음먹기에 달려 있다는 일체유심조(一切唯心造)라는 말이 생각납니다."

"사람의 외형은 그 사람의 마음의 구현체(具顯體)입니다. 어떤 사람의 현재의 상태는 그 사람의 마음의 상태를 그대로 반영하고 있는 겁니다."

"그렇다면 어떤 사람이 대통령이 되는 것을 평생의 목표로 삼고 그 길로 매진한다면 누구나 대통령이 될 수 있다고 생각하십니까?"

"목표는 하나인데 지원자가 많을 때는 그 정성의 강도에 따라 먼저 되고 나중 되는 차이는 있을지언정 누구나 대통령이 되는 것은 틀림없습니다."

"그러나 그것은 현실적으로는 불가능한 일이 아닙니까?"

"그거야 인생을 금생(今生)만으로 한정했을 때 얘기죠. 여러 생(生)에 걸쳐서 대통령이 되려고 지극정성을 다한다면 어느 생에서든지 반드시 성공을 거두고야 말 것입니다. 생명은 무한한 존재니까요."

"그렇다면 남의 나라를 침략하려는 야욕을 가진 나라도 언젠가는 성공할 수 있겠습니까?"

"외국을 침략하는 것은 상대국과의 싸움이므로 일방적인 야욕만 갖고 되는 일이 아닙니다. 일본은 한국을 침략하기 위해서 1천 3백 년 전부터 준비를 해 왔습니다."

"그게 정말입니까?"

"정말이지 않고요. 일본은 한반도 남부가 자기네의 소유였다는 허위 사실을 역사책에 적어놓고는 그것에 맞추어 모든 역사를 기술해 왔고, 임진왜란 때는 거국적인 침략을 감행했지만 실패했습니다. 두 번째로 시도한 것이 경술국치인데 일단은 성공했습니다. 임진왜란 때처럼 무력만으로는 안 된다는 것을 알고 우리의 내부에 대한 와해 공작 끝에 성공을 거둔 것입니다. 그러나 강점(強占) 통치 35년 만에 쫓겨나가고 말았습니다."

"그건 왜 그랬을까요?"

"도둑질은 일시 성공을 거두는 일이 있어도 결국은 반드시 잡히게 되어 있기 때문입니다. 그러니까 나라도 개인도 무슨 원력(願力)을 내세울 때는 그것이 과연 진리와 부합되는지의 여부를 잘 분별해야 합니다."

"그렇다면 진리에 부합되고 부합되지 않는 기준은 어디에 있다고 보십니까?"

"그건 아주 간단합니다. 개인이고 국가고 간에 하고자 하는 일이 바른 일인가? 그리고 그것이 남에게도 유익을 주는 착한 일인가? 또 그것이 지혜로운 일인가? 이 세 가지를 기준으로 삼으면 됩니다. 일본이 대대로 문화적으로 크나큰 은혜를 입어온 이웃나라 한국을 침략한 것은 바른 일은 분명 아닙니다.

바른 일이기는커녕 배은망덕한 짓입니다. 그것이 또한 착한 일일 수도 없습니다. 자기네 국익을 위해서 이웃나라를 약탈한 것은 강도질은 될 수 있을지언정 착한 일일 수 없습니다. 동시에 그것은 지혜로운 일일 수는 더욱 없는 일입니다. 그래서 강도가 일시적으로 강도짓에 성공했다가도 늘 경찰에게 쫓기듯이 일본도 겨우 35년 만에 미군에게 쫓겨나고 말았습니다.

그렇다면 부자의 재산을 빼앗아 가난한 무산대중에게 나누어 주어야 한다는 공산주의는 어떤가? 이것 역시 바르지도 착하지도 지혜롭지도 못한 짓이어서 기껏 74년 동안 지구의 한 부분을 광풍처럼 휩쓸다가 제풀에 가라앉았습니다. 단지 북한 땅에서만 아직도 공산주의의 여명(餘命)이 마지막 숨을 몰아쉬고 있습니다. 북한이 중국이나 베트남처럼 시장경제를 받아들이는 것은 시간문제입니다. 그렇게 하지 않고는 살아남을 수가 없으니까요. 북한이 정주영 현대그룹 명예회장과 손잡고 금강산 공동개발 등 여러 가지 사업을 벌이기로 한 것은 그것을 입증해 주고 있습니다."

"제국주의도 공산주의도 진리에 부합하지 못했기 때문에 역사의 무대에서 사실상 사라져 버렸습니다. 그렇다면 6백만의 유태인을 학살한 나치즘은 어떻습니까?"

"그들도 부당한 짓을 했기 때문에 이미 반세기 전에 전쟁 범죄자로 처벌을 받지 않았습니까?"

"그렇군요. 그렇다면 한때 의적(義賊)으로 서민들의 숭앙을 받았던 임꺽정, 장길산 같은 반항아들은 어떻습니까?"

"아무리 의적(義賊)이라고 해도 도둑은 도둑입니다. 공산주의가 설

땅이 없는 것과 같이 도둑들 역시 설 땅이 있을 리가 없습니다."

내 인생은 뭐냐?

"선생님, 요즘 40대 후반에서 50대 초반의 중년 부부들 사이에는 '내 인생은 뭐냐?' 하는 자기반성이라 할까, 아니면 지금까지 살아온 인생이 너무나도 허무하여 하늘을 우러러 한탄하는 풍조가 유행병처럼 번져 나가고 있습니다."

하고 40대 후반의 주부인 한인순 씨가 말했다.

"왜 하필이면 40대 후반과 50대 초반의 주부들입니까?"

"대체로 20대 중반이나 20대 후반 또는 30대 초반에 결혼하여 남편 뒷바라지하면서 아이들 낳고 기르느라고 눈코 뜰 새 없이 하루하루를 바쁘게 설치다가 아이들도 다 자라서 중고등학교나 대학에 다닐 때쯤 되면 시간 여유도 있고, 정신없이 살아 온 과거를 돌이켜 보면 식모나 보모처럼 살아온 자기 자신이 그지없이 초라해 보이기도 합니다. 남편은 그런대로 자기 분야에서 꾸준히 승진을 거듭하여 일정한 관록이 붙고 자기 위치를 확보하고 있건만 자기는 겨우 부엌데기에 지나지 않습니다.

그리고 독신으로 지내든가 아니면 결혼을 해서도 꾸준히 직장엘 나가고 있는 동창들 역시 모두가 자기 분야에서 전문가가 되어 성공적인 위치를 굳히고 있는데, 자기만은 이룩해 놓은 것은 아무것도 없고 고작 집안일하고 아이들 키우는 지극히 평범한 일에 거의 한평생을 걸어 온 것을 생각하면 사실 '내 인생은 뭐냐?' 하고 자문(自問)하게도 됩니

174

다. 헛되이 흘려보낸 자기 인생이 너무나도 보잘것없고 쓸쓸하기도 하여 그야말로 뼈저린 허무감 속에서 어쩔 줄 모르고 방황하게 된다는 얘기입니다."

"내 인생이 허무하다는 것을 진정 깨달았으면 거기서 한 걸음 더 나아가 '나' 자신도 허무하고 무상하다는 것은 깨달을 수 없을까요?"

"무슨 뜻입니까?"

"내 인생의 허무를 깨달았으면 '나' 즉 자아(自我)도 사실은 허무하다는 것까지 깨달았으면 좋았을 걸 그랬습니다. 인생도 무상하고 자아도 무상하다는 것을 깨달았으면 성공한 남편이나 친구들을 부러워할 것까지도 없지 않느냐 그겁니다. 만약에 '내 인생은 뭐냐?'고 한탄하던 주부들이 그 경지까지만 도달했다면 구도자들이 도달해야 할 중요한 단계에 스스로 힘들이지 않고도 도달할 것입니다."

"그게 뭔데요?"

"제행무상(諸行無常), 제법무아(諸法無我)의 경지입니다."

"그러나 제가 보기에는 '내 인생은 뭐냐?'고 속으로 외치는 그녀들은 구도에는 처음부터 아무런 관심도 없는 경우가 대부분입니다."

"그러나 그렇게 속단할 일은 아닙니다. 인생의 허무는 조만간 누구나 느끼게 되어 있으니까요. 이때가 사실은 그의 인생의 분수령에 해당되는 중요한 시기입니다. 이때 슬기로운 사람은 구도의 길을 선택할 것이고 미련한 사람은 술, 마약, 도박, 엽색(獵色)과 같은 타락의 길을 걷게 됩니다."

"제가 보기엔 '내 인생은 뭐냐?' 하는 의문은 인생에 대한 뼈저린 허무감과 상실감에서 나온 것이라고 봅니다. 저 역시 그런 허무감과 상실감 속에서 헤매다가 우연히 선도를 알게 되고『선도체험기』를 읽고는 제 갈 길을 찾았습니다. 저 역시 그전에는 '내 인생은 뭐냐?' 하고 고민을 한 적이 있어서 그녀들의 고통을 잘 압니다.

그런 우울증과 상실감이 얼마나 마음을 황폐케 하는지도 저는 잘 압니다. 그래서 그런 주부들을 보면 저는 제 나름으로 그녀들을 우울증에서 건져보려고 애를 써 보지만 잘되지 않습니다. 제가 그녀들에게 접근하면 할수록 저를 마치 기독교 전도부인 취급을 하려고 합니다. 아무래도 제 능력에는 한계가 있는 것 같습니다. 이런 때엔 어떻게 하면 그녀들에게 실제적으로 도움을 줄 수 있겠는지 좋은 말씀을 좀 들려 주셨으면 합니다."

"사람이 허무감과 우울증에 시달리는 것은 그 사람의 정신과 의식이 그 자신의 중심에서 너무 멀리 동떨어져 있기 때문입니다. 젖먹이가 어미에게서 떨어지면 떨어질수록 소리쳐 울듯이 말입니다. 그럴 때는 될 수 있는 대로 정신을 그 자신에게로 가까이 끌어당겨야 합니다."

"어떻게 하면 정신을 그 자신에게 가까이 끌어당길 수 있겠습니까?"

"세속적인 욕망과 집착이 강하면 강할수록 원심력(遠心力)이 강해지고 그럴수록 우울증과 상실감은 증가합니다."

"그럴 때는 어떻게 하죠?"

"욕심을 비우는 것이 가장 빠른 지름길인데 그렇게 말하면 누구나 사람이 어떻게 욕심도 없이 살 수 있느냐면서 그런 비현실적인 말은 하지도 말라고 일축하기 일쑤니까 그렇게 말하지 말고 새롭고도 특이

한 색다른 방법을 제시해 봅니다."

"그게 어떤 것인데요?"

"매사에 정신을 똑바로 차리고 자기 자신을 지켜보라고 말합니다."

"어떻게 자기 자신을 지켜봅니까?"

"허무감을 느낄 때는 허무감을 느끼는 자신의 마음을 지긋이 지켜봅니다. 남이 성공한 것이 부러우면 그러한 부러움을 느끼는 자신의 마음을 관찰합니다. 요리할 때는 요리하는 자신을 관찰하고, 빨래할 때는 빨래하는 자신을, 청소할 때는 청소하는 자신을, 길을 걸을 때는 길을 걷는 자기 자신을 관찰합니다. 좌우간에 조금도 빈틈을 두지 않고 자신의 일거수일투족을 일일이 다 관찰합니다."

"그렇게 자기 자신을 관찰하다가 보면 어떤 효과가 있습니까?"

"있고말고요."

"구체적으로 실례를 들어 말씀해 주시겠습니까?"

"그러죠. 우선 허무감을 느낄 때는 그 허무감을 관한다고 하지만 처음에는 뭐가 뭔지 잘 모를 것입니다. 그러나 끈질기게 계속 관찰하다가 보면 그 허무감(虛無感)이라는 것은 아무런 실체(實體)도 없는 허상(虛想)에 지나지 않는다는 것을 깨닫게 될 것입니다.

가령 '내 인생은 뭐냐?' 하는 회의(懷疑)가 일 때 내 인생의 정체(正體)를 계속 끈질기게 관하다가 보면 어느 순간에 가서는 내 인생이라는 것 역시 한갓 허상에 지나지 않는다는 것을 알게 됩니다. 성공한 남편, 성공한 친구도 계속 응시해 봅니다. 그러나 그것도 어느 순간에 이르면 별수없는 허상에 지나지 않는다는 것을 알게 될 것입니다. 이처럼 눈에 보이는 모든 것, 또는 보이지 않는 마음과 관념을 하나하나 관찰해 나가다가 보면 결국엔 그 모두가 신기루와 같은 허상에 지나지 않는다는 것을 알게 됩니다."

"왜 그런 일이 일어날 수 있을까요?"

"우리가 자기 자신을 포함한 사물의 실체를 관한다는 것은 그 관찰의 대상과 자기의 참나 사이에 번뇌 망상이 끼어들 틈새를 허용하지 않는 것을 말합니다. 우리의 의식이 항상 깨어서 대상을 지켜보는 사이에는 번뇌 망상이 침입하지 못합니다. 중년 주부들이 느끼는 우울증과 상실감 역시 일종의 번뇌 망상입니다.

우리의 시점이 진실에서 조금이라도 빗나가 있으면 번뇌 망상은 늘 빈틈을 노리던 도둑처럼 소리 없이 스며듭니다. 우리가 정신 차리고 우리 자신을 지켜보는 것은 이렇게 도둑처럼 침입해 들어오는 번뇌 망상을 물리치기 위해서입니다. 이처럼 번뇌 망상이 개입할 틈새를 허용하지 않으면 우리는 언제나 진실만을 접하게 될 것입니다. 다시 말해서 관찰은 허상을 물리치고 진실만을 보게 하는 효과를 얻게 한다는 얘기입니다."

"그다음에는 어떻게 됩니까?"

"허상의 접근을 계속 허용치 않으면 그 허상 너머 저쪽 세계를 접하게 됩니다."

"그 허상 너머의 세계에 대해서 좀 말씀해 주십시오."

"그 허상 너머의 세계를 계속 응시하다가 보면 그전까지 허전했던 마음의 빈 공간을 서서히 채워주는, 전에는 맛을 느껴 보지 못했던 전

178

연 새로운 종류의 에너지를 감지하게 됩니다. 그 뿌듯한 충일감(充溢感)과 가슴 떨리는 희열은 막강한 수압(水壓)으로 녹과 오염물로 거의 막힐 지경이 된 도관(導管) 속을 한꺼번에 뚫어내고 말끔히 청소해 줄 것입니다. 세세연년(歲歲年年) 쌓이고 쌓였던 체증이 확 뚫려나가는 통쾌감을 맛볼 수 있을 것입니다. 그와 동시에 이상하게도 우울증, 허무감, 상실감, 남이 얻은 지위와 명예와 부귀와 영화에 대한 부러움은 간곳없고, 그런 게 다 부질없다는 생각이 문득 들 때가 있을 것입니다.

물론 이러한 관(觀)이 그렇게 손쉽게 단번에 효력을 거두는 일은 드물 것입니다만 끊임없이 꾸준히 밀고 나가다가 보면 참신한 생동감과 무엇이라고 이름 지을 수 없는 생의 희열을 맛볼 수 있게 될 것이고 따라서 삶이 그렇게 따분한 것만은 결코 아니라는 것을 터득하게 될 것입니다. 그리고 어제와 오늘이 다르고 하루하루가 새롭다는 것을 알게 됩니다. 그리고 자기 자신이 지금 이 순간에 이렇게 살아서 숨쉬고 있다는 것 자체가 무한한 축복으로 여겨질 때가 반드시 오게 될 것입니다."

"왜 그런 일이 일어나죠?"

"의식이 항상 그 사람 자신과 함께 숨쉬고 있기 때문입니다. 내 의식이 나와 늘 함께하고 있을 때는 나는 항상 충일감과 행복과 희열을 느끼게 됩니다. 나 자신과 의식 사이에 허상이 끼어들 여지를 주지 않기 때문입니다. 마치 젖먹이가 어미와 밀착되어 있을 때 무한한 충족감을 느끼듯이 말입니다.

자의식(自意識)이 강한 사람일수록 집착이 강하고, 집착이 강할수록 밖을 기웃거리다 보니 자아와 의식 사이에 빈틈을 허용해 주게 되고 그럴수록 허상이 끼어들게 되므로 우울증과 상실감에 잘 휩싸이게 됩니다. 그럴 때는 그의 자의식을 역이용하여 그 자신의 정체를 끊임없이 관찰할 것을 권합니다. 자기 자신을 관하라고 했다고 해서 전도부인이라고 비웃지는 않을 것입니다. 자의식이 강한 사람일수록 자기 자신에게 깊은 연민과 애착을 갖게 마련이니까요."

"그다음에는 어떻게 합니까?"

"자기가 맡고 있는 일에 최선을 다하는 습관을 들이도록 해야 합니다. 관(觀)을 생활화한 사람은 별 어려움 없이 자기 할일에 최선을 다할 수 있게 될 것입니다.

도장(刀匠)의 혼이 스며든 신검(神劍)

도장(刀匠)이 검을 벼르기 시작하여 수천수만 번의 공정 하나하나에 일일이 지극정성을 기울일 때 도장의 혼이 그 검 속에 스며들어가게 됩니다. 이때 신검(神劍)이 태어난다고 합니다. 이 신검은 절대 절명의 순간에 검의 소유자의 생명을 구해주는 신통력을 발휘하기도 합니다. 도장이 자기 일에 최선을 다할 때 그의 정성이 응집된 결과입니다.

한 가정의 주부가 흔들림 없이 자기 소임을 다할 때 남편도 자식들도 자기 할일을 훌륭하게 완수할 수 있습니다. 이때 내 인생이 따로 있는 것이 아닙니다. 내 인생이 남편의 인생이고 남편의 인생이 내 인생이고, 아이들의 인생이 내 인생이자 내 인생이 아이들의 인생인 것입니다. 내 인생, 남의 인생 따질 때 허상이 끼어드는 것입니다. 허상이 끼어드는 것은 관(觀)이 끊어질 때입니다.

참나가 거짓 나를 물샐틈없이 지켜보고 있을 때는 언감생심 허상이 끼어들겠습니까? 그러나 잠시라도 빈틈이 생길 때는 언제나 기다렸다는 듯이 번뇌 망상이 끼어들게 됩니다. 우리는 어떤 일이 있어도 이러한 허상의 침입을 허용하여 그들의 장난에 놀아나서는 안 됩니다."

"참나는 무엇이고 거짓 나는 무엇입니까?"

"참나가 의식이고 거짓 나는 자아(自我) 또는 가아(假我)입니다. 참나가 거짓 나에게서 잠시도 눈길을 떼지 않는 것을 관(觀)이라고 합니다. 다시 말해서 허상과 번뇌 망상이 끼어들 빈틈을 허용하지 않는 것을 관이라고 합니다."

어떻게 살 것인가

"그 밖에도 일상생활에서의 관의 효용성에는 어떤 것이 있습니까?"

"인생의 참된 가치는 무엇을 얻느냐가 아니라 어떻게 사느냐에 달려 있다는 것을 관을 통하여 자연히 터득하게 됩니다."

"무엇을 얻느냐는 무슨 뜻입니까?"

"세속적인 성공 여부를 말합니다. 실례를 들어 말하면, 어느 조직체 안에서 진급을 하고 박사 학위를 따고, 국회의원으로 당선이 되고 돈을 많이 벌어 부자가 되고, 전무이사가 되고 사장이 되고 회장이 되는 것과 같은 출세를 잘했느냐 못 했느냐에 인생의 가치가 있는 것이 아니라 그가 지금 인생을 어떻게 살아가고 있느냐에 인생의 가치는 달려 있다는 겁니다."

"그건 왜 그렇습니까?"

"이른바 지위, 명예, 부귀 같은 것은 언제 어떻게 변해버릴지 모르는 일입니다. 이 우주 안에서 변하지 않는 것은 아무것도 없으니까요. 그래서 제행무상(諸行無常)이라는 말이 석가모니의 입에서 터져 나오지 않았습니까? 지위와 명예와 돈은 오늘 있다가도 내일 없어질지 모르는 겁니다.

돈 좀 벌었다고 연변에 사는 동포들에게 가서 달러 지폐를 뿌리면서 기염을 토하던 군상들이 지금은 어떻게 되었습니까? 군사반란을 일으켜 대통령이 되어 나는 새도 떨어뜨릴 것 같은 위세를 부리고 비자금이라는 명목으로 몇천억 원씩 부정 축재한 혐의를 받던 사람은 지금 어떻게 되었습니까?

그 밖에도 정태수 한보 그룹 총수와 은행장들과 거물 정치인들과 고급공무원들이 부정 축재와 뇌물 수수 등의 혐의로 그 높은 지위와 명예와 부귀의 자리에서 추풍낙엽처럼 곤두박질치고 있지 않습니까? 이래도 내 인생은 뭐냐고 한탄을 할 것입니까?

지위가 높지 못하고 명예를 세상에 드날리지 못하고 돈이 많지 않은 것을 부끄러워할 것이 아니라, 바르지 못하고 남에게 유익한 일을 하지 못하고 슬기롭게 살지 못한 것을 부끄러워해야 합니다. 바르고 착하고 지혜로운 것은 영원히 변하지 않는 삶의 지표가 될 수 있지만 지위, 명예, 부귀는 언제 어떻게 얻었다가 잃어버릴지 모르는 하찮은 것이기 때문입니다."

"세속적인 지위, 명예, 부귀 따위에 연연하고 그것을 얻지 못했다고 해서 '내 인생은 뭐냐?' 하고 부끄러워하고 비관만 할 것이 아니라 바르고 착하고 지혜롭게 살지 못한 것을 부끄러워하라는 말씀은 허상에 농락을 당하고 있는 주부들에게는 폐부를 찌르는 경고가 될 것 같습니다. 이것 외에 또 좀 들려주시고 싶은 얘기 있으면 말씀해 주시겠습니까?"

"그러죠. 시간 여유가 많아진 주부들에게 꼭 들려주고 싶은 얘기가 또 있습니다."

"어서 말씀해 주십시오."

"일상생활을 늘 같이하는 남편과 자녀들 그리고 시어머니와 시아버지, 시동생과 시누이, 올케 등과 마음을 툭 터놓고 지내라는 겁니다."

"그러나 그게 말이 쉽지 현실적으로는 마음을 툭 터놓고 산다는 것이 그렇게 쉬운 일인가요."

"그렇게 안 되는 원인이 어디에 있다고 보십니까?"

"취향과 개성들이 서로 다르기 때문이죠."

"서로 다른 개성과 취향을 하나로 조화를 이루게 할 수 있는 것도 사람이 할 수 있는 일입니다."

"무슨 비결이라도 있으면 말씀해 주십시오."

"매일 얼굴을 대하는 가족들끼리 긴장관계에 있다는 것은 누구에게도 도움이 되지 않을 뿐 아니라 심하면 스트레스, 우울증, 소외감, 외로움에 시달리다가 암과 같은 심한 불치병이 되는 수도 있습니다. 그러나 관(觀)을 일상생활화 하고 있는 사람은 남과 화해할 수 있는 지름길을 곧 발견하게 될 것입니다."

"그게 뭔데요?"

"남을 유익하게 하는 것이 곧 나 자신을 유익하게 하는 것이라는 대원칙을 터득하고 그것을 일상생활에서 실천하는 겁니다."

"선생님께서 『선도체험기』에서 늘 강조하시는 역지사지(易地思之)를 말씀하시는 거군요."

"그렇습니다. 그러나 그것만 가지고는 대인관계에서의 갈등을 완전히 해소할 수가 없습니다."

"그럼 어떻게 해야 하죠?"

"언제나 상대의 입장에서 나를 바라볼 뿐만 아니고 거기서 한 걸음 더 나아가 남이 나에게 해 주었으면 하는 것을 상대에게 베풀어 주어야 합니다. 그리고 상대와의 모든 갈등을 내 탓으로 돌려야 합니다."

역지사지방하착

"아아 알았습니다. 방하착(放下着)하라는 말씀이시군요."

"그렇습니다. 역지사지방하착(易地思之放下着)만 제대로 되면 대인 관계에서 일어나는 마찰과 갈등은 백 프로 다 해소할 수 있습니다."

"그런데 선생님 제가 보기에는 역지사지방하착만 가지고는 해결이 안 되는 일이 있습니다."

"그게 뭐죠?"

"남편이 바람을 피울 때입니다. 아무리 바람피우는 남편의 입장에서 생각하고 그것을 내 탓으로 돌린다고 해도 남편이 바람피우기를 그만두지 않는 한 문제가 해결되는 것은 아니니까요."

"그렇지 않습니다."

"그렇지 않다뇨?"

"문제의 해결은 상호간에 갈등이 해소되었을 때 성취되는 겁니다."

"남편이 그렇게 나오는데 아내의 처지에서 갈등을 느끼지 않을 수 있나요?"

"갈등은 실상을 모를 때 얘기지 일단 실상을 확실히 파악하고 나면 갈등 역시 안개처럼 무산되고 맙니다."

"그 경우 실상이란 무엇인데요?"

"남편은 아직 바람을 피우는 수준밖에는 안 되는 사람이라는 것을 파악했으면 남편에 대한 기존의 환상과 온갖 미련을 다 버리고 새로 조성된 환경에 재빨리 순응해야 합니다. 이 순응이 늦으면 늦을수록 자신에 대한 남편의 배신감에 시달리게 되어 비참한 인생으로 전락하게 될 것입니다.

남편의 인격이 결혼 전에는 백점 만점에 90점쯤 되는 것으로 알았었는데 이제 알고 보니 합격에도 훨씬 미달되는 50점밖에 안 된다는 걸 알았으면, 그 현실을 그대로 받아들이고 그 현실에 맞추어 새로운 생활 설계를 다시 해야 합니다. 그렇게 되면 갈등을 느낄 이유가 없어집니다."

"그렇게 일단 현실을 수용해 놓고 나서는 어떻게 처신을 하는 것이 좋겠습니까?"

"일단 광풍(狂風)이 일어났으니 그것이 스스로 잠잘 때까지 기다리는 도리밖에는 더 있겠습니까? 사실 때를 기다리는 지혜를 발휘해야 하는데 그것처럼 어려운 일도 없습니다. 때를 기다리면서 그 문제의 해결을 화두로 삼고 계속 관을 하다가 보면 의외의 돌파구가 뚫릴지도 모릅니다."

"남편이 도박에 빠져들었을 때는 어떻게 하는 것이 좋겠습니까?"

"도박은 바람피우는 것보다 더 잠재우기 어렵습니다. 이것 역시 현실을 수용해 놓고 나서 자기 마음속의 갈등부터 해소시키는 것이 제일 급선무입니다. 그다음에는 그때그때의 상황에 따라 관을 통하여 지혜를 짜내도록 하셔야죠."

"아이들이 마약을 복용하고 본드를 흡입하거나 폭행을 당하거나 폭행에 가담하는 경우도 결코 역지사지방하착으로 해결될 수 있는 일이 아닙니다. 이럴 때는 어떻게 처신하는 것이 좋겠습니까?"

"그런 때 역시 현실을 일단 수용하고 나서 잠시도 관을 소홀히 해서는 안 됩니다. 호랑이한테 물려가도 정신만 똑바로 차리고 있으면 살길이 열린다고 하지 않았습니까? 상황이 어렵고 긴박하면 할수록 번뇌 망상이 침투할 틈새를 주지 말아야 합니다. 관(觀)을 하다가 보면 기상천외의 돌파구도 창의력도 초능력도 생겨나게 되어 있습니다. 상황이 난감하고 위급할수록 진상을 정확히 파악하고 침착성을 발휘하여 사태를 장악해야 합니다. 스피노자의 말대로 '내일 지구의 종말이 온다고 해도 오늘 나는 사과나무를 심겠다'는 느긋하고 침착한 마음으로 임해야 합니다."

"말이 그렇지 실제로 지구가 내일 폭발한다면 그런 자세로 임할 사람이 몇이나 되겠습니까? 배가 침몰하는 것을 보고 의자를 고치는 선원(船員)은 없다는 말도 있지 않습니까?"

"내일 지구의 종말이 온다고 해도 스피노자는 의연히 자기가 심으려고 계획했던 사과나무를 심었는데, 침몰을 앞둔 배의 선원은 고치려던 의자를 고치지 않았습니다. 자아 두 사람 사이에 무엇이 다르다고 보십니까?

스피노자는 이미 생사를 초월한 경지에 들었으므로 죽음을 삶의 단절이 아니라 삶의 연장으로 보았습니다. 해가 서산에 진다고 해서 우리의 삶이 중단되는 것은 아니고 단지 낮의 생활이 밤의 생활로 바뀔 뿐인 것과 같습니다.

스피노자는 바로 삶의 진실을 꿰뚫고 있어서 생명의 종말은 없다는 것을 알고 있었으므로 내일 지구의 종말이 온다고 해도 개의치 않고 자기 할 일을 계속했지만, 침몰 직전의 배의 선원은 배의 침몰이 자기 생명의 종말이라고 생각했으므로 금방 자포자기한 것입니다.

자포자기는 언제나 정확한 진상을 파악하지 못했을 때 일어나는 현상입니다. 자포자기뿐만 아니라 원한과 복수와 같은 극단적인 행위 역시 정확한 진상을 파악하지 못한 데서 발생합니다."

진정한 행복

"어떤 사람은 인간의 진정한 행복은 자기 능력의 성취에 있다고 했는데, 반드시 그렇지도 않은 것 아닙니까?"

한인순 씨가 말했다.

"자기 능력의 성취가 구체적으로 무엇을 말하는데요?"

"각자가 가지고 있는 재능을 마음껏 발휘하여 자기 전공 분야에서 최고의 경지에 오르는 거 말입니다. 가령 성악을 전공하는 성악가라면 조수미처럼 세계 최고의 성악가가 되는 것이고 화가, 문필가, 학자, 스포츠맨, 연예인, 정치인, 경제인 등등 모든 분야도 마찬가지입니다. 비록 세계 최고의 경지까지는 오르지 못했다고 해도 자기가 가지고 있는 실력을 최대한 발휘할 수 있었다면 일단 유감은 없을 거라는 생각이 듭니다."

"무엇을 말하려고 하시는지 알겠습니다. 요즘 미국인들은 한국의 박세리를 보고 미국에 상륙한 토네이도라고 말한답니다."

"토네이도가 뭔데요?"

"대형 돌풍 즉 크나큰 회오리바람을 말합니다. 박세리가 지금은 제아무리 대스타로서 전 세계의 여자 골프계를 휩쓴다고 해도 그 정상의 영광이 무한히 지속되는 것은 아닙니다. 언젠가는 그녀를 누르는 후배 스타가 반드시 등장하게 될 것입니다.

어떤 소설가가 자기는 남보다 색다른 글을 써서 크게 문명을 날려보 겠다고 작정하고 지금까지의 소설 수법을 능가하는 새로운 문체를 창 안하여 문학계를 휩쓴다고 해도 얼마 뒤에는 틀림없이 그를 추월하는 후배가 반드시 등장하게 되어 있습니다. 이처럼 최고의 성취감은 언제 나 영원한 것이 아닙니다.

따라서 영원한 것이 아닌 것은 진정한 행복이라고 말할 수 없습니 다. 오르막이 있으면 반드시 내리막이 있습니다. 영원한 성취감도 영 원한 승자도 없습니다. 그러므로 우리는 성취감 같은 데에 우리의 귀 중한 인생을 걸어서는 안 됩니다."

"그럼 무엇에다 인생을 걸어야 합니까?"

"자기 밖에서가 아니라 자기 안에서 영원한 승자가 되는 길을 찾아 야 합니다."

"어떻게 해야 자기 안에서 진정한 인생의 승자가 될 수 있을까요?"

"진정한 인생의 승자는 자기 자신 속에서 존재의 실상을 찾아내어 그 안에서 영원한 평온과 희열을 발견하는 사람입니다. 세속적인 부귀 영화란 언제나 성취되었을 때뿐이고 그때만 지나면 반드시 실의와 불 만과 허무감이 따르게 됩니다."

"그건 왜 그럴까요?"

"인간의 욕심에는 한이 없기 때문입니다."

"그럼 욕심을 이길 수 있으면 되겠군요."

"그렇습니다."

"어떻게 하면 욕심을 이길 수 있겠습니까?"

"욕심을 이길 수 있는 가장 확실한 방법은 욕심의 노예가 될 것이 아니라 욕심 자체를 확 털어버리고 마음을 활짝 여는 겁니다."

"어떻게 해야 욕심을 털어버리고 마음을 활짝 열 수 있겠습니까?"

"자기보다 남을 항상 먼저 생각하는 습관을 키워나가면 됩니다. 이런 일이 수없이 반복되는 동안 우리는 흔들림 없는 마음의 평화를 얻을 수 있을 뿐만 아니라 다함없는 희열을 느끼게 되는데, 이것이 바로 진정한 행복입니다."

"나보다 남을 먼저 위하는 데 행복을 느끼게 되는 이유가 무엇일까요?"

"행복의 뿌리도 진리의 원천도 원래 하나니까요."

"하나가 뭡니까?"

남과 나를 하나로 본다

"너와 내가 따로 없는 하나 말입니다. 원래가 하나인데 나와 남이 둘로 나뉘니까 괴롭고 불행해진 겁니다. 남보다 나를 먼저 생각하는 이기주의는 하나인 것을 둘로 나누는 행위이므로 항상 불행이 따르지만, 그와 반대로 나보다 남을 먼저 생각하는 것은 남과 나로 나뉘어진 것을 원래의 하나로 되돌리는 것이므로 행복과 희열을 느끼지 않을 수 없는 겁니다.

그러므로 불행한 이웃을 위해 헐벗고 굶주린 동포와 인류를 돕는 것은 우리 자신을 위해서 일하는 것이 되므로 일하는 중에 우리 자신도 모르게 희열을 느끼게 되는 겁니다. 그 희열이야말로 그 어떠한 세속적인 성취감보다도 거룩하고 고귀한 것입니다."

"선생님 말씀을 가만히 듣고 있자니까 결국은 이기주의는 불행의 뿌리이고 이타주의는 행복의 원천이라는 말로 들립니다. 그게 사실입니까?"

"맞습니다. 그게 사실입니다. 이타행(利他行)이야말로 갈라졌던 마음들이 원래의 하나로 돌아가는 과정입니다. 바로 이 하나를 일상생활 속에서 체득하고 실천하는 사람을 우리는 마음의 스승 또는 영적인 스승이라고 말합니다. 마음이 밝아진 사람이라고 하여 철인(哲人)이라고도 합니다. 진리를 깨달은 사람이라고 하여 붓다 또는 부처라고도 하고, 방황하는 영혼을 구제한다고 하여 구세주라는 뜻의 그리스도라고도 말합니다. 타력에 의하지 않고 오직 자기 힘에 의지하여 진리를 깨닫는 길을 간다고 하여 구도자(求道者)라고도 하고 도인이라고도 합니다."

"그렇다면 선생님께서 말씀하시는 그 하나의 정체는 무엇입니까?"

"하나이면서도 전체이고 전체이면서도 하나이고, 형체가 있으면서도 없고 없으면서도 있는 것입니다. 삶도 죽음도, 행복도 불행도, 고운 것도 미운 것도, 깨끗한 것도 더러운 것도, 긴 것도 짧은 것도, 많은 것도 적은 것도 초월한 곳입니다. 우주 전체를 포용하고 있으면서도 우주의 삼라만상 그 자체이기도 합니다. 텅 비어 있으면서 일체를 만들어내는 막강한 에너지의 원천이기도 합니다.

그런가 하면 우주 전체의 인과응보를 관장하는 지성을 갖춘 의식체(意識體)이기도 합니다. 변하는 것은 보이고 움직이고 쓰이는 방편으로서 외륜(外輪)과 같고 본체(本體)는 차축(車軸)처럼 움직이지 않는 것 같으면서도 그 중심이 되어 차륜 전체를 관장합니다. 이것이 '하나'의 정체이고 그 실상입니다. 그런데 묘한 것은 이 하나는 모든 존재의 중심에도 자리잡고 있다는 것입니다."

"그 하나가 모든 존재의 중심에 자리잡고 있다고 하셨는데 그것을 우리는 어떻게 알 수 있습니까?"

"그것을 깨달은 사람을 스승이라고 한다면, 미처 깨닫지는 못했지만 조만간 깨닫게 되어 있는 사람을 구도자라고 합니다."

"그 하나는 진리와는 어떤 관계에 있습니까?"

"하나가 바로 진리입니다."

"깨달은 사람과 깨닫지 못한 사람의 차이는 무엇으로 알 수 있습니까?"

"깨달은 사람은 자기 자신 속에 진리가 확실히 자리잡고 있으므로 어떤 일이 있어도 마음이 흔들리지 않지만 깨닫지 못한 사람은 그렇지 못합니다. 그러나 깨달은 사람은 돌풍과 격랑 속에서도 평온을 유지할 수 있는데 그 이유가 어디에 있는지 아십니까?"

"모르겠는데요."

"그의 마음속에 자리잡고 있는 진리의 주파수와 우주의식의 주파수가 동조(同調)되어 있기 때문입니다."

"그렇다면 진정한 행복은 어떤 것일까요?"

"한번 마음속에 자리 잡으면 영원히 변하지 않고 계속 되는 것이야말로 진정한 의미의 행복인데 이렇게 되자면 행복이니 불행이니 하는 상대 개념에서도 벗어나야 합니다."

"무슨 뜻인지 이해하기 어렵습니다. 좀 알아듣기 쉽게 설명해 주시겠습니까?"

"오르막이 있으면 반드시 내리막이 있는 것과 같이 행복이 있으면 틀림없이 불행이 오게 되어 있습니다. 이게 무슨 뜻인가 하면 사랑하는 사람을 배필로 삼았으니 행복하다면 그 배필과 반드시 헤어질 때가 오게 되어 있다는 뜻입니다. 애인과 만나서 결혼을 할 때는 분명 행복하겠지만 어느 한쪽이 먼저 세상을 뜨게 되면 그건 틀림없는 불행입니다.

부부가 한날한시에 눈을 감는다고 해도 이 세상에서의 헤어짐은 어차피 마찬가지입니다. 태어남이 경사라면 죽음은 흉사입니다. 인간에게 길흉화복(吉凶禍福)이라는 것이 존재하는 한 우리는 누구나 진정으로 행복하다고 할 수 없습니다.

그래서 진정으로 행복하고 싶으면 행복 자체에서도 떠나야 한다고 말할 수밖에 없습니다. 그럼 어떻게 해야 길흉화복, 행불행, 삶과 죽음, 선과 악, 길고 짧은 것, 옳고 그른 것과 같은 상대적인 것에서 벗어날 수 있을까요?

자기 마음속에서 진리인 하나를 찾아내야 합니다. 이 하나야말로 일체의 상대세계에서 벗어나게 하는 열쇠입니다. 이 하나야말로 둘로, 상대로 갈라지기 전의 불생불멸(不生不滅)의 본래의 모습입니다. 상대세계에서 시달리던 불안한 마음은 이 하나에 이르러 비로소 영원한 안식을 찾게 되어 있습니다."

"그럼 도대체 진정한 행복은 어디에 있다는 말씀입니까?"

"진정한 행복은 불행을 내포한 행복 그 자체를 뛰어넘은 곳에 있습니다."

"행복 자체를 뛰어넘은 곳이라면 어디를 말합니까?"

"행복이 생겨나기 이전의 상태 즉 불안이 잉태되기 이전의, 영원한 안정과 평온만이 있는 곳입니다."

"그런 곳이 어디에 있습니까?"

"밖에 있는 것이 아닙니다."

"그럼 어디에 있습니까?"

"우리들 각자의 마음속에 있습니다. 어떠한 역경과 격변에도 흔들리지 않는 평온한 마음이야말로 행복까지도 초월한 진정한 행복 그 자체입니다. 지리산 계곡에서 야영을 하다가 기습 폭우로 생명을 잃은 가족을 부여안고 몸부림치며 울부짖는 유족들의 심정이야 오죽하겠습니까? 그러나 비록 이런 불행을 당했다고 해도 마음을 우주처럼 넓게 가지면 스스로 불행한 심정에서 벗어날 수 있습니다."

"마음을 우주처럼 넓게 가진다는 것이 구체적으로 어떤 것인지 알고 싶습니다."

"과학을 공부한 사람의 두뇌를 활용하면 됩니다."

"어떻게 말입니까?"

에너지 불변의 법칙

"에너지 불변의 법칙 아십니까?"

"네, 압니다."

"인간은 무엇으로 구성되어 있는지 아십니까?"

"영혼과 육체로 구성되어 있습니다."

"흔히들 그렇게 말합니다. 그게 또 사실이기도 하구요."

"『삼일신고』에는 사람은 심(心), 기(氣), 신(身)으로 이루어져 있다고 했는데 그건 어떻게 됩니까?"

"『삼일신고』에서 말하는 심(心)과 기(氣)는 영혼이라고 보면 됩니다. 그런데 사람이 죽으면 육체는 썩어서 수분은 물이 되고, 살과 뼈는 흙이 되고, 생명체를 움직이던 에너지는 바람과 불이 되어 자연으로 돌아갑니다. 사람을 구성하고 있는 것은 물질이든 영혼이든 간에 전부가 에너지입니다.

사람이 태어나고 죽는 것은 이 에너지가 형태를 바꿀 뿐이지 그 에너지의 본질 자체가 바뀌는 것은 아닙니다. 에너지의 본질 그 자체는 그대로 있습니다. 에너지 불변의 법칙이 바로 이겁니다. 따라서 죽음은 에너지의 겉모양이 바뀌었을 뿐이지 그 본질이 없어졌거나 사라진 것은 아닙니다.

다시 말해서 사람은 죽어도 그 사람을 구성하고 있는 에너지의 본질은 그대로이므로 사실은 없어진 것이 아닙니다. 에너지는 불변이니까요. 이것은 무엇을 말하는고 하니 죽음은 사실은 죽음이 아닌데, 지혜가 깨어나지 못한 사람들이 사람은 죽으면 없어지는 것으로 착각을 일으키고 있다는 것입니다.

현대 물리학이 에너지 불변의 법칙을 발견하기 훨씬 이전에 살았던 성인들도 삶은 삶이 아니요 죽음은 죽음이 아니라고 갈파했던 것입니다. 이것을 한문으로는 생불생(生不生)이요 사불사(死不死)라고 표현했습니다. 이것을 알게 되면 가족의 죽음 앞에서 그렇게까지 애통해 할 필요는 없는 겁니다. 생명의 형태가 바뀌었을 뿐 생명 자체가 사라진 것은 아니니까요."

"그렇다면 죽은 가족은 다시 만날 수도 있을까요?"

"만날 수 있고말고요."

"언제 다시 만날 수 있다는 말입니까?"

"오래 사는 사람은 금생에도 만날 수 있고 그렇지 않을 경우 내세에 만나게 됩니다."

"금생에 만난다는 것은 어떤 경우를 말합니까?"

"가령 아내가 20대일 때 상처한 사람은 60대가 되기 전에 먼저 떠난 아내의 후생(後生)을 만날 수 있습니다."

"그런 일이 실제로 있습니까?"

"그럼요. 우리집에 정기적으로 찾아오는 60대의 수련생 한 분은 우연히 먼저 떠난 아내를 화두로 삼아 그녀의 뒤를 추적하기 시작했습니다. 여러 날을 마음을 집중해서 추적하다가 보니 어느 날 문득 금생에 새로 태어난 그녀의 모습이 생생한 화면으로 나타났습니다. 그런 일이 있은 지 며칠 안 되어 그는 우리집 서재에서 수련 중에 바로 화면에 나타났던 얼굴을 한 미혼의 30대 초반의 여자 수련생을 만났습니다.

"그래서 어떻게 됐습니까?"

"60대의 남자 수련생은 수출회사 사장이었는데 둘이 자주 만나다가 보니 서로 뜻이 맞아서 그 회사의 경리로 취직이 되었습니다. 그러나 그는 절대로 이러한 사연을 그녀에게 알리지 않았다고 합니다."

"왜요?"

"그러한 전생의 내력을 알게 되면 두 사람 사이가 오히려 어색해질 것 같아서였습니다. 그런데 그의 이러한 배려는 옳았다는 것이 뒤에 밝혀졌습니다."

"무슨 일인데요?"

"대전 연구단지에서 금속학 박사로 일하고 있는 30대 중반의 그의 아들이 우연히 아버지의 회사에 왔다가 그녀와 눈이 마주쳐서 두 사람 사이는 급속히 가까워졌다고 합니다. 전생을 믿건 말건 간에 이러한 관계가 알려지면 좋을 것이 없다고 생각되었던 것입니다.

이처럼 한 번 맺어진 부부와 부모 자식 사이는 단 한 번의 관계로 끝나는 것이 결코 아니라는 것을 알아야 합니다. 특히 부모 자식 사이의 인연도 보통 연분이 아닙니다. 더구나 부부의 인연은 부모 자식 사이보다 더 많은 사연을 갖고 있습니다. 그래서 천생연분(千生緣分)이라고 합니다."

"사전에는 일천천자(千)가 아니라 하늘천자(天)자 천생연분(天生緣

分)이라고 나와 있던데요."

"사전에 그렇게 나와 있다는 것은 나도 압니다. 그것은 하늘이 낸 연분이라는 뜻입니다. 그러나 내가 말하는 천생연분(千生緣分)은 천 번의 생(生)에 걸쳐서 각별한 인연을 맺었던 사이라는 뜻입니다. 가령 남녀 사이라면 부부, 오누이, 모자(母子), 부녀(父女) 등의 관계를 천 번의 생에 걸쳐서 반복해서 맺어 왔다는 얘기가 됩니다."

"그럼 부모 자식 사이나 형제자매 사이는 몇 생의 인연을 가지고 있 습니까?"

"적어도 3백 내지 5백 생(生)의 인연이 있다고 봅니다. 생명이 에너 지의 파동이라는 것은 요즘은 누구나 다 아는 상식입니다. 생명인 에 너지가 불변한다는 것은 생명이 영원하다는 것을 말합니다. 한 번 인 연을 맺은 가족이나 부부의 인연은 세세연년 여러 가지 형태로 지속이 되게 되어 있습니다.

그러나 보통 사람의 경우 전생의 기억을 전부 다 잠재의식 속에 깊 이 묻어두고 있으므로 그것을 기억해 내지 못합니다. 그러나 수련이 높은 경지에 오른 사람은 인연 있는 사람을 직감으로 알아차립니다. 전에 만나본 기억도 없는데 이상하게도 친근감이 느껴지고 그 사람 근 처에만 가도 기분이 좋아지고 마음이 즐거워지는 사람을 누구나 만난 일이 있을 것입니다. 이런 사람은 전생에 좋은 인연을 맺었던 사이임 에 틀림이 없습니다.

그러나 이와는 반대로 주는 것 없이 밉기만 하고 그의 곁에만 가도 기분이 상하고 까닭 없이 화가 치미는 경우도 가끔 있을 것입니다. 이건 틀림없이 악연입니다. 수련을 하지 않는 사람은 이런 때에 기분 내키는 대로 그를 미워하게 됩니다. 한 회사 안에서 그런 일이 있으면 개와 고양이처럼 서로 만나기만 하면 아웅다웅 싸우기 일쑤입니다. 그러나 어느 정도 수련이 된 사람은 두 사람 사이의 관계를 화두로 삼아 참구(參究)를 하여 그렇게 된 원인을 캐게 됩니다. 결국 전생에도 원수지간(怨讐之間)이었던 것을 알아냅니다. 기분 내키는 대로 살아가게 되면 금생에도 그러한 전생의 악순환은 그대로 계속될 것입니다. 그러나 수련을 한 사람은 다릅니다."

"어떻게 다른데요?"

"먼저 깨달은 사람이 이 악순환의 고리를 끊는 데 앞장을 서게 됩니다. 싸워서 상대방을 골탕 먹이는 데 쾌감을 느끼는 대신에 매사에 상대의 처지가 되어 주고 상대를 나보다 먼저 위해 주게 되면 상대의 도전의 칼날도 어느 땐가는 반드시 무뎌지게 될 것입니다. 이렇게 하여 하나씩 하나씩 업장을 벗어나게 되면 마침내 자신 속에 숨어 있던 참나의 정체와 맞닥뜨리게 됩니다. 이것이 이른바 견성입니다."

"견성만 하면 수행은 끝나는 겁니까?"

"그렇지 않습니다."

"그럼 견성 다음에는 뭐가 더 남아 있습니까?"

"견성은 글자 그대로 진리를 보는 것입니다. 진리를 보는 것만으로는 안 됩니다. 은행에 가서 아무리 많은 지폐를 보았다고 해도 그것이 자기 것이 아닌 이상 자기 마음대로 쓸 수는 없습니다. 요컨대 그 지폐를 자기 것으로 만들어야 합니다."

"그렇게 하자면 어떻게 해야 합니까?"

"보림(保任)을 해야 합니다."

"보림이 뭔데요?"

"견성한 사람이 견성했을 때의 경지를 계속 유지 발전시킴으로써 마침내 진리와 한몸이 될 때까지 수행에 가일층 박차를 가하는 것을 말합니다."

"그다음에는요?"

"해탈(解脫)을 해야 합니다."

"어떻게 하는 것이 해탈인데요?"

"온갖 욕심과 집착에서 벗어나 그 무엇에도 구속당하지 않는 것을 해탈이라고 합니다. 이 시점에서부터는 더이상 생로병사의 윤회의 굴레에 얽매이는 일은 없게 됩니다. 다시 말해서 육도사생(六途四生)을 제 마음대로 할 수 있다는 말입니다. 이것을 일컬어 천상천하유아독존(天上天下唯我獨尊) 삼세개고오당안지(三世皆苦吾當安之)라고도 합니다. 그 누구에게서도 간섭을 받지 않게 됩니다.

이것이 바로 수행의 종착점입니다. 이때가 되면 수행을 하지 않으려고 해도 수행이 자동적으로 이루어집니다. 무슨 일을 해도 법도에 어긋나는 일이 없게 됩니다. 그의 일거수일동작이 그대로 법이요 진리에 부합됩니다. 왜냐하면 그 자신이 진리요 하나이기 때문입니다. 산천초목국토실개성불(山川草木國土悉皆成佛)입니다. 산천초목국토가 모두 부처의 구현체(具顯體)이자 부처 그 자체라는 말입니다. 해탈한 사람의 의식이 바로 부처의 의식이라는 뜻입니다."

"저 같은 수행자는 어느 하세월에 그런 경지에 오를 수 있을까요?"

"있고말고요. 두드리는 자에게는 반드시 열리게 되어 있습니다. 하늘은 지극히 공평무사하므로 누구에게 특혜를 주는 일은 없습니다. 단지 두드리는 정성 여하에 따라 조만간(早晚間)의 차이가 있을 뿐입니다."

조깅하는 법

"선생님 저는 조깅을 시작한 지 이제 3주일째 되는데요. 실기 지도를 받지 않고 혼자서 『선도체험기』만 읽고 하다가 보니 제대로 하고 있는 건지 의심이 갑니다. 조깅은 어떻게 하는 것이 좋겠습니까?"

50대의 중년 실업가인 조기태 씨가 물었다.

"조깅 시작한 지 벌써 3주째나 되었다면 성공할 가능성이 충분히 있습니다. 제일 의문 나는 것부터 하나씩 하나씩 차근차근 물어보십시오."

"제일 의문 나는 것은 발 앞꿈치에 힘을 주어야 하는지 뒤꿈치에 힘을 주어야 하는지 모르겠습니다. 실제로 뒤꿈치를 먼저 땅에 대니까 몸이 앞으로 잘 나가지 않아서 그럽니다."

"조깅을 할 때는 언제나 앞꿈치로 먼저 땅에 닿게 해야 몸이 앞으로 나가면서 추진력이 생깁니다. 높은 데서 밑으로 뛰어내릴 때도 언제든지 앞꿈치가 먼저 땅에 닿도록 해야 그것이 스프링 효과를 발휘하여 몸 전체에 받는 충격을 흡수할 수 있습니다. 달릴 때나 뛰어내릴 때나 항상 앞꿈치를 먼저 땅에 닿게 하는데 익숙해지도록 하여 잠재의식화해야 합니다. 그래야 위기 때도 자동적으로 앞꿈치가 먼저 땅에 닿아야만 충격을 흡수하고 부상을 면할 수 있습니다.

내가 90년도에 도봉산 끝바위에서 추락당했을 때도 앞꿈치만 먼저 바위에 닿았더라도 오른발 뒤꿈치가 으스러지는 큰 부상을 입지 않았을 겁니다. 그때만 해도 나는 위기 때에 대처하는 훈련이 덜 되어 있어서 그런 불상사를 당했습니다. 어쨌든 간에 걷거나 달리거나 뛰어내리거나 간에 발 앞꿈치가 먼저 땅에 닿게 해야 한다는 것을 명심해야 합니다. 그러나 발뒤꿈치가 먼저 땅에 닿게 하는 것은 우리나라 전통 춤을 출 때뿐이라는 것을 알아야 합니다."

"그리고 시선은 어디에 두어야 합니까?"

"시선은 항상 10 내지 15미터 전방을 바라보아야 좌우와 전방 상황 전체를 한눈에 파악할 수 있습니다. 너무 멀리 앞을 내다보아도 코앞에 있는 장애물을 못 볼 우려가 있고 너무 코앞만 보아도 전방과 주변 상황을 파악할 수 없습니다."

"발의 위치는 어떻게 됩니까?"

"두 발은 아라비아 숫자 11과 같이 일직선으로 놓아야 합니다. 흔히들 브이(V) 자처럼 앞꿈치를 양쪽으로 벌리고 걷거나 달리는데 이것은 좋지 않습니다. 길거리에서 행인들이 걸어가는 모습을 유심히 관찰해 보세요. 젊은이일수록 11형에 가깝고 늙을수록 브이 자처럼 앞꿈치를 양쪽으로 벌리고 걷는 것을 볼 수 있습니다.

이것을 보고 갈지자(之)자걸음, 양반걸음, 팔자걸음 또는 노화촉진 보행법이라고 말합니다. 이러한 걸음은 기(氣)가 빠져나가는 걸음걸이입니다. 따라서 이러한 걸음걸이를 고집할수록 노화(老化)를 촉진한다는 것을 알아야 합니다."

"그 밖에 주의할 사항이 있으면 좀 말씀해 주십시오."

"그러죠. 달릴 때는 항상 허리를 쭈욱 펴고 양팔은 적당히 구부린

채 앞뒤로 흔들어야 합니다. 그런데 어떤 사람은 마치 물살을 휘저으면서 강을 건널 때처럼 양팔을 좌우로 흔드는 사람이 있습니다. 이러한 자세는 전진을 방해하므로 취하지 말아야 합니다.

그리고 조깅할 때는 남을 의식하지 말아야 합니다. 남이 나를 앞질러 간다고 해서 발끈해서 따라잡는 사람이 있는데 이것은 평소의 자기리듬을 깨게 하여 무리를 가져옵니다. 더구나 달리면서 명상에 잠겨 있는 수행자라면 이런 일은 절대로 하지 말아야 합니다."

"그렇다면 남에게는 일체 관심을 기울이지 않는 것이 좋습니까?"

"그렇습니다. 우리가 조깅을 하는 것은 남과 경쟁을 하기 위해서는 아닙니다. 남이 나를 따라잡든 말든 상관 말고 자기 페이스대로 달려야 합니다."

"속도는 어떻게 하는 것이 좋겠습니까?"

"자기 체력에 알맞게 조절하는 것이 좋습니다. 어떤 때는 조깅이 남의 속보(速步)보다 늦을 때도 있습니다. 그래도 개의치 말고 자기 페이스대로 달려야 합니다. 20분이나 30분으로 끝낸다면 몰라도 적어도 한 시간 정도의 조깅을, 중간에 걸음으로 바꾸는 일 없이, 지속적으로 하려면 속도 같은 것에는 구애받지 말아야 합니다. 초심자는 욕심을 부리지 말고 걷는 속도로 달린다는 심정으로 시작하는 것이 좋습니다.

그리고 조깅을 할 때는 마음이 언제나 달리는 행동과 일체가 되어야 합니다. 다시 말해서 관(觀)을 한다는 것을 잊지 말아야 합니다. 그렇게 하지 않고 달리기를 하면서 마음은 엉뚱한 곳에 가 있으면 달리기 자체가 지루해지기 쉽습니다.

처음 관을 시작할 때에는 이것이 잘되지 않습니다. 그럴 때는 달리기를 하면서 하나둘 하나둘 하나둘셋넷 하면서 속으로 구호를 붙이든가, 역지사지방하착(易地思之放下着) 여인방편자기방편(與人方便自己方便) 하고 좌우명을 외치면 자기의 의식을 달리기 자체에 집중시킬 수 있습니다.

그와 동시에 달리는 자기 자신의 모습을 심안(心眼)으로 전후좌우상하에서 카메라가 앵글을 잡듯 입체적으로 관찰합니다. 계속 그렇게 마음속으로 관찰을 하다가 보면 어느덧 전후좌우상하에서 본 여섯 가지의 달리는 자세가 처음에는 어렴풋이 나중에는 점점 더 명확하게 마음속의 스크린에 떠오르게 됩니다. 이처럼 행동과 의식이 일체가 될 때 온갖 스트레스가 해소되고 자기도 모르게 희열을 느끼게 됩니다. 이때 영감도 떠오르고 깊은 명상에 들기도 합니다. 그리고 달리기를 만약에 한 시간을 한다면 한 시간의 10분의 1인 6분은 뒤로 달리기를 해 보세요."

"그건 왜요?"

"뒤로 달리기를 하면 앞으로 달리기를 할 때는 쓰지 않는 많은 근육을 움직이게 되므로 그만큼 많은 운동이 되기 때문입니다. 이렇게 하여 달리기가 생활화되면 바로 이 시간에 하루에 할 일을 구상도 하고 계획도 세울 수 있습니다. 누구의 방해도 받지 않는 자기만의 소중한 시간이니까요. 등산도 도인체조도 마찬가지입니다. 경쟁이 필요 없는 자기만의 운동이므로 명상수련을 동시에 할 수 있는 특징이 있습니다."

〈43권〉

『채근담(菜根譚)』 번역을 마치고

단기 4331(1998)년 8월 10일 월요일 24~30℃ 구름

지난 1998년 8월 10일부터 시작하여 43일 만인 9월 22일인 오늘 마침내 『채근담』 360조를 전부 다 한글로 옮겨 놓았다. 물론 나는 이 작업을 시작하기 전에 이미 국내 학자들에 의해 책으로 발간된 두 개의 번역서를 참고로 하였다. 만약에 이 번역서들을 읽어보고 한눈에 무슨 뜻인지 금방 알아차릴 수 있었다면 구태여 남이 먼저 시작해 놓은 일을 되풀이하는 번거로운 짓은 하지 않았을 것이다.

그러나 읽어보아도 무슨 뜻인지 알 수 없는 대목들이 있어서 원전(原典)을 아무리 훑어보아도 왜 그렇게 번역해 놓았는지 아리송한 것들이 적지 않아서, 나도 용기를 내어 이 일에 한 번 도전하고 싶은 충동을 느끼게 되었던 것이다.

기술자는 기술자가 알아보고, 학자는 학자가 알아보고, 교수는 동료 교수나 제자들이 제일 잘 알아볼 수 있는 것과 같이 구도(求道)에 관한 책은 역시 학자보다는 직접 구도를 체험해 보고 구도에 전념해 본 사람들이 누구보다도 잘 알 수 있는 것이다.

『채근담』을 쓴 홍자성(洪自成)은 내가 보기에는 학자라기보다는 구도자에 더 가까운 사람이다. 구도의 세계를 학문의 힘만으로 해석하려는 데는 아무래도 무리와 한계가 있다는 것을 나는『채근담』을 옮기면서 절실히 깨달았다.

『채근담』은 학문적인 저서가 아니라 저자가 실생활 속에서 터득한 구도의 체험들을 그의 기발하고 발랄한 문장력으로 적절하게 묘사해 놓은 짧은 문장들이다. 따라서 그의 문장 속에는 구도를 경험해본 사람들이 아니면 도저히 이해할 수 없는 대목들이 많다. 이것을 순전히 자구(字句)에만 의존하여 해석하려 하니까 무리가 따르고 엉뚱한 오해를 불러일으키게 된다.

아마도 이미 다른 사람들의 번역본을 읽어보고 무슨 뜻인지 몰라 고개를 갸우뚱했던 독자들도 이 책을 읽어본 뒤에는 과연 그런 뜻이었구나 하고 대뜸 의문이 풀리는 대목들이 적지 않을 것임을 확신하는 바이다. 그렇다고 해서 나는 내가 번역해 놓은 것이 완전무결하다고 자만하자는 것은 결코 아니다.

다만 번역하는 과정에서 이전 번역자들이 무슨 뜻인지 몰라 엉뚱한 착각을 했거나 미해결로 유보해 두었거나 어물어물 넘겨 버렸던 대목들을 숱하게 보아왔기에 하는 말이다. 만약에 나의 후배들 중에 내 책을 참고로 하다가 잘못을 발견했다면 나는 얼마든지 달게 받아들일 용의가 있음을 밝혀두는 바이다.

나는『채근담』을 옮기는 데 있어서 한문 원전의 문장에만 구애하지 않고 저자의 뜻을 충분히 살려 표현은 우리말을 그 생리에 맞게 자유자재로 구사했음을 밝혀두는 바이다. 이렇게 하지 않고는 원전의 뜻을 유감없이 옮길 수 없다는 것을 알았기 때문이다. 인도인인 구마라습이 상스크리트 불경을 한문으로 옮길 때 대담하게 구사했던 방법에서 나는 많은 힌트를 받았음을 솔직히 인정하는 바이다.

『채근담』을 번역하면서 또 한 가지 느낀 것이 있다. 그것은 내가 지난 8년 동안 『선도체험기』를 43권이나 써 오면서 독자 여러분들에게 알리고 싶었던 핵심을 『채근담』의 저자도 역시 4백 년 전에 시도했다는 것이다. 어찌 『채근담』의 저자뿐이겠는가. 이 지구라는 행성이 생겨난 이래 이곳을 다녀 간 단군, 석가, 공자, 노자, 장자, 예수 같은 수많은 선배 구도자들이 한결같이 우리 지구인들에게 전하고자 했던 메시지를 『채근담』 역시 예외 없이 담고 있다는 것이다.

더구나 이 책이 유달리 돋보이는 것은 저자가 생존했던 명나라 말엽에 유행했던 유교, 불교, 도교 어느 한쪽에도 치우치지 않고 이 세 가지 가르침을 공평하게 채택했다는 것이다. 이것은 그의 학문 연구의 성과에서 나온 것이 아니라 순전히 구도의 체험에서 우러나온 성과였다. 만약에 홍자성이 지금 살아있었다면 기독교의 교리까지도 과감하게 채택했을 것이다. 구도자인 그의 관심은 어느 특정 종교에 있었던 것이 아니라 그 경전들이 얼마나 진리를 내포하고 있느냐에 있었기 때문이다.

우리는 세속에 살면서도 세속적인 명리(名利)에서 벗어나 인간이 갖고 있는 본래의 천성을 회복하자는 것이 그의 일관된 주장이다. 그러기 위해서는 어느 한쪽에 치우치는 법 없이 중화(中和)를 견지해야 된다는 것이다. 다시 말해서 구도의 핵심은 명리와 세속에서 벗어나 산림 속에서 산수와 풍월을 벗 삼아 유유자적하자는 것이 그의 일관된 주장인 것 같다. 따라서 보시(布施), 지계(持戒), 인욕(忍辱), 정진(精進), 선정(禪定), 지혜(知慧), 관법(觀法), 마음공부, 기공부, 몸공부 같은 체계적이고 조직적인 수행방법은 나와 있지 않다.

다시 말해서 이타행을 출발점으로 하는 보편적인 진리 추구 방법에 비해서는 구도서(求道書)로서 다소 소극적인 감이 없지 않다. 요컨대 『채근담』에는 명리와 세속을 떠난 산림의 은둔생활은 있어도 애인여기(愛人如己), 역지사지방하착(易地思之放下着), 여인방편자기방편(與人方便自己方便)과 같은 적극적인 이타행(利他行)은 언급되어 있지 않다는 것이다. 바꾸어 말해서 상구보리(上求菩提)는 있어도 하화중생(下化衆生)은 없는 것이다. 소승(小乘)만 되풀이 강조되었지 대승(大乘)에 대해서는 별로 말이 없는 것이다.

어찌 보면 노장(老莊)의 무위자연(無爲自然)만을 강조하는 은둔(隱遁)적인 도교(道敎) 사상에 편중된 듯한 인상을 준다. 평범한 구도자로서 필자가 『채근담』에 대해서 다소 아쉬움을 느끼는 점이다. 물론 그렇다고 해서 생생한 체험에서 우러나온 진실을 토로한 『채근담』의 가치가 줄어드는 것은 결코 아니다. 그럼에도 불구하고 어쨌든 『채근담』은 유불선(儒佛仙)을 아우르는 우리의 전통적 현묘지도(玄妙之道)인 선도(仙道)와 비슷한 경향이 있는 것은 사실이다.

총 366조로 되어 있는 『참전계경』의 보충 참고서로서, 전후집(前後集) 총 360조로 되어 있는 『채근담』을 하루에 한 조목씩만 정독(精讀)

해 나간다 해도 구도자는 말할 것도 없고 일반 독자에게도 참다운 인생공부가 될 뿐만 아니라 이 험한 세파 즉 고해(苦海)를 헤쳐나가는 데 가장 믿음직한 구명대(救命帶)가 될 것임을 의심치 않는 바이다.

직업에 관한 일

단기 4331(1998)년 8월 13일 목요일 24~29℃ 구름

오후 3시. 10명의 수련생들이 내 서재에 모여서 수련을 하다가 그중에서 염재석이라는 중년 남자가 물었다.

"선생님, 한 가지 여쭈어 봐도 되겠습니까?"

"무슨 일인데 그러십니까? 인생 상담입니까?"

"네 좀 그렇다고 할 수 있는데요. 제 직업에 관한 일입니다."

"좋습니다. 말씀해 보세요."

"저는 지금까지 주욱 축산물 가공공장에서 일해 왔는데요. 아무래도 멀지 않아서 정리해고가 될 것 같은 예감이 들거든요."

"그렇다면 지금부터 슬슬 준비를 하셔야겠군요."

"그렇습니다. 좋은 충고라도 있으면 좀 들려주시기 바랍니다."

"나도 10년 전인 88년도에 만 55세에 직장에서 정년퇴직을 당한 일이 있는데, 그게 말하자면 예정된 일종의 정리해고라고 할 수 있습니다. 왜냐하면 아직도 얼마든지 일할 능력이 있는 나이에 직장을 그만두어야 했으니까요. 그때 나는 퇴직을 해도 별 걱정이 없다고 생각했습니다. 신문기자로서 직장을 가지고 있었지만 소설가로서 틈틈이 소설을 쓰고 있었으므로 두 가지 직업 중에서 한 가지인 신문기자를 그만두게 되었으니까 이제부터 마음 놓고 쓰고 싶은 소설에만 매달리면 될 것이라고 생각했었는데 막상 퇴직을 당하고 나니까 현실은 그렇지 않았습니다."

"왜요?"

"일정한 수입이 있는 직장에 수십 년 길들여져 온 내가 갑자기 직장을 잃게 되니까 생활리듬이 깨어져 버리는 겁니다."

"허지만 선생님께서는 마음만 있으시다면 얼마든지 직장에 다니시던 때의 수입을 올릴 수 있었을 텐데요."

"물론 나는 열심히 소설을 쓸 수도 있었습니다. 소설이 잘 팔리지 않으면 번역이라도 해서 그전 수입을 만회할 수는 있었습니다. 그러나 수입만이 전부는 아닙니다."

"그럼 뭐가 문제입니까?"

"퇴직 후에 가장 절실한 문제는 직장에서 꼬박꼬박 받아 오던 봉급이 끊어졌다는 그 사실보다는 그전까지 수십 년 동안 지속되어 온 생활리듬이 깨어지는 데서 오는 신체적인 고통과 허탈감이었습니다."

"생활리듬이라면 무엇을 말씀하시는데요?"

"오전 6시에 일어나서 새벽 운동을 한 뒤 아침식사를 하고 전철 타고 직장에 나가서 저녁 6시까지 일하고 퇴근하는 판에 박힌 듯한 생활리듬이 갑자기 깨어진 데서 오는 심신의 고통은 가장 현실적인 문제였습니다. 나는 그때 선도수련을 시작한 지 2년이 되어 한창 열을 올리고 있었던 때였는데도 글쓰기와 수련만으로는 수십 년 길들여진 이 생체리듬이 깨어지는 고통을 상쇄할 수 없었습니다."

"그러니까 그 생활리듬이 깨어지는 데서 오는 심신의 고통과 허탈감을 미리 방지하는 데 주안점이 두어져야 하겠군요."

"바로 그겁니다. 그러니까 아직 퇴직당하지 않은 지금부터 그것을 예방하기 위해서 세심한 준비와 계획을 해야 할 겁니다."

"과연 그렇겠군요."

축산물 가공업

"염재석 씨는 지금 다니는 축산물 가공공장에 근무하신 지 몇 년이나 되었습니까?"

"한 20년이 넘었습니다."

"그럼 퇴직한 뒤에 무엇을 하려고 하십니까?"

"역시 배운 도둑질이라고 지금까지 익혀온 분야가 제일 만만할 것 같습니다만 한 가지 문제가 있습니다."

"무엇인데요?"

"제가 5년 전부터 『선도체험기』를 우연히 읽고 선도수련을 하기 전에는 전연 모르고 있었는데, 특히 요즘 와서는 제가 일하는 분야가 사육한 동물을 도살하여 가공하는 식품공장이어서 좀 께름칙한 생각이 자꾸만 듭니다. 아무래도 제가 구도자로서는 피해야 할 살생을 직업으로 하고 있다는 자책 때문입니다. 그래서 지난번에 선생님께 찾아왔을 때도 이런 고민을 말씀드렸더니 가능하면 직업을 바꾸는 쪽을 모색해 보라고 말씀하셨습니다."

"네 그렇게 말한 기억이 납니다. 수도(修道)를 안 한다면 몰라도 이왕에 수행에 진력하기로 작정을 했으면 마음속에서 께름칙한 것은 없애 버려야 하지 않겠습니까?"

"당연한 말씀입니다. 그래서 사실은 오늘도 그 문제를 상의드리려고 이렇게 찾아왔습니다."

"어떻게 하시려고?"

"퇴직한 후에 염소와 닭을 사육하여 제가 다니던 축산물 가공 공장에 납품을 한다면 사업 전망이 제일 좋을 것 같습니다. 그렇게 하면 20년이나 한 직장에 다니던 연고권을 살려 판로 확보에 따로 신경 쓰지 않아도 좋을 것 같습니다. 그런데, 이게 역시 살생과 관련이 있는 일이라 좀 어떨까 해서 그럽니다."

"염재석 씨가 구도자가 아니라면 당연히 그렇게 하는 것이 순리죠. 그러나 염재석 씨 자신도 방금 말한 대로 그렇게 하는 것이 께름칙한 일이라면 다른 생활방도를 찾아보도록 하세요. 마치 북극지방에 사는 에스키모족들처럼 동물을 잡아먹지 않고는 생존할 수 없는 처지는 아니지 않습니까? 그 일 이외에는 선택의 여지가 없다면 몰라도 아무래도 구도에 장애가 되는 살생과 관련된 일이라면 피하는 것이 좋습니다. 『채근담』 357조에는 다음과 같은 대목이 나옵니다.

'인생이란 세속적인 일을 어느 정도 줄이면 그만큼 세속에서 벗어날 수 있다. 예컨대 남과의 교제를 줄이면 그만큼 쓸데없는 분란을 줄일 수 있고, 부질없는 말수를 줄이면 그만큼 허물이 줄어들고, 생각을 덜면 그만큼 정신적인 소모를 줄일 수 있고, 잔꾀를 줄이면 그만큼 천진한 본성을 보전할 수 있다. 그러므로 날마다 줄이려고는 하지 않고 불

리려고만 하는 자는 자기의 삶을 세속에 속박하는 것이니라.'

물론 여기서 말하는 세속적인 일이란 이기적인 일 즉 명리(名利)를 추구하는 일을 말합니다. 그러니까 『채근담』의 저자가 말하려고 하는 핵심은 이기적인 일은 될수록 줄여나가야 속세를 벗어나 진리인 본성에 도달할 수 있다는 겁니다."

"그렇다면 인간은 결국에 가서는 아무것도 안 해야 된다는 뜻인가요?"

"물론 그렇지는 않습니다. 이기적인 일은 줄여나가야 그때마다 업장을 한 꺼풀씩 벗겨나갈 수 있다는 뜻입니다. 업장을 완전히 다 벗어던졌을 때 우리는 우리들 자신의 진리의 본체에 도달하게 되는 것입니다. 그렇다고 해서 아무 일도 하지 말라는 뜻이 아닙니다. 이기행(利己行)은 끝까지 줄여나가되 이타행(利他行)은 무한히 늘여나가야 합니다. 이타행은 홍익인간(弘益人間)만을 말하는 것은 결코 아닙니다. 염소도 닭도 그 밖의 어떠한 살아있는 동물과 사물(事物)도 다 포함됩니다."

"사물이라면 무엇을 말합니까?"

"요컨대 남을 죽이는 일 대신에 남을 살리는 일뿐만이 아니라 죽어가는 공기와 물을 살리는 환경정화사업과 같은 것 역시 이타행에 속합니다."

"만물만생(萬物萬生)을 살리는 이타행이라면 무엇이든지 해도 좋다는 말씀이군요."

"그렇습니다. 바로 정곡을 찌르셨군요."

금강산 관광과 이산가족

"선생님 금강산 관광이 곧 시작된다고 하여 이산가족들이 마치 북에 있는 가족들과 만나기라도 하는 것처럼 흥분들 하는 모양인데 그거 있을 수 있는 일입니까?"

우창석 씨가 물었다.

"현대그룹과 북한 사이에 합의된 금강산 관광은 이산가족 상봉과는 전연 관계없는 일입니다."

"그런데도 불구하고 고령 이산가족부터 우선순위를 정하느니 뭐니 하는 것은 무슨 말입니까?"

"그건 비록 북한에 떨어져 사는 가족은 만나보지 못한다 해도 지난 반세기 동안 오매불망 그리던 천하의 명산인 금강산이라도 구경하고 온다는 일종의 대리 만족의 의미를 확대 해석한 것이겠죠."

"그 외에도 이것이 계기가 되어 반세기 동안 꽉 막혔던 인적 물적 교류가 이루어져서 앞으로 남북 간에 화해와 교류의 물꼬를 틀 수 있다는 기대도 있고요."

"그건 우리 쪽의 생각이고 북한의 속셈은 전연 딴판입니다."

"어떻게요?"

"저들이 금강산 관광사업을 벌인 주된 이유는 격심한 식량부족과 경제난으로 위협받고 있는 공산주의적 세습 왕조 체제 유지를 위한 외화

조달에 목적이 있는 거 아니겠습니까?"

"그건 틀림없습니다."

"그렇다면 우리는 저들의 부족한 외화를 공급해 주는 돈줄 구실을 하는 데 지나지 않는 것이 아니겠습니까?"

"과연 그렇겠는데요."

"그래서 요즘은 정주영 현대그룹 명예 회장이 소떼를 몰고 북한을 다녀올 때와는 비교도 안 되게 실향민들의 의식도 바뀌었습니다. 정주영 회장이 북한 측과 금강산 관광사업을 하기로 합의하고 돌아온 직후 북한의 잠수정과 수중 추진기 사건이 터졌을 때만 해도 금강산 열기에 찬물을 끼얹긴 했지만 지금처럼 그 열기가 식지는 않았습니다.

그때만 해도 사람들은 모처럼 이룩된 합의가 이로 인해 무산되는 것은 아닌가 하고 걱정했을 정도였습니다. 그러나 그 후 북한이 굶어 죽어가는 북한주민들을 내팽개쳐 둔 채, 2천 명이나 되는 러시아 기술자들을 고용하여 미사일이니 인공위성이니를 발사하여 동북아의 안정 구조를 뒤흔드는가 하면 북한의 개혁파에 속하는 김정우 전 대외경제 추진 위원장을 총살하고 장전항과 그 부대시설 공사비를 현대 측에 대라고 하는가 하면, 가뜩이나 비싸다는 여행비에 입장료를 더 인상하겠다고 생떼를 쓰는 등 금강산 관광에 찬물을 끼얹는 사건들이 연달아 터지자 북한의 의도가 너무나도 명명백백하게 밝혀져 지금은 사정이 3개월 전과는 딴판이 되었습니다.

북한이 쏘아 올린 미사일이 일본 상공을 통과하자 일본은 북한과의 기존 관계를 중단하는가 하면, 미국 의회는 미북 제네바 합의로 북한에 제공키로 되어 있는 3천 5백만 달러의 원유 대금을 취소하는 조치를 취했습니다.

게다가 미국에 사는 해외교포들 사이에서도 금강산 관광은 북한의 남침 전력을 강화하는 뒷돈을 대줄 뿐이라는 여론이 일면서 금강산 관광 반대운동이 일고 있습니다. 국내에서도 최근에 한 연구소가 이북도민회를 중심으로 여론조사를 한 결과 '여러 가지 이유 때문에 다녀올 생각이 없다,' '별 관심도 없고 좋은 일이 아닌 것 같다'고 대답한 사람이 77프로나 되어 금강산 관광을 부정적으로 보고 있습니다."

"그래도 IMF 한파 속에서도 중국을 통한 백두산 관광은 여전히 계속되는 것으로 보아 일단 금강산 관광선이 뜨기 시작하면 적지 않은 사람들이 갈 겁니다. 2박 3일의 관광비용이 130만 원이나 되는 턱없이 비싼 것이지만 돈 많은 사람들도 많지 않습니까?"

"있죠. 민족의 성산(聖山)인 백두산을 찾은 사람은 아마도 백두산 못지않는 민족의 영산(靈山)인 금강산을 찾으려고 할 것입니다."

"그럼 선생님께서는 금강산에 가 보실 생각이십니까?"

"아뇨. 아직은 그럴 생각이 없습니다."

"왜요?"

"금강산 관광과 겸해서 이산가족 면회를 동시에 할 수 있다면 몰라도 130만 원이라는 거액을 마련할 길도 없거니와 설사 돈이 마련된다고 해도 그 비용이 국내 및 국제 관광요금과 비슷해지기 전까지는 금강산을 일부러 찾을 생각은 현재로서는 조금도 없습니다.

더구나 그 관광비용 130만 원 중에서 3백 달러에 해당되는 40만 원이 고스란히 북한 집권자의 수중에 들어가 미사일이 되어 날아올 생각을 하면 금강산 관광을 하고 싶은 생각이 천리만리 달아나버립니다. 그렇다고 해서 모처럼 개시되는 금강산 관광사업이 완전히 실패로 끝나기를 바라는 것은 결코 아닙니다."

"그건 왜 그렇습니까?"

"남북간 합의에 의해 진행되는 어떤 사업이든지 어느 한쪽의 의도대로만 진행될 것이라고는 결코 생각되지 않기 때문입니다."

"그건 무슨 뜻입니까?"

"남북 간에 진행되는 모든 사건들은 북쪽의 의도대로만 진행된 일은 지금까지 거의 없었습니다. 경술국치(庚戌國恥), 해방, 남북 분단에 뒤이은 6.25 동족상잔, 그리고 그 후 지금까지 지속되는 남북 간의 일련의 사건들은 당사자들의 인과응보를 엄격히 관장하는 하늘의 뜻이 작용하고 있다고 봅니다.

금강산 관광 사업은 남북 간에 일단 합의는 되었지만 앞으로의 진행 상태는 아무도 예측할 수 없습니다. 아무래도 북한의 발악적이고 무리한 군사력 강화 책동으로 그 성패는 매우 유동적입니다. 이미 350만 명의 주민이 굶어 죽어 갔고 앞으로도 얼마나 더 굶어 죽을지 모르는 극심한 식량난 해결은 외면한 채 핵과 미사일 개발 같은 군사력 강화에만 광분하는 북한의 장래를 생각하면 남북관계는 한 치 앞을 내다볼 수 없습니다."

"그렇다면 남북관계는 앞으로 어떻게 될 것 같습니까?"

"남북은 멀지 않은 장래에 통일이 되는 것은 틀림이 없습니다."

"언제 말입니까?"

"그건 아무도 모릅니다. 확실한 것은 남북통일은 남북 어느 한쪽의 의지대로만 되는 것이 아니고 남북한 주민의 뜻을 존중하는 하늘의 판정에 달려 있다고 봅니다."

"그게 무슨 뜻입니까?"

"남북한 전체 주민의 뜻이 응집되어 하늘의 인가를 받는 것을 말합니다."

"어렵군요. 『정감록』, 『격암유록』 같은 각종 예언서들을 보면 서기 2000년 전후에는 남북통일이 이룩된다고 나와 있는데 선생님께서는 이것을 어떻게 생각하십니까?"

"예언은 어디까지나 예언이고 현실은 아닙니다. 참고는 하되 맹신을 하지 말아야 합니다. 우리가 할 일은 앞으로 무슨 일이 일어나더라도 당황하지 않고 대처할 수 있는 유비무환(有備無患)의 태세를 갖추는 겁니다."

"그래도 그 예언서들은 지금까지 예언된 것들이 하나도 빗나가지 않고 신통하게 맞았다고 합니다."

"과거에 그랬다고 해서 미래에도 꼭 그럴 것이라고 맹신해서는 안 됩니다."

미래는 현재의 우리에게 달려 있다

"그럼 미래는 누가 결정합니까?"

"그건 현재의 우리에게 달려 있습니다."

"하늘에게 달려 있는 것이 아닙니까?"

"하늘은 인간의 길흉화복(吉凶禍福)을 관장하지 않습니다. 그러니까 덮어놓고 모든 것이 하늘에 달려 있다고 보면 안 됩니다."

"왜요?"

"그건 진실이 아니기 때문입니다."

"그럼 무엇이 진실입니까?"

"심는 대로 거두는 인과만이 진실입니다."

"그럼 하늘은 무엇입니까?"

"하늘이야말로 인과를 관장하는 주체입니다. 그래서 진인사대천명 (盡人事待天命)이라는 말이 나온 것입니다. 다시 말해서 사람이 할 수 있는 일을 다하고 하늘의 명(命)을 기다려야 하는 겁니다. 이것은 사람이 하는 일을 보고 하늘이 성적을 매기고 가부와 성패를 결정한다는 뜻입니다. 마치 교사가 학생들의 시험지를 채점하고 그 성적에 따라 등급을 매기고 상을 주거나 진급과 유급을 결정하듯이 말입니다."

"그렇다면 모든 인간사(人間事)를 결정하는 주체는 하늘이 아니고 인간 자신에게 달려 있다는 얘기군요."

"그거야 당연한 얘기가 아니겠습니까? 학생의 성적은 학생 자신의 공부의 수준이 결정하는 것이지 교사가 학생의 성적을 좌우하는 것은 아닌 것과 같습니다."

"그것이 진실이라면 남북관계의 장래도 남북한 주민의 의사에 의해 결정된다는 말이 맞겠는데요."

"그렇고말고요."

"북한이 지금 저렇게 무리하게 군사강국화로 체제 유지를 강행하려고 발버둥치고 있는 판국에 지금 우리는 어떻게 해야 되겠습니까?"

"이왕에 금강산 관광 얘기가 나왔으니까 하는 말인데 우리 쪽 관광객이 내는 3백 달러의 북한 몫이 북한의 남침용 군사력 강화에만 이용된다고 미리부터 겁을 먹고 움츠려들기만 할 것이 아니라 그로 인한 긍정적인 면도 생각해 볼 필요가 있다고 봅니다."

"긍정적인 면이라뇨?"

"이산가족 상봉도 없고 인적 물적 교류도 수반되지 않는 금강산 관광은 북의 군사력 강화에만 보탬이 될 것이라고 우려하는 것도 무리는 아닙니다. 그러나 또 한편으로 생각하면 관광객을 유치하자면 금강산 지역에 호텔을 짓고 부두시설 공사를 하지 않을 수 없습니다. 그러자면 도로나 상수도와 하수도 같은 사회 간접자본 공사도 해야 합니다.

북한은 지금 그럴 여력이 없으니까 현대 측에서 우선은 이 일을 맡아 할 수밖에 없을 것입니다. 그러자면 자연히 인적 물적 교류가 늘어나고 그와 더불어 전기시설도 해야 하고 자동차 도로도 닦아야 합니다. 또 차량도 운행해야 합니다. 경제 원리에 따르는 이 같은 사업은 관광개발에 필수적으로 따라다니는 공사입니다. 북한은 자금과 기술을 제공하지 못하는 대신에 경수로 공사에서와 같이 토지와 인력을 제공하지 않을 수 없을 것입니다.

이처럼 상호보완적이고 상부상조적인 사업들이 자꾸만 확대되는 동안 상황은 자꾸만 바뀌어 나아가게 될 것입니다. 김일성이 소련과 중공의 후원을 받아 남침을 감행했지만 모든 것이 그의 뜻대로만 진행된 것은 아니었습니다. 김정일이 이번에도 금강산 관광 사업으로 돈을 벌어 군사력을 강화하려고 하지만 모든 일은 그의 의도대로만 진행되지는 않을 것입니다."

"과연 그럴까요?"

"무엇보다도 금강산 관광사업이 시작되면 북한 측 실무요원들이 우리 측 요원들과 협조하지 않을 수 없습니다. 제아무리 철두철미한 세뇌교육을 받았다고 해도 서로 같은 언어를 쓰는 남북 요원들이 어울리면 지금까지 동서고금 그 유례가 없는 폐쇄사회 속에서는 도저히 접할 수 없었던 새로운 정보들을 그들은 대하게 될 것입니다. 제아무리 공산당 핵심 당원이라고 해도 진실 앞에는 용빼는 재주가 있을 수 없습니다. 지금까지 일방적인 허위 선전에 속아 온 것을 그들도 하나하나 깨닫게 됩니다."

"북한은 그럴 때를 대비해서 만반의 준비를 해 두었을 것입니다."

북의 의도대로 된 적은 드물다

"물론입니다. 그래서 그들 요원들 중에서 조금이라도 이상한 낌새를 보이는 자가 있으면 가차 없이 갈아치울 것입니다. 새로운 골수 요원들이 교대되어 들어옵니다. 그러나 그들도 인간입니다. 남측 실무 요원들로부터 말없이 전달되어 오는 새로운 정보에 전연 무감각해질 수만은 없게 될 것입니다. 그래서 또 인원 교체가 있게 됩니다. 그러면 그럴수록 남측 요원들과 접촉하는 북측 요원들의 수효는 기하급수적으로 늘어나게 될 것입니다. 잠시라도 새로운 진실에 접한 그들은 서서히 의식이 바뀌게 됩니다."

"아마도 그렇게 되기 전에 저들은 금강산 사업을 단호히 중단하려고 할 것입니다. 북한 지배층들에게는 금강산 사업으로 돈벌이 하는 것보다는 체제 유지가 우선이니까요."

"물론 그럴 수도 있습니다. 그러나 체제 유지는 빈손으로 할 수 있는 것이 아닙니다. 군사력을 계속 강화하지 않고는 도저히 자기네 체제를 유지할 수 없게 됩니다. 소련이 미국과의 체제 경쟁에서 손을 들고 스스로 붕괴된 것도 군사력 싸움에서가 아니라 경제력에서 도저히 미국을 따라갈 수 없었기 때문이었습니다."

"결국은 생존하기 위해서라도 교류협력을 하지 않을 수 없을 것이라는 얘기군요."

"그러나 닳고 닳은 그들은 절대로 자기네 체제가 위협받는 일은 용납하지 않을 것입니다. 아무리 거창하게 벌여놓았던 남북 협력 사업도 상황에 따라 중단하게 될 것입니다."

"당초에 9월 25일에 최초의 관광선(觀光船)이 뜰 것이라던 현대 측의 예상이 빗나가 10월 중순 이후에야 시작될 것이라고 했다가 지금은 거의 무기 연기 상태에 빠지게 된 것도 그 때문이군요."

"그렇습니다. 저들은 언제나 남북 간의 회의든 사업이든 자기네에게 불리하다고 생각되어, 더이상 진행 의사가 없을 때는 우리가 도저히 수락할 수 없는 억지를 부려 중단시키는 것이 상례화되어 있습니다. 더구나 지금은 우리 국회에서조차 여야 국회의원 125명이 금강산 관광 중단을 촉구하는 서명을 한 상태입니다. 더구나 북한의 미사일 사건 이후로는 금강산 관광을 반대하는 일반 국민들의 여론도 점점 더 비등하고 있습니다."

"그렇다면 모처럼 합의되었던 금강산 관광도 한바탕 해프닝으로 끝날 공산이 크군요."

"그렇다고 해서 모처럼 이룩된 교류협력 사업을 중단해서는 안 될 것입니다. 극소수의 관광객을 위해서라도 금강산 관광은 진행돼야 합니다. 그리하여 지금까지 꽉 막혀 있는 남북 교류의 숨통만은 열어 놓아야 합니다."

"그렇다면 금강산 관광으로 열릴 듯하던 통일의 길은 요원한 일이군요."

"그렇다고 해서 실망할 필요는 조금도 없습니다."

"왜요?"

"통일은 8.15 해방이나 6.25나 동서독 통일처럼 예상을 뒤엎고 갑자기 올 수도 있으니까요."

실향민의 한(恨)

"과연 남북한 통일도 그렇게 올까요?"

"물론입니다."

"그것이 가까운 장래에 온다면 몰라도 멀어지면 멀어질수록 실향민의 한(恨)은 점점 깊어질 것이 아니겠습니까?"

"그렇겠죠."

"그리고 실향민의 연로한 제1세대는 한을 품은 채 자꾸만 유명을 달리할 것이고요."

"그렇겠죠. 그러나 통일이 되어 실향민의 한을 풀었다고 해서 인생문제가 완전히 해결되는 것은 아니지 않습니까? 통일이 되면 통일이 된 대로 또 갖가지 문제들이 발생하게 될 것입니다. 그때 가서도 다른 종류의 한(恨)을 품고 죽어가는 사람은 여전히 있게 될 것입니다. 보십시오. 동서독이 통일되었다고 해서 모든 인생문제가 다 해결되는 것은 아니지 않습니까? 동독 실업자들 중에는 지금도 동독 공산주의 시절을 그리워하는 사람들이 있다고 합니다."

"그렇다면 인간은 끝끝내 행복할 수 없다는 얘기가 되는가요?"

"우리 인간이 마음속에서 진정한 평온을 찾지 못하는 한 어떠한 환경 속에서도 결코 구원한 행복은 누리지 못합니다."

"그럼 어떻게 하면 진정한 평온을 찾을 수 있을까요?"

"그건 아주 간단합니다."

"그게 정말 그렇게 간단한 일일까요?"

"그럼요."

"어떻게 하면 그렇게 될 수 있을까요?"

"각자가 자기 마음속에서 욕심을 털어버리면 누구나 그렇게 될 수 있습니다. 실향민의 경우 자기 마음속에서 실향의 한(恨)을 털어버리면 됩니다."

"50년 이상이나 품어온 한을 그렇게 하루아침에 털어버릴 수 있을까요?"

"50년이 아니라 백 년을 품어온 한이라고 해도 마음이 그렇게 하기로 작정만 하면 지금 당장이라도 그렇게 할 수 있습니다. 한(恨)은 일종의 욕심이요 끈질긴 집착입니다. 모든 집착은 정도가 지나치면 부담이 되고 끝내는 병이 됩니다. 지금 그 한을 벗어던지지 못한 사람은 통일이 되어서 비록 실향민의 한은 풀었다고 해도 다른 종류의 새로운 한을 또 품게 될 것입니다."

"제가 생각하기에는 실향민의 한을 풀어버리면 더이상 여한이 없을 것 같은데요."

"그건 그렇지 않습니다. 한(恨)을 보석처럼 품어온 사람은 그 보석을 놓아버리면 허전해서라도 다른 한을 자기 자신도 모르게 은근히 바라게 됩니다. 한으로 지탱해 온 인생은 하나의 한이 사라지면 새로운 한을 품지 않을 수 없도록 되어 있습니다.

그러한 인생을 우리는 '한(恨)의 인생'이라고 부릅니다. 이 한의 인생은 한을 깡그리 벗어버리지 못하는 한 언제 어디서나 한을 품고 살아야 오히려 마음이 편안해지게 마련입니다. 한에 중독된 사람입니다. 생로병사(生老病死)에 중독된 사람이 생로병사를 당연한 것으로 알듯이 한의 인생은 한을 품는 것을 당연한 것으로 압니다."

"그럴 때는 근본적인 해결책이 있습니까?"

"있고말고요. 있습니다."

"그게 뭡니까?"

"구도자가 생로병사에서 벗어나는 것을 제일의 목표로 삼듯이, 실향민은 실향민의 한에서 과감하게 벗어나는 것을 제일의 목표로 삼아야 합니다. 그리하여 그 한에서 벗어났을 때 실향민은 실향병에서 벗어나 진정한 자유를 만끽하게 될 것입니다. 그러나 실향의 한에 짓눌리고 있는 한 그는 언제나 그로 인한 고통에서 벗어날 수 없게 될 것입니다."

"그렇다면 실향민이 실향의 한에서 벗어날 수 있는 실질적인 방법이 있습니까?"

"그럼요. 있습니다."

"그게 무엇인지 좀 자세히 말씀해 주시겠습니까?"

"그러죠. 비만증에 걸린 사람 중에는 비만이 고쳐야 할 질병이라고 생각하는 사람이 있는가 하면, 그것은 질병이 아니고 자기의 고유한 체질이라고 생각하는 사람이 있습니다. 이런 사람은 평생 가도 비만에서 벗어날 수 없습니다. 그러나 비만은 고쳐야 할 병이라고 생각하는 사람은 어떻게 해서든지 고칠 수 있는 방법을 찾을 수 있게 됩니다.

담배가 건강에 치명적인 해독을 끼친다는 것을 안 사람은 어떻게 해서든지 담배를 끊으려고 할 것이고 끝내 금연을 단행하게 됩니다. 그러나 흡연은 일종의 기호요 스트레스 해소에 도움을 주고 난처한 경우에 처했을 때 심리적으로 위안을 준다고 생각하는 사람은 절대로 담배를 끊지 못합니다.

그와 마찬가지로 실향의 한(恨)도 너무 깊어지면 병이 되고 그 한에 짓눌려서 한의 노예로 전락하면 폐인이 되는 수도 있다는 것을 자각하는 사람은 어떻게 해서든지 그 한에서 벗어나려고 할 것입니다. 그러나 실향민이 실향의 한을 품는 것은 당연지사라고 생각하는 사람은 실향의 한을 평생의 생의 동반자로 여기고 그 한에 압도되어 평생 거기에서 벗어나지 못하게 됩니다."

"결국 실향의 한은 깊어지면 병이 되기 쉬우니 거기에서 벗어나야 한다는 말씀이군요."

"그렇습니다."

"실향민이 실향의 한을 잊어버린다면 고향을 되찾겠다는 의욕마저도 잊어버리는 거 아닐까요?"

"이북 실향민이 헤어졌던 가족을 만나고 고향을 되찾겠다는 의욕까지도 잃어버린다면 그것 역시 정상이 아닙니다. 만약에 그런 사람이 있다면 그는 생의 의욕을 상실한 정신병 환자이거나 폐인일 것입니다. 어느 쪽으로든 극단으로 흐르는 것은 금물입니다."

"그렇다면 어떻게 하는 것이 올바른 길입니까?"

"자기중심을 잡고 양 극단을 수렴하여 다스리는 능력을 배양하는 겁니다. 우리 민족이 이처럼 분단의 쓰라린 비극을 겪게 된 것은 그러한 중화(中和)의 능력을 함양하라는 하늘의 섭리라고 보아야 합니다. 앞

으로 우리 민족이 인류를 위해서 큰일을 하려면 그만한 품성을 도야하
는 것이 필수적이기 때문입니다."

"그러한 하늘의 뜻을 읽을 수만 있다면 과연 실향의 한도 능히 극복
할 수 있겠는데요."

"그렇고말고요."

"그러나 선생님, 뭐니 뭐니 해도 실향의 한을 풀 수 있는 가장 현실
적이고 직접적인 방법은 남북통일이 아닐까요?"

"그거야 더 말해 무엇하겠습니까? 그것이 불가능한 현실 속에서 살
고 있으니까 여러 대안들이 나오는 것이죠. 그러나 구도자로서 꼭 알
아 두어야 할 일이 있습니다."

"그게 뭔데요?"

"통일은 실향의 한에서 벗어나게 할 수는 있겠지만 그 이상도 이하
도 아니라는 겁니다."

"그게 무슨 뜻입니까?"

"만약에 통일이 되어 한 실향민이 고향에 달려갔더니 부모님은 이미
고인이 되었습니다. 알고 보니 부모님은 반공투쟁을 하다가 월남한 자
기 때문에 공산당에 의해 무참하게 학살되었다고 합니다. 그 순간 그
는 실향의 한에서 벗어나기도 전에 새로운 복수의 한을 품게 됩니다.
그가 학살자를 찾아내어 복수를 함으로써 부모의 원한을 풀었다고 합
시다. 그렇게 했다고 해서 그의 마음이 편하겠습니까? 그에게 복수를
당하여 부모를 잃은 자식들은 가만히 있겠습니까? 한풀이를 하다가
복수의 악순환은 끊임없이 되풀이될 것입니다."

"한풀이나 복수는 근본적인 해결책이 될 수 없겠는데요."

"그럼요."

"그럼 어떻게 하는 것이 근본적인 해결책이 되겠습니까?"

"결국은 마음속에서 한(恨)과 복수심(復讐心)을 영원히 씻어버리는 겁니다."

선생님께서도 실향민이시죠?

"선생님께서도 실향민이시죠?"

"그렇습니다."

"고향 떠나신 지 몇 해나 되었습니까?"

"6.25가 발발한 1950년 7월에 내가 태어난 고향은 아니지만, 부모 형제가 사는 제2의 고향인 북한 땅을 떠났으니까. 올해(1998년)로 꼭 48년이 되었습니다. 지금도 기차역에서 떠나는 나를 바래주고 눈물지으시면서 돌아서는 어머님의 모습이 어제 일인 듯 눈에 선합니다."

"그때 자당께서는 연세가 어떻게 되셨습니까?"

"1908년생이시니까 지금 살아계시면 만으로 꼭 90세십니다. 나와 헤어지실 때는 42세의 중년이셨습니다. 만약에 살아 계시다면 아마도 맏아들인 나를 꼭 만나 보시겠다는 소망이 한이 되어 그렇게 모진 삶을 이어 오고 계시지 않나 하는 생각이 듭니다."

"『선도체험기』에 보면 투시(透視)에 의해 선생님의 엄친(嚴親)께서는 이미 유명을 달리하신 것으로 되어 있는데 자당께서는 아직도 생존해 계실까요?"

"그거야 가보지 않는 이상 확인할 수 없는 일이죠."

"그래도 투시해 보시는 수도 있지 않습니까?"

"그럴 수도 있지만 확인할 길은 없습니다."

"그렇군요."

"나는 부모님이 돌아가셨다고 해도 돌아가신 날짜를 모르니까 제사를 모실 수가 없습니다. 그래서 일 년에 두 번 추석과 설날에 차례를 지내는 것으로 제사를 대신합니다. 내가 선도수련을 하여 어느 정도 영안이 열린 이후에는 이렇게 일 년에 두 번씩 차례를 지낼 때마다 조상님들의 혼령들의 모습을 직접 대하게 됩니다. 그런데 그 조상령들 중에 아직 어머님은 보이지 않다가 보였다가 합니다.

그렇다고 생사가 확인 안 된 마당에 제사상에 조부모님과 아버님의 뫼만 떠 놓을 수 없어서 어머님 뫼도 같이 떠놓곤 합니다만 어머님은 제상(祭床)엔 보이지 않고 제상 가장자리에 앉아 계시는 듯한 느낌이 들었습니다. 그래서 주의를 집중해 보면 어머님의 옆모습만 보입니다."

"그렇다면 그 어머님은 누가 지금 모시고 있습니까?"

"남동생이 셋이나 있으니까 내 바로 밑에 동생이 나 대신 모시지 않나 생각됩니다."

"형제자매가 몇 분이나 되는데요?"

"4남 2녀입니다."

"그들은 지금 어떻게 살고 있을까요?"

"그야 떠난 지 48년 동안 생사 확인을 할 수 있는 방법이 없으니까 알 수 없는 일이죠."

"그렇지만 선생님께서는 영능력(靈能力)을 가지고 계시지 않습니까?"

"영능력이란 우리의 경우처럼 사실 확인이 불가능한 경우 일종의 대체 수단으로 이용해볼 수 있을 뿐이지 그것이 사실인지 아닌지는 확인할 길이 없기는 영능력이 없는 사람과 마찬가지입니다."

"요즘은 연변에 사는 조선족 동포들을 통해서 북한의 가족을 중국에서 만나기도 하는 모양인데 그러한 방법은 생각해 보시지 않았습니까?"

"그렇지 않아도 8년쯤 전에 영변에서 왔다는 기공사를 만난 일이 있습니다. 내 가족이 연변에서 가까운 북한 땅에 산다는 얘기를 듣고는 돈만 쓰면 자기가 나서서라도 가족을 만나게 해 주겠다고 했습니다. 그러나 나는 그때에도 이산가족 상봉을 미끼로 한 사기범들이 날뛰고 있다는 것을 알고 있었으므로 선뜻 응할 수 없었습니다.

지금까지 기다려 왔는데 이제 와서 통일도 되기 전에 그렇게 비합법적이고도 위험하기 짝이 없는 방법으로 만나는 것은 내 생리에 맞지 않는 일이었습니다. 또 그러한 방법을 북한이 외화벌이 수단으로 이용하고 있다는 것을 안 이상 더이상 흥미가 일지 않았습니다.

하긴 그렇습니다. 중매인인 조선족 동포에게 들어가는 돈 말고도 두만강 국경을 은밀히 통과하여 가족을 도문까지 데려오는데 북한 경비병에게 이중삼중으로 뇌물을 써야 한다고 합니다. 철석같이 만나게 해 주겠다고 약속을 하고도 그때그때의 현지 사정에 따라 상황은 항상 유동적입니다."

"결국 밑 빠진 독에 물 붓기군요."

"그렇습니다. 이리 핑계 저리 핑계 돈만 한없이 날리다가 끝내 가족

234

도 만나지 못하는 수가 허다하다고 합니다."

"형제자매 되시는 분들은 무사한 것 같습니까?"

"마지못해 목숨을 부지하겠죠. 그들은 내가 월남한 것이 이미 알려져서 동요층(動搖層)으로 분류되어 그들 법에 따라 조카들은 중학교 이상은 교육도 못 받는 차별 대우를 받으면서 가장 비참한 생활을 하고 있을 것입니다. 최근 외신 보도에 의하면 94년 이래 지금까지 무려 3백 5십만 명이 굶어 죽었다고 합니다. 식량 사정이 개선되지 않는 한 앞으로도 계속 굶어 죽는 사람들은 늘어날 것이라고 합니다."

"아사자(餓死者)들은 어떤 사람이라고 합니까?"

"힘없고 돈 없고 권력에서 소외된 기층민들이죠. 그중에는 실직당한 교사, 교수, 전문직업인들도 수두룩하다고 합니다. 나는 다만 내 피붙이들이 이러한 아사자의 대열 속에 끼지 않기만을 기원할 뿐입니다."

"그러고도 아무도 책임지지 않고 핵과 미사일 개발과 군사력 증강에만 악착같이 매달리는 걸 보면 이해할 수 없는 집단이죠?"

"독재국가에서는 과거에도 흔히 있던 일입니다. 과거 대기근 때 소련에서 1천만 명, 중국에선 1억 명이 굶어 죽었는데도 정권은 끄떡도 하지 않았습니다."

"94년부터 4년 동안 한 해에 근 1백만 명씩이나 굶어 죽었습니다. 이렇게 굶어 죽은 사람 중에는 군인 가족들도 상당 수 있었을 텐데도 군이 동요하지 않는 것은 좀 이상하지 않습니까?"

"과거에 이미 부모 형제자매가 굶어 죽어가는 것을 보고 많은 군인들이 동요가 있었다고 합니다. 북한 당국자들은 이러한 사태를 미연에

235

방지하기 위해서 지금은 소외계층에서는 군대를 뽑지 않는다고 합니다. 그러니까 지금은 밥술이나 먹는 가정의 자녀만이 군대에 갈 수 있는 자격이 있다고 합니다.

그래서 북한의 김정일은 북한의 권력체계를 유지하는 데 꼭 필요한 인구 7백만 명만 살아남고 그 나머지 소외계층은 다 굶어 죽어도 끄떡없다고 호언했다고 합니다. 김정일로서는 체제 유지에 방해가 되었으면 되었지 하등 도움이 될 수 없는 1천 3백만의 소외계층은 굶어 죽는 것이 오히려 낫다고 생각하는 것 같습니다.

그렇기 때문에 김정일은 군부대는 뻔질나게 방문하지만 굶어 죽어가는 주민들을 방문했다는 말은 없습니다. 방문은커녕 굶어 죽어가는 주민들에게 나누어 주라고 전 세계에서 보내는 식량을 군부대와 권력층에게만 배급하고 있는 실정입니다."

"더이상 동포가 굶어 죽지 않게 하기 위해서도 통일은 기필코 달성되어야 하겠습니다. 그런데 도대체 통일은 올 것 같습니까?"

통일은 어떻게 올까?

"통일은 틀림없이 옵니다."

"그게 정말입니까?"

"정말이지 않구요. 밤이 깊으면 새벽이 멀지 않은 것과 같이 분단의 밤이 이미 깊었으니까 통일의 새벽은 반드시 오게 되어 있습니다."

"그건 너무나 막연한 얘기고 실제적으로 통일은 어떻게 올 것 같습니까?"

"북한은 지금 군사력의 60프로 이상을 평양 이남의 최전선에 공격태세로 배치시켜 놓았으므로 지금 당장이라도 그 자리에서 전면 남침을 감행할 수 있게 되어 있습니다. 현재 한국의 정규군은 69만, 북한은 116만으로 북한군의 60프로 선에도 미치지 못하고 있습니다.

그러나 시간이 흐르면 흐를수록 우리의 군사력은 강화되어 북한군을 압도하게 될 것입니다. 따라서 북한 당국자들은 자기네 군사력이 한국군보다 우세하다고 판단하고 있는 지금이야말로 남침의 최적기라고 생각하고 미군만 아니라면 전쟁을 해도 이길 수 있다고 자신감을 갖고 있다고 합니다.

북한은 어쩌면 제2의 남침을 감행해 올지도 모릅니다. 그렇습니다. 북한이 전면 재침(再侵)을 해올 경우 초전(初戰)에 다소 어려움을 겪겠지만 결국은 북한은 중동전에서의 이라크의 예와 비슷하게, 압도적으로 우세한 한미 연합군에 의해 군사적으로 소멸당하게 될 것입니다."

"과거 북한의 후원국이었던 러시아와 중국이 가만히 있을까요?"

"정치 경제적으로 완전히 민주화된 러시아는 지금은 더이상 공산국인 북한의 후원국이 아닙니다. 더구나 국가 파산 상태에 빠진 러시아는 지금 남의 나라를 도울 수 있는 여력이 없습니다."

"중국은 어떻습니까?"

"중국은 경제는 개방했지만 정치 체제는 여전히 공산주의를 유지하고 있는, 지구상의 유일한 북한의 후원국이므로 북한의 멸망을 가장 싫어할 것입니다. 그러나 북한이 먼저 도발을 감행하여 자멸하는 것을 어떻게 막을 수 있겠습니까? 한·미·일이 공동보조를 맞추어 중국에 대해 외교 역량을 최대한 발휘한다면 그 문제는 잘 수습될 수 있을 것입니다. 이때 한민족의 숙원인 남북통일은 달성될 것입니다."

"그런데 선생님, 북한에서 김정일 체제가 소멸한 다음에 6.25 때 북진 당시처럼 미군이 북한에 군정(軍政)을 실시하고 한국 정부를 배제하려 하면 어떻게 하죠?"

"대한민국의 위상이 그때와 지금과는 하늘과 땅의 차이가 있습니다. 비록 지금은 IMF의 관리 체제에 들어 있지만 적어도 OECD에 가입한 중진 공업국입니다. 미국도 우리를 6.25 때처럼 깔보지는 못할 것입니다. 좌우간 그 일은 그때 가서 처리해도 늦지 않습니다. 지금부터 그런 일을 걱정하는 것은 우물에 가서 숭늉 찾기입니다. 그러니까 처음부터 너무 큰 욕심을 부릴 필요는 없다고 봅니다."

"무슨 뜻입니까?"

"우리의 제1차적인 목표는 북한에서 김부자 체제가 제거되고 북한이 중국이나 베트남처럼이라도 시장경제 체제를 채택하고 부분적으로라도 개방을 하여 이산가족들이 서로 자유롭게 왕래라도 할 수 있는 겁니다. 그다음에 변화된 사태는 그때 가서 생각해도 됩니다. 그러나 한 가지 꼭 유의해야 할 것이 있습니다."

"그게 뭔데요?"

"서독이 동독을 무조건 흡수 통일하여 과도한 재정 부담에서 허덕이면서도 동독인들에게 원망을 사는 어리석은 사태는 피해야 합니다. 그리고 이러한 중차대한 시기에 우리가 꼭 명심해야 할 것이 또 있습니다."

"그게 뭔데요?"

"우선 북한의 전쟁 도발을 겁내지 말아야 한다는 겁니다. 북한 관리의 불바다 발언에 벌벌 떠는 일은 다시는 되풀이되지 말아야 합니다. 도발을 해 오더라도 의연히 대처하겠다는 단단한 각오와 준비가 있어야 합니다. 북한이 전쟁을 도발해 오는 그때가 바로 실질적인 통일의 시작이니까요.

그리고 정책 당국자나 실향민이나 일반 국민들은 통일을 당연한 민족의 지상과제로 삼는 것은 좋지만, 통일을 너무 성급하게 고대하거나 통일에 집착하지 말아야 한다는 겁니다. 무슨 일에든지 집착하다가 보면 진실을 놓치게 되고 실기(失機)를 하게 됩니다. 또 대북 문제를 한 건주의의 대상으로 삼으려고 고집한다면 김영삼 전 대통령처럼 쌀 주고 뺨 맞는 망신을 자초하게 됩니다.

통일에 대한 성급한 기대 못지않게 우리 사회 일각에는 무슨 일이 있어도 전쟁만은 피해놓고 봐야 한다는 전쟁 기피증이 성행하고 있습니다. 통일에 대한 성급한 기대와 전쟁 기피증은 북한으로 하여금 우리를 저들의 음흉한 음모에 말려들게 하여 저들에게 실컷 이용만 당하는 수치를 번번이 안겨주었습니다.

전쟁은 무조건 피하려고만 할 것이 아니라 하게 되면 해야 합니다. 북한의 재침을 무서워만 할 것이 아니라 오히려 통일의 호기로 삼아야 합니다. 만약 통일과 전쟁 회피의 두 가지 집착에서만 벗어날 수 있다면 남북관계에 관한 한 우리가 능히 주도권을 행사할 수 있습니다. 그러나 실제로는 이 두 가지 집착에서 벗어나지 못했기 때문에 우리가 북한에게 깔보여 저들에게 이용만 당하고 있습니다."

"그럼 어떻게 해야 합니까?"

"성급해 하지 말고 집착도 하지 말고, 온갖 사태에 침착하게 대비하는 유비무환(有備無患)의 자세로 느긋하게 상대를 압도할 수 있는 힘을 키우면서 저들을 관찰하는 것입니다. 그리고 실향민들은 실향의 한에 지배당하지 말고 그 한(恨)을 다스릴 줄 알아야 합니다. 그래야만 이 앞으로 올 통일에 능동적으로 대처할 수 있습니다.

어떤 사람들은 이산가족 1세대가 고령으로 실향의 한을 품은 채 자꾸만 유명을 달리하고 있는 이 마당에 통일은 무슨 대가(代價)를 치르더라도 무조건 서둘러야 한다고 합니다. 또 어떤 사람들은 이렇게 이산 제1세대가 자꾸만 유명을 달리하여 마침내 그들이 다 가고 나면 혈연적인 유대가 끊어져 남한과 북한은 완전한 타국이 되어 통일 의욕을 상실하게 될 것이니 그렇게 되기 전에 한시 바삐 통일을 서둘러야 한다고 합니다. 그러나 통일은 그렇게 서두르기만 한다고 해서 엿장사 마음대로 되는 것은 결코 아닙니다."

"그럼 어떻게 해야 합니까?"

"때가 무르익어야 합니다."

"그럼 아직도 때가 무르익지 않았다는 말씀입니까?"

"그렇습니다."

"94년부터 지금까지 불과 4년 사이에 3백 5십만의 무고한 동포가 굶어 죽어가고 있는데도 때가 되기만을 기다려야 한다는 말씀입니까?"

"그렇습니다. 때를 기다려야 합니다. 천시(天時)를 기다릴 줄 아는 자가 승리자입니다. 우창석 씨는 고향이 어딥니까?"

"충남입니다."

"그럼 이북 땅에 피붙이가 살고 있는 것은 아니군요."

"네."

"그렇다면 나만큼 간절한 이산의 아픔은 느끼지 못할 것입니다."

"물론입니다. 선생님의 처지에 대면 저는 아무것도 아니라고 할 수 있죠. 죄송합니다. 선생님, 공자님 앞에서 문자 쓴 것 같아서 정말 송구스럽습니다."

"뭐 그럴 것까지는 없습니다. 이산(離散)의 고통은 어차피 내가 짊어져야 할 인과응보니까요. 나는 요즘 가끔 이런 생각을 해 보곤 합니다."

"어떤 생각 말씀입니까?"

"통일의 전 단계로서 남북의 이산가족들이 자유롭게 왕래라도 할 수 있으면 하는 겁니다. 그것도 안 되면 편지 교류라도 할 수 있으면 오죽이나 좋으랴 하고 말입니다. 김일성의 남침을 배후에서 부추기고 지원했던 중국과 소련의 후신인 러시아와도 자유로운 왕래가 이루어지고 있는데 북한과도 우선 그렇게만 되어도 얼마나 좋겠습니까?"

"과거에 동서독에서처럼 말입니까?"

"그렇습니다."

"북한은 바로 그 때문에 동독이 서독에 흡수통일 당했다고 보는 모양인데 그게 성사되겠습니까?"

"하긴 그 말이 맞습니다. 과거 남북 교류가 있었을 때도 북한의 골수 핵심 당원들만을 엄선해서 남한 땅을 밟게 했을 텐데도 그중에서도 사상적으로 흔들리는 사람들이 있어서 북한은 교류를 중단했습니다. 그러한 북한 집권자들이 이산가족 서신 교환이나 상봉을 허용할 리가 없죠."

"하긴 그 말이 맞습니다."

"그런 걸 생각하면 금강산 관광도 무산되는 거 아닌지 모르겠습니다."

"그럴 가능성이 없지도 않습니다. 군사력 강화를 위한 외화벌이의 수단으로 금강산 관광 사업을 하기로 했다가 이제 와서 가만히 생각해 보니 까딱하다가는 북한측 관광요원들이 사상적으로 오염될 것이 걱정되어 생트집을 부려 중단을 하려는 사태가 벌어질지도 모릅니다."

"같은 동포이면서도 참으로 상대하기 힘든 별종들입니다."

"그래도 우리는 그들과 상대해야 합니다. 그것이 우리 민족에게 부과된 엄숙한 사명입니다."

"사명 치고는 너무나도 힘들고 괴롭고 이상야릇합니다."

넉넉하고 여유 있는 자세

"그래도 넉넉하고 여유 있는 자세로 감수해야지 어떻게 하겠습니까. 어차피 남에게 떠넘길 수 없는 일인 바에야 어쩔 수 없는 일이 아니겠습니까?"

"넉넉하고 여유 있는 자세라고 하셨는데 그러한 마음가짐은 아무나 가질 수 있는 것은 아니지 않습니까?"

"그렇긴 합니다만 그것도 마음먹기에 달려 있습니다."

"마음을 어떻게 먹어야 하는데요?"

"위기에 처했을 때는 이순신 장군이 부하 장병들에게 호소한 것과 같이 생즉사(生則死)요 사즉생(死則生)의 각오로 임해야 합니다. 이것이 무슨 뜻인지 아십니까?"

"네 압니다."

"그럼 어디 한 번 말씀해 보세요."

"결전(決戰)을 앞두고 살겠다고 혼자 도망치는 자는 죽을 것이고 죽음을 각오하고 싸움에 뛰어든 사람은 반드시 살아남는다는 말입니다."

"그건 한 부대의 지휘관으로 결전을 앞두고 부하 장병들에게 능히 할 수 있는 말입니다. 그러나 그건 유위계(有爲界) 즉 시공(時空)이 지배하는 상대계(相對界)에서의 얘기입니다."

"그럼 그 말이 진실이 아니라는 말씀입니까?"

"진리의 차원에서는 그렇습니다."

"왜요?"

"왜냐하면 실상의 세계에서는 생사(生死)가 따로 있는 게 아니니까요. 그래서 선배 도인들은 이미 생불생(生不生)이요 사불사(死不死)라고 하지 않았습니까? 태어남은 태어남이 아니요 죽음은 죽음이 아니라는 뜻입니다."

"그러나 실제로 사람은 지금도 끊임없이 죽어가고 또 태어나고 있지 않습니까?"

"현실세계에서 그건 사실입니다. 그러나 죽어가고 태어나는 것은 유한한 육체이지 무한히 살아가는 영혼은 아닙니다. 요전 일요일(1998년 9월 27일)에 SBS에서 방송하는 '그것이 알고 싶다'는 프로를 본 일이 있습니다.

거기에서는 왕년에 세계를 제패한 프로레슬러였던 김일의 80이 넘은 만년의 생활 모습을 보여주고 있었습니다. 그는 고향의 병원에 입원해 있으면서 가끔 외출 하여 옛친구와 친척을 만나보기도 하는 한가한 생활을 보내고 있었습니다. 그런데 인상적인 건 그가 그의 생애를 총결산이라도 하듯이 하는 다음 한마디였습니다.

'생로병사(生老病死)라고 하더니 과연 옳은 말이야.'

그가 파란만장한 레슬링 선수생활을 마치고 이제 늙고 병들어 죽음이 얼마 남지 않은 이 마당에 깨달은 것은 사람은 누구나 생로병사를 피할 수 없다는 겁니다. 독실한 종교인도 아니고 그렇다고 구도자도 아닌 그저 한갓 뛰어난 직업 운동선수였던 그가 만년에 얻은, 생로병사는 아무도 피할 수 없다는 깨달음은 그야말로 크나큰 수확이 아닐 수 없습니다.

그러나 아쉬운 것은 그가 여기서 한 걸음 더 나아가 생로병사는 오직 육체에만 적용되는 것이고 영원히 죽지 않는 영혼(靈魂)에까지 적용되는 것은 아니라는 사실에까지는 미처 도달하지 못했다는 겁니다. 모든 존재의 진면목인 진아를 깨닫게 될 때 우리는 생사(生死)란 본래 없다는 것을 알게 됩니다."

"영혼과 진아는 어떻게 다릅니까?"

"같습니다."

"만약에 어떤 사람이 수행을 통해서든지 인생 체험을 통해서든지 생사란 애초부터 존재하지 않는다는 것을 깨달았다면 그 이전과 다른 점이 무엇입니까?"

"만사에 넉넉하고 여유 있는 자세를 가질 수 있습니다."

"왜 그렇죠?"

"생사가 없다는 것은 생사를 초월했다는 말입니다. 우리가 일상생활에서 갖가지 성패 속에서 웃고 우는 것은 말할 것도 없고 암 선고를 받고 공포에 사로잡히는 것도, 정리해고 통지를 받고 엄청난 실의에 시달리는 것도 이 유한한 육체의 생존의 문제와 결부되어 있기 때문입니다. 생사를 초월한 사람은 죽음 앞에서도 의연할 수 있습니다. 왜냐하면 죽음도 삶도 없다는 것을 알기 때문입니다."

"허지만 현실적으로 백 명이면 아흔아홉까지는 그것을 인정하려 들지 않거든요. 대부분의 사람들은 사람은 죽으면 그뿐이라고 생각하지 않습니까?"

"그럼, 그렇게 생각하는 사람을 보고 그 자신은 어디에 있는가 하고 물어보세요. 그들은 틀림없이 자기 몸을 가리킬 것입니다. 생각해 보세요. 내 몸이 납니까? 만약에 내 몸이 나라면 내 몸이 생각도 하고, 보고 듣고 냄새 맡고 맛보고, 느끼고 행동도 해야 합니다.

그러나 내 몸은 스스로 생각하고 지각(知覺)하고 행동하는 존재가 아닙니다. 만약에 내 몸이 스스로 생각하고 지각하고 행동하는 존재라면 숨이 끊어졌을 때도 스스로 생각하고 지각하고 행동해야 합니다. 그러나 실제로 사람은 숨이 끊어지면 바로 그때부터 보지도 듣지도 못하고, 냄새도 못 맡고 맛도 못 보고 느끼지도 못합니다. 모든 사고(思考) 능력과 지각 능력이 정지됩니다.

이것은 곧 육체는 껍데기에 지나지 않고 그것을 움직이는 실제 주인은 따로 있다는 것을 말해 줍니다. 그 실제 주인이 바로 생명입니다. 그러므로 생명이 떠난 육체는 그 순간부터 곧 부패하기 시작합니다. 왜냐하면 죽은 사람에게는 생명이 없기 때문입니다."

"그럼 생명은 무엇입니까?"

"육체를 가동시키는 마음입니다. 마음이 떠난 시체를 보고 평소에 그를 알고 지내던 사람들 중에 아무도 그 사람이라고 말하지 않을 것입니다. 단지 그의 생명이 머물러 있던 시체라는 것만 인정할 것입니다. 내 몸을 움직였던 것은 내 육체가 아니고 생명을 가진 내 마음이었습니다. 몸에서 마음이 떠나지 않은 것을 보고 살아 있다고 하고, 몸에서 마음이 떠난 것을 보고 우리는 죽었다고 합니다. 여기까지는 누구든지 인정케 할 수 있겠습니까?"

"네, 거기까지는 자신이 있을 것 같습니다."

"됐습니다. 여기까지만 납득시킬 수 있다면 누구든지 죽으면 그뿐이라는 말은 할 수 없을 것입니다. 왜냐하면 몸은 죽어도 마음은 죽지 않고 다만 몸을 떠날 뿐이라는 것을 알 수 있기 때문입니다. 이것만은 누구나 인정하지 않을 수 없을 것입니다. 아무리 과학 만능시대라고는 하지만 마음이 눈에 보이지 않는다고 해서 마음이 없다고 주장하는 사람은 없을 것이니까요."

"선생님 그럼 혼령(魂靈)과 마음은 어떻게 다릅니까?"

"혼령은 업장을 가진 영혼입니다. 마음속에는 혼령도 영혼도 다 들어 있습니다."

"가아(假我)와 진아(眞我)의 차이는 무엇입니까?"

"가아는 아직도 욕망에 오염되어 있는 혼령이고 진아는 모든 업장에서 벗어나 순수해진 영혼을 말합니다."

"진아는 영안으로 볼 수 있습니까?"

"진아야말로 진리 그 자체입니다. 형체도 색깔도 없고, 상하사방도 없고 태어남도 죽음도 없고, 늘어남도 줄어듦도 없고, 더러움도 깨끗함도 없고, 유무(有無)도 없고 시간과 공간의 제한도 받지 않고 이 우주 내에 어디든지 없는 데가 없습니다. 이처럼 형체도 색깔도 없는 진아를 영안으로 본다는 것은 불가능한 일입니다."

"그렇다면 진아의 존재를 어떻게 알 수 있습니까?"

"구도자는 지혜의 힘으로 진아를 감득(感得)할 수 있습니다. 진아를 감득하는 것을 우리는 견성(見性)이라고 합니다."

〈44권〉

『명심보감(明心寶鑑)』 번역을 마치고

단기 4331(서기 1998)년 9월 5일 토요일 19~27℃

지난 26일간 나는 오로지 『명심보감』 번역에만 매달려 세월 가는 줄 몰랐다. 총 25편(篇)에 284장(章)의 짧은 문장으로 되어 있는 『명심보 감』은 일제에게 국권을 빼앗기기 전 5백여 년 동안 『천자문(千字文)』, 『소학(小學)』과 함께 우리나라 초중등 교육기관의 도덕 및 윤리 교과 서였다.

이것을 읽어 보노라면 우리의 할아버지 대 이전의 우리 조상들이 평 소 무엇을 생각해 왔고 무엇을 지향해 왔는가 하는 것을 알 수 있다. 『명심보감』이 구구절절이 우리의 심금을 울려주는 것은 하나같이 인 간은 어떻게 이 세상을 살아가야 하고 대인관계는 어떻게 해야 하는가 하는 가치관을 박진감 있게 설명했기 때문이다.

그것을 한마디로 요약하면 인간은 누구나 자기 자신보다는 남을 먼 저 생각해야 하는데, 그러자면 바르고 착하고 슬기롭게 살아가야 한다 는 것이다. 그런데 여기서 우리가 명심해야 할 것이 있다. 그것은 수 많은 사항들 중에서도 효도를 백행(百行)의 근본으로 삼았다는 것이다. 이것은 복잡다단한 현대를 살아가는 우리들에게도 아무리 강조해도 지나침이 없는 말이다.

우리 조상들은 서당 시절부터 윤리와 도덕을 몸에 익히고 있었으므로 요즘 우리 사회에서 벌어지고 있는 부모 학대, 구타, 살해와 같은 천인공노(天人共怒)할 배은망덕한 대역부도(大逆不道)는 감히 상상도 할 수 없는 일이었다. 도대체 이런 패륜(悖倫) 행위들이 왜 난무하고 있는 것일까? 적어도 조선 왕조 5백 년 동안에는 부모를 살해하는 범죄가 있었다는 말은 거의 들어 보지 못했다. 어디 이것뿐인가?

요즘 인기 절정기에 있는 성교육 전문가 구성애 씨에 따르면 무분별한 음란 만화나 소설이나 비디오를 본 몰지각한 청소년과 파렴치하고 변태적인 성인들에 의해 자행되는 성폭행, 특히 4세에서 10세 미만의 어린 소녀에 대한 강간행위는 우리나라가 사실상 세계 1위라고 한다. 한때 동방예의지국(東方禮義之國)이라고 이웃나라에서조차 존경받던 우리 민족이 어쩌다가 이 지경이 되었단 말인가? 실로 통탄할 일이 아닐 수 없다. 도대체 왜 이런 끔찍한 일들이 다반사로 벌어지는 것일까?

『명심보감』을 우리말로 옮기면서 내내 이런 의문이 화두처럼 내 머리를 떠나지 않았다. 불과 한두 세대 전까지만 해도 불효자는 동네에서 멍석말이를 당하여 쫓겨나야만 했다. 심한 경우에는 불효자가 난 군읍(郡邑)은 폐지되고 불효자가 살던 집은 파헤쳐져 연못을 만들어 버리곤 했던 것이다. 효도야말로 모든 윤리 도덕의 근본 뼈대였다. 적어도 1만 년 이상 지속되어 오던 이러한 효도 중심의 도덕 체계가 무너지면서 우리는 지금 도저히 걷잡을 수 없는 혼란의 소용돌이에 휘말려 있는 것이다.

그럼 무엇 때문에 우리 민족의 역사상 1만 년이나 지속되어 오던 윤리 도덕 체계가 이렇게 허무하게 무너지고 만 것일까? 나는 그것을 과거의 교육 전통과의 단절 때문이라고 본다. 우리는 일제에게 국권을 강탈당하고 나서 해방, 6.25를 거쳐 오늘에 이르면서 교육의 전통마저도 단절당하고 만 것이다. 우리 민족을 자기네의 노예로 만들려는 일제의 식민지 교육에다가 해방 후 지금까지 서구식 개인주의 교육이 판을 치면서 이 땅에서 윤리 도덕 교육의 전통은 완전히 그 맥이 끊어지고 만 것이다.

이것이 바로 오늘날의 가치관의 혼란을 초래한 원인이다. 불효와 성폭행 창궐의 원인은 바로 여기에 있었던 것이다. 가치관의 단절뿐 아니다. 우리 민족 전래의 음악과 무용 역시 같은 이유에서 그 교육과 전수(傳受)가 단절되어 왔다. 그러나 다행히도 요즘은 젊은이들 특히 대학생들 사이에서 우리의 전통 무용과 음악에 대한 새로운 각성이 싹트고 있는 것은 반가운 일이다. 전통 음악과 무용에서뿐만 아니라 전통적인 가치관에서도 부활운동이 활발히 일어나야 한다.

그렇다면 우리 민족의 전통적인 가치관의 뿌리는 어디에 있는 것일까? 환단(桓檀) 시대 7천 년 동안에는 『천부경(天符經)』, 『삼일신고(三一神誥)』, 『참전계경(參佺戒經)』이 있었고, 그 후 고구려, 신라, 백제, 발해, 고려 시대에는 『천부경』, 『삼일신고』, 『참전계경』과 함께 화랑의 세속 오계(五戒), 『논어(論語)』, 불경이었고, 고려 말 이후 조선 왕조 멸망까지는 『천자문(千字文)』, 『소학(小學)』, 『명심보감』, 『논어』,

『맹자』등이 있었다.

이런 것을 감안할 때 나는『천부경』,『삼일신고』,『참전계경』과 함께『소학』,『명심보감』을 변화된 오늘의 청소년 교육에 알맞게 새롭게 개편하여 초중 고등학교 부교재로 채택할 것을 교육 당국자들에게 건의하는 바이다.

혹자는 우리의 도덕 체계가 이렇게 허무러진 원인은 한문 교육을 하지 않았기 때문이라고 말한다. 그러나 한문은 우리의 사상과 의사를 표현하는 과거의 한 방편에 지나지 않았다. 방편이 문제가 아니라 내용과 근본정신이 문제인 것이다. 우리의 사상과 정신 그리고 감정과 의사를 표현하는 데는 한문보다는 한글이 훨씬 더 편리하고 호소력이 강하다는 것은 세종대왕의 훈민정음 발표 이래 실생활에서 이미 수없이 입증된 것이다. 한문본『명심보감』을 우리말로 옮기는 이유도 바로 여기에 있다.

삼대경전,『천자문』,『소학』,『명심보감』은 다 같이 과거 1만년 우리 민족 역사 이래 우리 조상들을 가르쳐 온 윤리 도덕 교과서였고, 그 교육적 가치는 산업화, 정보화, 민주화 시대를 살고 있는 우리에게도 조금도 퇴색하지 않고 있다. 이들 윤리 교과서들은 한결같이 나보다 남을 먼저 위할 줄 아는 사람이 훌륭한 사람임을 역설하고 있다.

이것이야말로 시공(時空)을 초월하는 보편적인 진리가 아닌가? 모든 인간들이 지향해야 할 당위성이기도 하고 또한 구도의 방편이기도 하기에 그 가치는 무궁무진한 것이다. 이들은 무한경쟁 시대를 살아가는 우리들에게 변함없는 삶의 지표를 제공해 줄 것이다.

프랑스 여행

단기 4331(1998)년 9월 6일 일요일 맑음

오전 10시경. 아내와 나는 우리집 며느리의 남동생이 우리를 위해 몰고온 무쏘 승용차를 타고 김포 국제공항으로 향했다. 오후 1시 30분 김포공항 출발, 프랑스 드골 국제공항으로 향하는 대한항공 여객기를 타기 위해서였다. 그러니까 나에게는 생애에 두 번째 해외여행이다. 첫 번째는 96년 6월 20일부터 25일까지 5박 6일간 북경, 연길, 도문, 백두산, 선양을 거친 백두산 관광여행이었고, 이번은 우리 외동딸의 결혼식 참가차 가는, 98년 9월 6일부터 14일에 이르는 8박 9일의 프랑스 여행이다.

딸애는 대학을 졸업한 뒤에 무슨 귀신에라도 쓰인 듯이 곧바로 프랑스에 갔다. 분장술을 공부하기 위해서였다. 파리의 분장술 학교를 졸업하고 그곳에서 분장사 일을 하느라고 이럭저럭 6년이라는 세월을 보냈다. 대학 영문과를 졸업한 후에는 모국에서보다는 프랑스에서 더 많은 시간을 보냈다.

몇 해에 한 번씩 귀국을 해서도 오래 있지 못하고 곧바로 다시 프랑스로 떠나곤 했다. 프랑스에서 올 때에는 건강한 모습으로 왔다가도 집에 와서 얼마간 머물다 보면 건강을 잃고 몸이 쇠약해지곤 했다. 그러다가 프랑스에 갔다가 올 때에는 다시 건강한 얼굴로 돌아오는 것이었다.

실로 이상야릇한 일이 아닐 수 없었다. 딸에게는 조국의 풍토가 프랑스보다 어울리지 않는 것 같았다. 직장도 그랬다. 프랑스에서보다 한국에서는 일거리 구하기가 더 어려웠다. 그러는 사이에 언어도 사고 방식도 구미(口味)도 점점 더 프랑스화 되기 시작하는 것이었다. 사귀는 친구도 한국에서보다 프랑스에 더 많았다. 프랑스에는 지금도 중학교 때부터 펜팔로 사귄 친구들이 있어서 무슨 일이 있으면 아주 헌신적으로 딸애를 도와주곤 했다.

전생의 인연 찾아

아내는 이러다간 딸애 하나 있는 거 프랑스에 아예 빼앗기겠다면서 황급하게 파리에 국제전화를 걸어 국내로 끌어들이곤 했다. 어떻게든지 한국 청년과 교제를 하게 하여 한시바삐 결혼을 하여 국내에 뿌리를 내리게 하기 위해서였다. 귀국을 시켜 놓고 아내는 노처녀로 늙게 할 수는 없다면서 백방으로 수소문하여 맞선을 보게 했다.

그러나 그게 아내의 뜻대로 잘 진행되지 않았다. 딸애는 외모도 체격도 남에게 빠지지 않았다. 어디에 가도 남의 시선을 끌만한 매력도 있었다. 그러나 맞선 상대는 외모에 끌려 처음에는 호감을 갖고 교제를 시작했다가도 얼마 안가 곧 헤어지곤 했다.

딸애는 누가 보기에도 이른바 현모양처 형은 못되었다. 활달하고 스스럼없이 말 잘하고 외향적이고 적극적이고 자유분방했다. 배우자를 사귀는 데 있어서도 어디까지나 자기 스스로 상대를 선택하고 쟁취하는 공격형이지 상대방에게 선택당하고 쟁취당하는 피동형이나 수동형이 아니었다. 보수성이 강한 한국 남성에게는 이것이 눈에 거슬렸을 것이다.

한편 딸애는 한국 청년은 답답하고 따분해서 상대가 되지 않는다고 했다. 하긴 근 10년 동안 주위에서 프랑스 남성들만을 보아온 그녀의 눈에는 그렇게 비칠 수도 있었을 것이다. 맞선이 허사로 돌아갈 때마다 아내는 땅이 꺼지게 한숨을 쉬어댔다.

수행 덕분에 아내보다는 사물을 냉정하고 객관적으로 관찰하는 습관이 어느덧 몸에 밴 나는 아내와는 견해가 달랐다. 딸애가 처음 프랑스로 공부하러 가겠다고 할 때부터 그 정상을 벗어난 이상 열기에 나는 강한 의구심을 품었었다. 보통의 한국 처녀들과는 확실히 다른 면모를 발견하고는 그것이 나에게는 하나의 화두가 되었었다. 도대체 왜 그 애는 모국보다는 프랑스를 더 선호하게 되는 것일까. 이 화두에 몰두한 지 얼마 안 되어 나는 수행 중에 딸애의 전생을 보게 되었다.

어렴풋이 예감했던 대로 딸애는 전생이 프랑스 여자였다. 19세기 상류계층의 의상을 하고 있었다. 그녀의 남편은 해군 장교였다. 드디어 내 의혹은 풀렸다. 대학 때의 전공은 영문학이었는데 불과 3년 동안 프랑스에 머무는 동안 익힌 프랑스어 발음이 프랑스인보다 더 유창하고 정확하다는 평을 그녀는 프랑스인들로부터 받고 있었던 것이다.

그리고 프랑스 음식이며 프랑스 문화에 그렇게 빨리 적응하고 중학교 때부터 그렇게도 프랑스를 동경한 이유가 여기에 있었던 것이다. 대학을 갓 졸업한 처녀가 그렇게도 과감하게 프랑스로 돌진해 들어갈

254

수 있었던 이유도 바로 그런 전생의 인연 때문이었다.

나는 최근에 텔레비전에서 90년대 초에 지금은 브라운관에 그 얼굴이 뜨고 있는 이다도시라는, 대학을 갓 졸업한 프랑스 처녀가 여행용 가방만을 하나 달랑 들고 무엇에 쓰인 듯이 김포공항에 내렸다는 얘기를 그녀의 입을 통해 들은 일이 있었다. 그녀는 무작정 한국이 그리워자기도 모르게 한국 땅을 밟게 되었다고 털어놓았다. 처음에는 여러가지 어려움을 겪었지만, 그때마다 이상하게도 구원자가 나타나 그녀를 도와주곤 하여 드디어 한국에 정착하게 되고 지금은 한국인 청년과 결혼하여 아이까지 낳고 행복하게 잘살고 있다고 했다.

나는 이다도시의 전생도 틀림없이 한국 여자였다고 본다. 그렇지 않으면 아무 연고도 없는 프랑스 처녀가 단신으로 한국 땅을 찾아 올 리가 없는 것이다. 딸애는 이다도시보다 사실은 몇 해 앞서서 프랑스 땅을 밟은 것이다.

아내가 제아무리 국내로 불러들여 맞선을 보게 해 봤자 소용없다는 것을 나는 알고 있었지만, 아내가 하는 일을 막을 수는 없었다. 다소전통적이고 보수적인 사고방식을 가지고 있는 아내가 하는 일을 내가못 하게 한다면 훗날 그렇게 못 한 것이 한(恨)이 될 것 같아서였다.

아무리 맞선을 보여 봤자 성사가 되지 않는 것을 본 아내는 그 일마저 포기하는 수밖에 없었다. 나이가 어느덧 30하고도 한 살이 넘었는데 저렇게 결혼할 생각도 않고 외국으로만 떠돌아다니고 있는 것을 아내는 안타까워하고 있었다. 어떤 때는 딸애 일을 생각하면 밤잠이 오지 않는다면서 자다가도 벌떡 일어났다.

"당신은 걱정도 되지 않아요?"

느닷없이 신경질적으로 대들 때도 있었다. 그때마다 나는

"다 떨어진 짚신도 제짝이 있는 법인데 설마하니 처녀로 늙기야 하겠소."

"아니 지금 그렇게 태평한 소리가 나와요? 저렇게 외국으로만 떠돌다가 서양 사람하고 결혼한다고 하면 어떻게 하죠?"

숱한 맞선이 다 허사로 돌아간 것을 보고 무슨 예감이라도 들었던지 아내가 이렇게 반문하기도 했다.

"그것이 인연이라면 할 수 없는 거지 어떻게 하겠소."

나는 딸애의 전생을 본 이후로는 딸애의 결혼 상대는 꼭 한국인이어야만 한다는 고정관념에서는 벗어나 있었다. 프랑스 처녀 이다도시가 한국인 남자의 아내가 되었듯이 우리 딸이라고 해서 꼭 한국 남자만을 고집할 필요는 없다고 생각되었다.

이제 세계는 날로 국경이 낮아지고 지구촌 시대로 접어들고 있는데 그런 고루한 보수적인 사고방식은 시대에 맞지 않는다고 생각되었기 때문이었다. 아내는 이 일로 많은 갈등을 겪는 듯했지만 결국은 서양인이라도 좋은 상대가 나타나면 처녀로 늙는 것보다는 낫다는 데까지 양해를 하기에 이르렀다.

우리가 탄 여객기는 예정 시간인 오후 6시 40분경에 정확하게 드골 국제공항에 도착했다. 지구의 자전을 거슬러 왔으므로 서울에서 일요일인 오후 1시 반에 출발하여 11시간을 비행해 왔는데도 이곳 시간은 같은 일요일인 오후 6시 40분밖에 안 되었다.

공항에 마중 나온 딸 내외를 만나 사위가 자가용으로 쓰는 벤츠 승용차를 타고 우리는 그들이 사는 파리 근교의 아파트로 향했다. 공항과 도로와 도시와 농촌 광경들은 우리나라와 별반 다른 것이 없었다. 그러나 자세히 살펴보면 우리와 다른 것들이 하나둘 눈에 띄기 시작했다.

우선 모든 구조물들이 낡았으면서도 탄탄하다는 것이었다. 가령 고가도로 같은 것도 우리나라에서처럼 구조물의 콘크리트 한 귀퉁이가 떨어져 나갔다든가 벽에 금이 갔다든가 하는 하자(瑕疵)들이 일체 눈에 띄지 않았다. 이것은 사소한 일 같으면서도 안정감과 신뢰감을 주었다. 다시 말해서 허겁지겁 무엇에 뒤쫓기듯 서둘러 얼렁뚱땅 날림공사를 했다는 흔적은 그 어디에도 보이지 않았다.

양보하는 미덕

도로를 달리는 자동차들의 운행 관행도 금방 눈에 들어왔다. 우리나라와 비슷했다면 눈에 뜨일 리가 없겠지만 그렇지 않으니까 자꾸만 내 시선을 끄는 것이었다. 무리하게 차선을 바꾸어 끼어드는 일도 없고 설사 차선을 바꾸려고 깜박이를 켜기만 해도 해당 차량은 기꺼이 양보를 해 주는 것이었다.

두 개의 차선이 하나로 합쳐지는 곳에서도 서로 먼저 가라고 양보를 하니까 차량의 흐름은 그렇지 않은 경우보다 오히려 더 빨라지는 것이었다. 이런 분위기 속에서는 공격적인 난폭운전이나 곡예운전을 일삼는다는 것은 도저히 상상도 할 수 없는 일이었다. 모든 차들이 이처럼 자기가 먼저 양보를 해 주려고 하니까 술술 잘도 풀려나갔다.

서로 먼저 가겠다고 빵빵대며 대가리 싸움을 하지 않으니까 한국에 서처럼 입에서 욕바가지가 쏟아져 나올 일은 있을래야 있을 수 없었다. 프랑스 사람들이라고 해서 바쁘지 말라는 법이 어디 있겠는가. 그러나 그들은 바쁠수록 서로 양보하는 미덕을 잃지 않기 때문에 기분 좋은 운전을 할 수 있는 것이었다.

어찌 그뿐이랴. 어떤 경우에도 서로 먼저 가겠다고 승강이를 벌이지 않으니까 차의 흐름은 언제나 매끄럽고 평화롭기만 했다. 이것은 예산이 드는 일도 아니다. 차량이 붐비는 것은 서울과 별 차이가 없건만 서울에서 운전할 때처럼 짜증나는 일은 찾아볼래야 찾아볼 수 없었다. 도대체 어떻게 돼서 프랑스 사람들은 이렇게 여유 있고 안전하고 기분 좋은 운전을 하고 있는 것일까?

공항에서 아파트까지는 한 시간쯤 걸리는 거리였는데 그동안 내내 나는 이 문제를 생각했다. 우리는 왜 그렇게 못 하는 것일까? 해답은 간단명료했다. 이들은 우리보다 남을 먼저 생각할 줄 알기 때문이었다. 차든지 사람이든지 좁은 길을 가다가 마주쳤을 때 서로 먼저 양보만 한다면 절대로 길이 막히는 일이 있을 수 없다.

그러나 서로 먼저 가려고 할 경우 반드시 눈을 부라리게 되고 입에서 욕설이 튀어나오고, 삿대질이 오가다가 멱살을 잡고 싸움이 벌어지게 되는 것이다. 서로 양보만 할 줄 안다면 간단히 해결되는 일을 가지고 서로 양보하지 않으려다가 교통체증이 야기되는 것이다. 어찌 교통체증뿐이겠는가. 까딱하면 대형 사고로 인명 피해까지도 생긴다.

선진국 국민은 돈이 많으냐 적으냐로 결정되는 것이 아니라 서로 양보하는 정신이 있느냐 없느냐로 결정된다는 것을 나는 파리에서 처음으로 차를 타보고 나서 절실하게 깨달았다. 철든 어른과 철부지 개구쟁이의 차이라고 할까. 선진국과 후진국의 차이는 바로 이런 거라는 생각이 내 가슴을 쳤다.

1998년 9월 7일 월요일 맑음

프랑스 파리에서의 이틀째이다. 시차(時差)에 별로 구애됨이 없이 우리는 한국에서처럼 새벽 3시 반에 일어났지만 딸애 부부는 한밤중이었다. 조깅을 한 시간쯤 해야 몸의 컨디션이 제대로 살아날 텐데 우선 4중으로 잠금장치를 해 놓은 중문과 대문을 열고 밖으로 나갈 자신이 없었다.

설사 밖으로 나간다고 해도 어디가 어딘지 모르니 어떻게 달리기를 할 수 있단 말인가. 나는 할 수 없이 방 안에서 도인체조로 몸을 풀고 나서 책을 읽다가 가부좌를 틀고 앉아 명상에 들어갔다. 그러나 나는 곧 심한 공복감을 느꼈다.

그리고 보니 어제 저녁식사는 먹는 척만 했지 실제로 목구멍으로 넘어간 것은 별로 없었다. 미리 준비했던 생식을 입에 털어 넣고 물을 마시고 나니 속이 편안해졌다. 만약에 생식을 준비하지 않았더라면 어떻게 되었을까 하고 생각하니 한심한 생각이 들었다. 아내는 짐 정리하느라고 정신이 없었다.

아침 7시가 되어서야 사위가 준비해 준 간단한 아침식사를 마치고 나자 그는 우리와 딸애 셋이서 12시 반에 엘리제 드 베르네 레스토랑

259

이라는 곳에서 만나기로 약속하고 출근했다. 이 레스토랑은 호텔 베르네에 소속되어 있는데, 파리에서는 최고급이라고 한다. 정장을 하지 않으면 누구도 들어갈 수 없다고 한다.

우리는 약속 시간에 늦지 않게 일찍 아파트를 출발했다. 약속 장소인 레스토랑은 시내 중심가에 있었다. 드디어 나는 책이나 남의 이야기나 영상을 통해서만 숱하게 익혀 온 파리 시내의 중요 구조물들을 차 안에서나마 내 눈으로 직접 확인해 볼 수 있었다. 대부분의 구조물들은 루이 14세로부터 나폴레옹 시대에 이르는 프랑스의 황금기에 만들어진 것인데 지금도 그때의 모습 그대로 거의 완벽하게 보존되어 있다고 한다.

건물, 각종 조각상, 탑, 다리, 도로 등 모든 구조물들은 그 당시 유럽인이 할 수 있는 지극 정성과 최고의 예술적 기량을 발휘하여 이룩된 것이다. 파리는 각종 구조물에 관한 한 가히 시간이 정지된 별세계였다. 17, 18, 19세기의 예술의 정화(精華) 그것이었다. 어떠한 건물, 어떠한 구조물에도 정교한 조각이 되어 있지 않는 것이 없었다. 도시 전체가 예술 그것이었다. 오죽했으면 2차 대전 때 파리를 둘러본 독일의 독재자 히틀러마저도 이 도시의 예술에 압도되어 파괴를 엄금하게 했겠는가?

다음 스케줄 때문에 두 시간 안에 식사를 마치고 사위는 다시 직장으로 돌아가고 우리 셋은 그곳에서 얼마 안 되는 거리에 있다는 루브르 박물관으로 향했다. 짧은 거리는 도보로, 약간 긴 거리는 택시를 주로 이용했다.

루브르 박물관은 원래 12세기 말부터 왕의 요새로 이용되었고 그 후 왕궁이 베르사유 궁전으로 옮기기 전까지 역대 왕들의 궁전으로 이용되었다. 화재나 파괴와 재건이 거듭되다가 혁명 때 거의 폐허가 되었던 것을 나폴레옹에 의해 오늘의 모습을 갖추게 되었다고 한다.

루브르 박물관을 다 보려면 한 달을 봐도 모자란다고 한다. 딸애의 인도로 중요한 것만 대강 주마간산(走馬看山) 격으로 훑어볼 수밖에 없었다. 엘리베이터를 타고 오르내리면서 그렇게 대충대충 스쳐보다시피 하는데도 세 시간이나 걸렸다.

1998년 9월 9일 수요일 간간이 비

몽마르트르 정상에서 큰 길을 따라 내려오면서 나는 이상한 광경을 목격했다. 그리스 로마 시대의 새하얀 복장을 한 입상(立像)들이 길가에 드문드문 서 있는 것이었다. 처음에는 진짜 조각상인 줄 알고 지나치려 했지만 아무래도 회칠을 한 듯한 피부가 좀 이상했다. 무심코 걸음을 멈추고 유심히 살펴보자 딸애가 말했다.

"진짜 조각상(彫刻像) 같죠?"

"아니 그럼 진짜가 아니란 말야?"

"자세히 보세요. 사람이예요."

알고 보니 조각상과 똑같은 분장을 한 살아 있는 사람의 입상(立像)이었다. 다섯 여섯 시간씩 미동도 않고 한자리에 우뚝 선 채 버틴다고 한다. 그것이 살아 있는 사람의 입상이라는 것을 나타내는 유일한 증거는 그 앞에 놓여 있는 동전 받는 그릇이었다. 그것이 사실이라면 대단한 인내력과 지구력이었다. 만약에 구도자가 그런 부동의 자세로 명상에 잠길 수 있다면 대단한 성취가 있었을 것이라고 생각하니 아까운 정력이 엉뚱한 데 낭비되는 것 같은 느낌이 들었다.

몽마르뜨르 관람을 마친 우리는 택시를 불러 타고 점심 약속 장소인 일식집으로 향했다. 어제처럼 사위와 함께 넷이 창가의 식탁에 둘러앉았다. 파리에서는 제일 알아주는 일식집이라고 했다. 창밖은 자동차 도로였다. 음식 나오기를 기다리던 아내가 갑자기 창밖을 향해 미소를 활짝 띄우고 손을 흔들었다. 나도 모르게 창밖으로 시선이 갔다. 고급 승용차 뒷좌석에 앉아 있는 중년 신사 역시 활짝 웃으면서 마주 손을 흔들어 주었다.

"누구요?"

내가 묻자,

"텔레비전에서 몇 번 본 듯한 프랑스 정부 고관 같아요."

아내가 말했다.

딸애가 사위와 불어로 뭐라고 말하더니 말했다.

"프랑스 정부 부수상이래요."

"그런 사람이 어떻게 동양인 여자 관광객을 알아보고 손을 흔들까?"

"과연 관광 강대국 부수상답군."

"왜요?"

"부수상까지 발 벗고 나서서 관광객을 환영하니 말요."

점심을 마친 우리는 어제처럼 또 관광길에 나섰다. 이번에는 택시를 타고 세느강 선착장으로 향했다. 지금까지 파리에서 나흘을 묵는 동안

내가 딸애와 사위 이외에 가장 자주 접하는 사람은 택시 운전사였다. 물론 딸애가 있었으므로 언어상의 문제는 없었다.

나는 단지 운전사들이 갈릴 때마다 그들을 무심코 살펴보았다. 그런데 운전사들의 대부분이 60대 이상의 고령이었다. 어떤 때는 백발의 80쯤 되어 보이는 운전기사도 있었다. 그래서 나는 지나가는 차들의 승객들을 살펴보았지만 노령 인구가 압도적으로 많았다. 경찰도 점원도 단연 고령자 일색이었다.

우리나라 같으면 양로원이나 가정이나 공원에서 할일 없이 허송세월해야 할 할아버지 할머니들이 프랑스에서는 전부 현역으로 최일선에서 뛰고 있었다. 우리나라에서의 사회의 주역이 중년이라면 이곳에서의 사회의 주역은 단연 노년이었다.

우리나라도 지금처럼 노령 인구가 증가하면 한두 세대 뒤에는 프랑스처럼 될 것이다. 5십 년 뒤의 우리나라의 모습을 미리 내다보는 것 같은 기분이 들었다. 그러나 건강관리에 특별히 관심을 기울이지 않는 한 프랑스 노인들처럼 현역에서 활발히 자기 몫의 일을 해낼 수 없을 것이다.

과거에 집착하는 파리장들

파리장들은 한마디로 조상들의 업적을 팔아먹고 사는 사람들이었다. 그 쏠쏠한 재미에 팔려 보다 중요한 그 무엇을 놓치고 있는 것은 아닐까? 보다 중요한 그 무엇이란 과연 무엇일까? 이러한 의문에 사로잡힌 나는 관광지 해설 방송에 귀를 기울이면서도 줄곧 한줄기의 사념을 쫓고 있었다.

파리에서 나흘 동안을 묵으면서 내가 느낀 것은 솔직히 말해서 프랑스인들의 지금과 같은 생활방식이 과연 자연의 순리에 맞는 것인가 하는 것이었다. 파리 교외 어디에는 최첨단의 신시가지가 조성되어 있다고 하지만, 내가 나흘 동안 관찰한 파리에는 현대식 건물은 일체 보이지 않았다. 그들은 의도적으로 현대식 건물의 건축을 억제하고 있는 것이 틀림없었다.

오직 프랑스 역사상 가장 영광스러운 황금기였던 17, 18, 19 세기의 시가지 모습을 추호라도 다칠세라 그대로 보존하는 데 온갖 정성과 노력을 기울여 온 것으로 보인다. 그러한 노력이 없었다면 파리가 지금 우리가 보는 것처럼 유지될 수가 없었을 것이다. 겉보기에 오직 달라진 것이 있다면 말과 마차가 달리던 파리 시가지에 지금은 자동차의 물결이 끊임없이 흐르고 있다는 것이다. 이러한 생활방식이 과연 옳은 것인가 하는 것이다.

역사적으로 또는 문화적으로 보존할 가치가 있는 문화유적을 국가나 공공기관이 보호하는 것은 당연한 일이지만 파리 시가지 전체의 모습을 2백 년 내지 1백 년 전 모습 그대로 유지 보존하기 위해서 엄청난 국가적인 노력을 기울이는 것이 비록 관광객 유치를 위해서라고 해도 과연 온당한 일이냐 하는 것이다.

바로 이 때문에 파리 시민들은 싫어도 2백 년 전 주거생활을 그대로 답습해야 하는 것이다. 새 술은 새 부대에 담으라는 성경 말도 있지만 낡은 껍질은 새로운 생명력을 수용하는 데 한계가 있게 마련이다. 병아리는 달걀 껍질을 깨고 나와야 새 삶을 살 수 있다. 낡은 껍질 속에서는 제아무리 힘이 장사라고 해도 성장에는 한계가 있다.

그런 의미에서 파리 시민들은 굴러내리는 바윗덩어리와 영원히 승산 없는 싸움을 벌이는 프로메테우스를 연상시킨다. 그들은 언제까지 파리를 지금처럼 유지할 수 있을까? 무서운 세월의 압력과 마모를 언제까지나 막을 수 있을 것인가? 앞으로 몇백 년은 막을 수 있을지 모른다. 그러나 천년 2천년의 시간과의 싸움에서 과연 승리를 거둘 수 있을 것인가?

이렇게 승산 없는 싸움에 귀중한 에너지를 소모할 것이 아니라 차라리 시간의 흐름을 타는 것이 낫지 않을까? 껍질을 깨고 병아리가 태어나듯 차라리 구각(舊殼)을 벗어던지고 약동하는 창조의 새 생명이 깨어나게 해야 하지 않을까?

과거가 영광스러웠다고 하여 언제까지나 그것을 붙들고 늘어지는 한 그만큼 전진은 늦어질 것이다. 과거에 집착하는 한 과거의 보존은 있을지언정 새로운 창조는 늦추어질 것이다. 과거의 한 시간대에 정지되어 있는 한 힘차게 앞으로 전진하는 약동하는 파리는 태어나지 못할 것이다.

그런 맥락에서 볼 때, 파리에 비해서 나는 차라리 서울에서 힘차게 약동하는 생명력을 느낀다. 서울은 보존 가치가 있는 고궁들과 남대문, 동대문과 그 밖의 여러 군데의 문화재적 가치가 있는 건축물과 그 부속 지역을 빼놓고는 거의 다 근현대적 건물로 채워져 있다.

비록 부정부패와 날림 공사 때문에 성수대교와 삼풍백화점이 무너져내리는 뼈아픈 시행착오를 겪었고, 과거와 현대가 무질서하게 조화를 잃고 뒤죽박죽이 된 것 같지만 서울에서는 파리에는 없는 생명의 실상과 역동성을 느낄 수 있지 않은가?

시간의 흐름을 거부하는 대신에 그 흐름에 순응하는 지혜가 스며 있음을 서울에서는 감지하게 된다. 그러나 변화를 인위적으로 거부하는 파리에서는 이러한 생명의 움틈이 보이지 않는다. 지각(地殼)이 하도 두꺼워 새 움이 뚫고 올라올 수 없다.

변화를 수용할 때 생명의 무한한 발전이 있다. 그러나 변화를 거부할 때 언제나 후퇴가 있을 뿐이다. 부디 18세기의 영광을 계승 발전시킨, 살아서 힘차게 약동하는 창조적인 현대의 파리의 새 모습을 보고 싶은 것이 솔직한 내 심정이다.

생명의 진가는 과거에의 집착이 아니라 끊임없는 변화를 능동적으로 수용하는 데서 발휘된다. 생명은 과거도 아니고 미래도 아니고 오직 과거와 미래가 한 점에서 만나 현재 속에 용해되어 혼연일체가 되어 있는 것이다. 삶의 지혜는 바로 이 속에서 싹트는 것이다. 어리석은 노인들만이 과거의 환상에서 헤어나지 못한다. 시간의 흐름을 거부하지 않고 수용하는 지혜로운 파리의 힘찬 생명의 약동은 어떠한 명분으로든 억제하면 안 되는 것이다.

신구(新舊)의 순환이 정지될 때 정체가 오게 되어 있다. 하나에 집착할 때 전체를 보지 못한다. 하나에 집착할 것이 아니라 그 하나를 꿰뚫어 보아야 한다. 그래야 전체를 볼 수 있다. 하나의 형상에 얽매이지 말아야 한다. 하나의 형상에 얽매이지 않고 그 형상 뒤에 형상 없음을 볼 때 우리는 실상을 볼 수 있다.

하나에서 전체를 전체에서 하나를 보고, 색(色)에서 공(空)을 공에서 색을 보고, 있음에서 없음을 없음에서 있음을 꿰뚫어 볼 때 제한에서 벗어나 무한을 볼 수 있다. 그 무한이 바로 생명의 실상이다.

그래서 석가는 상(相) 속에서 무상(無相)을 보아야 여래(如來)인 진리를 볼 수 있다고 했다. 무성한 나뭇가지와 이파리와 화려한 꽃과 열매에만 현혹될 것이 아니라 그 속에서 뿌리를 볼 줄 알아야 나무 전체의 모습이 눈에 들어오게 되어 있다. 그러자면 이분법적(二分法的) 흑백논리(黑白論理)에서 과감하게 벗어나야 한다.

지구가 하나의 생명체이듯 파리 역시 하나의 생명체이다. 생명은 결코 어느 한 시기의 영광에 고정되어 있어야 할 정체된 존재일 수는 없는 것이다. 10년 묵은 노트만을 계속 울거먹는 레코드판 같은 교수가 되어서는 퇴출 감밖에는 안 되는 것이다.

먼 훗날 후손들이 파리의 역사를 돌이켜 보고 나서 17, 18, 19세기의 구조물만 있고 20세기 이후의 것은 아무것도 없는 것을 보고 뭐라고 할 것인가? 계승과 발전의 업적은 아무것도 없고 오로지 보존과 유지에만 갖은 정성을 다 쏟은 지금의 파리쟝들을 보고 잘했다고 칭찬할 것인가 잘못했다고 비난할 것인가 냉정히 생각해 보아야 할 것이다.

아들 며느리와의 합류

세느강 유람을 마친 우리는 바로 눈앞에 보이는 에펠탑 꼭대기까지 올라가 파리 시내를 한눈에 굽어보고 싶었지만 오후 6시 40분에 드골 공항에 도착하는 아들과 며느리를 아내와 딸애가 마중하러 가야 했기 때문에 시간이 촉박하여 단념하고 귀가했다. 딸애와 아내는 공항으로 마중나가고 나는 집에서 쉬기로 했다.

저녁 여덟 시가 다 되어 아들 내외와 딸애와 아내가 무사히 도착했다. 드디어 신부 측 가족 넷이 다 한자리에 모인 것이다. 아들 내외 역시 우리 내외 못지않게 많은 짐들을 챙겨 왔다. 아파트 안은 삽시간에 짐으로 발 디딜 틈이 없었다. 그 수많은 짐들 중에서 내 눈이 번쩍 띄게 하는 것이 하나 있었다.

그것은 아들이 항공기 내에서 받아 온 9월 9일자 서울신문 한 장이었다. 과거 23년 동안 언론계에 몸담아 온 생리 때문인지 나는 하루에 적어도 세 개 정도의 신문을 읽고 텔레비전과 라디오 뉴스에 귀를 기울이지 않으면 직성이 풀리지 않는 버릇이 있었다.

그런데 옹근 나흘 동안 국내 뉴스에는 깜깜 무소식이었으니 답답하기 그지없었던 것이다. 그 당시 국내 뉴스의 초점은 북한이 발사한 미사일의 정체에 관한 것이었다. 영자신문을 구해 보려고 신문 가판대를 뒤졌건만 좀처럼 눈에 띄지 않았다. 한참을 헤맨 끝에 한 곳에서 〈런던 타임스〉를 구입했지만 한국에 관한 기사는 보이지 않았다.

사위가 아들 내외를 위해 정성스레 마련한 만찬을 들면서 여러 가지 얘기로 시간 가는 줄 모르다가 11시가 넘었다. 아들 내외는 응접실을 침실로 꾸몄다. 며느리는 서울의 친정어머니한테 맡기고 온 두 살짜리 딸이 걱정이 되었는지 서울에 전화를 걸었다. 다행히도 잘 놀다가 잠이 들었다고 한다.

우리 내외, 아들 내외, 딸 내외 합해서 여섯 식구의 대가족이 프랑스 파리에서 하룻밤을 같이 보내게 된 것이다. 이제야 비로소 우리가 사흘 뒤에 있을 딸애의 결혼식에 참석차 한국에서 이곳 프랑스 파리까지 날아왔다는 것이 새삼 실감되었다.

1998년 9월 11일 금요일 소나기

프랑스에서 엿새째이다. 딸애와 아내는 내일 있을 결혼식 준비를 하느라고 남고, 아들 내외와 나는 이곳에서 200킬로쯤 떨어져 있는 라스카라고 하는 곳에 있는 서기전 1만 5천 년 내지 2만 년 전의 선사(先史) 시대 수렵인이 동굴 벽에 그렸다는 벽화를 보려 오전 9시 13분에 떠났다.

고고학을 전공하는 아들이 꼭 보아야겠다고 해서 나도 따라나선 것이다. 나도 며느리도 운전면허증은 있지만 국제 운전면허증이 있는 아들이 혼자서 운전을 하는 수밖에 없었다. 200킬로라면 5백 리나 되는 곳인데 순전히 지도만 가지고 찾아간다는 것은 모험이지만 아들애가 이번 기회에 꼭 가야 한다고 우기는 바람에 모험을 무릅쓰기로 했다.

중도에 길을 잃어서 정신없이 헤매다가 경찰이나 행인에게 물어 보아도 영어를 아는 사람이 없었다. 그래서 손짓 발짓을 하다가 안 되면 지도를 가리키면서 간신히 위기를 모면하곤 했다.

어느 중소 도시를 지날 때였다. 시내에서 신호를 기다리고 있는데 16세쯤 된 키가 껑충한 소년이 우리가 탄 차 앞을 지나가다가 되돌아서 오더니 운전대에다 대고 뭐라고 불어로 말을 했다. 우리가 무슨 말인지 몰라서 멍하니 바라보고 있자니까 그 소년은 우리가 탄 자동차 트렁크 쪽으로 가더니 어떻게 된 셈인지 열려져 있는 트렁크 문을 콱 눌러 닫아 주는 것이 아닌가.

그제야 무슨 뜻인지 알고 그 소년에게 "메르시 뽀꾸(대단히 감사합니다)" 하고 겨우 몇 마디 외워둔 불어로 사의를 표하자 그는 손을 들어 답례를 하고 웃으면서 어디론가 유유히 사라지는 것이었다. 착한 소년이었다. 착한 것이란 무엇인가? 아무 대가도 바라지 않고 남에게 유익한 일을 하는 것이다. 또 그는 훌륭한 소년이었다. 무엇이 훌륭한 것인가? 자기 자신보다도 남을 먼저 위하는 행위이다.

천국과 극락은 어떠한 곳인가? 착하고 훌륭한 사람들이 많이 모여 사는 곳이다. 이날 나는 비록 길을 잃고 헤매는 어려움을 겪기는 했지만 이 소년으로 인하여 하루 종일 까닭 없이 마음이 즐거웠다. 내 마음만은 천국과 극락의 한 귀퉁이의 맛을 보았기 때문일 것이다.

또 어느 시골 읍 삼거리에서였다. 아들이 다소 방심하는 바람에 까딱하면 앞차를 추돌할 뻔했다. 바로 이때 요란한 호루라기 소리가 나더니 교통경찰이 달려와서는 운전자를 보고 고성으로 말을 했다. 순전히 불어였으므로 낱말들은 알아들을 수 없었지만 말귀만은 충분히 알 수 있었다.

요컨대 '왜 그렇게 위험한 운전을 하느냐'는 주의를 주는 것이었다. 우리는 지당한 말이라는 뜻으로 무조건 고개를 끄덕여 주는 수밖에 없었다. 경찰의 의도는 오직 운전자에게 주의를 주자는 데 있었던 듯 면허증을 보자는 말은 없었고, 자기의 뜻이 전달되었다고 생각되었던지 가도 좋다고 손짓했다.

어느 후진국 교통경찰처럼 염불보다는 잿밥에 정신이 가 있지는 않았다는 것을 확인하자 나는 공연히 자꾸만 마음이 즐거웠다. 신사와 선비와 대인과 신선과 도인들이 사는 나라에라도 온 듯이 마음이 편안해지는 것이었다.

어느 도시의 이면 도로를 지날 때였다. 프랑스 도시의 자동차 도로의 폭은 파리나 시골이나 어디를 막론하고 백년 2백년 전 마차가 달릴 때에 만들어진 그대로여서 비좁았다. 따라서 주차 중인 차 옆을 스쳐 지나갈 때는 특별히 조심을 해야 한다. 그런데 우리 차의 운전자의 부주의로 정차중인 옆 차를 스치면서 딱 하는 소리가 났다.

순간적으로 접촉사고가 났다는 것을 알았다. 피해자의 요구대로 충분히 보상을 해줄 각오로 차를 후진시키게 했다. 그런데 이게 어떻게 된 일인가? 피해 차량의 운전자는 웃으면서 괜찮으니 그냥 가라고 손짓을 하는 게 아닌가?

아마도 우리 차가 상대 차를 스치면서 그 차의 후사경을 뒤로 꺾으면서 딱 소리를 냈던 것 같았다. 후사경은 뒤로 꺾여도 부러지지 않게 신축성이 있게 만들어져 있었던 것이다. 그러나 그 딱 하는 소리에 우리도 놀랐지만, 상대방도 놀랐을 것이다. 비록 후사경이 파손되지는 않았다 해도 약간의 흠은 생겼을 것이다.

우리네 같으면 보상을 요구하든가 '운전 똑바로 하라'고 호통이라도 쳤을 것이다. 그러나 상대방 운전자는 호통은커녕 오히려 이쪽을 안심시키려는 듯 웃으면서 아무 일 없으니 어서 그냥 가라는 신호를 보내는 것이 아닌가? 실로 사람다운 사람들이 사는 나라라는 느낌이 들었다.

나는 이날 세 번째로 감격했다. 참으로 이 나라 사람들은 우리보다 몇 수 위로구나 하는 생각이 저절로 일어났다. 마음 쓰는 것이 선진국 국민답다는 생각이 절로 났다. 만약에 도중에 이런 일도 없었다면 초행길을 더듬어 가는 고생이 한층 더 심했을 것이다.

결혼식

1998년 9월 12일 토요일 잦은 소나기

프랑스에서 일곱째 날. 낮 12시 반에 사돈집에 도착. 손님들로 입추의 여지가 없었다. 우리는 바깥사돈과의 약속대로 그 집 2층으로 올라가 새를 구경했다. 참새보다 작은 콩새로부터 독수리 황새에 이르기까지 수백 가지 종류의 새들이 사육되고 있었다.

이 많은 새들을 일일이 굶기지 않고 돌보는 데도 굉장한 정성이 들어야 할 것 같다. 방송국을 위시하여 조류협회에서 받은 상장과 상패들이 그득했다. 점심 들기 시작하여 오후 2시 45분에 끝냈다. 이어 결혼식 준비에 부산했다.

결혼식은 오후 5시 15분에 시작되었다. 식장은 집 근처에 있는 상유로토프 성당에서 거행되었다. 이 성당은 서기 1096년에 준공되었다니까 902년 된 고색창연하고 거대한 고딕식 석조건물이다. 또한 이곳은 이름난 관광명소이기도 하다. 우리나라에서처럼 식장 입구에 신랑신부 측의 축의금 받는 책상 같은 것은 보이지도 않았다. 받는 사람도 없고 내는 사람도 없었다.

정장을 한 신랑 신부가 식장에 도착했을 때는 이미 2백여 명의 하객들이 장내에서 기다리고 있었다. 신랑이 먼저 입장하고 신부 입장이 뒤따랐다. 나는 신부의 한쪽 손을 잡고 음악에 맞추어 신랑 있는 곳까지 가서 인계하고 앞자리에 아내와 함께 앉았다.

곧 주임 사제의 집전으로 결혼식 행사가 진행되었다. 나는 명동성당에서 거행된 결혼식에 두 번이나 참석한 일이 있었는데, 분위기 자체가 그곳과 이곳은 딴판이었다. 명동성당에서는 정해진 절차에 따른 종교적인 행사 위주였던데 비해서 이곳에서는 종교 행사라기보다는 모든 행사의 초점이 신랑 신부 자신에게 집중되어 있었다.

성경을 읽는다든가 사제가 선창을 하면 신도들이 복창을 한다든가 하는 일은 일체 없고 처음부터 끝까지 주례는 신랑 신부를 향한 간절한 염원과 격려와 교훈이 담긴 주례사에 많은 시간을 할애하는 것 같았다. 말하자면 천편일률적인 종교적 행사 방식을 떠나 신랑 신부를 축복해 주고 격려해 주는 데 모든 초점을 맞추고 있었다.

나는 그것을 간절한 주례사의 말소리와 표정으로 읽을 수 있었다. 비록 말은 한 마디도 알아듣지 못했지만 나는 이 모든 것을 분위기와 느낌만으로도 충분히 감지할 수 있었다. 나는 이 순간 신랑 신부에 대한 주례의 그 간절한 소원과 지극한 정성에 깊은 감동을 받지 않을 수 없었다. 주례의 그 간절한 소망은 내 소망이기도 했다. 두 마음이 한데 부딪쳐 화합의 불꽃을 튀기는 것 같았다.

바로 이 순간이었다. 잠시 눈을 감은 내 영안(靈眼)에 일단의 중세의 철갑(鐵甲) 기사(騎士)가 힘차게 말을 달려 나에게로 곧바로 달려드는 것이 아닌가. 다음 순간 나는 이들에게 빙의된 것을 알았다. (이들은 서울에 와서도 한 달 보름 만에야 천도되었다. 백두산 관광 때 들어온 백두산 산신령보다 보름이나 더 머물러 있다가 떠난 것이다.)

274

주례사에 뒤이어 축가(祝歌)를 비롯한 몇 가지 순서가 끝나자 잇달아 신랑 신부의 양쪽 부모를 비롯한 가까운 친척과 친지들의 증인 서명이 제단 앞 책상에서 거행되었다. 신부 측에서는 우리 내외와 아들 내외와 딸애의 프랑스인 여자 친구가 서명식에 참여했다. 딸애의 프랑스인 여자 친구는 법적인 혼인신고를 할 때도 증인을 서 준 든든한 후견인이었다.

모든 행사가 끝나고 신랑 신부의 퇴장이 있었다. 우리나라에서 같으면 신랑 신부는 퇴장하자마자 신혼여행길에 오르게 되어 있지만 이곳에서는 그렇지 않았다. 신랑 신부가 친척 친지 축하객들에게 일일이 인사를 하고 때로는 네 번씩 볼에다 키스를 하는 복잡한 절차를 밟는 것이었다. 이렇게 축하객들에게 신랑 신부가 인사를 차리는 데만 무려 한 시간 이상이 소비되었다.

축하객들 중 바쁜 사람들은 여기서 떠나고 나머지 축하객은 이곳에서 10킬로 떨어진 사위의 83세 된 할머니가 사는 6백 년 된 고가(古家)의 잔디밭에서 있을 가든파티에 초대되었다. 고가까지 가는 시골길에는 그야말로 평화롭고 한가로우면서도 환상적으로 아름다운 시골 풍경이 펼쳐졌다. 왕복 2차선 시골 자동차 길 양편에 늘어선 아름드리 가로수들, 고풍스런 농가들, 풍차 달린 방앗간, 유유히 흐르는 개울물, 아직도 수확이 덜 끝난 포도밭. 일망무제한의 광활한 농토. 다만 산이 없는 것이 내 눈에는 이상하게 비쳤을 뿐이다.

시골 마을에 도착하자 마침 소나기가 쏟아지고 있었다. 제각기 차를 몰고 온 하객들은 이때를 위해 미리 마을 회관에 준비된 피로연에 참가했다. 시중드는 젊은 남녀들이 큰 쟁반에 각종 포도주와 음식을 들고 다니면서 하객들에게 권하기도 하고 온갖 시중을 다 들어 주었다.

회장 안에는 150명쯤 되는 하객들이 모여들었다. 술과 음식을 들면서 활발하게 담소하던 하객들 중에는 가끔 여기저기서 홍소(哄笑)가 터졌다. 신랑 신부 역시 그들과 활발한 담소를 나누고 있었다. 피로연의 주최자는 신랑 신부였기 때문이다. 그래서 그들은 하객 접대에 열심이었다. 한국과는 전연 색다른 풍경이었다.

하객들과는 말이 통하지 않는 우리 내외와 아들 내외는 그들과 어울리려 해도 어울릴 수가 없었다. 간혹가다가 영어를 할 줄 아는 하객이 인사를 하면 몇 마디 주고받는 것이 고작이었다. 우리 넷은 대체로 한군데 모여 있었다. 이때 신랑의 작은 아버지라고 영어로 자기소개를 한 60세 가까이 된 남자가 다가왔다. 우리는 서로 인사를 나누었다. 인사를 마치자 그가 프랑스식 발음의 영어로 나에게 물어 왔다.

"소설가라는 말을 들었는데 어떤 종류의 소설을 쓰십니까?"

"대중적인 인기와는 인연이 없는 소설을 쓰고 있습니다."

"무엇에 관한 소설인데요?"

"구도(求道) 소설입니다."

그는 내 말을 알아듣지 못했다. 할 수 없이 나는 종이에 'Truth-seeking novel'이라고 써주니까 그제야 알아들었다.

"그렇습니까. 전부 몇 권이나 쓰셨습니까?"

"50권 가까이 됩니다."

"한국에는 젊은 공산주의자들이 많다는 얘기가 들리는데 그게 사실입니까?"

"북한의 특이한 공산주의 사상을 좇는 소위 주사파(主思派) 학생들을 말합니까?"

"맞습니다."

"80년대에는 한때 기승을 부렸지만 지금은 잠잠한 편입니다. 북한 이외에는 정통 공산주의는 이미 전멸하다시피 했으니까요."

"일본을 어떻게 생각합니까?"

"은수(恩讎) 관계라고 할까? 가까우면서도 먼 나라입니다. 마치 프랑스에게 영국과 독일의 존재가 그러한 것처럼 말입니다."

"하하하. 그렇군요. 그런데 지금 자세히 살펴보니 신부가 아버지를 많이 닮아서 미인입니다."

"고맙습니다. 그러나 그 애가 만약에 제 어미를 닮았다면 더욱더 미인이었을 겁니다."

"하아 참 그렇군요."

그는 아내에게 윙크를 보내며 맞장구를 치고 나서 말했다.

"그럼 있다 호텔에서 다시 뵙겠습니다."

이렇게 말하고 그는 총총히 저쪽으로 사라졌다.

이때 딸애가 달려 와서 말했다.

"할머니 집 구경하려 가셔야죠."

"그럼, 그래야지."

"그럼 이쪽으로 나오세요. 이 여자분을 따라가세요."

딸애는 급히 마련한 우산을 몇 개 내어 주면서 그 프랑스인 중년 부인을 친척이라고 소개하면서 따라가라고 했다. 마을회관에서 2백 미터도 채 안 되는 곳에 중세풍의 낡은 교회가 나오고 그 교회와 붙어 있는 거대한 2층 저택으로 우리는 안내되었다.

지은 지 6백 년이 되었다는 고옥이었다. 83세의 딸애의 시할머니가 우리를 반갑게 맞아주었다. 안내인이 영어를 했으므로 의사소통에는 문제가 없었다. 소문 듣던 대로 할머니는 정정했다. 일거수일동작에 전연 불편이 없었다.

「폭풍의 언덕」이라는 영화에 나오는 옛 저택과 그 구조가 흡사했다. 건평만 한 3백 평은 되는 것 같았다. 우리는 그 문제의 잔디 정원에도 나가 보았다. 정원 넓이만도 한 2백 평은 실히 될 것 같았다. 소나기만 오지 않았더라면 과연 멋진 가든파티가 되었을 것이다.

할머니는 지하에서 2층 구석구석까지 빠짐없이 소개해 주었다. 지하 저장고에는 수백 종이나 되는 포도주들이 생산 연도별로 질서정연하게 저장되어 있었다. 그리고 박물관에서나 볼 것 같은 중세 이래의 각종 생활도구와 집기들이 보관되어 있었는데 할머니는 그 내력을 일일이 설명해 주었다.

원래 이 저택은 교회에 부속된 사제관이었는데 언제부터인가 사돈의 조상에게 불하되어 대대로 상속되어 내려오는 것이라고 한다. 벽의 두께가 1미터는 되었으므로 큰 지진에도 끄떡없을 것 같았다. 아내가 경기도 여주까지 일부러 가서 구입한 도자기를 선물로 할머니에게 주고 작별 인사를 하고 그 고옥을 나왔다.

마을회관에서의 피로연은 8시에 끝났다. 여기에서 귀가하고 남은 손님들을 위한 파티는 우리가 투숙한 상 조르지 호텔에서 밤 9시부터 열린다고 한다. 우리는 호텔로 돌아와 잠시 쉬다가 오후 9시가 되자 다시 연회장으로 내려가야 했다.

호텔 피로연

이 호텔 연회장 전체를 피로연을 위해 세를 내었다고 한다. 우리가 도착했을 때는 150평쯤 되는 드넓은 연회장 식탁에는 이미 일부 음식이 차려져 있었고 하객들의 명패가 놓여 있었다. 차려진 음식들 중에서 신랑과 신부 이름 첫자를 나란히 커피색 당의(糖衣)로 입혀 놓은 빵이 유난히 눈에 띄었다.

83세의 할머니를 위시해서 친인척들은 모조리 다 참석하고 가까운 친지들도 거의 다 모인 것 같았다. 어림짐작으로 1백 명은 훨씬 넘는 남녀노소 하객들이 이미 자리를 차지하고 있었다.

밴드가 자리를 잡고 분위기를 돋우고 있는가 하면 마술사들이 축하객 식탁을 일일이 누비고 돌아다니면서 희한한 마술을 보여주어 감탄을 샀다. 남녀 호텔 종업원들이 식탁 사이를 누비면서 술과 음식을 끊임없이 날라오고 빈 접시를 내가곤 했다.

어지간히 배가 차고 취기가 오르자 요란한 밴드가 울리고 춤판이 벌어졌다. 신랑 신부도 예식장에서 입었던 예복과 신부복을 그대로 입고 하객들 사이를 비집고 돌아다니면서 담소하다가 홀 중앙에 나왔다.

신랑 신부가 추는 사교춤인 월쯔와 트롯이 테이프를 끊었다. 한 쌍의 신랑 신부는 장내를 종횡으로 자유롭게 활개치면서 마음껏 볼룸 댄싱(사교춤)의 기량을 발휘했다. 마치 서구 영화의 한 장면을 그대로 옮겨 놓은 것 같은 멋진 광경이 벌어지고 있었다.

사위는 원래가 프랑스 사람이니까 그렇다 치고 딸애는 언제부터 저렇게 멋진 사교춤을 배웠단 말인가? 나중에 알고 보니 그들 둘은 바로 오늘을 위해서 몇 개월 동안이나 볼룸 댄스 교습을 받았다고 한다. 이처럼 신랑 신부의 사교춤을 선두로 너도 나도 쌍쌍이 나와서 춤판에 어울렸다.

사교춤이 벌어지는 동안에는 민요나 샹송 같은 음악이 울려 퍼졌다. 그러나 사교춤이 한 고비를 넘기자 이번에는 팝송이 연주되면서 일정한 룰이 없이 웬만한 사람이면 출 수 있는 고고와 디스코 판이 벌어졌다. 그러나 고고나 디스코 판이라고 해서 아무나 할 수 있는 것이 아니었다. 그것도 다 춤에 소질이 있고 해 본 사람이 하게 되어 있었던 것이다.

하객들 중에는 팝송이 울리면서 어깨가 으쓱거리고 좀이 쑤셔서 앉아 있지를 못하고 자기가 앉아 있는 식탁 앞에서 춤 흉내를 내고 있는 축도 있었다. 가무(歌舞)에는 한가락 하는 아내가 이들을 보더니 무도장으로 끌어내어 춤판에 어울리게 유도했다. 아들도 며느리도 춤판에 끼어들었다.

아내는 고전 무용을 배운 솜씨가 있어서 춤사위에 남다른 데가 있었다. 고전 무용을 추는 것 같으면서도 실은 고고를 추고 있었다. 말하자면 고고와 고전무용의 춤사위가 절묘하게 조화를 이루고 있었다. 이렇게 춤판이 한 고비를 넘기면 자리에 돌아와 앉아 쉬면서 꺼진 배들을 다시 채우거나 술을 마시거나 했다.

이때 마술사들이 묘기를 부렸다. 하객들과 몇 마디 대화를 나누어 보고는 나이를 알아맞춘다든가 몇 가지 물건을 벌여 놓고는 그중의 하나를 마음속으로 선택하게 하고는 몇 마디 대화로 그 의중을 알아맞춘다든가 했다. 밴드는 신랑과 신부의 이름이 들어간 노래를 계속 불러 댔다. 그 노래를 들은 아내는 하도 감격한 나머지 이렇게 말했다.

"여보 저렇게 악단이 딸애의 이름을 불러 대는데 팁이라도 듬뿍 주어야 하는 것 아니예요?"

"빵에도 신랑 신부의 이름 첫자를 이렇게 새긴 걸 보니 그건 으레 그렇게 하는 관례가 아닌지 모르겠소. 악단이 팁을 바라고 그러는 건 아닌 것 같소."

"그래도 내 기분은 그렇지 않아요. 5백 프랑짜리 한 장 주고 옵시다."

"5백 프랑이면 우리 돈으로 12만 원이나 되는데. 뭣 주고 뺨 맞는다고 까딱하면 돈 주고도 비웃음거리가 될 걸."

"비웃음거리가 되다니 왜요?"

"IMF 사태 이전에도 외국에서는 우리보고 샴페인을 너무 일찍 터뜨렸다고 비꼬곤 했는데, 지금 아무리 당신이 기분이 좀 난다고 해도 5백 프랑이나 되는 큰돈을 팁으로 준다면 주는 돈이니 받기는 하겠지만 남의 돈 빚 얻어다가 흥청망청하는 제 버릇 개 못 준다고 비웃든가 아니면 제 앞가림도 못하는 주제에 돈은 물쓰듯 한다고 비아냥대지 않을 것 같소? 더구나 국내에선 생계 대책도 없이 퇴출당한 실직자들이 3백만이나 되는데 그들을 도와주지는 못할망정 그런데 돈을 써서야 되겠소."

"그래도 평생에 한 번 있을까 말까 한 일인데 그렇게 하지 못하면 내 평생 포한(抱恨)이 될 것 같은데 어떡하죠?"

"그건 속물들이나 하는 치졸한 자기 과시욕에 지나지 않으니 참으시는 것이 좋을 꺼요. 더구나 그런 짓은 정직하게 벌어서 검소하게 살아가는 사람들에게 요행심만 심어주어 거지 근성만 키워주는 업을 짓는다는 것을 알아야 할 꺼요."

"아유 난 그런 어려운 논설은 모르겠어요."

"그럼 신랑한테 일단 물어 보고 나서 주더라도 주시오."

"그럴까요?"

아내는 신랑한테로 가서 의견을 물어보고 돌아왔다.

"뭐라고 합디까?"

"저 사람들은 상당히 높은 보수를 받기로 했으니까 그럴 필요가 없다는군요."

"그럼 신랑 말대로 합시다. 우리가 뭐 중동의 석유 벼락부자도 아닌데 기분 내키는 대로 돈을 뿌리고도 웃음거리가 될 필요는 없는 거 아니겠소."

"그래도 저렇게 딸애의 이름을 연호(連呼)하는 걸 들으니 어쩐지 마음이 찜찜하네요."

"그건 문화적 배경이 달라서 그런 것이니 걱정할 것 없어요."

시간은 이미 밤 12시가 넘었다. 다음 순서는 사람의 키보다 높은 케익이 연회장 전면으로 운반되어 왔다. 그 케익의 상부를 신랑 신부가 함께 자르는 특이한 행사였다. 마치 생일 파티 때 생일 케익을 자르는 행사와 비슷하다고 할까?

그러나 생일 케익과는 비교도 안 되는 거대한 케익을 자르는 것이었다. 그런데 그 케익 자르는 것이 보통 어려운 게 아닌 아주 고난도(高難度)에 속하는 것이어서 한 동작 한 동작마다 하객들의 감탄과 기성을 자아내는 것이었다. 결국은 아슬아슬하게 성공적으로 통과가 되었다. 그러자 우뢰와 같은 박수가 터져 나왔다.

이 순서가 끝나자 다시 춤판이 벌어졌다. 벌써 새벽 1시가 넘었건만 하객들은 별로 줄어들지 않았고 모두가 가무에 열중하고 있었다. 아무도 피곤해 하거나 지치는 사람이 없었다. 군무(群舞)와 합창(合唱)이 계속되었다. 주객이 한데 어울려 일사불란이었다.

시계를 보니 어느덧 새벽 2시였다. 그런데도 하객들의 열기는 식기는커녕 오히려 한층 더 열기를 더해가는 것 같았다. 내일 파리 근교의 드골 국제공항까지 장거리 자동차 여행을 해야 하고 뒤이어 서울행 비행기를 탈 생각을 하니 더이상 지체할 수 없었다. 아내와 나는 화장실에 가는 척하고 슬그머니 빠져나와 2층 침실로 들어와 버리고 말았다.

별 희한한 결혼식도 다 있구나 하는 생각이 절로 났다. 결혼식에는 2백 명이나 되는 하객들이 몰려 왔건만 축의금을 내는 사람은 하나도 없었다. 그렇다고 해서 결혼 선물을 들고 오는 사람이 있는가 하면 그런 것 같지도 않았다. 나중에 알고 보니 결혼 선물로 들어온 것은 그림 몇 점과 골동품 몇 개가 고작이었다.

하객들은 축하금이나 선물을 가져오는 대신에 결혼식과 피로연에 참가하여 신랑 신부와 끝까지 행동을 함께 함으로써 순전히 몸으로 때우는 것 같았다. 그리고 신랑 신부는 시종일관 식장과 연회장에서 하객들과 함께 담소와 가무를 즐기면서 그들에게서 잠시도 떠나는 일이 없었다. 이렇게 함으로써 그들은 진한 연대감과 일체감을 새로이 확인이라도 하는 것은 아닐까?

신랑 신부 퇴장이 곧바로 신혼여행길이 되는 우리네 풍습과는 하늘과 땅의 차이였다. 어느 쪽이 과연 새로 인생을 출발하는 이들 한 쌍에게 유익한 것일까. 곰곰이 생각해 보아야 할 과제일 것만 같았다. 아니, 깊이 생각해 볼 것도 없이 한국식이 지극히 형식적이라면 프랑스식은 실질적인 것으로 보였다.

우리가 연회장을 떠난 뒤에도 2시간이나 더 가무가 진행되다가 새벽 4시에야 겨우 끝났다고 한다. 우리는 장거리 여행을 위해 뒤늦게 새벽 2시 반이나 되어서야 잠자리에 들었다. 프랑스에서의 마지막 밤이었다.

1998년 9월 13일 일요일 구름 해

프랑스에서의 8일째. 오전 7시 반에 기상했다. 사돈댁에서 12시에 점심을 들고 나서 1시 반에 비행장으로 곧바로 떠나기로 되어 있었으므로 네 시간여의 시간 여유가 있었다. 우리는 이 네 시간 동안에 이곳 쌍뜨의 명승지를 둘러보기로 했다.

제일 먼저 가본 데가 로마 시대에 건설되었다는 거대한 야외 원형극장 유적이었다. 이 밖에도 우리는 지도를 보고 차를 이리저리 몰면서 로마 시대에 세워졌다는 아치형 문루인 로마 아크, 로마 시대의 귀족들의 열탕(熱湯) 유적, 아름답게 꾸며진 공동묘지 등을 안내인도 없이 두루 살펴보고는 11시 50분에 사위의 본가에 도착했다.

바깥사돈과 안사돈의 형제 조카들을 위시하여 많은 친척들이 이미 와서 식탁에 앉아 있었는데 입추의 여지가 없었다. 모두들 점심을 얻어먹고 각지로 흩어질 모양이었다. 안사돈의 여동생이라는 중년 부인이 자기네 집에서 특별히 만들었다는 포도주를 한 병 우리 내외에게 선사했다. 뜻밖의 선물을 받고도 우리는 준비해 간 것이 없어서 답례를 못 한 것이 미안하기 짝이 없었다. 혼사에 일가친척들이 모여드는 것은 한국이나 프랑스나 조금도 다름이 없어 보였다. 사람 사는 것이 다 그렇고 그런 것이다.

내가 육류를 먹지 않고 감자튀김만을 먹자 앞에 앉은 청년이 자꾸만 감자튀김을 시켜주었다. 포도주도 버터도, 치즈도 햄도, 올리브 열매를 위시한 각종 저림도 입에 대지 않고 감자튀김만 먹는 내가 기이하게 생각되었던 모양이다. 그래도 오늘은 특별히 우리 일행을 위해서 밥을 지었고 우리가 선물로 가져 온 굴비와 김을 구워서 내놨다. 다른 손님들도 희한한 음식이라고 생각되어서 그런지 불티가 나게 맛있게 먹어댔다. 식사를 들면서 아내가 말했다.

"어제 사부인하고 시장에 같이 갔었는데 되게 검소하더라구요."

"어떻게?"

"1킬로짜리 비닐 포장된 쌀 봉지를 처음엔 두 개를 넣었다간 도로 하나를 내놓았다가 다시 생각하고 내놓았던 것을 다시 넣기를 몇 번 계속하더니 결국은 겨우 한 봉지만 넣더라구요. 나 같아도 좀 여유 있게 두 봉지를 넣었을 텐데. 그렇지 않더라구요. 우리보다 5, 6 배나 더

잘사는 나라 사람들이 어떻게 그렇게 짤 수 있는지 모르겠어요."

"그건 당신이 모르는 소리요."

"모르다니 뭘 모른단 말예요?"

"그렇게 검소하게 사니까 우리처럼 IMF 사태도 겪지 않고 잘 꾸려나가는 거 아니겠소."

"그럴까요?"

"그렇지 않구. 거품이 다 빠진 나라 사람들은 원래 그렇게 검소한 거라오."

"하긴 다른 부수입 없이 연금으로만 두 내외가 살려니까 그렇게 할 수밖에 없을 거예요. 그리고 시장에 나가 보니까 일반 국민들은 옷도 화장도 너무너무 검소한 것 같아요."

"그러니까 세계 제4위의 경제대국이 되었겠지."

아닌 게 아니라 손님들은 밥을 더 달라고 했건만 일찍 바닥이 나버리고 말았다. 굴비와 김도 큰 인기를 끌었으므로 자연 그것과 같이 먹어야 할 밥이 달릴 수밖에 없었다. 이럭저럭 점심도 끝나고 나니 벌써 1시 반이 거의 다 되어 가고 있었다.

마지막 부탁

아내가 딸애를 불러서 데리고 사부인 옆으로 가더니 딸애에게
"사부인에게 마지막 부탁이 있으니 통역 좀 잘해라."
하고 말했다.
"무슨 말인데?"
"이렇게 말해라. '내 딸애가 부족한 점이 있더라도 친딸처럼 잘 좀
보살펴 달라'고."
이 말을 듣자 딸애가 질색을 했다.
"엄만 뭐하려고 그런 말을 하라고 하세요."
"그래도 그 말을 남겨놓지 않고는 내 발길이 떨어질 것 같지 않구나."
아내의 입에서 이 말이 떨어지자 딸애는 갑자기 그 자리에 선채 엉
엉 울음을 떠뜨렸다. 멀쩡하던 신부가 울음소리를 내자 장내는 아연
긴장했다. 딸이 울음을 터뜨리자 아내의 눈에서도 금방 기다렸다는 듯
이 눈물이 흘러내렸다. 하긴 자식 가진 에미 마음이야 만리타국에 딸
애 혼자 달랑 떼어놓고 떠나는 것이 마치 냇가에 철부지를 남겨 놓고
떠나는 것처럼 불안하기 짝이 없었을 것이다.
그러나 그러한 말은 사위에게 통역을 시켰어야지 딸애의 입으로 시
어머니에게 말하게 한다는 것은 유달리 자존심이 강한 딸애로서는 도
저히 감당할 수 없는 일이었을 것이다. 게다가 제 어미로부터 그런 소

리를 들으니 끈끈한 어미의 정이 느껴졌을 것이고, 일순간이나마 자기 자신이 마치 천애고아라도 된 것 같은 고독감에 사로잡혔는지도 모를 일이다.

잠시 밖에 나가 출발 준비를 하고 있던 신랑이 두 눈이 휘둥그래가지고 헐레벌떡 뛰어 들어 왔다. 내가 눈에 들어오자 그는 영어로 "웬 일입니까?"하고 물었다.

내가 간단히 전후 사정을 얘기하자 그는 딸애를 마치 불쌍한 어린아기 보듬어 안듯이 포옹하고 뭐라고 불어로 정감 어린 위로를 하는 한편 아직도 영문도 모르고 서 있는 자기 어머니에게 불어로도 설명을 했다. 그러자 사부인은 말없이 아내의 손을 꽉 잡아주면서 아무 염려말라는 듯 알아들을 수는 없었지만 열심히 위로의 말을 하는 것 같았다. 그제야 긴장되었던 장내의 분위기도 누그러지고 정상을 되찾았다.

모녀의 애끓는 이별의 장면을 지켜보는 나 역시 눈시울이 뜨거워오는 것을 금할 수 없었다. 그것이야 어찌 되었든 신랑 신부, 우리 일행 넷 전부 여섯은 올 때와 마찬가지로 두 차에 갈라 타기 전에 그들과 작별 인사를 해야 했다. 사돈 내외는 우리들과 일일이 포옹을 하고 볼에 입을 맞추었다. 그리고 일가친척들과도 일일이 이별의 악수를 나누었다. 그렇게 하자니 자연 시간이 걸렸다. 사돈댁 골목은 환송 인파로 메우다시피 했다.

나도 모르게 나는 언제 다시 오게 될지, 아니 어쩌면 영영 다시 못 밟게 될지도 모를 이곳을 떠난다 생각하니 감회가 깊었다. 쌍뜨에 온 지 겨우 나흘밖에 안되었건만, 그동안 정이 들었단 말인가. 나도 모르게 문득 하늘을 치어다보니 유난히도 낮게 드리운 허공에는 흰구름이 절반쯤 가려져 있었고 군데군데 구멍 뚫린 구름 속에서 푸른 하늘이 뻐끔히 우리를 말없이 내려다보고 있었다.

드디어 두 차에 갈라 탄 우리는 그들 일가친척들의 배웅을 받으면서 서서히 움직였다. 사위가 운전대를 잡은 앞차의 뒷좌석에 우리 내외가 탔고, 뒤차에는 아들 내외 외에 딸애가 타기로 했다. 혹시나 외지에서 길을 잃을까 걱정이 되어 그녀가 함께 탄 것이다.

고속도로에 접어들자 앞서거니 뒤서거니 한 두 차는 파리의 드골 국제공항을 향해 줄곧 시속 150킬로의 속도로 내달렸다. 이제 8박 9일간 프랑스에서 우리가 하고자 했던 일은 무사히 성공리에 마친 것이다. 고마운 일이다. 천지자연과 모든 사람들에게 진정으로 깊숙이 허리 굽혀 감사하고 싶은 심정이다. 운전하는 신랑에게 물었다.

"신혼여행은 언제 가는가?"

"내일 떠나려고 합니다."

"어디로?"

"스페인입니다."

"결혼식이며 피로연을 일일이 주관하느라고 수고가 많았네."

"당연히 제가 해야 할 일을 한걸요."

프랑스인들은 신랑 신부가 결혼식과 피로연을 관리케 함으로써 그들 한 쌍의 사회인으로서의 능력을 시험받는 계기로 삼는 것 같았다. 우리나라 같으면 일가 중에서 누가 결혼을 한다고 하면 우선 그 결혼은 부모가 주동이 되어 처음부터 끝까지 일일이 주관하는 것이 관례인데 이곳에서는 그게 아니고 신랑 신부 자신이 모든 것을 계획하고 실행하는 것이었다.

한국에서는 부모가 자식을 낳으면 키워서 공부시키고 취직시키고, 결혼까지 시켜서 집까지 구해서 살게 해야 부모로서의 의무를 다한 것이 된다. 그러나 이곳 구미에서는 아들딸 낳아 고등학교까지만 마치고 나면 부모로서의 의무는 일단 끝난다. 그때부터 자녀들은 스스로 독립하여 자기 앞길을 개척해 나가게 되어 있는 것이다.

그렇기 때문에 자녀가 누구와 결혼을 하든 자기네가 좋으면 그만이지 한국에서 배우자 선택을 놓고 부모와 의견이 맞지 않아 갈등을 빚는 일 따위는 애당초 있을 수가 없었다. 한국에서 같으면 누가 결혼을 한다고 하면 부모가 전적으로 재정적인 책임을 지되 부모의 경제능력이 시원치 못하면 형제자매들과 삼촌과 고모들이 한몫씩 단단히 하는 것이 관례지만, 이곳에서는 그런 일은 처음부터 있을 수 없었다. 부모가 재산가가 아닌 이상 결혼식의 모든 책임을 신랑 신부가 담당하는 것이다.

그리고 결혼을 한 뒤에도 장남이라고 해서 부모를 모시는 일 같은 것은 없었다. 따라서 고부간의 갈등 같은 것도 있을 수 없었다. 그러니까 신부의 어머니가 사부인에게 딸애를 친딸처럼 보살펴 달라고 부탁하는 것도 별로 의미가 없는 일이다.

철마다 제사를 지내는 것도 아니고 우리의 명절 때처럼 크리스마스 휴가철 이외에 결혼식, 장례식 같은 애경사가 있을 때나 이따금씩 모이는데 누가 누구를 잘 봐 달라고 부탁한다는 것 자체가 그들에겐 이

상하게 들릴지도 모르는 일이다. 그것도 모르고 아내가 한국에서 하듯
이 자기 딸 좀 잘 봐 달라고 시할머니, 시어머니, 두 시누이에게 금팔
찌와 금목걸이 같은 값나가는 선물을 준비하는 것을 보고 딸애는 질색
을 하면서 극력 반대했던 것이다.

그러나 아내는 시집 식구들의 눈 밖에 나지 않으려면 그렇게 해야
한다면서 고집을 꺾지 않았던 것이다. 그러나 이제 와서 실제로 겪어
보니 딸애의 말이 옳았던 것이다. 아내가 사돈댁을 나서면서 사부인에
게 하려고 했던 마지막 부탁을 듣고 딸애가 질색을 했던 이유도 그러
한 문화적인 배경의 차이를 알았기 때문이었다. 그러고 보니 딸애가
울음을 터뜨린 것도 순전히 에미에 대한 애틋한 정 때문이었지 다른
이유 때문이 아니었던 것이다.

그리고 이곳에서는 신부가 준비해야 하는 혼수니 함이니 이바지니
하는 것도 일체 없었다. 그러나 한국의 결혼 문화에 젖어버린 에미 마
음이야 어디 그럴 수 있었겠는가? 아내는 모든 것을 한국인의 잣대로
만 생각하고 있었던 것이다.

차는 파리를 향해 일사천리로 거의 경비행기의 속력으로 달리고 있
었다. 잠시 침묵이 흘렀다. 아내가 먼저 입을 열었다.

"어때요? 모든 일이 뜻대로 이루어졌으니 정말 하느님에게 감사할
일이에요. 이젠 어깨가 개운하지 않아요?"

"왜 안 그렇겠소? 이제 우리는 딸에게 부모로서 해야 할 의무는 완
수했으니까. 이제 공은 그 애한테 넘어갔어요. 원하는 배우자 만나서
원대로 됐으니 앞으로는 저희들끼리 잘사는 일만 남은 거지."

"딸애가 그러는데 그만하면 프랑스에서는 최일류 결혼식이라고 합디다."

"그래요? 그런데 모든 비용을 순전히 신랑 혼자서 담당하는 걸 보면 웬만한 실력 없이는 그런 호화판은 꿈도 못 꾸겠더군."

"그래서 보통은 교회에서 예식 올리고 친지들끼리 모여서 간소하게 피로연을 베푸는 것으로 끝낸대요."

"결혼식 비용이 얼마나 들었다고 합디까?"

"교회 예식비 7백 프랑하고 호텔 비용이 많이 들었다고 해요. 먼 곳에서 와서 새벽 4시까지 피로연에 참가한 친지들의 호텔 비용까지 다 합치면 7만 프랑이 들었다고 합디다."

"7만 프랑이면 한화로 얼마나 되는데?"

"240대 1이라니까 1천 7백만 원쯤 되나요? 어제 성당에서 결혼식 끝난 직후에 어떤 일이 있었는지 알아요?"

"모르는데. 무슨 일 있었소?"

"있었구말구요."

"무슨 일인데?"

"아니 글쎄. 식 끝난 뒤에 예식 비용을 내야 하는데 신랑이 카드를 내놓으니까 카드는 안 된다지 않아요. 아마 성당에 카드 결제 장치가 안 되어 있었나 봐요. 신랑의 얼굴이 하얗게 질리드라구요. 그때 신랑의 부모와 형제자매들도 있었지만 아무도 그만한 돈이 없었는지 속수무책이더라구요."

"그래서?"

"내가 신랑보구 얼마냐고 물어보았더니 7백 프랑이라고 하지 않아요. 교회에서 공식적으로 내라는 돈은 5백 프랑인데 자기는 2백 프랑을 더 기부하고 싶다더군요. 마침 잘됐다 싶어 가지고 있던 돈 중에서 7백 프랑을 얼른 내주었지요. 하도 고마워서 허리가 휘어지게 고맙다고 인사를 합디다."

"안 그렇겠소. 까딱했으면 신랑 체면이 구길 판인데, 적시 안타를 날린 기분이었겠는데."

"진짜예요. 내 평생 이렇게 멋지게 돈을 써 보기는 처음이예요."

"그런데 7백 프랑이라면 한화로 얼마죠?"

"겨우 16만 8천 원밖에 안돼요. 한국에서는 성당에서 예식 한 번 올리려면 몇 백만 원씩 든다고 하던데. 거기 대면 아무것도 아니죠."

"좌우간에 우리나라에서는 아직도 너무 거품이 심한 것 같아."

"그뿐인 줄 아세요?"

"그럼 뭐가 또 있소?"

"내가 이곳에 오기 전부터 결혼식 비용은 신랑하고 반분하기로 마음속으로 작정한 대로 내가 반 이상은 댔다구요."

"너무 과용한 거 아뇨?"

"다 딸애를 위해서라구요. 내가 40년이나 직장생활 하면서 번 돈 이런 때 써 봐야지 언제 써 보겠어요. 죽을 때 가지고 갈 것도 아니고. 그동안 혼수 비용으로 예금해 놓았던 돈을 쓴 거니까 후회는 없어요."

"신랑 쪽 부모와 친척들은 아무것도 보태주지 않았는데 우리만 일방적으로 그렇게 대주면 딸애가 시집 식구들을 혹 깔보지나 않을는지 모르겠네."

"벌써 그 애 어깨에 힘이 들어가는 것 같아요. 허지만 여기서는 관례가 그런데 어떻게 하겠어요. 그애가 그렇게 맹꽁이 짓을 하지는 않을 꺼예요. 그래 뵈도 얼마나 경우가 밝고 똑똑한데요."

"아니 그럼 신랑 집에서는 신부한테 옷 한 벌도 안 해 주었단 말예요?"

결혼 문화의 차이

"여기선 그런 거 없다니까요. 그렇다고 나까지도 그럴 수는 없지 않아요? 우리는 우리식대로 해야 직성이 풀리지 않겠어요? 그래서 지난 번 파리에 있을 때 사위보고 결혼 기념으로 코트까지 합해서 정장을 한 벌 해 주겠으니 원하는 대로 골라 보라고 했더니 글쎄, 코트는 크리스챤 디오르, 정장 콤비는 피에르가르뎅을 고르더라구요. 직업상 워낙 고급 손님들을 접대해야 되므로 그 정도는 입어야 된다고 해요. 원대로 해 주었죠.

그렇다고 신랑만 그렇게 해줄 수 없어서 딸애도 시댁을 대신해서 원하는 대로 한 벌 해 주었죠. 좌우간 이번에 와서 내가 하고 싶었던 일을 소원대로 다 했으니 이제 원이 없어요."

"장모로서 에미로서 그야말로 체면이 섰겠는데."

"마땅히 내가 할 일을 한 거죠 뭐."

"혹시 신랑이 허세 부린다고 생각지 않았을까?"

"아뇨. 절대로 그렇지 않아요."

"그걸 어떻게 안단 말요?"

"내가 누구요. 40년 동안 외국인 회사서 잔뼈가 굵었는데 그 애들의 눈치코치 모르겠어요?"

"아니 그럼 벌써 무슨 눈치를 챘단 말요?"

"그렇구말구요."

"어떻게?"

"벌써 사위가 나를 보는 눈빛이 달라지드라구요."

"그래요?"

"눈빛만 달라진 게 아니고 나만 보면 굽신굽신한다구요."

"하긴 돈 싫다는 사람이 어디 있겠소?"

"그래 봤자 한국에서 딸 시집보낼 때 드는 비용의 반도 안 들었어요. 뭐니뭐니 해도 어엿한 살림집이 한 채 파리 시내에 있고 더구나 혼수도 따로 장만하지 않아도 되니 얼마나 다행이예요?"

"그러고 보니 한국의 결혼 문화가 너무나 부풀려져서 흥청망청한 것이 틀림없구만."

"이곳에 와서 실제로 체험해 보니 정말 그런 거 같아요."

"그러니까 IMF 철퇴를 맞았지. 모든 게 인과응보요 자업자득이라구."

"사실 나도 이곳에 와서 며칠 동안 지내는 사이에 깨달은 게 너무나 많아요."

"뭘 깨달았는데?"

너무도 검소한 프랑스인들

"첫째 프랑스 사람들은 소문과는 달리 남녀노소 누구를 막론하고 너무나도 검소해요."

"당신 같은 구두쇠도 그런 걸 느꼈단 말예요?"

사실 아내는 택시는 고사하고 지금도 버스 비용이 아까워서 두세 구

간은 보통 걸어서 다니고 바깥 기온이 영하 10도 이상으로 떨어지기 전
에는 마루에 난로를 피우지 않는다. 더구나 자식들도 다 가 본 제주도
관광도 아직 못했다. 그러한 아내가 이번에 딸 결혼식차 프랑스에 와서
생전 처음으로 돈을 좀 풍성풍성 써 본 것 같았다. 그러나 그것도 알고
보면 딸애를 위해서였지 자기 자신을 위해서 그런 건 아니었다.

"그렇고말고요. 한국에서는 구두쇠 소리를 듣는 나도 이곳 주부들에
대면 아무것도 아니라는 것을 새삼 느꼈어요."

"기는 놈 위에 나는 놈 있고, 나는 놈 위에 나는 놈 등에 업혀 가는
놈 있다드니 당신이 그 짝 난 거 아뇨?"

"IMF 몽둥이 맞지 않고 선진국 행세한다는 것이 다 그럴 만한 이유
가 있다는 것을 이곳 여성들을 보고 비로소 알았어요. 동전 한 푼을
아끼려고 치를 떠는 것은 기본이고, 이곳 여자들은 값비싼 옷, 장신구,
화장품 안 쓰고도 얼마든지 자기 자신의 개성과 취미에 어울리는 독특
한 조화미를 창조해 낼 수 있는 지혜를 구사하고 있다는 것을 깨달았
어요."

"그러고 보니 이번 여행에서 얻은 것도 있구만."

"그렇구말구요. 이곳 사람들은 검소하고 절약하고 남에게 양보하는
생활이 아예 몸에 배어 있어요."

"맞아요. 그러니까 이곳 사람들은 찡그리거나 화내지 않는 편안한
얼굴들을 하고 있지 않소."

"개인적으로는 누구나 다 바르고 착한 사람들 같아요."

"옳게 보았군. 그런데 그렇게 정직하고 착한 사람들도 집단화하여

국가 이기주의에 한 번 사로잡히면 이성을 잃어버리는 기묘한 생리를 가지고 있으니 탈이지."

"떼제베 팔아먹으려고 병인양요 때 강화도에서 약탈해 간 외규장각 도서를 돌려주겠다고 미테랑 대통령이 약속해 놓고도 이행하지 않는 거 말이예요?"

"물론이요. 어찌 외규장각 도서뿐이겠소. 그거야 새 발의 피지. 이집트와 중동에서 약탈해 온 문화재는 얼마나 많소?"

"그것 다 돌려주고 나면 루브르 박물관이 텅텅 비게 된다면서요?"

약탈 문화재 돌려둬야 선진국

"루브르 박물관이야 텅텅 비겠지만 그렇게만 할 수 있다면 프랑스는 그야말로 반환한 약탈 문화재보다는 억만 배의 이득을 얻게 될 것이요."

"그게 뭔데요?"

"잘못을 깨닫고 바로잡을 줄 아는 국민이라는 신뢰와 존경을 전 세계 사람들로부터 받게 될 것이오. 이 신뢰와 존경이야말로 루브르 박물관을 채운 약탈 문화재보다 억만 배 이상의 무한한 가치가 있는 것이오. 삼천 대천세계를 가득 채울 만한 칠보(七寶)보다는 남들이 바르고 착하게 보는 신뢰감이야말로 그보다 천배 만배 더 소중한 것이오.

이처럼 정신적으로 그리고 도덕적으로 거듭나는 순간 프랑스는 전 세계인의 마음의 고향이 되고도 남을 것이오. 그렇게 된다면 일시 텅 비었던 루브르 박물관은 전 세계 각국에서 답지하는 영구 보존할 가치가 있는 자발적인 기증 문화재로 입추의 여지가 없게 될 것이오.

앞으로 세계에 웅비하려는 어떤 나라든지 편협한 국가 이기주의에 사로잡혀 가지고는 결국 앉은뱅이가 되고 말 것이오. 전 세계를 한 가족으로 보고 적어도 지구촌 단위로 사물을 생각할 줄 아는 안목을 키워야 할 것이오. 앞으로 세계의 중심국으로 부상할 나라는 바로 국가 이기주의에서 제일 먼저 탈피한 나라가 될 것이오."

"그건 현실성이 없는 허황된 꿈같은 얘기 아니예요?"

"그렇지 않아요. 그러한 시대는 바로 코앞에 다가오고 있어요. 그리고 아무리 허황된 꿈이라도 가치 있는 꿈이라면 얼마든지 꾸어볼 만한 것이 아니겠소. 꿈은 꿈이지만 남의 나라 문화재를 약탈해 간 모든 나라 국민들이 마땅히 꾸어야만 할 꿈인 것은 틀림없소. 좋은 꿈은 인격을 높여주고 생명력을 고양시켜주기 때문이오."

이렇게 혼자서 중얼거리고 있는데 무엇이 옆을 툭 치기에 살펴보니 어느새 아내가 졸다가 내 어깨에 머리를 떨구었다. 밖을 내다보니 차는 어느덧 파리 변두리에 접어들었고 드골 공항에 다가오고 있었다. 나는 아무 이유도 없이 지나가는 차량 속의 승차자의 얼굴을 살펴보았다.

노인들이 관리하는 나라

역시 대부분의 승차자들이 노인층이었다. 프랑스는 노인층이 관리하고 지배하는 나라였다. 80대는 보통이고 90대 이상의 노인들도 사회에서 건장한 몸으로 현역으로 뛰고 있었다. 나는 노인 문제에 관심을 갖고 80대 이상의 노년기에도 건강을 유지할 수 있는 특별한 비법이 있는가 알아보았지만 별 묘안이 있는 것은 아니었다. 그들 노인들은 규칙적인 운동조차 하지 않았다.

사위의 할머니만 해도 그렇다. 80세가 넘어 재혼생활을 할 정도로 건강하기는 하지만 규칙적인 운동을 하거나 특별히 신경을 쓰는 양생법을 실천하는 일은 없다고 했다. 그렇다면 선도 수행자들처럼 몸공부, 기공부, 마음공부를 생활화한다면 훨씬 더 건강하게 노년을 보낼 수 있으리라는 자신감을 가질 만도 했다. 사회에서 별 볼 일 없는 노인으로 푸대접받는 인생이 아니라 무슨 분야에서든지 아주 유익한 일을 할 수 있는 노년을 맞을 수 있도록 우리도 미리미리 준비해야 할 것이 아닌가 하는 생각이 들었다.

드디어 드골 국제공항에 도착했다. 밤샘을 하느라고 다소 피로해진 신랑 신부와 작별 인사를 나누고 보세구역 안으로 들어와 대기실 벤치 쪽으로 다가가다 보니 한쪽에서 왁자지껄 떠드는 소리가 들렸다. 귀에 익은 소리다 싶어 살펴보니 우리와 함께 서울행 비행기에 오를 일단의 근로자풍의 한국인 중년 남자들이었다. 우리 일행 외에는 8일 만에 만나보는 한국인 집단이었다.

그런데 한 동포들인데도 어쩐지 나는 그들이 낯설었다. 왜 그럴까? 나는 잠시 뒤에야 그 원인을 알았다. 그들의 얼굴에는 프랑스인들에게서 볼 수 있는 그 무엇이 없었다. 그것이 무엇인가? 편안함이었다. 그렇다. 바로 그들의 얼굴에는 평안이 보이지 않았다. 마치 치열한 전쟁터에서 방금 빠져나온 듯한 살벌함이라고 할까? 아니다. 그게 아니라 불만과 스트레스로 찌든 듯한 그러면서도 무엇을 꼭 쟁취하고야 말겠다는 결의에 차 있는, 그러한 표정들이었다. 그 순간 나는 생각했다.

이게 세계인의 안목으로 본 한국인의 숨김없는 자화상이구나.

벤치에 앉아서 나는 생각했다. 지난 8일 동안 딴 세상에 가 있었다는 것을 실감했다. 이때 마침 아들애가 어디서 9월 13일자 서울신문을 한 장 얻어다 주었다. 나는 목마른 사슴이 샘물을 탐하듯 신문을 탐독해 나갔다. 제일 내 시선을 끈 것은 부평에서 대형 가스 폭발사고가 난 것 하고 아비가 보험금을 타려고 어린 아들의 손가락을 자른 기사였다.

이윽고 내 주위 여기저기에서 동포들의 말소리가 들려왔다. 드디어 나는 다시 한국 문화의 영향권 안에 들어와 있음을 깨닫게 되었다.

올 때와 마찬가지로 갈 때도 대한항공 747기에 몸을 실었다. 특히 인상적이었던 것은 대한항공과 에어 프랑스는 여객기를 공동으로 운영하고 있다는 것이었다. 에어 프랑스 여객기 비행기표를 사고도 대한항공 여객기를 탈 수 있고 대한항공기 티켓을 사고도 에어프랑스 여객기를 탈 수 있었다.

다시 말해서 양 항공사는 상대 항공사 승객을 자사 항공사 승객과 동일하게 취급하는 것이었다. 이것은 프랑스가 항공기 승객에 관한 한 대한항공기 승객을 자기네 승객과 동일하게 취급한다는 것을 의미했다. 이것은 프랑스가 우리를 자기네와 동일 수준으로 본다는 것을 의미한다. 말끝마다 혈맹임을 내세우는 미국도 하지 못하는 일을 프랑스가 앞장서서 한다는 것은 대단히 고무적인 일이 아닐 수 없다.

결론

비행기에 올라앉아 공중에 높이 떠올라서야 비로소 나는 지난 8일 동안 보아왔던 프랑스인들에 대하여 좀더 객관적인 시각으로 조망할 수 있게 되었다. 한마디로 말해서 프랑스 사람들은 미래보다는 과거의 영광에 아직도 도취해서 살아가는 부유한 노인과 같았다. 풍부한 문화재에 안정된 국토와 실업자에게 국가가 수당을 주는 사회보장제도를 가진 지극히 평온한 나라이다. 그들은 삶의 가치를 어디에 두고 있는 것일까?

무엇보다도 그들은 자기 나름의 수준에 알맞게 미식(美食)을 즐기는 것이다. 그래서 그들은 한 번 식사를 시작했다고 하면 두 시간 세 시간은 보통이었다. 처음에 먹은 것이 다 소화가 될 때까지 그들은 메뉴를 변화시켜 가며 마냥 식사를 즐기면서 끊임없이 대화를 나누는 것이다.

그렇게 식사 시간이 길어서야 이 바쁜 세상에 일은 언제 하느냐고 의심을 품을 사람이 있겠지만 그러한 식사 패턴에는 장점도 있다. 그들은 식사 중, 중단 없는 활발한 대화를 나누는 동안에 웬만한 오해나 의심이나 불평불만이나 스트레스 같은 것은 다 풀어버린다. 그래서 그런지 그들은 요리에 유난히 정성을 쏟는다. 수많은 종류의 치즈와 버터, 햄, 소시지 그리고 각종 열매의 저림에다가 수만 종류의 포도주를 그들은 즐기는 것이다. 미식가 아닌 사람이 없으므로 미각에는 특별히 예민하다.

두 번째로 그들이 신경을 쓰는 것은 옷을 멋지게 입는 미의식이다. 그들은 각자 자기의 신체와 용모의 장단점을 다 잘 꿰뚫고 있으므로 어떤 옷을 입어야 자기에게 어울리는지를 잘 알고 있었다. 반드시 고급품이 아니라도 그들은 자기 수준에 따라 자신을 치장할 줄 아는 분장사들이었다.

먹는 것과 입는 것이 해결되면 당연히 주거생활이 문제가 된다. 주거 공간 역시 옷치장하는 감각으로 화려한 듯하면서도 소박하고 멋있게 장식한다. 의식주가 해결되면 당연히 관심을 갖는 것이 여행이다. 그들은 여유만 있으면 전 세계 어느 관광지든지 빼놓지 않고 여행을 즐긴다. 그들이 평소에 검소하고 절약하고 남에게 양보하는 생활을 일상화하는 것은 이러한 목적을 달성하기 위한 수단이 아닌가 생각된다. 바르고 착하게 사는 것 역시 이러한 목적을 구현하기 위한 하나의 방편인 것 같았다.

세 번째는 과거의 영광에 너무나 도취한 나머지 진취적인 기상을 잃어버린 것 같은 인상을 짙게 풍겼다. 이것은 그들이 옛것을 사랑한 나머지 지나칠 정도로 과거의 영광에 집착하는 것만 보아도 알 수 있는 일이다. 농촌은 말할 것도 없고 파리나 지방 도시 어디를 둘러보아도 17, 18, 19세기의 프랑스는 있어도 20세기 말인 현대의 프랑스는 차량의 물결과 간혹 눈에 띄는 공업단지 이외에는 보이지 않았다. 그들은 국익을 위해서는 온 세계의 반대 여론을 무시하고 태평양의 옛 식민지 섬들에서 핵무기 실험을 강행하면서도 답답할 정도로 구각(舊殼) 속에 안주하고 있는 것이다.

우리 국민들의 대다수가 그렇듯이 프랑스 국민들 역시 자기의 본래 면목을 찾는 데에는 별 관심을 보이지 않는 것 같다. 그저 잘 먹고 잘 입고, 좋은 집에서 잘살고, 여행하고 즐기면서 생로병사의 윤회를 언제까지나 되풀이하는 것을 당연시하고 있을 뿐이다. 물론 내 아내와 아들딸 내외도 예외는 아니다. 그들은 오직 좋은 집에서 잘 먹고 잘 입고 즐기면서 이 무명세계를 그들 나름으로 행복하게 살아가기를 원할 뿐인 것이다.

이것이 내가 지난 8일 동안 프랑스의 극히 작은 한 부분을 관찰한 이야기이다. 군맹무상(群盲撫象) 격이고, 수박 겉핥기 식이 아닐 수 없겠지만 내 깐에는 정직하게 보고 느끼고 체험하고 생각한 것들을 빠짐없이 적어 본 것이다.

〈45권〉

마태복음 번역을 마치고

단기 4331(1998)년 9월 15일 화요일 21~27℃ 구름 소나기

파란만장한 예수의 일생을 그린 마태복음은 이렇게 대단원의 막을 내리고 있다. 자기 경험을 바탕으로 하는 자력수행(自力修行)을 신조로 삼고 매일같이 마음공부, 기공부, 몸공부에 매진하는 선도 수행자나 전국 사찰의 선방(禪房)에서 안거(安居)에 용맹정진하는 선승(禪僧)들에게는 마태복음은 대단히 이질적인 별세계의 것으로 비칠 수밖에 없을 것이다.

왜냐하면 진리는 분명 하나이고 수행자의 내부에 있는데도 마태복음에서는 하늘의 옥좌에 앉아 있는 하느님만이 인간의 생사와 길흉화복을 일일이 주관하고 있는 것처럼 기술되어 있기 때문이다. 심지어 예수 그리스도 자신까지도 하느님 아버지의 뜻에 따라 움직이는 배우와 같은 역할을 하고 있지 않는가?

그리고 예수가 나아갈 길도 일일이 미리 구약에 명시되어 있고 그는 그 각본에 따라 한 치의 오차도 없이 하느님의 수족처럼 움직이고 있는 것이다. 다시 말해서 시키는 주체와 부림당하는 객체가 분명히 이

원적으로 양분되어 있는 것이다. 예수 그리스도에게도 그렇지만 우리 인간에게도 하느님의 의지 이외의 진정한 의미의 자유의지는 용납되지 않는 것이다.

하느님은 지배자이고 인간은 분명히 피지배자로 이원화되어 있다. 전형적인 타력신앙(他力信仰)의 본보기이다. 그러나 이러한 타력신앙은 동양에서 6세기에 보리 달마에 의해 전파된 불교가 선도(仙道)와 결합하여 선종(禪宗)이 확립되기 전에는 전 세계적으로 보편적인 종교 형태였다.

불교의 미륵신앙, 아미타신앙, 지장신앙, 관세음신앙과 회교와 힌두교도 기독교신앙과 비슷한 일종의 타력 의존 신앙이다. 비록 예수 그리스도가 '하느님 나라는 바로 너희들 안에 있다'(누가 17 : 21)는 것을 깨달았다고 하더라도 지금부터 2천 년 전 유대 사회에서는 자력수행은 도저히 발붙일 수 없었던 것이다.

이렇게 볼 때 마태복음이 생겨난 역사적인 배경을 인정하지 않을 수 없다. 그 당시의 유대 사회는 하느님과 인간 사이의 지배와 피지배의 관계가 아니면 도저히 먹혀들 수 없는 환경이었다. 그리하여 성경은 2천 년 전의 지극히 의식 수준이 낮은 가부장적 사회의 주민들에게 진리를 전파하기 위한 어쩔 수 없는 방편으로 고안되었다는 것을 알 수 있다.

그런데 예수는 무엇 때문에 모든 구도자들이 하찮은 짓거리 즉 말변지사(末邊之事)로 철저히 배격하고 도외시하는 초능력을 거침없이 구사했을 뿐만 아니라 제자들에게 장려까지 했던 것일까? 그것은 예수

가 진리를 깨닫고 나서 전도(傳道)를 시작한 지 미처 3년도 안 된 초기
에 세상을 떠났기 때문이 아닌가 생각된다.

동서고금을 막론하고 거의 대부분의 성인들은 깨달음을 얻은 초기
에는 너나없이 호기심과 자기 과시욕으로 초능력 즉 신통력(神通力)
을 구사하여 주변 사람들을 놀라게 하는 경향이 있어왔다. 그러나 얼
마 지나지 않아서 그들은 거의 예외 없이 신통력 구사가 전도에 도움
이 되기는커녕 도리어 장애가 된다는 것을 실체험으로 뼈저리게 깨닫
게 된다.

난치병을 고쳐주고 죽은 사람을 살려주어 봤자 고작 2, 3십 년 수명
은 연장시켜 줄 수 있을지언정 불생불사(不生不死)의 진리를 깨닫게
해 주지는 못할 뿐만 아니라 도리어 맹신(盲信)과 광신(狂信)만을 조
장한다는 것을 깨달았기 때문이다.

그런데 예수는 진리를 깨닫고 나서 30세에 전도를 시작한 지 불과 3
년밖에 안 된 33세의 나이에 십자가에 매달렸으니 미처 초능력의 피해
를 깨닫기도 전에 이 세상을 등지게 되었던 것이다. 그뿐만 아니라 신
화적이고 동화적이고 우화적인 방편들을 자주 이용하고 있는 것이다.

따라서 구도자가 말하는 성통공완이나 견성 해탈의 경지는 성경에
서는 언급조차 되어 있지 않다. 그것도 그럴 것이 구도의 세계에서는
인간을 지배하는 하느님 아버지나 신(神) 같은 존재는 애당초 인정되
지 않고 있지 않기 때문이다. 그럴 수밖에 없는 것이 깨달은 구도자는
그 자신이 진리이므로 자기 자신 이외에 아무도 그를 지배할 수 없기
때문이다.

한길사가 펴냈고 이재숙 옮김으로 되어 있는 『우파니샤드』 제2권, 브리히다란야까 우파니샤드에 보면 다음과 같은 주목할 만한 구절이 나온다.

'이와 같이 깨달은 자는 신(神)도 다스리지 못하니, 그는 곧 신이 아 뜨만이기 때문이다. 신은 (나와) 다르고 또 나는 저 사람과 다르다고, 자신과 신을 다르게 생각하고 숭배하는 사람은 그 지혜를 알지 못하 니, 그런 자라면 신들의 짐승과 다를 바 없다.

짐승들이 사람을 따르고 섬기듯, 그런 사람들은 그렇게 신을 따르고 섬기는 것이다. 짐승이 한 마리만 없어져도 인간은 불쾌하게 여기는 데, 하물며 여러 마리가 없어진다면 어떻겠는가? 그러므로 신들은 인 간이 그 지혜를 아는 것을 바라지 않는다.'(같은 책 565쪽)

또 같은 책에 나오는 마이뜨리 우파니샤드에는 다음과 같은 구절이 나와 있다.

'이처럼 지혜와 고행과 명상으로 브라흐만을 알 수 있다. 깨달은 자 는 신들보다 높은, 지고(至高)의 위치에 있는 브라흐만조차 초월한 다.'(같은 책 777쪽)

위에 나온 두 인용문에서 본 바와 같이 '깨달은 사람은 신(神)도 다 스리지 못하는' 존재일 뿐만 아니라 이보다 한술 더 떠서 '깨달은 자는 신들보다 높은, 지고(至高)의 위치에 있는 브라흐만조차 초월한다'는 것이 인간이라는 것을 알 수 있다.

그렇다면 신은 인간에게 왜 필요한 것일까? 정직하지 못하고 착하지 못하고 어리석은 자들을 다스리기 위해서 신은 필요한 것이다. 경찰이 범죄자를 단속하기 위해서 필요한 것처럼 신은 욕심 많은 인간을 다루기 위해서 필요한 것이다.

만약에 인간이 욕심을 털어 버린다면 속세에서 경찰이 필요 없게 되듯 신 역시 불필요한 존재가 될 것이다. 그뿐만 아니라 죄업을 딛고 해탈의 경지에 오른 인간은 신보다도 더 높은 차원의 존재가 되어 신에게서 부림을 당할 것이 아니라 도리어 신을 부리는 존재가 되는 것이다.

제아무리 기세가 등등한 경찰이나 검찰이라고 해도 죄 없는 사람을 어쩔 수 없는 것과 마찬가지로 신 역시 마음을 비우고 생로병사와 인과를 벗어난 구도자를 어쩌지 못할 것이다. 따라서 우리는 하느님도 어쩌지 못하는 깨달은 인간이 되어야 한다. 하느님 아버지의 통제 바깥으로 뻗어 나가는 것이 구도자의 수련이 지향하는 목표이다. 죄 없는 사람이 검찰이나 경찰을 무서워하지 않듯이 욕심 없는 사람은 하느님도 신도 주님도 하나님 아버지도 두려워할 이유가 없다.

죄는 욕심의 산물이다. 죄가 있다는 것은 욕심이 있다는 것이다. 그러므로 욕심을 털어 버리고 마음을 말끔히 비운 사람은 하느님이나 신의 영역 밖의 존재일 수밖에 없다. 성경은 신의 응징을 피하는 방법을 시시콜콜히 가르쳐 주고 있지만 신을 초월하고 신을 부리는 방법은 감히 가르쳐 주지 못하고 있다.

거듭 말하지만, 하느님은 죄 있는 자, 욕심 있는 자에게 필요한 것이지 죄 없고 욕심 없는 자에게는 있으나 마나이다. 마음을 깨달은 자는 하느님도 속수무책이니까. 우리는 하느님도 속수무책인 참다운 구도자가 되어야 한다.

예수는 겨우 신의 지배를 받아 신의 지시대로 꼭두각시처럼 움직였다. 그러나 구도자가 지향하는 것은 신의 영역을 벗어나 우리 자신이 신을 지배하자는 것이다. 그것이 바로 성통공완이요 견성 해탈이다. 신은 아직 성통공완도 견성 해탈도 못한 존재이다. 그렇기 때문에 질투하고 보복하는 지극히 세속적인 신까지도 성경에는 등장하는 것이다.

그러고 보니 신 역시 진리 그 자체는 아니다. 오직 진리의 쓰임일 뿐이다. 우리 구도자가 지향하는 것은 진리의 쓰임이 아니라 진리의 본체이다. 따라서 본래면목을 찾으려는 구도자에게는 기독교는 어린애 소꿉장난으로밖에는 보이지 않을 것이다. 하느님 안에서의 자유를 기독교도들은 운운하지만 사실은 신과 인간 사이의 관계까지도 뛰어넘어야 진정한 의미의 자유도 해탈도 오게 되어 있는 것이다.

그러면 예수가 말한 하느님 아버지나 주님은 무엇일까? 그것은 희구애노탐염(喜懼哀怒貪厭)과 탐진치(貪瞋癡)에 놀아나는 세속적인 욕망에 사로잡힌 중생들을 다스리는 인과응보의 이치인 것이다. 인과응보의 이치가 동화와 신화와 우화로 각색되는 과정에서 파생된 것이 하느님이 아버지요 주님인 것이다.

인과응보야말로 욕심 많은 중생들의 죄업을 다스리는 하늘의 그물이다. 비록 겉으로는 헐거워 보이지만 물샐 틈 없는 천망(天網)이 되어 추호도 에누리 없이 죄업을 걸러 내고 심판하고 처벌하는 것이다. 이러한 이치를 2천 년 전의 이스라엘 백성들에게 가르치자니 하느님과 인간의 지배와 피지배의 타력신앙 구조를 방편으로 이용하지 않을 수 없었던 것이다.

그러니까 구도자의 처지에서 보면 기독교야말로 지극히 원시적이고도 아주 케케묵은 낡고 낡은 전도의 방편이 아닐 수 없다. 그렇다고 해서 불교와 함께 한국의 신앙 인구를 양분하고 있는 기독교의 종교적인 가치와 품위를 훼손하고 싶은 생각은 추호도 없다.

엄연히 견해는 견해이고 현실은 현실이기 때문이다. 이 세상에 존재하는 모든 것은 전부 다 그 나름으로 존재할 가치가 있기 때문이다. 기독교가 아무리 낡은 종교라고는 해도 이미 우리 풍토 속에 뿌리를 내린 지 2백 년이 넘었을 뿐만 아니라 지금 막강한 세력을 형성하고 있는 것은 부인할래야 부인할 수 없다. 따라서 기독교 성경은 이제 우리 민족의 움직일 수 없는 정신적 자산이 되었다.

2백 년 전부터 서세동점(西勢東漸)의 기세를 타고 이 땅에 뿌리내린 기독교를 모르고는 아무도 이 땅에서 제대로 행세를 할 수 없게 되었다. 이 땅에 뿌리내린 기독교는 그 배타성과 맹종과 광신적 경향으로 수많은 갈등을 빚어 왔고 빈축을 사 오기도 했지만 우리나라를 서구화하고 도덕적으로 순화시키고 한글 전용에 앞장섬으로써 한글문화 향상에 획기적인 공헌을 해 온 것은 아무도 부인할 수 없다.

수많은 성경 말씀 중에서도 다음과 같은 예수의 가르침에는 누구나 귀를 기울여야 할 것이다.

'너희는 원수를 사랑하라. 너희를 미워하는 사람들에게 잘해 주고 너희를 저주하는 사람들을 축복해 주어라. 그리고 너희를 학대하는 사람들을 위하여 기도해 주어라.

누가 오른 **뺨**을 때리거든 왼 **뺨**마저 돌려 대주고, 누가 겉옷을 달라고 하면 속옷마저 내주어라.

달라는 사람에게는 주고 **빼앗는** 사람에게는 내어주되 되받으려고 하지 말라. 너희는 남이 바라는 대로 남에게 해 주어라.

너희가 만일 자기를 사랑하는 사람만 사랑한다면 칭찬받을 것이 무엇이겠느냐? 죄인들도 자기를 사랑하는 사람은 사랑하느니라.

너희가 만일 자기에게 잘해 주는 사람에게만 잘해 준다면 칭찬받을 것이 무엇이겠느냐? 죄인들도 고스란히 되받을 것을 안다면 서로 다투어 꾸어 주느니라.

그러나 너희는 원수를 사랑하고 남에게 착한 일을 해 주어라. 그리고 되받을 생각을 하지 말고 꾸어 주어라. 그러면 너희가 받을 상이 클 것이며 너희는 지극히 높으신 분의 자녀가 될 것이니라.

그분은 은혜를 모르는 자들과 악한 자들에게도 인자하시니라. 그러니 너희도 아버지께서 자비로우신 것처럼 자비로운 사람이 되어라.' (누가 6 : 27~36)

이와 같은 사랑과 겸손과 무한한 자기부정 정신이야말로 어느 종교보다도 경쟁력이 강한 부분이다. 그뿐만 아니라 온 인류에게 영원한 평화를 가져올 우주적인 보편성을 띠고 있는 것이 틀림없다. 기독교의 방편이 우리의 전래적인 정서와 생리에 맞지 않는 면이 있다고 해도, 위에 말한 것과 같은 진정한 박애정신이 그대로 이 땅에 구현될 수만 있다면 그것이야말로 우리의 피가 되고 살이 되는 귀중한 영양제가 되지 않을 수 없을 것이다. 과거처럼 기독교를 타율적으로 그리고 무작정 맹목적으로 수용만 할 것이 아니라, 이제부터는 차분히 좋고 나쁜 점을 가려서 선별적으로 소화 흡수할 때가 되지 않았나 생각된다.

그리고 마태복음을 번역하고 난 한국의 한 구도자로서 전 세계 기독교인들에게 말하고 싶은 것이 있다. 그것은 신(神), 갓(God), 아버지, 기도, 십자가와 같은 진리에 이르는 방편들이 그들에게는 너무나 두껍고 높아서 정작 진리 그 자체는 가려져 있다는 것이다.

하느님 아버지는 인간을 위해서 존재하는 방편이지 인간이 하느님 아버지를 위해 존재하는 것은 아니다. 그런데 마태복음에는 그와는 반대로 되어 있다. 예수 자신도 말한 바와 같이 부활 때의 하늘나라에는 남자도 여자도 없고 따라서 시집가고 장가가는 일도 없다.

그런데 하느님 아버지가 어떻게 실존할 수 있단 말인가? 그렇다면 하느님 어머니도 존재해야 할 것이 아닌가? 무위계에는 상대적인 남자와 여자가 없다. 그러니까 성경에 나오는 아버지는 전도를 위한 하나의 방편인 것이다. 신(神)은 어디까지 본(本)은 아니고 쓰임에 지나지 않는다. 신 역시도 생로병사에서 벗어나지 못하고 있다. 따라서 신(神)은 어떠한 경우에도 구도자가 극복해야 할 대상이지 숭배하고 복종해야 할 대상은 아닌 것이다. 우리 인간이 신에게 엄격히 매어 있는 한 치열한 구도정신은 싹틀 수 없고 오직 타력신앙만이 허용될 뿐이다.

방편은 어디까지나 방편이지 그 이상도 이하도 아니다. 그 방편을 절대시한 나머지 진리를 가리키는 손가락이 도리어 진리의 참모습을 가려버린 것이다. 피안(彼岸)에 일단 도달했으면 강을 건너는 데 이용했던 배는 미련 없이 버려야 하는데도 그들은 죽을 때까지 평생을 그 배를 둘러메고 다니느라고 진리 그 자체의 생생한 참모습은 보지 못하고 마는 것이다.

2천 년 전 예수가 가부장적이고 미개하고 완고했던 이스라엘 백성들에게 전도하기 위해서 고안했던 아버지, 갓(God), 기도의 방편들이 지금까지도 아무런 근본적인 반성 없이 그대로 천편일률적으로 적용되고 있는 것이다. 마틴 루터의 종교개혁은 한갓 형식의 변화였지 질적인 변화는 아니었던 것이다.

그러면 질적인 변화란 무엇인가? 그것은 타력 불교(他力 佛敎)에서 자력 구도(自力 求道)로 질적인 변화를 가져온 선종(禪宗)과 같은 근본적인 변혁을 말하는 것이다. 그들은 살불살조(殺佛殺祖)를 단행함으로써 교외별전(敎外別傳) 불립문자(不立文字) 직지인심(直指人心) 견성성불(見性成佛)을 표방하고 선방(禪房)에서 불상(佛像)을 추방했다. 그리고 그들은 순전히 구도자 자신의 직관(直觀)의 힘으로 부모미생전본래면목(父母未生前本來面目)을 꿰뚫어보는 자력 구도 방식으로 근본적인 혁신을 단행했던 것이다.

그들은 불조(佛祖)와 불상(佛像)이 깨달음을 가져오는 것이 아니라는 것을 알았던 것이다. 불조와 불상은 사람들을 진리 근처까지는 인도할 수 있을지 몰라도 막상 진리 그 자체를 깨닫게 해 주는 것은 구도자 자신의 개안(開眼)에 달려 있다는 것을 알았던 것이다.

마찬가지로 이 원리가 기독교에도 적용된다고 생각한다. 영생을 가져다주는 것은 아버지, 갓(God), 기도, 십자가가 아니라 각자의 마음속의 중심에 진리의 싹이 움터올 때이다. 진리는 외부에서 오는 것이 아니라 각자의 자기 내부의 혁신에서 오는 것이기 때문이다. 아버지, 갓, 기도, 십자가는 사람들을 진리 언저리까지는 데려다줄지 몰라도 그 핵심에 뛰어드는 것은 각자 자신의 자력 수행 여하에 달려 있는 것이다. 따라서 불상 없는 선방처럼 십자가 없는 명상실에서 예수 자신과 같은 성인을 길러내야 한다.

지감(止感) 조식(調息) 금촉(禁觸)하여 일의화행(一意化行) 반망즉진(返妄卽眞) 발대신기(發大神機)하여 성통공완(性通功完)함으로써 비로소 예수가 누가복음 17장 21절에서 말한 각자의 중심에 자리잡은 하느님 나라(The kingdom of God in the midst of you)에 도달할 수 있는 것이다. 하느님은 저 높은 옥좌에 앉아서 인간의 생사길흉화복을 일일이 주관하는 인간과는 주종(主從) 관계에 있는 그러한 군림하는 존재가 아니라, 하느님이 우리 안에 있고 우리가 하느님 안에 있는 그러한 존재이기 때문이다.

316

선생님은 깨달았습니까?

1998년 9월 19일 금요일 17~27℃ 구름

오후 세시. 8명의 수련생이 내 서재에 모여 수련을 하다가 그중 20대 중반쯤 되는 김진호라는 청년이 불쑥 물었다.

"선생님은 깨달았습니까?"

"깨달았느냐고?"

"네."

"뭘 말입니까?"

"진리를 깨달으셨나 그 말입니다."

"아뇨."

"아니, 그럼, 진리도 깨닫지 못하셨다면 어떻게 무려 44권이나 되는 그 많은 구도에 관한 책인 『선도체험기』를 쓰실 수 있습니까?"

"책을 쓰는 것은 반드시 깨달음이 끝난 사람만이 하는 것은 아닙니다."

"그럼 어떤 사람이 책을 쓸 수 있습니까?"

"하루하루 새록새록 깨달음을 위한 공부를 해 나가는 사람도 그 체험을 바탕으로 얼마든지 유익한 글을 쓸 수 있습니다."

"아아, 그러니까 깨달음이 완성된 사람만이 아니고 깨달음을 얻어 나가는 과정에 있는 사람도 얼마든지 쓸 수 있다는 말씀이군요."

"그렇습니다."

"그럼 깨달음의 완성이란 있을 수 없는가요?"

"그런 것은 현실적으로 불가능한 일입니다."

"왜요?"

"만약에 어떤 사람이 깨달음을 완성했다면 그 사람은 그 순간부터 더이상 공부할 것이 없으므로 내리막길을 걷게 될 것입니다. 그러나 그러한 일은 현실적으로 불가능합니다."

"왜 그렇죠?"

"우주에 널려 있는 수많은 별들 중에서 지구라는 별에 자리한 인간 공동체 자체가 하나의 배움터이기 때문입니다. 인간으로 일단 이 지구에 태어난 사람은 좋아도 궂어도 태어나서 숨을 거두는 순간까지 공부를 하지 않을 수 없게 되어 있으니까요."

"아니 그렇다면 인간이 지구에 태어나는 것도 죽는 것도 다 공부의 한 과정이라는 말씀인가요?"

"그렇고말고요."

"허지만 그것을 알고 있는 사람이 몇 명이나 되겠습니까?"

"알고 있느냐 모르고 있느냐와는 관계없습니다. 생로병사 그 자체가 전부 다 공부의 과정이니까요. 단지 그것을 공부라고 생각하느냐 생각하지 않고 있느냐의 차이가 있을 뿐입니다."

"그 차이는 무슨 의미가 있습니까?"

"인생을 진리를 깨닫는 공부의 과정이라고 생각하고 실제로 공부를 하는 사람은 구도자이고, 그렇지 않고 부귀영화나 추구하면서 그럭저럭 이기적으로 살아 나가는 사람은 구도자가 아니라는 의미의 차이가 있습니다."

"허지만 구도에도 일정한 완성의 단계가 있는 것이 아닐까요?"

"인간에게 있어서 깨달음은 완성을 향한 영원한 현재진행형의 과정이기는 할지언정 과거완료형, 현재완료형, 미래완료형 같은 것은 있을 수 없습니다. 만약에 구도자에게서 나날이 새로워지는 일신우일신(日新又日新)의 희열을 앗아가 버린다면 생존의 의미를 잃고 말 것입니다."

"그러니까 우리의 일상생활 자체가 다 깨달음의 과정이라는 말씀입니까?"

"그렇습니다."

"그러고 보니 제가 선생님께 질문을 잘못한 것 같습니다."

"왜요?"

"사실 제가 알고 싶었던 것은 그것이 아니었는데요."

"그럼 뭘 알고 싶었습니까?"

"제가 실제로 알고 싶었던 것은 선생님의 깨달음의 수준이 어느 정도냐 하는 것이었습니다."

"그것은 내가 내 입으로 대답할 수 있는 성질의 것이 아닙니다."

"왜요?"

"그것은 마치 김진호 씨가 대학교 강의실에 들어가 철학 강의하는 교수를 보고 당신의 학문 수준은 얼마나 됩니까? 하고 묻는 것과 같이 이만저만한 실례가 아닙니다."

"선생님 아무래도 제 생각이 짧았던 것 같습니다. 용서해 주십시오."

"아니요. 나는 김진호 씨한테서 그런 사과를 듣자고 이런 말을 한 것이 아니고 단지 실상을 말했을 뿐입니다. 나는 처음부터 김진호 씨가 왜 그런 질문을 했는지 환히 알기 때문에 이런 말을 하는 겁니다. 그래서 어떻게 하든지 질문한 목적을 스스로 달성할 수 있도록 유도하려는 것이 내 의도입니다."

"죄송합니다. 선생님."

"아니 그런 말을 듣자는 것이 아닙니다. 아까 말하다가 말았지만 김진호 씨가 만약에 그 철학 교수의 학문의 수준을 알고 싶다면 어떻게 하겠습니까?"

"그 교수님의 강의를 직접 들어보는 것이 제일이겠지요."

"물론 그것도 중요합니다. 그러나 그것뿐이겠습니까?"

"그 교수의 저서를 읽어보는 것도 한 방법일 것입니다."

"그 밖에 또 무슨 방법이 있겠습니까?"

"그 교수에 대한 수강생들이나 동료 교수들의 평판입니다."

"그렇습니다. 금은방의 진열대에 나와 있는 금반지의 순도(純度)를 알고 싶을 때 김진호 씨는 그 금반지 자신에게 너의 순도를 얼마냐고 물어 봅니까?"

"그렇지는 않습니다."

"그럼 어떻게 합니까?"

"금은방 주인에게 물어봅니다."

"그렇습니다. 그러니까 김진호 씨도 나라는 사람의 수행 정도를 알고 싶으면 내 저서도 읽어보고 나한테 직접 질문도 해 보고 대화도 나누어 보고 남들의 의견도 들어보고 하여, 이 사람이 과연 상중하 중에서 어디에 속하는지 종합적으로 판단을 내려야지 그걸 나한테 직접 물어보면 내가 뭐라고 대답하겠습니까?

나를 보고 '선생님은 깨달았습니까?' 하고 묻는 것은 자기가 진찰받으러 간 의사를 보고 '당신 혹시 돌팔이 아뇨?' 하고 묻는 것과 무엇이 다르겠습니까?"

"선생님, 제가 생각이 짧아서 선생님한테 큰 실례를 저질렀습니다."

"그렇게 사과를 하니 고맙습니다."

"천만의 말씀입니다. 고맙다는 인사는 제가 해야 합니다. 선생님께서 무례를 저지른 저를 당장 내쫓아 버리지 않으시고 인내심을 가지시고 차분하게 설명하시어 제 아둔한 머리를 깨우쳐 주신 것에 대해서 제가 도리어 선생님께 감사해야죠."

1998년 10월 31일 토요일 9~17℃ 구름

오후 3시. 12명의 수련생들이 모였다. 홍기심이라는 젊은 남자 수련생이 물었다.

"선생님, 불교에서는 파, 마늘, 부추, 옥파, 달래, 고추 같은 냄새나는 매운 채소는 먹지 말라고 한다는데 일반 수행자들도 그래야 하는지 알고 싶습니다."

"이 세상에 존재하는 모든 것은 다 존재할 만한 이유와 가치가 있어서 존재하는 겁니다. 파, 마늘, 부추, 달래, 고추가 정력이 왕성한 청소년 수행자들에게는 양기를 자극한다고 하여 불교에서는 금하고 있는 모양인데, 그렇다고 해서 혈기왕성한 청소년도 아닌 사람까지 먹지 말라고는 할 수 없다고 봅니다.

파, 마늘, 고추가 없다면 우리는 김치를 담궈 먹을 수 없을 것이고 폐대장경에 이상이 생겼을 때도 채소 식품으로 효과적으로 대처할 수 없을 것입니다. 사람이 먹을 수 있는 모든 음식은 아무리 몸에 좋은 것이라고 해도 과식하면 탈이 나게 되어 있습니다. 과유불급(過猶不及)의 교훈을 잘 지켜 나가기만 하면 비록 부자(附子)와 같은 극약도 얼마든지 유익하게 쓸 수 있습니다."

과유불급(過猶不及)

"과유불급이란 무슨 뜻입니까?"

"글자 그대로 지나친 것은 모자라는 것과 같다는 뜻입니다."

"그런데 요전에 라디오 방송에서 어떤 박사라는 사람이 나와서 과유불급이란 지나친 것은 모자람만 못하다고 했는데 그럼 그건 틀린 해석인가요?"

"그렇습니다. 한자의 유(猶)는 비등하다, 비슷하다, 같다는 뜻입니다."

"아니 그럼 박사라는 사람이 그것도 제대로 해석 못했다는 말입니까?"

"박사 아니라 박사 할아비라도 틀린 것은 틀린 겁니다. 과유불급(過猶不及)은 지나칠 과(過)자와 모자란다는 뜻의 불급(不及)은 같다는 뜻의 유(猶)자로 대비시킨 것이지 비교열등(比較劣等)을 나타내는 술어동사(述語動詞)로 사용된 것은 아닙니다. 만약에 지나친 것은 모자람만 못하다고 할 것 같으면 지나친 것보다는 모자란 것이 낫다는 뜻이 되어 버립니다. 그건 큰 망발입니다.

과유불급(過猶不及)의 본래의 뜻은 지나친 것과 모자라는 것은 같다는 뜻으로서 지나친 것도 나쁘지만 모자란 것도 나쁘다는 뜻입니다. 다시 말해서 중용(中庸)을 강조하기 위한 고사성어(故事成語)입니다. 오향신채(五香辛菜)는 그것 자체로는 좋을 것도 없고 나쁠 것도 없습니다. 문제는 그것을 이용하는 사람의 마음가짐이 중용을 유지하느냐 하는 것이 중요한 겁니다."

식(食)과 색(色)

"선생님, 자기 자신과 남의 수련 정도를 정확하게 객관적으로 알아보는 방법이 없을까요?"

"왜 없겠습니까? 있습니다."

"그게 뭡니까?"

"우선 그 수행자의 입에 무엇이 들어가느냐를 보면 정확히 알 수 있습니다."

"좀 더 구체적으로 말씀해 주십시오."

"술, 고기, 기름진 음식을 좋아하면 그 사람은 수행과는 거리가 먼 사람이라고 보아도 틀림없습니다."

"그건 무슨 이유 때문입니까?"

"수행이 많이 되어 일정한 수준에 도달한 사람은 우선 몸속의 기운이 맑아지기 때문에 탁기와 사기가 많은 술, 고기, 기름진 음식은 입에 댈 수가 없습니다. 그런데도 불구하고 자칭 구도자요 견성 해탈했다고 하는 사람이 술, 고기, 기름진 음식을 좋아한다면 그 사람은 백발백중 가

짜임에 틀림없습니다. 청기(淸氣)는 청기를 부르고 탁기(濁氣)는 탁기를 끌게 되어 있습니다. 만물은 끼리끼리 모이게 되어 있으니까요. 이것을 유유상종(類類相從)이라고 합니다. 수십 번의 안거(安居)를 한 선승(禪僧)도 남몰래 술, 고기를 탐한다면 아직 멀었다고 보아야 합니다."

"그다음은 무엇입니까?"

"그 수행자가 남몰래 이성(異性)을 탐한다면 그는 아직도 멀었다고 보아야 합니다."

"왜 그렇죠?"

"구도자가 남몰래 이성을 탐한다면 그 사람은 아직도 연정화기(煉精化氣)가 안 되어 있기 때문입니다."

"연정화기(煉精化氣)가 뭔데요?"

"자신의 성호르몬 즉 정액(精液)을 기(氣)로 바꿀 수 있는 능력을 갖게 되는 수련의 단계입니다. 적어도 이 정도의 수준에 오른 사람이라야 수행이 정상 궤도에 올랐다고 할 수 있습니다."

"선생님, 그렇다면 기독교 개신교의 기수인 마틴 루터 같은 사람도 수녀와 결혼을 했으니까 온전한 수행자라고는 할 수 없다는 말씀입니까?"

"그렇습니다. 적어도 내가 쓰는 잣대로는 그렇다고 할 수밖에 없습니다. 그러니까 식(食)과 색(色)에 초연할 수 있으면 그 사람은 적어도 성인(聖人)의 대열에 올랐다고 보아도 됩니다."

"식색(食色) 외의 다른 기준은 없습니까?"

"왜 없겠습니까? 그 수행자의 인격과 품성과 도덕성, 언행일치(言行一致), 보시, 인욕, 지계, 정진, 선정, 지혜, 역지사지, 방하착, 애인여기

(愛人如己) 등등 그 밖에 얼마든지 있습니다. 그러나 마음공부의 수준은 보는 사람의 견해나 각도에 따라 중구난방이 될 수 있으므로 객관적인 판단의 기준이 될 수 없습니다."

진체(眞體)

"가피력(加被力)과 천백억화신(千百億化身)은 어떻습니까?"

"그것 역시 백인백색이요 천태만상이므로 모든 사람이 객관적으로 인정할 수 있는 기준이 될 수는 없습니다."

"가피력이란 무엇입니까?"

"어떤 스승의 주변에만 가도 기문(氣門)이 열린 사람은 강력한 기운을 느낄 수 있고 그로 인해서 수행의 수준을 높일 수 있는 그러한 스승의 능력을 말합니다."

"실제로 그런 사람이 있습니까?"

"있고말고요."

"한국에도 말입니까?"

"그렇고말고요."

"어디에 가면 그런 분을 만나 볼 수 있을까요?"

"홍기심 씨가 좀더 수련이 진전되어 기문이 완전히 열려야만 그런 것을 스스로 알 수 있습니다."

"천백억화신(千百億化身)은 무엇입니까?"

"수행자가 명상 중이나 꿈을 꿀 때 그가 존경하는 스승의 모습이 사람마다 다른 다양한 모습으로 나타나 여러 가지 방법으로 수련을 시켜

주는 것을 말합니다. 그런데도 그 스승은 자기가 어떤 제자에게 무슨 수련을 시켜 주었는지 전연 기억을 하지 못합니다. 그래서 꿈에 수련을 받은 제자가 그 스승에게 그 사실을 직접 물어보아도 그 스승 자신은 그러한 사실이 있었는지조차 모릅니다.

그 스승의 저서를 읽었다면 비록 그 스승을 생시에 직접 만나 본 일이 없어도 꿈에 그 스승으로부터 수련을 지도받는 수가 있습니다. 그런 일이 있은 뒤에 막상 그 스승에게 자기의 꿈에 있었던 일을 얘기해도 그 스승은 그러한 일을 기억해 내지 못합니다."

"그건 어떻게 된 겁니까?"

"그것은 그 스승의 개체(個體)가 꿈에 그 제자에게 가서 가르친 것이 아니고 그의 진체(眞體)가 가르쳤기 때문입니다."

"그럼 진체란 무엇입니까?"

"진체란 예를 들면 태양과 같다고 할 수 있습니다. 태양은 착한 사람에게도 악한 사람에게도 골고루 햇빛을 비춰 줍니다. 그리고 독초에게도 작물에게도 차별 없이 햇볕을 보냅니다. 그러나 태양은 자기가 누구에게 햇빛을 보냈다고 일일이 기억하지는 않습니다. 무아의 상태에 있는 태양은 누구에게 무엇을 준다는 의식 없이 그저 공평하게 누구에게나 빛을 보내기 때문입니다. 이른바 무주상보시(無住相布施)입니다.

그와 마찬가지로 무아(無我)에 도달하여 우아일체(宇我一體)를 이루어 진체(眞體)가 형성된 영적 스승은 그를 향해 마음이 열린 제자에게는 누구를 막론하고 가르침을 베풀고 수행을 시켜줍니다. 무아(無

我)인 진체(眞體)가 한 일을 현실을 살아가는 개체가 일일이 기억할 리가 만무합니다.

그러나 그 개체는 진체와 무의식적으로 연결된 개체라는 점에서 보통 사람과는 확연히 구분이 됩니다. 공인인 대통령이 훌륭한 정치를 폄으로써 수많은 국민들에게 실질적인 이득을 주었다고 해도 대통령 자신은 누구에게 구체적으로 어떤 유익을 끼쳤는지 일일이 기억할 수 없는 것과 같습니다.

다시 말해서 그 스승은 개인이면서도 공인(公人)이라는 뜻입니다. 여기서 말하는 공인이란 물론 성통한 사람, 해탈한 사람을 말합니다. 다시 말해서 우주의 무한한 힘의 원천과 통전(通電)된 사람을 말합니다. 천백억화신의 조화를 부리는 주체는 바로 이 무한한 우주의 힘과 지혜와 덕의 원천입니다."

인구 폭발의 근본 대책

"선생님, 인구가 폭발적으로 증가일로에 있습니다. 불과 반세기 동안에 세계 인구가 20억에서 58억으로 폭발적으로 불어났습니다. 인구 폭발을 해소할 수 있는 근본 대책이 있을까요?"

"있습니다."

"그게 뭡니까?"

"인구가 자꾸만 늘어나는 근본 원인을 알면 저절로 해결의 실마리가 떠오르게 되어 있습니다."

"인구가 증가하는 근본 원인이 무엇입니까?"

"요즘 자동차학원에 가면 심한 정체 현상을 빚고 있습니다. 왜 그런지 아십니까?"

"시험이 너무 까다로워서 그런 거 아닙니까?"

"그것도 이유가 됩니다. 요컨대 시험에 통과하지 못한 사람이 늘어나면서 심한 정체 현상을 빚고 있기 때문입니다. 게다가 설상가상으로 일단 면허증을 땄던 사람들도 음주운전 같은 교통사고를 내고 면허 취소를 당한 후에 다시 학원으로 돌아옵니다. 이래저래 정체는 가중되고 있습니다.

인구 증가도 그와 마찬가지입니다. 수행이 일정 수준에 도달해야 지구를 졸업하고 더 높은 세계로 올라갈 수 있는 자격을 따야 죽어도 다시는 이 땅에 태어나지 않을 텐데, 수행을 게을리하니까 보다 높은 세계에 오르는 사람은 얼마 안 되고 낙제를 당하여 지상에서의 윤회를 되풀이하는 사람만 자꾸만 늘어납니다.

게다가 윤회에서 벗어났다가도 일단 면허증을 따고 운전을 하다가도 음주운전을 하거나 부주의로 교통사고를 내고는 면허가 취소되어 다시 자동차학원으로 운전자들이 되돌아오듯, 수행하지 않다가 죽은 중생들이 인간계에 다시 태어남으로써 지상에서의 윤회에 떨어지는 존재들이 늘어나고 있으니까 심한 정체 현상이 일어나는 것은 당연합니다."

"이젠 인구 정체의 원인을 알 것 같습니다. 그렇다면 어떻게 해야 인구 정체를 근본적으로 막을 수 있겠습니까?"

"자동차학원에서 학생들이 열심히 공부하여 시험에 합격하는 사람이 늘어나면 정체가 사라질 것입니다. 그와 마찬가지로 인간 세상에서도 누구든지 수행에 지극정성을 다하여 한시바삐 다시는 윤회에 되말려들지 않고 영원히 지구를 떠나는 사람이 늘어날수록 인구의 흐름은 지극히 원활해질 것입니다."

삼공서재

1998년 11월 15일 일요일 9∼19℃ 구름

오후 세시. 10명의 수행자들이 모여들었다. 우창석 씨가 물었다.

"선생님 이곳에서 대주천 수련을 받은 사람이 지금까지 몇 명이나 됩니까?"

"90년 8월 30일부터 98년 11월 4일까지 총 418명입니다."

"그렇게 많은 선도의 인재를 길러 내셨으면 선생님께서 앉아 계시는 서재에 명칭을 하나 붙여 두는 것이 어떻겠습니까?"

"뭐 좋은 명칭이라도 떠올랐습니까?"

"선생님의 도호를 따서 그저 삼공서재라고 하는 것이 어떻겠습니까?"

"괜찮군요."

"고맙습니다. 삼공선원, 삼공정사 같은 이름이 떠올랐었지만 그렇게 지으면 무슨 수행 단체와 같은 느낌이 들어서 그냥 소박하게 삼공 선생님이 계시는 서재라는 뜻에서 삼공서재라는 짓는 것이 무방할 것 같습니다."

"좋습니다."

"만약에 삼공선원이나 삼공정사라고 지으면 마치 돈 받고 수련시켜 주는 도장이나 수련 단체와 같은 느낌을 줄 것 같아서 삼공서재라고 짓는 것이 제일 무난할 것 같습니다. 그런데 선생님 지금까지 삼공서재에는 어떤 사람들이 찾아오고 있습니까?"

"주 고객은『선도체험기』시리즈 독자입니다. 지금까지 나온『선도체험기』를 읽어 가면서 혼자 수행을 하다가 도저히 혼자서는 풀리지 않는 의문을 해결하려고 찾아오는 독자들입니다."

"그 풀리지 않는 의문이란 무엇인데요?"

"수련이 뜻대로 되지 않는 사람들입니다."

"도장이나 선도수련 단체에서 수행하다가 오는 사람은 없습니까?"

"왜 없겠습니까? 그런 데서 오는 사람도 많습니다. 수행이 일정 수준 이상은 더이상 진행되지 않는 사람이 그곳에서는 한계에 부딪혔다는 것을 알고 갈등과 방황을 겪다가 도반의 소개로『선도체험기』를 구해 읽고는 찾아오는 사람도 많습니다. 수행이란 어떻게 보면 자가 충전과 같은 것인데 그것이 잘 안되는 사람들이 우리집에는 모여듭니다. 그리고 구도자 이외에는 순전히 건강을 위해서 오행생식을 구입하기 위해서 오는 사람들도 있습니다."

선생님은 성통하셨습니까?

"선생님은 성통하셨습니까?

모 구도 단체에 나간다는 박성진이라는 젊은이가 물었다. 얼마 전에는 김진호라는 젊은이가 '선생님은 깨달았습니까? 하고 묻더니 오늘은 성통했느냐고 물었다. 성통이나 깨달음에 유난히 관심들이 많다는 증거다.

"그런 것은 본인에게 직접 대놓고 묻지 말고 스스로 알아볼 수 있는 안목을 키운 다음에 자기 능력으로 감정 평가하도록 하세요."

"저에게 그런 능력이 있으면 왜 제가 감히 선생님에게 이런 무례한 질문을 했겠습니까?"

"박성진 씨는 사과가 익었는지 안 익었는지는 알아볼 수 있습니까?"

"그 정도는 알아볼 수 있습니다."

"무엇을 보고 사과가 익었다는 것을 알아볼 수 있습니까?"

"빛깔과 향기만 보고도 알 수 있습니다."

"그럼 박성진 씨는 시력이 정상인 사람과 눈뜬장님을 알아볼 수 있습니까?"

"그럼요."

"그때 박상진 씨는 정상 시력을 가진 사람을 보고 당신은 눈이 보입니까 하고 묻습니까?"

"아뇨."

"그럼 어떻게 하면 그 사람을 보고 당신은 눈뜬 정상인이냐고 묻는 실례를 범하지 않고도 그 사람의 눈이 정상이라는 것을 알 수 있습니까?"

"그 사람의 눈동자를 살펴보고 초점이 잡혀 있는지를 보면 알 수 있습니다."

"그것뿐입니까?"

"아닙니다. 그 사람이 걸어가는 것만 보아도 알 수 있습니다."

"그것뿐입니까?"

"아닙니다. 꽃이나 하늘의 색깔에 대한 대화를 나누어 보면 알 수 있습니다."

"그렇습니다. 어떤 사람이 눈뜬장님인지 아닌지를 알아보는 방법은 당신의 눈은 정상입니까? 하고 묻지 않고도 얼마든지 간접적으로 상대의 자존심을 상하게 하지 않고도 알아낼 수 있는 방법이 있습니다. 박성진 씨는 대학 다닐 때 교실에서 강의하는 교수를 보고 '당신은 진짜 교수입니까?' 하고 묻습니까?"

"아뇨."

"그럼 그가 자격 있는 교수라는 것을 어떻게 알 수 있습니까?"

"그 교수의 저서의 이력란을 본다든지 학적 조회 같은 것을 해 보면 알 수 있습니다."

"그것뿐이 아닐 겁니다. 박성진 씨가 그 교수가 가르치는 학과에 조예가 깊다면 그 교수의 강의 내용만 듣고도 금방 그가 가짜인지 진짜인지 알아낼 수 있을 것입니다."

"그런데 선생님 저는 도인을 알아 볼 수 있는 도(道)가 얕거든요."

"그럼 그 도를 좀더 깊이 파 들어가세요. 세계 제2차 대전을 승리로 이끈 저 유명한 영국 수상 윈스톤 처칠에게 하루는 전부터 알고 지내던 화가가 한 사람 찾아와서 자기는 있는 심혈을 다 기울여 걸작품을 만들어 전람회에 출품했건만 그림을 그려 본 일도 없고 그림에 대해서는 쥐뿔도 모르는 심사위원들이 낙선을 시켰다고 불평을 토로했습니다.

이 말을 들은 처칠은 자기는 달걀을 낳아 본 일은 없지만 어떤 달걀이 싱싱한 건지 곯은 건지는 금방 알아본다고 말했습니다. 그와 마찬가지로 그림을 그려본 일이 없는 사람이라도 좋은 그림은 누구나 금방 알아본다고 말하면서 누구나 인정하는 우수한 그림을 그리라고 충고

했다고 합니다.

성통한 구도자를 알아보는 데도 반드시 도가 깊어야 하는 것도 아닙니다. 공평무사한 객관적인 안목만 있으면 누가 진짜 도인인지 가짜 도인인지는 금방 알아볼 수 있습니다. 그러니까 언제나 사물을 바르게 관찰하는 안목을 길러야 합니다."

"네 그러겠습니다. 선생님께 죄송하게 됐습니다."

"그 정도의 지각을 가진 박성진 씨가 어떻게 돼서 나에게 그렇게 직설적인 질문을 합니까? 맹인이 아닌 사람이 사물을 있는 그대로 볼 수 있는 것과 마찬가지로 성통한 사람은 진리를 꿰뚫어보는 안목이 트여 있을 뿐 아니라 우주의 생명력과 통전(通電)이 되어 있습니다.

눈뜬 사람이 자기는 장님이 아니고 눈을 떴다고 말하지 않는 것과 마찬가지로 성통한 사람은 구태여 자기가 성통했다고 남에게 말하지 않습니다. 그래도 수행이 일정 수준에 도달한 사람은 기감(氣感)과 직감(直感)으로도 그가 성통을 했는지 못 했는지 금방 알아차립니다.

그렇게 자기선전을 하지 않으면 후배 양성은 어떻게 하느냐고 묻는 사람이 있을 것입니다. 그러나 그런 염려는 할 필요가 없습니다. 찾아올 사람은 귀신처럼 알고 찾아오게 되어 있으니까요. 마치 실력 있는 교수는 동료 교수나 공부 잘하는 학생들이 금방 알아보듯이 말입니다. 아무리 지금은 자기 피알 시대라고 해도 진짜로 성통한 사람은 자기를 상품처럼 밖으로 드러내어 선전하려 하지 않습니다.

왜냐? 자기선전을 하는 사람들은 아쉬운 것이 있기 때문입니다. 그러나 성통한 사람은 아쉬운 것이 없기 때문에 그럴 필요를 느끼지 않습니다. 그뿐만 아니라 호기심 많은 사람들의 관광 대상이 되기 싫어서라도 선전할 필요를 느끼지 않습니다.

그런데도 불구하고 일부러 자기는 성통했다고 떠외고 다니는 사람이 이따금 나타나는데, 그런 사람은 백발백중 성통 근처에도 못 가본 사기꾼입니다. 사이비 종교의 교주 같은 협잡꾼들만이 어리석은 중생들에게 자기는 성통했다고 광고함으로써 일확천금의 반사 이익을 노리고 있습니다.

그러나 진짜로 성통한 사람은 일찌감치 탐욕을 털어버린 지 오래되었으므로 그런 반사 이익 따위에는 애당초 관심조차 없습니다. 그뿐만이 아니라 사기꾼이라는 오해도 사고 싶지 않으므로 누가 그를 보고 성통했느냐고 물어도 대답을 하지 않습니다. 그러니까 어떤 사람이 성통했느냐 못 했느냐를 알아보고 싶으면 박성진 씨 자신이 성통한 사람을 알아볼 만한 안목을 키워서 스스로 평가하고 감정을 내리도록 하십시오."

"네, 잘 알겠습니다. 열심히 공부하겠습니다."

기문이 열리지 않는 삼합진공 수행자

"선생님, 저는 분명히 소주천, 대주천은 물론이고 지금은 삼합진공 (三合眞空)이 되고 있는데도 이상한 일이 한 가지 있어서 이렇게 멀리 목포에서 찾아왔습니다."

40대 중반의 선우영이라는 남자가 말했다.

"삼합진공 수련이 되고 있다구요?"

삼합진공이 되는 경우는 매우 희귀한 일이므로 나는 확인하듯 되물었다.

"네, 그렇습니다."

"삼합진공 수행이 어떻게 되는지 자세히 좀 말씀해 주시겠습니까?"

"백회에서부터 회음까지 직경 10센티나 되는 기운이 통하는 파이프 기둥이 서서 시원한 기운이 전신으로 유통되는 것을 저는 분명히 느끼고 있습니다."

"그런데 무엇이 문제입니까?"

"그런데 이상하게도 하단전에는 축기가 되지 않습니다."

"하단전에 축기가 되지 않는 것을 어떻게 압니까?"

"도우들의 말을 들으면 단전이 항상 화롯불처럼 따뜻해야 한다고 하는데 저는 그렇지 않거든요."

"그럼 어떻습니까?"

"항상 싸늘합니다."

"그건 좀 이상하군요."

"뭔가 잘못된 거 아닙니까?"

"그렇습니다. 선도수행의 기본은 단전이 따뜻해지면서 수승화강(水昇火降)이 되는 겁니다. 그런데도 단전이 싸늘하다면 처음부터 뭔가 잘못되어 있는 것이 틀림없습니다."

"선생님께서 직접 좀 점검을 해주시겠습니까?"

"그러죠. 그런데 지금까지 수련은 어떻게 해 오셨습니까?"

"저는 『선도체험기』가 90년도에 처음 나올 때부터 순전히 이 책으로만 공부를 해 왔습니다."

"아니, 그럼 아무 도장에도 나가지 않고 순전히 혼자서 책만 보고 단독 수행을 해 오셨다는 말씀입니까?"

"네, 그렇습니다. 저는 오직 『선도체험기』 하나만 가지고 지난 10년 동안 외골수로 한눈팔지 않고 꾸준히 공부를 해 왔습니다."

"어떻게 수련을 해 오셨는지 구체적으로 얘기 좀 해 주시겠습니까?"

"책에서 가르친 대로 단전호흡하고 도인체조하고, 일주일에 한번 여섯 시간씩 꼭 등산도 하고, 매일 네 시에 일어나 조깅도 한 시간씩 해 왔습니다. 그리고 목포에 있는 대리점에서 오행생식도 5년 전부터 꾸준히 해 오고 있습니다."

"그럼 10년 동안에 누구한테 수련 상황을 점검받은 일도 없었습니까?"

"네. 점검을 받기는 10년 만에 이번이 처음입니다."

"그럼 어디 한 번 점검을 해 보도록 합시다. 이제부터 정좌를 하고

30분 동안만 단전호흡을 하십시오."

그렇게 해 놓고 나는 단전호흡을 하는 선우영 씨에게 마음을 집중해
보았다. 나이가 90세쯤 된 하얀 옷을 입은 허리 굽은 노인이 지팡이를
짚고 있는 화면이 떠올랐다. 선우영 씨가 단전이 달아오르지 않는 것
은 바로 이 빙의령의 작용 때문이라는 직감이 왔다. 그가 30분 동안
단전호흡을 한 뒤에 내가 입을 열었다.

"30분 동안 단전호흡을 해 왔는데 어떻습니까?"

"뭐가 말씀입니까?"

"집에서 단전호흡 할 때 하고 여기서 할 때하고 뭔가 다른 점이 없
습니까?"

"제가 긴장이 돼서 그런지 아무런 차이가 없는데요."

"장심이나 용천이나 단전에서 아무런 기운도 느껴지지 않습니까?"

"별로 느낌이 없는데요."

"내가 보기에는 선우영 씨는 아직도 기문이 열리지 않았습니다."

"그것을 무엇으로 증명하시죠?"

"이 자리에서 30분간 단전호흡을 했는데도 단전에 기운을 느끼지 못
했다면 틀림없이 기문이 열리지 않은 겁니다."

"아니! 어쩌면 그럴 수가? 그럼 10년 공부가 다 허사였다는 얘깁니까?"

이렇게 외치다시피 경악하는 그의 얼굴은 그 순간 하얗게 백지장이
되면서 처참하게 일그러졌다.

"다른 것은 몰라도 적어도 기공부에 관한 한 아직도 기문이 열리지
않은 것은 확실합니다."

"그런데도 저는 분명히 소주천, 대주천, 삼합진공 수련이 순차적으로 진행된 것이 확실하거든요."

"선우영 씨는 지금까지 수련해 오는 동안 단전이 따뜻하게 달아오른 적이 단 한 번이라도 있었습니까?"

"아뇨. 아직 한 번도 그런 일은 없었습니다."

"아까도 말했지만, 단전이 달아오르지 않는 것은 기문이 열리지 않은 것을 말합니다. 기문이 열리지 않은 사람이 소주천, 대주천, 삼합진공을 한다는 것은 말문도 트이지도 않는 사람이 초중 고등학교, 대학교, 대학원을 마친다는 것과 같이 말이 되지 않습니다. 이런 것을 두고 어불성설(語不成說)이라고 합니다. 기문이 열리지 않는 상태에서의 소주천, 대주천, 삼합진공은 마치 모래 위에 집을 짓는 것과 같이 불가능한 일입니다."

"그런데 선생님, 어떻게 돼서 저는 기운이 임독맥을 흐르는 소주천이 되고 또 기운이 온몸에 골고루 흐르는 대주천이 되고, 기운 기둥이 백회에서 회음까지 우뚝 서는 삼합진공이 될 수 있었을까요?"

"그것은 아이 갖고 싶어하는 여자가 실제로 배가 불러오는 상상임신을 하는 것과 같이 허상을 쫓아왔기 때문이었습니다."

"백회에서 회음까지 실제로 시원한 기운이 들어오는 것은 왜 그렇습니까?"

"그건 빙의령의 작용입니다. 빙의령이 선우영 씨의 기운을 빼앗아가는 것을 기운이 들어오는 것으로 착각을 한 것입니다."

"10년 공부가 완전히 허사가 되었다니 도저히 믿어지지 않습니다."

"왜 좀 일찍 찾아오지 그랬습니까?"

"시간도 없는데다 너무 멀어 놔서 찾아오지 못했습니다."

"목포에서 서울이 뭐가 그렇게 멀다고 그러십니까? 천리가 지척(咫尺)이라는 말 들어 보지 못했습니까? 마음만 있으면 목포는 말할 것도 없고 부산, 제주도, 연길, 미국, 호주, 독일, 스페인에서도 잘만 찾아옵니다. 만약에 선우영 씨가 기공부의 기초만 제대로 잡힌 다음에 꾸준히 밀고 나갔더라면 지금쯤은 그야말로 삼합진공까지 도달해 있었을 것입니다."

"저는 책에 있는 대로 하느라고 했거든요."

"그렇지만 내가 책에서 제일 강조하는 부분을 선우영 씨는 지나쳤습니다."

"그게 뭐였죠?"

"단전에 축기하는 것 말입니다. 나는 『선도체험기』1, 2권에서 나 자신이 단전에 축기하는 데 실패했던 얘기를 아주 상세히 써 놓았습니다. 후배 수련자들이 나와 같은 실수를 되풀이하지 않게 하기 위해서였습니다. 하단전에 축기가 되어 따뜻하게 달아오르고 기운의 방(房)이 형성되어야 한다는 얘기를 나는 입이 닳도록 수없이 되풀이해서 강조했습니다. 그런데도 불구하고 선우영 씨는 그 부분을 전연 주목하지 않았습니다."

"아무래도 제가 너무 자신감에 차서 중요한 것을 빠뜨린 것 같습니다."

"맞습니다."

"그럼 이제 저는 어떻게 해야 돼죠?"

"지금부터라도 늦지 않으니까 기초부터 다시 시작해야 합니다."

"이 나이에 너무 늦지 않을까요?"

시작도 끝도 없는 생명

"늦었다고 할 때가 바로 시작할 때입니다. 원래 생명은 시작도 끝도 없는 겁니다. 영원한 시간 위에서 늦었다는 말은 성립되지 않습니다. 구도 수행을 한생에 마감하려고 한다면 조급해서 안 됩니다. 금생에 못하면 내생에, 내생에 못하면 내후생에 한다는 느긋한 각오로 임한다면 초조해 할 것도 없습니다.

현재, 바로 지금의 이 순간의 생에 충실하면 아무런 후회도 있을 수 없게 될 것입니다. 과거를 아쉬워해 보았자 돌이킬 수 있는 것도 아닙니다. 그렇다고 미래를 초조하게 기다려 봤자 단 한순간도 앞당길 수 있는 것도 아닙니다. 오직 여기 이 순간에 충실할 수 있다면 아쉬워할 것도 초조해할 것도 없습니다."

내가 아무리 설명을 해도 그는 지난 10년간의 공든 탑이 허무하게 무너진 뜻밖의 충격에서 헤어나지 못한 듯 자꾸만 고개만 갸웃거리다가 다시 찾아오겠다는 기약도 없이 오행생식만 구입해 가지고는 자리를 뜨고 말았다.

"그 사람 참 보기 딱한데요."

옆에 앉아 있던 우창석 씨가 입을 열었다.

"결국 지나친 과신이 화를 자초한 겁니다."

"아는 길도 물어 가고 돌다리도 두드리며 건너라는 속담을 그분은 너무 무시한 것 같습니다."

"그렇습니다. 수행을 너무나 쉽게 생각했던 것이 화근(禍根)입니다. 어떻게 하든지 혼자서 성공해 보겠다는 만용은 절대로 부려서는 안 됩니다. 선배나 스승이 필요한 이유가 어디에 있겠습니까? 선배나 스승이 있는 것은 다 있어야만 할 이유가 있어서 존재하는 것인데 선우영 씨는 이들의 존재 가치를 너무나 무시했습니다."

"뒤늦게라도 자기 잘못을 깨달았으니까 앞으로는 잘하겠죠 뭐."

"그의 표정으로 보아 지금은 너무나 큰 충격으로 허탈한 나머지 아직 거기까지는 생각이 미치지 못하고 있습니다."

"지금의 허탈감에서 빠져 나오면 심기일전하여 새롭게 매진하겠죠 뭐."

"부디 그렇게 되었으면 좋겠습니다."

빗나가는 여동생

1998년 12월 10일 목요일 -3~5℃ 구름 해

오후 3시. 5명의 수련생이 모였다. 40대 중반의 오미향이라는 주부 수련생이 물었다.

"선생님, 제 개인 인생 문제 하나 상의드려도 좋겠습니까?"

그녀는 우리집에 일주일에 꼭 한 번 나와서 한 시간씩 수련을 하기 시작한 지 벌써 6년이나 되었다. 지극정성으로 수행에 매진해 왔으므로 대주천 수련을 하게 된 지도 이미 3년이 넘었고 지금은 피부호흡 단계를 넘어 삼합진공 상태에 들어가 있다.

그리고 자기 자신에게 들어 온 빙의령은 말할 것도 없고 가까운 이웃 사람들의 빙의령도 천도할 수 있는 능력을 갖고 있다. 그녀의 집은 수원인데 우리집에 오기 위해서 구로동만 지나면 벌써 우리집에서 오는 기운을 감지할 수 있다고 한다.

수련 전에는 다소 이기적이었던 그녀의 성격이 수련 이후에는 이타행(利他行)으로 완전히 180도 바뀌는 바람에 그녀의 감화를 받은 남편이며 동서며 올케, 시동생, 시아주버니까지 『선도체험기』 애독자가 되어 우리집에서 정규적인 수련을 하고 있다. 이러한 그녀였으므로 나에게 상의를 해올 정도라면 자기 혼자 힘으로는 도저히 해결의 실마리를 찾기 어려운 문제일 것이라는 생각이 들었다.

343

"좋습니다. 어서 말씀해 보십시오."

"저는 원래 무남이녀(無男二女)의 가정에서 맏이로 태어났습니다. 오빠도 남동생도 언니도 없이 자라난 저에게 지금 남아 있는 핏줄이라고는 어머니하고 여동생 하나뿐이거든요. 그런데 저보다 세 살 아래인 제 여동생은 어떻게 된 셈인지 어렸을 적부터 언니인 저에게는 정도 주지 않고 마음도 열지 않았습니다. 좌우간에 철들면서부터 친구들에게는 그렇게 잘하면서도 친언니인 저에게는 쌀쌀맞기 그지없었습니다.

아무것도 아닌 사소한 일을 가지고 어머니 아버지 앞에서 있는 말없는 말을 부풀려서 저를 헐뜯는 바람에 네 식구의 단출한 가정에 풍파가 가라앉을 날이 없었습니다. 하도 괘씸하고 야속해서 어렸을 때는 싸움도 많이 하고 쥐어박기도 많이 했습니다.

그러나 언니인 주제에 동생 하나 다스리지 못한다고 부모님의 꾸중은 언제나 저에게만 떨어졌습니다. 저는 솔직히 말해서 잘못한 것은 하나도 없으면서 언제나 판정패당하는 꼴이었습니다. 초중 고등학교 때는 동생이 철이 없고 어려서 그렇겠지 생각하고 이제 대학에 들어가면 나아지겠지 하고 은근히 기대했었지만, 그것은 언제나 저의 한갓 희망 사항에 지나지 않았습니다.

부모님이나 남들 앞에서 언니인 저를 헐뜯는 동생의 그 고약한 버릇은 대학을 졸업하고 시집을 간 뒤에도 여전했습니다. 시집가서 남편 뒷바라지하고 아이들 키우고 시부모 모시다 보면 피붙이를 보는 안목도 변하려니 했지만, 친정아버지 돌아가시고 일남일녀의 학부모가 된 지금에 와서도 제 여동생은 친언니인 저를 헐뜯는 못된 버릇은 추호도 변하지 않았습니다.

　그래서 저는 형제들끼리 우애 있게 오순도순 서로 돕고 지내는 남들을 보면 항상 부럽기 짝이 없습니다. 그래서 저는 제 동생과 한번 우애 있게 지내보는 것이 평생의 소원입니다. 선생님 도대체 어떻게 하면 그렇게 될 수 있을까요?"

　"혹시 그 여동생이 언니인 오미향 씨에게 뭘 좀 도와 달라고 부탁을 한 일은 없습니까?"

　"제 동생은 타고난 복은 있었던지 아주 부잣집에 시집을 갔고 남편도 돈 잘 버는 계리사입니다. 제 남편이 중소기업을 운영하여, 우리도 못사는 편은 아니지만 우리보다 더 여유 있게 잘 사는 폭입니다. 저도 한때는 차라리 동생이 가난한 집에 시집을 갔더라면 제가 금전적으로 도울 수라도 있었을 것이고 그것이 계기가 되어 형제애가 살아날 수 있지 않을까 하는 공상을 해 보았을 정도입니다."

　"그럼 언니로서 동생을 도와줄 만한 일이 아무것도 없었다는 말씀입니까?"

　"저보다 오히려 풍족하게 잘사니까 물질적으로는 도와줄 일이 아무것도 없습니다."

　"아니 반드시 물질적인 것만이 아니라 언니로서 정신적으로 도와 줄 만한 것도 없었나요? 동생은 종교를 믿습니까?"

　"아뇨. 믿지 않습니다."

　"그럼 오미향 씨가 읽은 감명 깊은 책을 읽어보라고 선물을 한다든가 하는 일은 없었습니까?"

"그렇지 않아도 그 말씀을 드리려고 했습니다."

"무슨 말인데요?"

"다른 게 아니라 저는 동생 일 때문에 항상 애면글면 애를 태우다가 우연한 기회에 책방에서 『선도체험기』 시리즈를 구해 읽고는 선생님을 찾아뵙고 수련을 하게 되어 저는 참으로 엄청난 심신의 변화를 겪고는 그야말로 인생의 전환점을 맞게 되었습니다. 수련 전에는 동생을 그렇게도 미워하고 괘씸하게만 생각했었는데 모든 것이 내 탓이려니 생각하니까 마음이 한결 가벼워졌습니다.

허지만 언니에 대하여 그렇게 비비꼬여만 있는 동생의 성격이 불쌍하다는 생각이 들어 어떻게 하면 저 성격을 좀 바로잡아 볼 수 있을까 하고 궁리에 궁리를 거듭한 끝에 그 당시에 나왔던 『선도체험기』 20권 한 질을 선물한 일이 있었습니다. 제 시동생, 올케, 동서 시아주버니 등 시집 식구들은 제 성격이 갑자기 좋게 변한 것을 보고 전부 다 『선도체험기』 애독자가 된 것을 알게 되자 어느 정도 자신감을 가지고 잔뜩 기대를 했었지만 그것 역시 별무효과였습니다."

"동생이 평소에 독서를 좋아했습니까?"

"아뇨."

"그런데도 한꺼번에 스무 권씩이나 되는 책을 기증받았으니 기가 질렸을지도 모르죠."

"제 입장에서만 동생을 생각했지 상대편 입장은 생각지 않는 것이 실패의 원인인 것 같습니다. 책을 기증한 지 수개월이 지나도록 동생은 겉장도 들쳐보지 않았습니다. 그렇게 끝났으면 좋으련만 동생은 친정어머니한테 달려가서는 언니가 지식인인 체 자기를 깔보고 이상한 책을 한꺼번에 스무 권씩이나 보냈다고 오히려 저를 중상모략했습니다. 그래도 저는 어떻게 하든지 제 여동생과 남들처럼 사이좋게 오순도순 우애 있게 살아보는 것이 꺼질 줄 모르는 제 소망입니다. 선생님 무슨 좋은 방법이 없겠습니까?"

"구도자답지 않군요."

"네엣?"

"무엇 때문에 오미향 씨는 세속적인 형제간의 우애 따위에 그렇게도 집착하십니까?"

"그렇습니까?"

"그렇고말고요. 오미향 씨가 자기 양심으로 비추어 보아도 동생한테 별로 죄지은 일도 없고 불친절하게 대한 일도 없는데도 까닭 없이 자꾸만 제 친언니인 오미향 씨를 헐뜯는다면 그대로 내버려두십시오."

"그럼 아예 상대를 하지 말라는 말씀이신가요?"

"그렇습니다. 헐뜯겠으면 얼마든지 실컷 헐뜯으라고 내버려두십시오. 손바닥도 한쪽만 가지고는 소리가 나지 않습니다. 반드시 마주칠 때 소리가 나게 되어 있습니다. 받아주는 이 없는 헐뜯음은 하늘에 침 뱉기와 같이 제 얼굴에 떨어지게 되어 있습니다. 그리고 헐뜯는 사람의 입만 아프고 더러워지게 됩니다. 오미향 씨가 끝까지 무관심하면 나중에는 싫증이 나서라도 더이상 헐뜯으려고 하지 않을 것입니다.

그렇다고 해서 언니로서 동생에게 마땅히 베풀어야 할 의리나 의무마저 소홀히 하라는 것은 아닙니다. 동생이 제아무리 잘살고 그 인생길이 평탄하다고 해도 굴곡과 애경사(哀慶事)가 노상 없을 수는 없을 겁니다. 그런 때 한몫 단단히 거들어 줄 수도 있지 않겠습니까?"

"지금까지 동생의 애경사에 적극 참여해서 제 깐에는 정성을 다했건 만 일체 반응이 없을 뿐만 아니라 잘해도 잘못해도 제 약점만 잡으려고 합니다."

"그쯤 하셨으면 이제 동생에 대해서 방하착(放下着)하십시오."

"다 놔버리라는 말씀입니까?"

몰락 놔버리세요

"그렇습니다. 대행 스님 말마따나 '몰락' 놔버리십시오. 좀더 쉽게 말해서 가는 사람 잡지 말고 오는 사람 막지 마십시오. 그러다가 세월이 흘러 연륜을 쌓아가다가 동생이 찾아와서 '언니 그동안 내가 잘못했어' 하고 자기 잘못을 뉘우친다면 반갑게 받아들일 것이고 그렇지 않으면 그렇지 않은 대로 아직 그럴 때가 아닌가 보다 하고 일체의 집착에서 떠나 유유자적하시면 됩니다. 나는 오미향 씨가 그러한 세속적인 동기애(同氣愛) 따위에 연연하기보다는 좀더 시야를 넓게 가지시는 게 어떨까 하는 생각이 듭니다."

"그게 뭔데요?"

"마태복음 12장에 마지막 부분에 보면 다음과 같은 얘기가 나옵니다.

'예수가 사람들에게 말하고 있을 때 그의 어머니와 형제들이 그에게 할말이 있어서 밖에서 기다리고 있었다. 그래서 어떤 사람이 예수에게

와서 말했다.

'선생님, 선생님의 어머니와 형제분들이 할말이 있다고 밖에서 찾고 있습니다.'

그러나 예수는 이 일을 알린 사람에게 물었다.

'누가 내 어머니이며 누가 내 형제들이냐?'

그리고 제자들을 가리키며 말했다.

'바로 이 사람들이 내 어머니이고 형제들이니라! 하늘에 계신 아버지의 뜻을 실행하는 사람이면 누구나 다 내 형제요 자매요 어머니이니라.'

예수에게 있어서 핏줄은 별로 중요하지 않고 하느님 아버지 즉 진리를 구하고 진리와 한몸이 된 사람이면 누구나 다 형제요 자매요 부모가 될 수 있다는 구도자로서의 선언이었습니다. 옳은 얘기입니다. 알고 보면 삼라만상은 하나이고 그것을 깨달은 사람은 누구나 다 진리의 화신(化身)이요 그 구현체(具顯體)인 것입니다. 일체 중생은 따라서 형제자매요 부모입니다.

가족과 핏줄을 소중히 하는 것은 보통 사람들도 다 하는 일입니다. 아니 그 일은 말 못 하는 동물들도 본능적으로 다 하는 일입니다. 구도자는 여기서 마땅히 벗어나야 합니다. 진리 안에서 새로운 영원히 변하지 않는 형제자매를 찾아내어야 합니다. 이것을 젊은 나이에 일찍 깨달은 구도자들은 그래서 결혼을 하지 않습니다. 결혼을 하면 아무래도 처자를 거느려야 할 일차적인 의무를 완수해야 하므로 진리를 추구하는 데 장애가 될 것이기 때문입니다. 그래서 석가모니는 이미 있던 처자마저 버리고 구도의 길에 나섰으며, 예수는 아예 처음부터 결혼을 하지 않았습니다. 혈연에 묶이는 단서를 없애기 위해서였습니다."

맹신과 광신

"선생님, 올바른 신앙과 맹신(盲信)이나 광신(狂信)과의 차이는 무엇입니까?"

우창석 씨가 물었다.

"맹신은 자기 수행의 결과에서 오는 확신에 따르지 않고 남의 말만 덮어 놓고 믿고 무조건 따르는 것을 말합니다. 광신은 맹신의 정도가 한층 더 지나쳐 광란의 지경에까지 이른 것을 말합니다. 모든 종교전쟁의 도발자는 광신의 결과입니다."

"그건 어째서 그렇습니까?"

"제아무리 특정 종교의 이상이 고상하다고 해도 살인을 정당화할 수는 없기 때문입니다."

"살인을 정당화하면 어떻게 되죠?"

"끝없는 살인의 악순환만이 기다리고 있을 뿐입니다. 그래서 전쟁만은 어떻게 하든지 피해야 합니다."

"그럼 맹신을 피할 수 있는 방법은 있습니까?"

"있고말고요."

"어떤 것이 있습니까?"

"가령 오계의 첫 번째는 '살생을 하지 말라'입니다. 예를 들어 어떤 사람이 스승으로부터 살생을 하지 말라는 가르침을 받았다고 칩시다.

그 가르침을 받은 사람은 그 말을 듣고 모든 생물을 관찰해 본 결과 과연 살생을 하면 인성이 거칠어지고 살생당한 동물이나 사람의 가족으로부터 보복을 당하게 되고 그 때문에 항상 마음은 불안과 공포에 떨어야 한다는 것을 알게 되었습니다.

좀더 진지한 관찰을 해 본 결과 살생보다는 서로 도와가면서 더불어 살아가는 것이 살생보다는 훨씬 현명하다는 것을 확신하게 되었습니다. 이 확신에 바탕을 두고 상호간에 이견과 갈등이 생겼을 때 어떻게 하든지 대화와 토론과 다수결의 원칙을 이행한다면 서로 죽고 죽이는 일을 피할 수 있습니다. 맹신은 살생을 피할 수 없어도 자기 수행을 통해서 얻은 진리를 믿는 사람은 살생을 피할 수 있습니다.

따라서 맹신을 피할 수 있는 가장 확실한 방법은 관법을 통한 자기 수행입니다. 스승이나 책이나 그 밖의 매체를 통해서 받아들여진 사실은 일일이 자기 수행을 통한 검증을 거쳐서 자기 것으로 만들어야 합니다. 이러한 과정이 생략되었을 때 맹신과 광신이 싹트게 됩니다."

"사람들이 흔히 맹신에 빠지기 쉬운 것은 무엇 때문입니까?"

"근본 원인은 욕심 때문입니다. 무엇을 믿으면 복이 온다든가 무엇을 숭배하면 부귀영화를 누릴 수 있고 말세나 천지개벽 때 구원을 받는다든가 하는 감언이설에 많은 사람은 속아 넘어가기 쉽습니다. 그 이유는 욕심에 눈이 어두워 스스로 검증 작업을 하지 않았기 때문입니다. 사이비 종교 교주의 예언, 점, 난치병 치유와 같은 초능력이니 신통력, 기적, 이적 따위를 보고 그 자리에서 그를 믿어버리는 것도 욕심에 눈이 어두워 진부를 가릴 관찰력과 판단력을 상실했기 때문입니다."

"실례를 들면 어떤 사람이 저의 고질적인 난치병을 고쳐주었다고 할 경우 저는 그 사람이 하는 말을 믿지 않을 수 없지 않겠습니까?"

"그렇습니다."

"사이비 교주들이 노리는 것이 바로 그러한 맹점입니다."

"맹점이라뇨?"

"맹점입니다. 그건 틀림없는 맹점입니다. 어떤 사람이 우창석 씨의 고질병을 정말 고쳐 주었다면 그거야말로 고마워할 일임에 틀림없습니다. 그러나 그 고마움이 지나쳐 그 사람이 하는 말은 팥으로 메주를 쑨다고 해도 곧이듣는 어리석음을 범해서는 안 된다는 얘기입니다. 더구나 그 사람을 신(神)처럼 믿어서는 절대로 안 된다는 얘기입니다."

"무슨 뜻입니까?"

"도대체 우창석 씨의 고질병을 고쳐준 것 하고 그 사람을 신으로 숭배하는 것하고 무슨 관련이 있느냐 그겁니다. 그 사람이 내 고질병을 고쳐주었으니까 그 사람의 말이라면 닭을 보고 꿩이라고 해도 덮어놓고 믿어야 된다는 식의 과잉반응이야말로 바로 사기꾼들이 노리는 맹점이라는 얘기입니다.

그것은 마치 요술 잘 부리는 약장사의 약은 무조건 잘 듣는 만병통치약이라고 무작정 믿고 보는 것과 같이 어리석기 짝이 없는 일입니다. 진정한 전도자(傳道者)는 그런 식으로 사탕발림을 하여 업적 위주로 신자를 불리려고 하지 않습니다."

"그럼 어떻게 하는 것이 진정한 전도자입니까?"

"어떻게 하든지 스스로 진리에 눈을 뜨게 해 주어야 합니다. 초능력과 기적과 난치병 치유의 신통력이 아니라, 당사자 스스로가 인생무상을 깨닫고 생로병사의 윤회에서 벗어나겠다는 결의를 갖게 해야 합니다. 이것이 바로 구도정신의 발로입니다.

이러한 구도정신도 갖추지 않은 사람을 순전히 초능력으로 잠시 혼을 빼거나 난치병을 고쳐주거나 과거의 행적을 족집게처럼 알아맞추거나 하여 호기심을 유발하는 방식의 전도(傳道) 행각은 사상누각(沙上樓閣)처럼 위태롭기 짝이 없습니다. 세기말에는 이러한 사이비 종교와 사기꾼들이 으레 날뛰게 됩니다. 모두가 어리석은 중생들의 맹신을 노린 사기극입니다."

"그러한 자들의 사기극 중에는 어떤 것이 있습니까?"

"그들 사기꾼들은 말세나 천지개벽 때 살아남을 수 있게 해 준다든가 하늘로 떠들려 올라가게 해 준다고 어리숙한 사람들을 꼬드깁니다. 그러나 그러한 일은 사실상 불가능한 일입니다."

"왜요?"

"말세나 천지개벽은 지구의 종말을 말합니다. 현재 지구상에 존재하는 모든 것은 없어지고 새로운 천지가 열리는 것을 말합니다. 다른 별과 충돌하여 지구가 폭발할 수도 있습니다. 이러한 종말의 와중에서 육체 생명이 살아남는다는 것은 물리적으로도 불가능한 일입니다.

그런데도 불구하고 사기꾼들은 온갖 감언이설을 동원하여 그러한 지구 종말의 와중에서도 살아남게 해 주겠다고 하는데 그거야말로 말이 되지 않는 얘기입니다. 그러나 여기서 분명한 것은 육체 생명은 비록 멸망한다고 해도 수행을 통하여 생사해탈한 영혼들은 이미 죽음을 초월한 곳에 있다는 겁니다."

생사해탈(生死解脫)

"지금 말씀하신 생사해탈이란 무엇을 말합니까?"

"진리를 깨닫고 그 진리와 하나가 되는 것을 말합니다. 성인은 성통공완한 사람을 말합니다. 기독교식으로 말하면 성령으로 거듭난 영혼을 말합니다. 진리는 형질(形質)도 없고 처음도 끝도 없고 허허공공하여, 없는 데가 없고 감싸지 않는 것이 없으며 생멸도 없으니까 죽음 따위가 있을 리가 없다는 얘기입니다."

"그러니까 말세와 천지개벽을 가장 잘 극복할 수 있는 첩경은 진리를 깨닫는 거라는 말씀입니까?"

"그렇습니다. 구원은 우리들 각자의 내부에 있는 진리를 깨달아 진리와 하나가 됨으로써 달성되는 것이지 누가 외부에서 가져다주는 것이 아닙니다. 항차 사기극이나 일시적인 호기심을 끄는 방식으로 되는 것이 아님은 더 말할 필요도 없습니다.

다시 말해서 우리들 각자의 내부에 저장되어 있는 진리의 씨앗이 발아됨으로써 그 에너지가 외부로 반출되는데 그 파장과 일치하는 외부의 스승이나 도반을 서로 끌어당기는 겁니다. 이것을 끼리끼리 모인다고도 하고 유유상종(類類相從)이라고도 합니다. 이렇게 만난 스승과 도반이 깨달음을 촉진시킵니다."

"그럼 구세도인이니 미륵불이니 십자가니 구세주니 하는 것은 무엇

356

입니까?"

"그것은 어리석은 중생들을 깨달음으로 유도하기 위한 하나의 방편 이지 그것이 누구에게 깨달음을 선물하는 것은 아닙니다. 깨달음, 견 성, 성통, 구원은 각 존재가 자기 내부에서 진리의 씨앗을 틔우고 성장 하고 개화하는 과정을 거쳐서 스스로 열매를 맺는 과정입니다.

구세주, 조사(祖師), 교조(敎祖), 큰 스승, 신불(神佛)은 구도자의 성 장을 돕는 토양이며 햇볕이며 비며 바람일 뿐입니다. 따라서 진리를 자기 내부에서 찾는 사람은 얻을 것이지만 밖에서 구하는 사람은 결국 은 맹신과 광신의 깊고 깊은 함정에 빠지고 말 것입니다."

"그럼 십자가와 불상은 무엇입니까?"

"초기 기독교의 한 분파였던 그노시스파 교도들은 하느님은 언제나 하느님이기 때문에 십자가 위의 예수는 허상(문학수첩 발간, 월리스 반스토운 지음, 이동진 옮김, 『숨겨진 성서』 3권 14~15쪽)에 불과하다 고 말했습니다.

그렇습니다. 십자가와 불상 역시 진리를 깨닫게 하는 초기 신앙인의 길잡이요 방편이므로 하나의 허상에 지나지 않습니다. 결론적으로 말 해서 구원과 깨달음은 십자가와 불상이 주는 것이 아니고 각자의 내부 에 있는 자성이지 밖에서 오는 것이 아닙니다."

"그럼. 선생님 그 내부라는 것은 무엇을 말합니까?"

"그것은 우리가 어떻게 마음을 먹느냐 하는 것입니다. 우리 인간은 무엇을 생각하느냐에 따라 그 운명이 결정되는 존재입니다. 다시 말해 서 어떻게 마음먹고 무엇을 희구하고 늘 생각하느냐에 따라 그대로 이루어지는 존재라는 말입니다."

"그럼 부처가 되겠다 하는 사람은 그렇게 될 수 있을까요?"

"그렇고말고요. 단지 그것은 그 사람의 정성의 정도에 따라 천차만
별이 있을 수 있습니다."

"그럼 하느님이 되겠다는 사람도 그렇게 될 수 있다는 얘기입니까?"

"당연한 일입니다."

"그럼 하늘과 하느님은 어떻게 다릅니까?"

"하늘은 본(本)이고 하느님은 용(用)입니다."

"그럼 하늘과 부처님은 어떻게 다릅니까?"

"마찬가지입니다."

"어떻게요."

"하늘(本)은 본이고 부처님은 용(用)이라는 말입니다."

"본(本)과 용(用)은 어떻게 다릅니까?"

"본은 부모미생전본래면목(父母未生前本來面目) 즉 생사를 초월한
진리입니다. 아브라함의 하느님, 이삭의 하느님, 야곱의 하느님, 다윗
과 솔로몬과 예수의 하느님은 본래면목입니다. 그러나 용(用)은 진리
인 본래면목의 용도에 따른 가변적인 구현체(具顯體)입니다."

"그럼 우리 인간의 근본은 무엇입니까?"

"그야 더 말할 나위도 없이 본래면목이죠."

"그럼 하느님, 부처님의 근본은 무엇입니까?"

"그것도 마찬가지로 본래면목입니다."

"그럼 이 우주 안에서 변하지 않는 것은 무엇입니까?"

"그야 본래면목, 즉 진리입니다."

"그럼 하느님도 부처님도 생로병사가 있다는 말씀입니까?"

"그렇고말고요. 단지 우리 인간의 생로병사와는 차원이 다를 뿐이
죠."

"차원이 다르다면 어떻게 다릅니까?"

"우리 인간은 고작 오래 살아 봤자 백 년 내외지만 신불(神佛)은 적
어도 몇천 년, 몇만 년의 수명을 누린다고 합니다. 그중에는 30만 년까
지 사는 신(神)도 있다고 합니다."

인간은 신(神)의 지배를 받아야 하나

"그렇다면 고작 백 년도 못 사는 인간은 신들의 지배를 받아야 하는
거 아닙니까?"

"반드시 그렇지는 않습니다."

"무슨 뜻입니까?"

"우리 인간들 중 어느 누가 수행을 통해서 신들보다 본래면목에 더
가까이 접근해 있다면 그 사람은 비록 육체의 탈을 쓰고 있다고 해도
신의 지배에서 벗어날 수도 있고, 신에게 부림을 당하기는커녕 바른
일을 하는 데 도리어 신중(神衆)들을 부릴 수도 있습니다.

그와는 반대로 처음부터 신의 위력에 눌려 신을 숭배하는 데만 이골
이 난 사람은 언제나 신의 지배의 범위를 벗어날 수 없게 됩니다. 한
평생은 말할 것도 없고 수많은 생을 통하여 제아무리 열심히 신앙생활
을 해 보았자 그가 숭배하는 신의 손바닥을 벗어날 수 없습니다. 타력

신앙의 한계입니다.

이 신앙의 한계를 벗어나 하늘 즉 진리를 증득(證得)하여 명실공히 우주의 주인이 됨으로써 천상천하유아독존(天上天下唯我獨尊)하고 삼세개고오당안지(三世皆苦吾當安之)하여 이 우주 안에 아무것도 거칠 것이 없는 대자유를 누릴 수 있는 것이 바로 성통이며 해탈입니다."

"어떻게 하면 그렇게 될 수 있을까요?"

"마음을 깡그리 비우면 누구나 그렇게 될 수 있습니다."

"어떻게 하는 것이 마음을 비우는 것인데요?"

"사욕(私慾)에서 온전히 떠나는 겁니다."

"어떻게 하는 것이 사욕을 떠나는 겁니까?"

"나보다 남을 먼저 위할 줄 알아야 합니다. 그렇게 되면 자연 지혜가 싹 터서 죽음 속에서도 삶을 볼 수 있습니다. 그뿐만 아니라 무(無) 속에서도 유(有)를 볼 수 있습니다."

"그것이 무슨 뜻입니까?"

"상(相) 속에서 무상(無相)을 볼 수 있어야 한다는 말입니다."

"상(相)이란 무엇을 말합니까?"

"오감(五感)과 직감(直感) 그리고 상상력으로 느낄 수 있는 모든 형체 있는 것을 상(相)이라고 말합니다. 이 상(相)이야말로 욕심과 집착의 산물입니다. 신(神)을 포함하여 우리가 감지할 수 있는 모든 것을 상(相)이라고 하는데, 이 상을 뛰어넘어 무상(無相)을 감지하고 증득하는 순간 그 구도자는 진리와 직접 통한다고 해서 성통(性通)이라고 합니다. 여기서 성(性)은 하늘 즉 진리를 말합니다. 그리고 이 순간 일체의 상(相)의 껍질을 벗어던졌다고 해서 해탈(解脫)이라고 합니다."

"죽음을 이기는 방법이 있을까요?"

우창석 씨가 물었다.

"있고말고요."

"어떻게 하면 죽음을 이길 수 있습니까?"

"인과율에서 벗어나면 됩니다."

"어떻게 하면 인과율에서 벗어날 수 있습니까?"

"그건 아주 간단합니다."

"그게 무엇인데요?"

"사욕(私慾)을 떠나면 누구나 아주 간단하게 인과율에서 벗어날 수 있습니다."

"어떻게 하면 사욕에서 떠날 수 있습니까?"

"매사에 나보다 남을 먼저 생각하는 마음을 가지고 행동하고 실천하면 바로 그 순간부터 마음이 열리고 지혜가 싹터오며, 그로 인해 쉽사리 사욕에서 벗어날 수 있습니다. 이것을 이타행(利他行)이라고 합니다. 이타행이 몸에 밴 사람은 저승사자는 말할 것도 없고 전지전능한 만유의 하느님도 감히 어쩌지 못합니다."

"그건 어째서 그렇습니까?"

"이타행을 하다가 어느 한순간에 문득 마음이 활짝 열려 성통한 사람은 하느님이 다스리는 영역 밖의 존재가 되어버리기 때문입니다. 법 없이도 사는 선량한 시민에겐 경찰이나 검찰의 단속이 필요 없듯이 이타행으로 성통한 사람에게는 저승사자도 하느님도 필요하지 않을 뿐만 아니라 접근할 이유도 없습니다. 죄짓지 않는 사람은 경찰을 무서워하지 않듯이 인과에서 벗어난 성현이나 도인은 죄인을 다스리는 하느님을 대수롭게 여기지 않습니다."

"그러나 『삼일신고』에 보면 '하느님은 그 위에 더없는 최고의 높은 자리에 계시고 무한한 사랑, 무한한 지혜, 무한한 능력을 가지시고, 누리를 낳으시고 무수한 세계를 다스리시고, 삼라만상을 만드시고 티끌 하나 빠뜨리시는 일이 없고, 밝고 밝으시어 무엇이라고 감히 이름할 수 없다'고 하지 않았습니까?"

"그건 맞는 말입니다."

"그런데 어떻게 성통공완하고 견성 해탈한 사람은 하느님이 다스리는 영역에서 벗어난 존재일 수 있다는 말씀입니까?"

"아무리 최고위(最高位)를 차지한 하느님이라고 해도 쓰임(用)이지 본(本)은 아니기 때문입니다. 본(本)에는 원래 위(位)가 없습니다. 성통한 사람은 유형(有形) 속에서 무형(無形)을 보고, 상(相) 속에서 무상(無相)을 보고, 유위(有位) 속에서 무위(無位)를 보므로 바로 이 본(本)과 직결되어 있습니다."

저자 약력
경기도 개풍 출생
1963년 포병 중위로 예편
1966년 경희대학교 영어영문학과 졸업
코리아 헤럴드 및 코리아 타임즈 기자생활 23년
1974년 단편 『산놀이』로 《한국문학》 제1회 신인상 당선
1982년 장편 『훈풍』으로 삼성문예상 당선
1985년 장편 『중립지대』로 MBC 6.25문학상 수상

저서로는 단편집 『살려놓고 봐야죠』(1978년), 대일출판사, 민족미래소설 『다물』(1985년), 정신세계사, 장편 『소설 한단고기』(1987년), 도서출판 유림, 『인민군』 3부작(1989년), 도서출판 유림, 『소설 단군』 5권(1996년), 도서출판 유림, 소설선집 『산놀이』 ①(2004년), 『가면 벗기기』 ②(2006년), 『하계수련』 ③(2006년), 지상사, 『선도체험기』 시리즈 등이 있다.

약편 선도체험기 10권

2021년 8월 10일 초판 인쇄
2021년 8월 20일 초판 발행

지 은 이   김 태 영
펴 낸 이   한 신 규
본문디자인   안 혜 숙
표지디자인   이 은 영
펴 낸 곳   글터
주소   05827 서울특별시 송파구 동남로 11길 19(가락동)
전화   070 - 7613 - 9110 Fax02 - 443 - 0212
등록   2013년 4월 12일(제25100 - 2013 - 000041호)
E-mail geul2013@naver.com

ⓒ김태영, 2021
ⓒ글터, 2021, Printed in Korea

ISBN 979 - 11 - 88353 - 33 - 0   04810   정가 20,000원
ISBN 979 - 11 - 88353 - 23 - 1(세트)